## A PROPOS DE L'AUTEUR

Auteur à succès d'une cinquantaine de romans, Susan Mallery a le don de créer des ambiances pleines de charme et d'émotion qui lui valent d'être plébiscitée par la critique. Susan Mallery est une habituée des listes de meilleures ventes du *New York Times*.

# La caresse d'un baiser

SUSAN MALLERY

# La caresse d'un baiser

SAGA
RENCONTRES À FOOL'S GOLD

SAGAS
HARLEQUIN

*Collection :* SAGAS

*Titre original :* KISS ME

*Traduction française de* JULIETTE BOUCHERY

HARLEQUIN®
est une marque déposée par le Groupe Harlequin

SAGAS®
est une marque déposée par Harlequin.



HARLEQUIN

83-85, boulevard Vincent-Auriol, 75646 PARIS CEDEX 13.

Service Lectrices — Tél. : 01 45 82 47 47

www.harlequin.fr

ISBN 978-2-2803-4875-1 — ISSN 2426-993X

# 1

Zane Nicholson écoutait toujours son instinct, et le signal qu'il captait ce matin était très clair : la journée serait rude. Il se tourna vers la fenêtre, qui donnait sur ses terres. Sa vie serait peut-être plus simple s'il se faisait fermier ? Les récoltes ne défonçaient jamais les clôtures, la nuit, pour aller se perdre dans la nature. Elles ne vous faisaient pas passer des nuits blanches pour une naissance difficile. Il pourrait très bien planter du maïs, ou du blé, tiens. Ce serait patriotique — il avait même droit à une mention dans l'hymne national.

Il secoua la tête et se concentra sur les dossiers qui couvraient son bureau. A quoi bon se raconter des histoires, il était rancher, donc éleveur. Cinq générations sur ces terres. En fait de cultures, on ne verrait jamais chez lui que le potager que le cuisinier du ranch avait planté derrière le baraquement des hommes.

— Dis, patron…

Frank, son contremaître, venait d'entrer en coup de vent. Il retira son vieux Stetson, le fit claquer sur sa cuisse et se laissa tomber sur la chaise de bois placée face au bureau.

Zane réprima un soupir. Une visite de Frank avant midi, c'était forcément une mauvaise nouvelle.

— C'est quoi, cette fois ? demanda-t-il, résigné.

Le ranch Nicholson venait d'être rattaché, quelques mois plus tôt, à la commune de Fool's Gold, petite ville perchée dans les contreforts de la Sierra Nevada, tout au nord de la Californie. Mme la maire lui avait juré que le fait de rejoindre la commune lui apporterait un meilleur accès aux services publics et une foule d'avantages. A ce jour, il n'avait noté qu'une seule retombée : la multiplication exponentielle des paperasses administratives. Il ne voyait pas du tout l'intérêt de ce rattachement s'il devait passer deux heures de plus par jour à son bureau alors que tant de tâches le réclamaient à l'extérieur. Seul son jeune frère était tout content de la rapidité de leur connexion Internet depuis que la municipalité avait prolongé le câble jusqu'ici.

— Il y a un tuyau éclaté dans le baraquement, annonça Frank. Sous l'évier de la cuisine. Tous les gars sont avec le troupeau. J'ai coupé l'eau, mais il faut régler le problème aujourd'hui même. Tu veux que je rappelle un gars ou que je fasse venir un plombier ?

Zane lâcha son stylo pour se masser les tempes. Ce qu'il voulait ? Qu'on ne lui demande plus rien pendant cinq minutes ! L'intervention d'une puissance supérieure ! Deux semaines sans crise majeure ! Ce serait trop demander ? Excédé, il examina ses options. Frank ne pouvait pas s'occuper de cette fuite — ils attendaient des acheteurs dans moins d'une heure, le contremaître devrait les accueillir et leur montrer les chevreaux. Lui-même avait rendez-vous avec un chercheur de l'université de Californie. Un plombier, ce serait plus simple, mais il doutait de pouvoir en trouver un pour le jour même.

— Rappelle un gars, lança-t-il. J'aurais dû m'y attendre, on est lundi. Les lundis, c'est toujours catastrophique.

Frank émit un grognement d'assentiment et se leva. Il n'avait pas encore franchi la porte que le téléphone sonnait déjà. Ce n'était pas encore aujourd'hui qu'il viendrait à bout de ses dossiers, pensa Zane en décrochant d'un geste rageur.

— Ranch Nicholson, Zane à l'appareil.

— Bonjour, dit une agréable voix féminine. J'aimerais avoir quelques précisions sur les équipements et services sur place. Vous pouvez me renseigner ?

— Les équipements ? Vous souhaitez mettre un cheval en pension ? Je suis désolé, madame, nous ne faisons pas ça. Voyez avec Reilly Konopka. Aux dernières nouvelles, il prenait des pensionnaires. Ou essayez au Castle Ranch, vous n'aurez qu'à demander Rafe.

La jeune femme éclata de rire.

— Non, pas pour un cheval, pour mon mari et moi ! Nous nous sommes inscrits à la semaine de transhumance et nous voulions savoir s'il y aurait un sauna sur place, ou un jacuzzi. Nous avons été très stressés ces derniers temps, ce serait fabuleux de pouvoir commencer nos vacances avec un massage. De la fasciathérapie, ou ces pierres chaudes dont tout le monde parle.

Jacuzzi ? Massage ? Vacances ? Transhumance ? Il ne suivait pas du tout.

— Ecoutez, madame, je suis désolé, mais je ne vois pas de quoi vous parlez.

Il contrôlait sa voix, mais un mauvais pressentiment lui tordait les entrailles. Côté instinct, tous ses voyants venaient de passer au rouge.

— Ah ? fit son interlocutrice, très déçue. Le site ne parlait pas d'un sauna, mais j'espérais tout de même... Vous pourriez me recommander un hôtel avec sauna à Fool's Gold ? Nous comptons arriver un jour plus tôt, nous voudrions vraiment nous reposer avant de rejoindre le groupe samedi.

— Je... Vous pourriez m'en dire un peu plus au sujet de cette transhumance ?

— Pardon ? Vous travaillez bien au Ranch Nicholson ?

Il était même censé en être le propriétaire !

— Je suis... un remplaçant, répondit-il pour simplifier.

— Je vois. Bon. Mon mari et moi avons réservé deux places pour participer à la transhumance.

Et elle se lança dans une grande explication, en donnant toutes sortes de détails, y compris le nom du site web sur lequel elle avait réservé ses vacances. Tout en l'écoutant parler, Zane se tourna vers son ordinateur, y entra l'adresse URL. Quand la page d'accueil s'afficha, il sentit sa mâchoire s'affaisser sur sa poitrine. Il pensa à peine à dire au revoir avant de raccrocher.

Il lui fallut moins de deux minutes pour explorer le site, qui vantait les joies d'un séjour très original : une semaine à cheval dans la Sierra Nevada à mener le bétail comme les cow-boys d'autrefois. Le circuit était proposé par le Ranch Nicholson et commençait le samedi suivant.

Zane fixa l'écran quelques secondes, le sang battant sourdement à ses oreilles. Il ne voyait qu'une seule personne au monde capable de faire un coup pareil : Chase, son petit frère.

Les dents serrées, il repoussa son siège en arrière. Cette fois, ce petit crétin allait le sentir passer ! Chase avait déjà fait des conneries, un tombereau de conneries, mais comparé à cet... *exploit*, ce n'étaient que des enfantillages.

Il se leva d'un bond, marcha vers la porte... et s'arrêta net. Il ne pouvait pas aller voir son frère dans cet état ; un coup de poing bien senti risquait de lui échapper. Le gamin le voyait déjà comme un tortionnaire, inutile d'apporter de l'eau à son moulin. Mais que faire ? C'était à se taper la tête contre les murs ! Plus il cherchait à lui apprendre à se montrer responsable, plus Chase avait des idées insensées. A dix-sept ans, il serait bientôt adulte et, s'il ne se prenait pas rapidement en main, il passerait sa vie à ficher en l'air ses opportunités et à remâcher ses regrets.

Ce dernier mot doucha net sa fureur. Lui, il portait le poids des regrets depuis qu'il avait l'âge de Chase et il savait mieux que personne comment ils vous dévorent de l'intérieur. Ce que l'on avait fait, on ne pouvait plus le défaire, et on pouvait toujours courir, on n'allait jamais assez vite pour laisser le passé derrière soi. Il ne voulait pas de cette vie pour Chase.

Du jour où son petit frère avait appris à marcher, il s'était mis à le suivre partout en imitant tous ses gestes. Et Zane l'avait aimé de tout son cœur, et s'était juré de prendre soin de lui, de le protéger. Voilà pourquoi, au lieu de foncer dans sa chambre et de lui faire tomber le ciel sur la tête, il retourna s'asseoir à son bureau pour réfléchir. Une fois pour toutes, il devait trouver un moyen de faire comprendre à Chase que l'on ne pouvait pas faire n'importe quoi dans la vie, que les actions avaient des conséquences. Pour qu'il ait sa chance de devenir un homme qui se respecte. Un homme qui ne vivrait pas sous le poids des reproches d'un fantôme.

— J'ai décidé de ne pas vous mettre en prison, mademoiselle Kitzke, déclara la juge en jetant à la prévenue un regard sévère par-dessus ses lunettes. Je veux bien admettre que vous avez agi avec les meilleures intentions.

Avec un regard appuyé, elle précisa :

— Vous savez ce que l'on dit sur le chemin de l'enfer et les bonnes intentions ?

— Oui, Votre Honneur.

— Vous n'aurez pas non plus à verser de dommages et intérêts. Les sommes versées seront simplement remboursées aux plaignants.

Elle baissa les yeux sur les dossiers déployés devant elle et frappa un coup léger de son petit maillet.

— L'audience est terminée.

Phoebe Kitzke resta debout, le greffier de la petite salle d'audience de Los Angeles fit lever le reste de l'assistance, et, dans un envol de sa robe noire, la juge disparut par la petite porte qui menait au lieu mystérieux où se repliaient les magistrats à la fin de leur journée. Leur jardin secret juridique ? Phoebe faisait de son mieux pour injecter un brin d'humour dans la situation mais, en fait, elle n'avait pas tellement envie de rire. Pas pour l'instant en tout cas. Elle était encore sous le coup de la frayeur. Tétanisée. Mais elle ne perdait pas espoir. Le soulagement finirait bien par se manifester.

Elle n'irait pas en prison ! C'était déjà beaucoup. A l'époque où elle faisait du baby-sitting, au lycée, elle avait vu de nombreux films dont l'action se déroulait dans un pénitencier, tard le soir, sur les chaînes câblées. L'expérience semblait très désagréable, il pouvait vous arriver une foule d'horreurs. Mieux valait rester du bon côté de la loi.

Elle serra la main de l'avocat de l'entreprise en le remerciant de son aide et, en se tournant vers la sortie, elle vit que sa chef, April Keller, l'attendait à la porte. Plus grande qu'elle — mais qui ne l'était pas ? —, April était le prototype de la belle blonde californienne. Brune aux yeux foncés, trop petite et trop pulpeuse, Phoebe s'était toujours sentie un peu décalée à Los Angeles.

— Ça va ? lui demanda April quand elle la rejoignit.

Phoebe haussa les épaules avec lassitude.

— Je suis contente d'éviter la prison ferme. Je n'ai pas la

formation nécessaire pour m'épanouir dans ce contexte. Pour le reste… je suis encore un peu sous le choc.

— Je suis désolée, murmura April, à la fois très ennuyée et très soulagée. Pour tout. Tu m'as sauvé la mise.

L'aspect sauvetage, Phoebe préférait ne pas en parler ! Si elle regardait de trop près ce qui venait de se passer, elle risquait de se mettre en colère, et de dire des choses qui détruiraient une relation qui comptait beaucoup pour elle. Elle se contenta donc de demander :

— Et mon poste ? Je l'ai sauvé aussi ?

April se crispa et détourna les yeux.

Outrée, Phoebe la bouscula et s'éloigna.

— Laisse-moi deviner… Je suis virée, c'est ça ? lâcha-t-elle au passage.

— Non. Juste suspendue.

April trottait sur ses talons dans le couloir bondé du tribunal. Tous ces gens pressés qui venaient résoudre leurs problèmes… Phoebe espéra que les innocents auraient plus de chance qu'elle. Elle s'arrêta net près d'un tableau d'affichage écorné et se retourna pour dévisager sa chef.

— Pour combien de temps ? demanda-t-elle.

— Un mois.

D'un geste suppliant, April posa la main sur son bras.

— Ecoute… Je te jure que je te revaudrai ça. Déjà, je paierai ton salaire de ma poche.

— Je suis suspendue *sans salaire* ? s'écria Phoebe, furieuse.

April hocha la tête en silence.

Cette fois, c'était complet ! Phoebe se redressa et plongea son regard dans le sien.

— Très bien, dit-elle d'une voix très calme. A dans un mois alors.

Et elle se dirigea, tête haute, vers la sortie.

April se précipita.

— Phoebe, non ! Attends… Je comprends que tu m'en veuilles, c'est normal, et…

— Non, si j'en veux à quelqu'un, c'est à moi.

Les yeux d'April se mouillèrent.

— Phoebe, je… je ne sais pas ce que j'aurais fait sans toi, gémit-elle.

— Je suis contente que tu t'en sortes.

Puis elle décida qu'elle n'avait vraiment pas envie de rester là à consoler April.

— Bon, il faut que j'y aille, décréta-t-elle après avoir consulté sa montre.

— Appelle-moi d'ici quelques jours, d'accord ? Tu pourras m'incendier autant que tu voudras. Je le mérite.

Phoebe approuva de la tête avec un bref sourire et s'éloigna sans répondre. Dire à April tout ce qu'elle pensait d'elle ? L'idée était séduisante…

En attendant l'ascenseur qui l'emmènerait au parking souterrain, elle chercha à se convaincre qu'en gros elle avait fait une bonne action. En aidant une personne dans le besoin, elle venait d'augmenter, sur le plan cosmique, ses chances d'être riche et célèbre dans une vie future. Enfin, s'il y avait vraiment des vies futures. Dans le cas contraire, elle venait juste d'être suspendue, sans solde, d'un travail qu'elle aimait, pour une faute qui n'aurait pas dû être la sienne mais finissait par le devenir tout de même. Elle avait déjà vécu des lundis plus épanouissants !

— Phoebe ?

Elle se figea. Cette voix… Elle avait cru toucher le fond mais, manifestement, des gouffres insoupçonnés se creusaient sous ses pieds. Elle rassembla son courage, se retourna. Oui, c'était bien Jeff Edwards qui se tenait à quelques pas d'elle. L'homme qu'elle avait aimé et accepté d'épouser. L'homme chez qui elle avait failli s'installer… avant de le surprendre au lit avec une petite stagiaire de dix-huit ans. Sa propre stagiaire, qu'elle formait dans le cadre d'un programme d'insertion pour les jeunes issus du réseau des foyers d'accueil. Jeff, si beau, si sûr de lui, qui avait eu le culot, au moment de la rupture, d'exiger qu'elle lui rende tous ses DVD. Jeff Edwards, membre influent… du Bureau chargé de réguler les pratiques des professionnels de l'immobilier de l'Etat de Californie.

— Tu es dans de sales draps, lui dit-il en lui tendant une

enveloppe au sigle très officiel. Le Bureau envisage de te retirer ta licence.

Lui retirer sa… licence ?

Abasourdie, elle le dévisagea sans réagir. Non. Là, ce n'était pas possible. Il ne venait pas de lui dire cela, pas à elle ! Comme au moment où l'on perd le contrôle de sa voiture, quand on se voit glisser inexorablement vers la collision, tout se déroulait au ralenti. Plus moyen d'arrêter l'enchaînement d'événements qui allaient changer votre vie, plus moyen d'empêcher le carambolage…

Dans un monde parfait, elle l'aurait remis à sa place d'un commentaire spirituel et mordant. Mais son monde n'était pas parfait. Aujourd'hui, c'était même tout le contraire. Elle prit donc l'enveloppe que Jeff lui tendait sans un mot, les portes de l'ascenseur s'ouvrirent, elle les franchit avec toute la dignité dont elle était encore capable. Son unique victoire, et elle fut très mineure, fut l'expression de Jeff quand les portes se refermèrent en douceur, le laissant dans le couloir à parler tout seul.

Le clavier de Chase crépitait, ses doigts couraient sur les touches au rythme forcené de la chanson qui hurlait dans son casque. Dans une petite fenêtre dans l'angle de son écran, des images se succédaient, parfaitement synchronisées avec la musique. Il ne les regardait pas. Ce fut juste quand des photos de mannequins en maillot de bain téléchargées sur le site de *Sports Illustrated* la semaine précédente se présentèrent qu'il s'y intéressa momentanément. Ces dames méritaient toute son attention ! Quand le programme se remit à envoyer des photos de groupes de rock, de voitures et d'aliens, son regard revint à la fenêtre de *chat* ouverte au centre de son écran. Un message l'y attendait :

Le chat robot n'attaque pas les rongeurs. Il s'est juste effondré sur une souris.

Il relut la phrase deux fois, marmonna un juron, prit un cahier corné, le feuilleta quelques instants et tapa :

Il a réagi en les voyant ? Tu peux confirmer que les senseurs fonctionnent ?

Au dernier test, ils fonctionnaient à la perfection. Ou, en tout cas, ils réagissaient en présence des cibles. Seulement, le robot comprenait-il ce qu'il voyait ? Avec Peter, c'était là qu'ils avaient un problème. Un chat robot, c'était peut-être trop ambitieux, se dit-il pour la millième fois. Ils auraient peut-être dû commencer par la souris. Ils auraient peut-être…

La musique qui lui emplissait les oreilles s'arrêta net. Surpris, il s'arracha à son écran et leva les yeux. Alerte rouge ! Zane se tenait juste à côté de lui, le jack de son casque à la main. Aussitôt il enfonça les trois touches qui activaient la macro qui enverrait à Peter le message : « Adulte en vue, je raccroche. » Tous ses amis avaient programmé des messages du même genre, certains très drôles… Mais, en voyant l'expression de son grand frère, il perdit toute envie de rire.

Bon, qu'est-ce qu'on pouvait lui reprocher aujourd'hui ? Les deux assiettes cassées hier soir en rangeant la vaisselle après le dîner ? Non, Zane l'avait déjà incendié, et puis ce niveau de colère, c'était forcément pour autre chose que des assiettes. Mais quoi ? Quelque chose de grave… Mais il n'était pas encore midi, et, à part pour le petit déjeuner, il n'avait même pas quitté sa chambre. A moins que Zane n'ait appris pour… Oh. Pas bon du tout, ça.

Sans un mot, Zane se pencha devant lui et se mit à taper l'adresse d'un site. Dès la quatrième lettre, Chase sut qu'il était foutu, totalement et irrémédiablement. Paralysé, il regarda le site se charger, s'ouvrir… Une photo panoramique de la charmante petite ville de Fool's Gold s'afficha à l'écran, et un texte se déroula en bas de la page : Un séjour unique dans la nature sauvage.

La photo s'effaça, remplacée par un groupe de cavaliers des deux sexes, tous beaux et décontractés. Une photo superbe, trouvée sur un autre site, et qu'il avait tout bonnement empruntée. Piratée, en fait.

— Explique-toi, gronda Zane.

Il s'était redressé et, les bras croisés, il braquait sur lui son regard le plus austère. Ce regard, Chase l'appelait « le Rayon de la Mort ». Petit, il l'avait terrifié. Maintenant qu'il avait grandi, il comprenait mieux la marche du monde, mais en ce temps-là Zane était son idole, l'être qu'il aimait plus que tout. Il était trop jeune pour réaliser que, de son côté, Zane le verrait toujours comme un guignol qui faisait tout de travers et lui gâchait la vie.

— J'attends.

Prudent, Chase se coula hors de son siège et se replia vers le lit. Le Rayon de la Mort ne le terrorisait plus comme quand il était petit, mais il préférait mettre un peu de distance entre lui et son grand frère quand ce dernier était de mauvaise humeur. Et là, il était *vraiment* de mauvaise humeur.

— Ce n'est pas la peine d'en faire un drame, marmonna-t-il. C'était juste un devoir pour le cours d'informatique. Nous l'avons fait à deux, avec Peter, et M. Hendrix nous a donné un A. Et il a dit qu'un jour nous serions meilleurs programmeurs que lui.

Zane tira à lui le siège du bureau, s'y laissa tomber et se frotta les yeux.

— Bien sûr, répondit-il. Tu as des A en informatique, maths, physique, tous les sujets qui t'intéressent… et un C en littérature et un D en histoire.

Chase se laissa tomber sur son lit. Non ! On n'allait pas refaire le cirque habituel ? Personne à MIT ne se demanderait s'il était bon en littérature et en histoire ! Sauf que, si Zane l'emportait, il n'irait jamais à MIT et passerait sa vie à pelleter des bouses et à nourrir des chèvres…

— J'ai eu un coup de fil il y a une petite demi-heure, reprit Zane.

Chase tressaillit et se redressa. Encore plus terrifiante que le Rayon de la Mort, c'était la Voix, celle qui signifiait que Zane faisait de son mieux pour contenir sa colère, mais que, si jamais elle explosait, elle balaierait tout d'ici à Sacramento.

— Une dame voulait savoir si elle pouvait avoir un message avant de partir en transhumance.

— Ah. C'est ça qui te…

— Oui, c'est ça qui me. Tu m'expliques ?

Chase avala péniblement sa salive. Expliquer ? Mais comment ? C'était juste une blague entre Peter et lui. Une blague qui leur avait un peu échappé, d'accord, mais… Il risqua un regard rapide vers Zane, vit un muscle tressauter dans sa mâchoire. Hou là ! Pas bon signe.

— Pas de panique, dit-il très vite. Je contrôle la situation.

— Explique-moi le plan, Chase.

Il avait toujours l'air d'un homme qui retient sa colère des deux mains. Ne sachant combien de temps il pourrait tenir, Chase se mit à parler à toute allure :

— Je te l'ai dit, c'était un projet pour le cours d'informatique. Il fallait créer un site et le mettre sur Internet.

— Sur l'Intranet du lycée, corrigea Zane, les dents serrées. Pas sur un serveur où n'importe qui pourrait l'ouvrir.

— Oui, bon, c'était un accident. Enfin, non, ça, c'est Reese. Il a voulu nous faire une blague.

Les poings de Zane se crispèrent.

— Une *blague* ? Tu as proposé d'emmener des touristes en transhumance. Tu as pris des réservations. Tu as accepté de l'argent, aussi ?

— Juste pour quelques jours, protesta Chase. Ecoute, je sais ce que je fais. Je gère.

Zane se leva d'un bond et alla se planter devant la fenêtre en lui tournant le dos.

— Ces gens vont arriver samedi en s'attendant à participer à une transhumance de six jours, dit-il d'une voix sourde. C'est ça, ton plan, Chase ?

— Non ! Ne t'en fais pas, j'ai tout arrangé. C'était une erreur. Quand l'argent a commencé à arriver, on ne savait pas quoi faire, avec Peter.

Avec un temps de retard, il avait réalisé que le plus simple aurait été de renvoyer l'argent avec une lettre expliquant que le séjour était annulé. Sur le moment, il n'y avait pas pensé.

— Tu… sais, le robot qu'on fait avec Peter ? bredouilla-t-il, conscient de s'enfoncer. Il nous fallait des pièces. Peter a mis sa part, mais tu n'as pas voulu me prêter de l'argent, ou payer quoi que ce soit, alors…

Zane se retourna brusquement.

— Tu as dépensé l'argent des réservations pour ton projet ?

tonna-t-il. C'est du vol, Chase ! Le site entier est frauduleux. Tu te lances dans l'escroquerie, maintenant ?

Affolé, Chase sauta sur ses pieds.

— Je n'ai rien volé ! Je ne ferais pas ça, ou escroquer, ou…

— Alors où est l'argent ?

— Ici !

Il se précipita sur son clavier et se mit à taper à toute allure.

— Avec Peter, on a fait du *day-trading*. Tu sais, quand on achète et revend des titres dans la même journée ? On n'a pas volé les gens, on n'a fait qu'emprunter leur argent pendant quelques heures. Ils ne perdent rien, je t'assure ! Je fais mon profit, je leur rends tout et je garde les bénéfices. Enfin, c'était une super-idée, mais le quatrième jour on a presque tout perdu…

Ce grondement sourd dans la gorge de Zane…

Impressionné, Chase se voûta un peu, sans cesser de taper les identifiants de son compte de courtage.

— Je sais ce que tu penses, poursuivit-il. Tu crois qu'on s'est fait avoir. Mais attends, on a entendu un mec, à la fête de l'Indépendance à Fool's Gold, il parlait d'une compagnie high-tech qui est sur le point d'annoncer un nouveau type de carte mère, leur stock va crever le plafond. Alors on a acheté toutes les parts qu'on a pu avec ce qui nous restait. L'annonce est programmée à 17 heures aujourd'hui. Ensuite, on vendra nos parts et on renverra l'argent des réservations. Je comptais leur dire que le ranch avait été détruit dans un incendie, ils verront bien que là ce n'est plus possible et ils ne viendront pas.

Il risqua un nouveau regard vers son frère.

— Tu vois ? J'ai tout prévu. J'ai même préparé la lettre pour annuler le séjour. Alors tout va bien, non ?

Il contemplait Zane avec espoir, en guettant le premier signe de détente. L'expression de son frère resta impassible. Il y eut un silence, puis Zane dit posément :

— Tu as volé leur argent, tu l'as perdu en faisant du *day-trading*, tu comptes le récupérer grâce à un délit d'initié, tu annules leurs vacances moins d'une semaine avant le jour J et tu trouves que *tout va bien* ?

Sa voix s'enflait à chaque mot. Cette fois, le ciel allait lui tomber sur la tête, songea Chase. Il paniqua.

— Ces gens s'attendent à partir en vacances ! s'écria Zane. Ils ont payé pour leur séjour. Ils ont pris des jours de congé, acheté des billets d'avion ! Tu veux savoir ce qu'ils pourraient te réclamer comme dommages et intérêts s'ils décidaient de te faire un procès ?

— Pas vraiment, non, murmura Chase.

Enfin, son compte s'ouvrait. Vite, il descendit jusqu'à la ligne des valeurs… et faillit s'évanouir en voyant qu'il disposait de moins de deux dollars.

— Nooon ! cria-t-il.

Frénétiquement, il cliqua sur l'icône qui permettait d'accéder aux derniers articles en ligne. Un gros titre s'afficha à l'écran :

*P-DG EN GARDE À VUE POUR APPROPRIATION DE PROCÉDÉ TECHNOLOGIQUE.*

Il sentit son frère s'approcher, sans doute pour lire par-dessus son épaule. Paralysé, incapable de détacher son regard de l'écran, il vit la main de Zane se poser sur le titre.

— Je crois bien qu'il y a un problème avec *ton plan*, dit-il.

Cette fois, Chase n'avait plus de réponses. C'était grave. Vraiment très grave. Probablement la pire bourde de toute sa vie. Son cerveau se grippait, il avait un peu envie de vomir. Des gens allaient arriver au ranch en s'attendant à partir pour six jours de transhumance. Il n'avait pas de quoi les rembourser. Si Zane ne l'aidait pas, on allait le mettre en prison. Ou pire.

— J'ai fait une sérieuse connerie, murmura-t-il, plus pour lui-même que pour son frère.

— C'est aussi mon impression.

Chase rougit brutalement. Le regard rivé au sol, il étudia le plancher rayé, les éraflures de ses bottes de cow-boy…

— Je regrette…

— Pardon ? rugit Zane après un juron très imagé. Tu *regrettes* ? Et tu crois que ça suffit ? Tu avais déjà fait des bêtises assez spectaculaires, mais tu n'étais encore jamais allé aussi loin. J'attendais mieux de toi.

Ses mains se crispaient comme s'il se retenait de frapper.

— J'attends *toujours* mieux de toi, Chase. Après tout ce

temps, j'aurais cru que tu finirais par comprendre, mais non. Tu ne réfléchis *jamais.*

Chase sentit son petit univers s'écrouler. Aucune punition n'aurait pu faire plus mal que ces paroles. Même si son grand frère l'avait rossé.

La gorge serrée, la poitrine comprimée, il se sentit tout petit et effrayé ; pour la première fois depuis des années, il crut qu'il allait fondre en larmes.

— Et maintenant on fait quoi ? demanda-t-il dans un souffle.

Zane, qui se dirigeait vers la porte, se retourna brusquement.

— Excellente question. Tu as un plan B ?

Chase secoua la tête.

— Sauf si je peux…

Sa voix se brisa, il dut s'éclaircir la gorge avant de reprendre :

— Sauf si je peux emprunter l'argent pour les rembourser.

Zane ne répondit pas. Le silence s'étira. Quand Zane reprit, Chase savait déjà que la sentence serait terrible.

— Un prêt, ce serait trop simple. Je vais appeler Raoul et Pia pour leur expliquer ce que vous avez fait, Peter et toi. Ensuite, je vais réfléchir à ce que je vais pouvoir faire de toi. Il n'y aura pas de punition facile. Ce coup-ci, ce sera une leçon que tu n'oublieras jamais.

La porte se referma sur ces mots.

Désespéré, Chase fixa le panneau, bouche ouverte. Pour la première fois de sa vie, il se demandait si Zane allait… le renvoyer ? Se débarrasser de lui ? Il essaya de se dire que ce ne serait pas si grave. Il détestait le ranch, ne rêvait que de partir d'ici, d'étudier l'informatique, la robotique, les lasers, tout ce qu'il y avait de plus cool dans les technologies de pointe. Et, surtout, surtout ne *jamais* travailler dans l'élevage.

Seulement, choisir de partir pour réaliser ses rêves, c'était une chose, et se faire mettre à la porte par son grand frère, quasiment son unique famille, tout à fait une autre. Il se jeta sur son lit, le regard dans le vague. Il se sentait très seul, très effrayé, et beaucoup plus jeune que ses dix-sept ans.

# 2

Après l'audience, Phoebe ne chôma pas. Elle retourna à l'agence, où elle vida son bureau et déposa ses dossiers en cours sur le bureau d'April. Ensuite, elle se rendit au magasin See's le plus proche pour acheter un stock de chocolat et de sucreries, avant de rouler jusqu'à la tour de Century City où sa meilleure amie, Maya Farlow, travaillait à la production de l'émission de divertissement l'Info des Stars.

En arrivant à l'étage, elle sourit à l'assistante que Maya partageait avec deux autres productrices. Cette dernière lui fit signe d'entrer. Elle frappa un coup léger à la porte de bois blond et pénétra dans le bureau de son amie, une pièce minuscule qui bénéficiait toutefois d'une vue spectaculaire.

Maya était au téléphone. En la voyant, elle agita la main avec enthousiasme et lui fit signe de s'asseoir en face d'elle. Phoebe la remercia d'un signe de tête, mais préféra aller contempler le panorama. Vers l'ouest, elle voyait la plaque bleue du Pacifique, vers l'est, les tours lointaines de la San Fernando Valley, la Mecque suburbaine dont tout le monde se moquait, mais qu'elle prenait beaucoup de plaisir à parcourir à l'occasion. La grisaille habituelle de juin s'était levée, le ciel avait pris ce bleu brillant que l'on ne trouve qu'en Californie du Sud. On pouvait toujours encenser New York, la ville qui ne dort jamais, mais Los Angeles, c'était le summum du cool.

— Zane, dit Maya derrière elle, il est jeune. Il a fait une grosse bêtise, mais…

Malgré elle, Phoebe dressa l'oreille. Cette voix tendue…

Maya ne prenait *jamais* rien au sérieux ! Zane ? C'était le nom de son demi-frère. Autant qu'elle ait pu s'en rendre compte, les rapports n'avaient jamais été simples entre eux.

— Et ça commence quand ? demandait Maya.

Elle griffonna quelque chose sur un bloc et ajouta :

— Très bien. Si, si, je vais venir. Je ne peux pas me libérer aujourd'hui, mais j'y serai. Essaie juste de ne pas être trop dur avec… C'est ça ! Raccroche-moi au nez, marmonna-t-elle en reposant le combiné sur son socle.

Phoebe se retourna vers elle, un grand sourire aux lèvres.

— Une chambre avec vue, s'exclama-t-elle en se laissant tomber sur le siège des visiteurs. Je n'avais pas encore vu ton nouveau bureau. Félicitations.

Maya se carra dans son fauteuil avec un sourire de triomphe.

— Merci, mais j'espère ne pas moisir ici très longtemps. Je viens d'apprendre qu'un poste de présentatrice se libère, sur une chaîne nationale ! Si je le décroche, je quitte l'anonymat de la production, je me retrouve à l'écran, et ce ne sera pas pour parler des potins de Hollywood. Si je dois construire encore une émission autour de la nouvelle coiffure d'une star…

Elle se tut brusquement, scruta son visage et ordonna :

— Raconte-moi plutôt ce qui s'est passé à l'audience. Je n'ai pas eu de coup de fil paniqué, donc on t'a innocentée. Sinon, si tu as besoin d'une caution, ma proposition tient toujours : je te l'avance.

Phoebe la remercia d'un sourire affectueux. Maya se donnait toujours ce petit air désinvolte, mais elle savait que l'offre était tout à fait sérieuse. Quoi qu'il arrive, sa meilleure amie serait toujours là pour elle.

— Pas de prison ferme, pas de sursis non plus, et surtout pas de dommages et intérêts, dit-elle avec un petit soupir. Juste la restitution du dépôt des clients. Je suis suspendue pour un mois sans solde, mais April m'a affirmé qu'elle me paierait de sa poche.

— C'est la moindre des choses ! Laisse-moi deviner : elle a assisté à l'audience sans dire un mot de sa propre responsabilité.

Phoebe confirma d'un hochement de tête.

— Quelle crétine je fais, murmura-t-elle. J'ai vraiment cru qu'elle interviendrait, qu'elle expliquerait…

— Qu'elle dirait la vérité ?

— J'aurais apprécié, figure-toi.

— Tu es mal ?

Phoebe grimaça.

— J'ai une boîte de fudge de chez See's dans ma voiture, avoua-t-elle. Je comptais m'arrêter en rentrant pour m'acheter une bouteille de vin.

— Des sucreries *et* de l'alcool ? Pas bon, ça.

— C'est à peu près ma limite, en termes de comportements à risques.

Ses expériences de la journée, un instant oubliées, lui bouchaient de nouveau l'horizon. A bout, elle se couvrit le visage de ses mains.

— Je sais bien, pourtant, que je ne devrais pas ! se lamenta-t-elle. Je crois que c'est ce qui me tue le plus, dans toute cette histoire ! Quel est mon problème ? Pourquoi est-ce que j'ai toujours l'impression de devoir mériter ma place sur cette terre ? Combien de fois faudra-t-il que je sois échaudée avant de renoncer à aider les gens ? Chaque fois que je cherche à arranger les affaires de quelqu'un, je me prends le retour de manivelle en pleine figure.

Elle se souvint brusquement de sa rencontre avec Jeff à la sortie de l'audience.

— Au fait, le Bureau envisage de me retirer ma licence d'agent immobilier, précisa-t-elle. Jeff m'a annoncé la nouvelle en personne.

— Tu lui as rué dans l'entrejambe, j'espère ?

— J'y ai pensé trop tard, malheureusement ! Sérieusement, pourquoi est-ce que je suis une telle cruche ?

— Tu as un cœur grand comme ça, tu trouves normal de tendre la main à tes semblables. Ce serait plutôt sympathique si tes semblables n'en profitaient pas. Qu'est-ce que tu comptes faire, maintenant ?

— Je ne sais pas. J'ai un mois de congé. Si le Bureau me révoque…

Elle se tut. Si elle perdait sa licence, elle ne savait pas ce qu'elle ferait. Pour l'instant, elle refusait d'y penser. Elle était arrivée dans l'immobilier par hasard, ses études terminées et ne sachant toujours pas ce qu'elle voulait faire de sa vie. Et là, miracle : pour la première fois de son existence, elle s'était sentie à sa place. Elle adorait montrer des maisons, chercher des financements intéressants, voir le visage heureux des acheteurs le jour où ils prenaient possession de leur nouveau foyer. C'était toute sa vie ! Et cette vie la rendait heureuse.

— April est une vraie garce, déclara Maya.

— C'est une mère seule avec trois enfants, dont une est tout le temps malade.

— Ne lui cherche pas d'excuses.

— Je t'explique juste. Si elle avait encore pris des jours pour rester à la maison avec Beth, elle risquait son job. Elle m'a demandé de faire passer le dossier des Bauer. J'ai eu tort d'accepter, je savais que le dossier était mal monté.

Elle avait obéi, mais non sans protester. Elle était même allée jusqu'à se disputer avec April qui, hors d'elle, avait fini par lui hurler de faire ce qu'on lui disait et de soumettre le dossier. Alors elle avait cédé, à contrecœur, et suite à un enchaînement de coups du sort l'histoire s'était terminée en procès. La plainte, et l'enquête qui avait suivi, l'avait expédiée devant le juge, car April l'avait laissée en première ligne, sans expliquer son propre rôle dans le fiasco. De son point de vue, Phoebe pouvait se permettre un échec car elle n'avait pas trois enfants à charge, elle. Phoebe n'avait rien trouvé pour réfuter cet argument. Une jeune femme célibataire qui perdait son emploi, c'était moins grave qu'une mère de famille sur la touche.

— Je ne comprends pas cette histoire de te retirer ta licence, dit tout à coup Maya. Si le tribunal ne te reproche rien, je ne vois pas pourquoi le Bureau de l'Immobilier se mêlerait d'un simple problème de dossier bâclé.

Phoebe pensa à la lettre dans son sac. Elle l'avait lue en sortant du tribunal, en avalant quatre truffes aux amandes et un grand crème chez Starbucks.

— Normalement, il ne le ferait pas, mais les Bauer étaient les clients d'April et c'est moi qui ai soumis le dossier. Ils m'accusent d'avoir cherché à m'approprier la commission.

— N'importe quoi ! s'exclama Maya, choquée.

— Mais qui va me croire ?

— April connaît la vérité !

— Est-ce qu'elle se risquera à la dire ?

— Il va se passer quoi, maintenant ? Tu pourrais porter plainte contre elle. Si tu veux, je l'expose dans le cadre de l'émission.

— Merci, mais je préfère m'y prendre autrement.

Comment ? Aucune idée. Mais passer à l'offensive, ce n'était tellement pas dans sa nature.

— En gros, résuma-t-elle, j'ai un mois pour me trouver un nouveau poste.

Et selon la décision que l'on prendrait pour sa licence, peut-être même un nouveau *métier* !

— Mais j'aime vendre des maisons, moi, gémit-elle. Je ne veux pas faire autre chose.

— Non. Ce que tu aimes, c'est sauver les gens, décréta Maya. Tu es le seul agent immobilier de Beverly Hills à te spécialiser dans les premiers achats et les petits budgets. Tu pourrais engranger des fortunes avec les stars, et tu choisis de travailler avec les jeunes mariés et les mères célibataires dont les revenus ne feraient pas vivre une famille de souris.

Phoebe envisagea de protester… et y renonça. Son amie avait raison.

— Je sais ce que c'est d'avoir désespérément envie d'un toit où on soit vraiment chez soi, expliqua-t-elle.

Cette sensation, elle la connaissait. Elle ferait son trou quelque part, elle se l'était promis, et une fois installée rien ni personne ne pourrait plus la déloger ! Mais en attendant…

— J'ai bien une star parmi mes clients, dit-elle avec un pâle sourire, mais Jonny Blaze ne veut pas acheter ici, à Los Angeles. Il cherche une retraite paradisiaque, loin de tout, avec suffisamment de terrain pour s'isoler du monde.

— Tu ne pourrais pas coucher avec lui, histoire de te changer les idées ?

Pour la première fois de la journée, Phoebe éclata de rire.

— J'aurais bien voulu, mais, la dernière fois que je l'ai vu, il m'a tapoté la tête en me disant que je lui rappelais sa petite sœur.

— Lamentable.

— Oui !

Puis elle se souvint que contrairement à elle Maya avait encore un emploi.

— Bon ! conclut-elle en se levant. Mon chocolat m'attend, et toi, tu as des gens riches et célèbres à harceler. Je te laisse.

— Surtout pas ! s'exclama Maya en sautant sur ses pieds.

Elle fit le tour de son bureau pour la serrer sur son cœur.

— Je ne te laisse pas seule dans un moment pareil, ma belle. On sort manger mexicain ?

— Tu es sûre d'avoir le temps ?

— Pour toi ? Toujours.

Maya ayant tout de même quelques tâches à boucler avant de pouvoir se libérer, Phoebe prit les devants et se rendit jusqu'à leur restaurant mexicain préféré en prenant bien son temps. Comme cela ne lui disait rien de patienter seule au bar, elle trouva un siège derrière une plante verte, dans l'entrée, et passa le temps en regardant arriver les clients, le plus souvent des couples ou des familles. Si un homme seul passait devant elle, elle regardait ailleurs. Le dernier homme qu'elle avait rencontré dans un restaurant avait cherché à lui emprunter cinq mille dollars dès leur deuxième sortie. A la troisième, elle avait compris qu'il était marié. Aujourd'hui, elle était passée à deux doigts d'une condamnation pour escroquerie et elle se faisait un sang d'encre pour sa licence d'agent immobilier. La dernière chose dont elle avait besoin était une relation amoureuse douteuse.

Une bonne relation amoureuse, en revanche… Cela devait être une sacrée expérience, se dit-elle avec un brin de tristesse. Une expérience qu'elle aimerait bien tenter ! Elle ne cherchait pas la perfection, non. Juste un homme gentil qui l'aimerait, qui voudrait des enfants et une bonne petite vie avec elle, une vie ordinaire… Seulement voilà, elle ne semblait pas du tout douée pour attirer les hommes ordinaires. Elle avait juste droit à des losers comme Jeff l'Infidèle ou des hommes mariés à court d'argent. Elle devrait peut-être envisager de prendre un chien ? Un chien lui offrirait sa compagnie et sa tendresse, tous les avantages ou presque, sans les inconvénients…

Elle en était à s'interroger sur les mérites des différentes races quand Maya arriva en coup de vent. Trop concentrée sur ses propres problèmes, Phoebe n'avait pas remarqué sa tenue tout à l'heure, mais ce tailleur noir qui mettait en valeur son corps menu et ses mèches blondes était d'une rare élégance.

— C'est nouveau ? demanda-t-elle en s'avançant à sa rencontre. Il est fabuleux !

Maya lui lança un large sourire en pivotant sur elle-même pour se montrer sous tous les angles.

— Il n'était même pas en solde, mais je n'ai pas pu m'en empêcher. Je l'adore ! Je l'ai acheté pour mon entretien avec la grande chaîne et j'ai une petite robe verte assortie à mes yeux pour l'essai devant les caméras.

— C'est dans la poche, décréta Phoebe. Tu seras superbe.

— Tu es gentille !

Phoebe n'enviait pas la garde-robe fabuleuse de son amie. Elle faisait son propre shopping dans les enseignes discount, ou au moment des soldes. Jonny Blaze mis à part, ses clients étaient des gens modestes qui n'avaient pas envie de voir leur argent durement gagné partir en fringues haut de gamme pour leur agent immobilier. La sobriété de ses tenues lui convenait très bien, du reste ; elle ne tenait pas particulièrement à s'habiller en princesse.

— J'ai faim ! déclara Maya. Et toi, tu as besoin d'un *mojito.*

L'hôtesse les entraîna entre les tables de la grande salle bondée. Le restaurant était très populaire, et une foule de convives s'attaquait avec enthousiasme aux plats grand format de *fajitas, tacos* et *enchiladas.* En sentant les arômes de bœuf pimenté et de poulet mariné qui flottaient dans l'air, Phoebe s'aperçut qu'elle avait très faim, elle aussi. Par chance, leur serveur se présenta rapidement. Elles commandèrent des *mojitos* et, sans même regarder le menu, leur spécialité habituelle.

Un autre serveur leur apporta leurs boissons, accompagnées de chips de maïs sur lesquelles Phoebe posa un regard sceptique en faisant un calcul mental de calories. Dès le deuxième *mojito,* elle allait sûrement tirer un trait sur son régime sage et équilibré et dévorer tout ce qui lui passait sous le nez. Demain matin, elle essaierait de tout éliminer en faisant du sport et en sautant le déjeuner. En vain. Voilà trois ans qu'elle avait cinq kilos à perdre, et elle avait beau se battre la graisse gagnait toujours.

— J'ai une grande nouvelle à t'annoncer, dit-elle en sirotant son cocktail. Je viens de comprendre que, chaque fois que j'aide quelqu'un, c'est une catastrophe. Donc, à partir d'aujourd'hui, c'est fini, je n'aide plus personne. Jamais. Quoi qu'il arrive.

Les yeux verts de Maya s'arrondirent.

— Waouh ! Impressionnant. Je n'en crois pas un mot, mais c'est une sacrée déclaration d'intention.

Phoebe éclata de rire.

— Je ne suis pas sûre d'y croire non plus, mais je vais essayer.

— Tu ne voudrais pas retarder un peu la date d'application du décret ? C'est juste que j'ai un service à te demander. Un service qui te rendrait service aussi, dans un sens, alors ce serait gagnant-gagnant. Voilà. Tu as un mois de congé imposé et, franchement, si quelqu'un a besoin de vacances, c'est bien toi.

— Maya, je n'ai pas de budget pour des vacances, et…

— C'est là que mon idée est sublime ! Ce que je te propose, c'est de te changer les idées. Radicalement.

— Radicalement ? Tu commences à m'inquiéter. En faisant quoi ?

Une étincelle malicieuse s'alluma dans le regard de son amie.

— En contemplant un beau cow-boy ténébreux et magnifiquement musclé.

Phoebe croqua distraitement une chips de maïs en la dévisageant avec méfiance.

— Tu ne fais jamais ça, d'habitude, dit-elle, très calme. Tu n'essaies pas de jeter tes connaissances dans les bras les uns des autres. Je ne sais pas combien de fois j'ai entendu ta grande tirade sur les raisons pour lesquelles il ne faut jamais tenter de rapprocher ses amis.

— C'est vrai, répliqua Maya en riant. Mais là, je n'essaie pas de vous jeter dans les bras l'un de l'autre. Je te propose des beaux mâles comme paysage, pas pour toucher.

Comme elle restait de marbre, son amie fronça le nez et reprit, sérieuse tout à coup :

— Franchement, je ne sais pas si Zane est seulement capable

de s'intéresser à une femme. Il a deux passions : gérer son ranch et ne jamais dévier du droit chemin.

— Zane ? Ton demi-frère Zane ? Celui à qui tu parlais au téléphone tout à l'heure ?

— Celui-là, oui. Enfin, mon ex-demi-frère, puisque nos parents ont divorcé.

Le visage soucieux, Maya prit une chips qu'elle oublia aussitôt de manger.

— J'ai eu un coup de fil complètement affolé de Chase, juste avant que tu n'arrives au bureau, dit-elle.

— Chase, c'est ton autre demi-frère ?

— C'est ça. Et aussi le demi-frère de Zane. Chase a dix-sept ans, il est adorable, c'est un génie de l'informatique qui fait le désespoir de Zane. Tout ce qui dévie de son idéal de perfection le met au désespoir. Imagine sa réaction quand j'ai débarqué au ranch après le mariage de son père avec ma danseuse de cabaret de mère ! Il a failli faire une crise cardiaque.

Phoebe hocha la tête. Elle ne savait pas grand-chose des années que Maya avait passées au Ranch Nicholson car elles se situaient avant leur rencontre, mais elle avait glané quelques éléments.

— Bref ! Chase vient de faire une grosse bêtise, poursuivit Maya. Une de plus. Chez lui, c'est un choix de carrière. Et cette fois, même si cela m'ennuie de l'avouer, je suis assez d'accord avec Zane. Chase a dépassé les bornes.

Elle poussa un soupir, saisit son verre et avala une gorgée de *mojito* avant de reprendre :

— Tiens-toi bien. Chase et un copain à lui ont créé un site web pour leur cours d'informatique, au lycée. La page proposait aux clients de jouer les cow-boys le temps d'un séjour de vacances. Il s'agissait de mener un troupeau de bétail à l'ancienne, à cheval, en bivouaquant la nuit sous les étoiles. Je n'ai pas bien compris comment le projet d'école s'est retrouvé sur le Net, mais Zane déplace effectivement une partie de son troupeau de cette façon tous les printemps. C'est une lubie qu'il a, une espèce de retour-à-ses-racines. Il emmène un ou deux gars. Jamais il ne lui viendrait à l'esprit d'emmener Chase, ou, le ciel nous en préserve, un touriste ! Il préférerait mourir de soif dans le désert.

Phoebe voyait tout à fait le problème ! Et elle ne pouvait donner que raison à Zane.

— Tu veux dire que des gens se sont inscrits pour le séjour ? demanda-t-elle.

— Tu as tout compris ! Attends, il y a pire ! Chase et son copain ont reçu de l'argent, cinq cents dollars par personne, et Chase l'a pris pour faire du *day-trading.*

— Mais… c'est malhonnête ! Il a perdu la tête ?

— Non. Il a dix-sept ans et il se croit immortel. Tu te souviens sûrement de la façon dont on voit les choses à cet âge. Et, bien entendu, il a tout perdu quand l'entreprise sur laquelle il spéculait a coulé. Je n'ai pas bien suivi le côté financier, mais Zane refuse de l'aider en lui prêtant l'agent qu'il a perdu. Il dit que Chase doit apprendre une fois pour toutes que ses actes ont des conséquences.

— Attends, je veux être sûre de bien comprendre. Chase a vendu des places pour un séjour entièrement fictif, et des gens lui ont envoyé de l'argent ? Et il a investi cet argent en faisant du *day-trading*, et il a tout perdu ?

Elles se dévisagèrent en silence un long instant… et éclatèrent de rire. Un fou rire si bruyant que les convives des tables voisines se retournèrent, outrés. Et leur fou rire repartit de plus belle.

— Mais qui ferait une chose pareille ! s'exclama Phoebe quand elle retrouva l'usage de la parole.

— Je sais bien ! C'est affreux. C'est diabolique, bredouilla Maya en s'essuyant les yeux. Pas correct du tout ! Arrête de rire. Je sais que Chase a eu tort mais, en même temps, c'est tellement drôle… Tu vois, c'est le côté que Zane ne peut pas comprendre. Un jour, quand Chase sera un inventeur célèbre, l'anecdote aura un succès fou.

Elle attendit que le serveur ait posé leur plat devant elles avant d'enchaîner :

— Tout à l'heure avec Zane, au téléphone, on a tourné en rond pendant une demi-heure à chercher comment se sortir de cette situation. Ces gens s'attendent à vivre un séjour de vacances. Chase ne s'est pas contenté de jouer avec leur portefeuille, il a chamboulé leur vie. Nous avons réfléchi à toutes les options, de l'école militaire à quelques jours en cellule. En fait, c'était assez intéressant que Zane m'ait téléphoné pour avoir mon avis. C'est une grande première.

— Vous avez décidé quelque chose ?

Maya lui lança un sourire gourmand.

— Oui ! C'était son idée, et c'est une solution à laquelle je n'aurais jamais pensé. Samedi matin, un groupe de citadins va débarquer sur la terre sainte du Ranch Nicholson… et Zane va effectivement les emmener faire cette transhumance, avec Chase dans le rôle du grouillot qui se tape toutes les corvées désagréables. En le mettant face à la réalité de ce qu'il a déclenché, Zane espère qu'il comprendra la leçon.

Phoebe essaya d'imaginer le tableau. D'un côté, elle pouvait apprécier la colère de Zane. De l'autre, elle s'identifiait à Chase. Elle aussi, elle faisait tout de travers…

— Chase t'a appelée pour te demander de voler à son secours ?

— Oui. J'ai été obligée de lui dire que je ne pouvais rien faire pour lui, mais en guise de compromis, pour qu'il ne se sente pas tout à fait abandonné, j'ai promis de participer à leur fichue transhumance. Et, le plus drôle, c'est que quand j'ai annoncé à Zane que je viendrais il était content.

— Pourquoi ? Je veux dire, pourquoi ne serait-il pas content ?

— Jusqu'ici, j'ai presque toujours pris le parti de Chase. Je crois bien que Zane jubile en pensant que je vais enfin voir notre petit frère tel qu'il est.

Son regard vert se fit sérieux tout à coup.

— Ce que Zane n'arrive pas à comprendre, c'est que je connais très bien Chase, précisa-t-elle. Je vois ses défauts, mais cela ne change rien, je l'adore quand même. Et ça, c'est un concept que Zane est incapable de saisir.

Puis, aussi subitement qu'elle était venue, sa gravité se dissipa, et elle reprit son style désinvolte habituel pour déclarer :

— Bon, si je te raconte tout ça, c'est pour t'inviter à nous accompagner. Tu adores les animaux et tu as un besoin urgent de prendre des vacances.

— Moi ? Monter à cheval ? Encadrer des… *vaches* ?

— Pourquoi pas ? Tu dis toujours que tu aimes la nature, la

vie au grand air. Et Zane est plutôt agréable à regarder, enfin, tant qu'il n'ouvre pas la bouche.

Elle brandit une chips au maïs pour souligner son propos et enchaîna :

— Depuis que je te connais, tu travailles comme une folle. Fais quelque chose pour toi, pour changer ! Pour ton billet d'avion, tu pourras piocher dans mes Miles, j'en ai à la pelle.

Phoebe hocha machinalement la tête. C'était… assez tentant, en fait ! Elle avait deux semaines devant elle avant de comparaître devant le Bureau de l'Immobilier. Elle venait de se jurer de cesser de prendre le monde entier sous son aile. Ce séjour, rien que pour elle, ce serait un bon début, non ?

— Je ne sais pas, dit-elle franchement. Ma version de la vie au grand air, c'est de sortir arroser les plantes de mon balcon. Je n'ai jamais rencontré un cheval en personne. Ils sont grands, non ? Ils sentent fort ?

— Pas aussi fort que le bétail, mais on s'arrangera pour rester du côté du vent. Oh ! Allez, dis oui ! lança Maya avec un large sourire. On va s'amuser ! Et puis, après ce que tu viens d'encaisser, tu as absolument besoin de changer d'air. Tu réfléchiras mieux à ton avenir si tu quittes tous tes repères.

Partir à cheval jouer les cow-girls… Cela ne lui serait jamais venu à l'esprit, mais ne venait-elle pas de décider qu'elle devrait changer de vie, tenter des choses inédites ? Se réinventer ! La nature, la vraie, la nouvelle Phoebe aimerait peut-être ?

— D'accord, dit-elle. Je viendrai.

— Parfait ! Tu ne le regretteras pas, déclara Maya. J'ai déjà réservé mon vol vendredi après-midi, je ne peux pas me libérer avant, j'ai tout un lot de séquences vidéo à monter. Si cela ne t'ennuie pas trop, l'idéal serait que tu partes demain. Juste pour changer les idées de Zane. Il en veut tellement à Chase que j'ai peur des dérapages.

Horrifiée, Phoebe la dévisagea un instant en silence.

— Tu as perdu la tête…, murmura-t-elle.

— Je sais que c'est beaucoup demander, assura Maya sans se démonter. Mais, devant toi, Zane sera obligé de se modérer.

— Je ne peux pas arriver deux jours avant toi ! Il ne me

connaît pas, je ne peux pas me présenter à sa porte sans avertissement !

— Oh ! Mais je l'avertirais, promit Maya d'un ton léger.

Phoebe secoua la tête avec emphase.

— Non. Pas question. Je partirai avec toi vendredi, pas avant.

Sa résolution de ne plus rendre service à personne datait de moins d'une heure, il était un peu tôt pour s'asseoir dessus !

En face d'elle, Maya s'affaissa un peu sur sa chaise, très déçue.

— Bon, laissa-t-elle échapper dans un soupir. Pas de problème. Je n'aurais pas dû demander. C'est juste que je me fais du souci pour Chase. Il était encore tout petit quand sa mère est morte. Zane l'a quasiment laissé s'élever tout seul. Et il est particulièrement vulnérable en ce moment, il commence à s'intéresser sérieusement aux filles, il pense à ses études, son avenir. Finalement, je n'ai pas d'autre famille que lui.

Phoebe posa sa fourchette. Elle n'avait plus faim. La stratégie de Maya était évidente, elle cherchait à la culpabiliser. Une manœuvre indigne. Mais, cette fois, elle ne se ferait pas avoir.

# 3

L'avion de Phoebe se posa à Sacramento le mercredi, un peu après 15 heures. Elle s'en voulait, elle en voulait à Maya. C'était lamentable d'avoir capitulé aussi facilement ! Elle n'en revenait pas de sa propre faiblesse. Il suffisait d'insister un peu, et elle s'effondrait comme un soufflé raté. Et maintenant elle allait devoir expliquer sa présence à un inconnu.

Elle rejoignit le carrousel des bagages pour récupérer ses deux valises. Ne sachant quel temps il ferait en juin dans les montagnes, elle avait apporté beaucoup de vêtements superposables, ainsi que plusieurs jeans et des bottes, retrouvées au fond de son placard, qui dataient d'une période où elle avait flashé sur le look Far West.

Avec un soupir, elle rangea son casque dans le petit sac qu'elle avait gardé avec elle en cabine. Elle venait de passer le voyage à alterner entre deux activités : se traiter — et traiter Maya — de tous les noms, et écouter des livres audio sur le développement de soi et la méditation. Malheureusement, les conseils des livres l'avaient endormie, et les exercices de respiration de la méditation guidée s'étaient terminés en quinte de toux. De quoi se mettre mal avec ses voisins de siège.

Pourquoi les bagages mettaient-ils toujours si longtemps à arriver ? Agacée, elle jeta un regard à la ronde. Plusieurs hommes semblaient attendre quelqu'un, mais aucun ne correspondait à la description de Zane. D'après Maya, il ressemblait à Adam Levine, l'un des hommes les plus sexy de la planète, du moins si l'on en croyait le magazine *People*. Elle, elle restait sceptique.

La situation lui donnait un trac fou. Qu'allait-elle trouver à dire à un sosie d'Adam Levine pendant le trajet jusqu'au ranch ? Elle aurait préféré s'y rendre par ses propres moyens, en louant une voiture, mais Maya était persuadée qu'elle ne trouverait jamais son chemin.

Voilà, ses valises arrivaient en vacillant sur le tapis roulant. Avec un effort qui venait plus de sa mauvaise humeur que de sa musculature quasi inexistante, elle parvint à les en arracher et les fixer l'une à l'autre, pour pouvoir les faire rouler vers la sortie. Toujours personne ? Bon, elle lui donnerait une demi-heure. Ensuite, elle trouverait la navette pour Fool's Gold et, une fois sur place, elle aviserait. Au besoin, elle pourrait toujours…

Les portes coulissantes donnant sur l'extérieur s'écartèrent, et un homme parut. Grand, brun, un chapeau de cow-boy sur la tête, des épaules incroyablement larges et un regard si pénétrant qu'elle eut l'impression qu'il voyait la couleur de ses dessous. Il marchait avec l'assurance d'un homme sûr de sa valeur et de sa place dans le monde. Il était superbe, à tomber. Avec un petit air d'Adam Levine.

Les quelques malheureuses miettes de confiance en elle qu'elle avait pu glaner dans ses livres de développement personnel disparurent. D'un geste vague, elle épousseta le sel des cacahuètes servies dans l'avion de son T-shirt jaune vif, en regrettant pour la millième fois de sa vie de ne pas être grande, blonde et stupéfiante. A cet instant précis, elle se serait contentée d'un seul des trois atouts.

— Phoebe Kitzke ?

L'inconnu s'était arrêté devant elle, si près qu'elle bascula dans le bleu de ses yeux… Sa voix grave et vibrante fit frémir les muscles de ses cuisses. Il ne souriait pas. C'était même tout le contraire.

— Je suis Phoebe, oui, répondit-elle.

C'était horripilant, cette petite voix inquiète ! Elle aurait tant voulu faire bonne figure ! Maya aurait dû la prévenir ! Dire que Zane était beau, c'était comme dire qu'il faisait un peu chaud l'été dans le désert.

— Zane Nicholson, se présenta-t-il en lui tendant la main.

Elle hésita. Voulait-il serrer la sienne ou prendre ses bagages ?

Elle choisit la courtoisie. La chaleur qui s'engouffra en elle quand elle saisit la main de Zane ne la surprit pas ; puisque tout allait de travers dans sa vie, il était assez normal que son corps la trahisse à son tour. Au prix d'un effort héroïque, elle raffermit ses jambes qui ployaient sous elle. Il avait vraiment de grandes mains. Selon la sagesse populaire, cela devait signifier qu'il avait aussi un très grand… Non ! Oublions. Elle ne voulait penser qu'à une chose : la façon dont elle se vengerait de Maya dès qu'elle la reverrait.

— Contente de vous rencontrer, Zane. Maya m'a dit que le ranch était assez loin de l'aéroport. J'apprécie beaucoup que vous ayez fait tout ce chemin pour venir me chercher.

Pour toute réponse, il souleva ses valises sans effort. Elle avait failli se faire un tour de reins en les chargeant dans son coffre au moment du départ, mais lui, il les emporta comme si elles ne pesaient pas plus qu'un pack de lait. Bravo ! Elle découvrait tout à coup l'intérêt des biceps bien développés.

Il franchit la porte du hall et se dirigea vers le parking à grands pas. Elle trottina dans son sillage. Il n'avait pas dit un seul mot depuis qu'il s'était présenté. Pas bavard, le cow-boy. Le trajet jusqu'au ranch allait être long.

Elle ne fut pas surprise de voir qu'il roulait en pick-up, le véhicule universel des Etats de l'Ouest. En revanche, il l'étonna beaucoup en venant lui ouvrir la portière. Bien entendu, quand elle voulut s'installer sur la banquette, son pied glissa sur la marche métallique. Il saisit son coude et lui imprima un élan qui la projeta jusque dans la cabine. Toujours sans commentaire, il contourna le véhicule, glissa les bagages dans l'espace derrière le siège et monta à son tour. Assis, il la dominait autant que quand il était debout…

Tout en bouclant sa ceinture, elle risqua un regard vers lui. Quand elle découvrit son profil, son cœur fit un saut périlleux et demi avec une volte à la sortie. Il était assez parfait pour que l'on frappe une pièce à son effigie.

De plus en plus dépassée par les événements, elle se mit à chercher un sujet de conversation. Ils avaient quitté le parking et les voies d'accès de l'aéroport, roulaient vers les montagnes, et rien ne lui venait, aucune inspiration géniale. Oser la vérité ?

Troublée, elle se mordilla la lèvre inférieure. Elle ne voyait rien d'autre à dire, et il fallait tout de même parler. Elle prit son courage à deux mains et se jeta à l'eau.

— C'est une situation bizarre, non ?

Un regard en coin, mais pas de réponse. De plus en plus paniquée, elle s'éclaircit la gorge.

— Que je sois là, je veux dire. Vous ne me connaissez pas, je vais séjourner chez vous deux jours avant l'arrivée de Maya… Nous devrions peut-être faire connaissance, histoire que ce soit un peu moins gênant ?

— Si vous ne vous sentez pas à votre place, pourquoi êtes-vous venue ?

Elle se sentit fondre. Cette voix… Puis son cerveau se décida à traiter le contenu de sa question, et elle redescendit brutalement sur terre. Il ne se montrait pas franchement accueillant ! Affreusement mal à l'aise, elle chercha à gagner du temps en bredouillant :

— En fait, plusieurs raisons…

Mais elle n'en voyait qu'une seule. Elle capitula dans un gros soupir et avoua :

— Maya m'a culpabilisée.

— Qu'est-ce qu'elle vous a dit ? Que j'enfermais Chase dans un donjon, au pain sec et à l'eau ?

— Pas exactement, répondit-elle avec une grimace.

— Mais il y a un peu de ça.

— Non ! Enfin, un peu.

Les mains de Zane se crispèrent sur le volant.

— Elle a toujours eu un faible pour Chase, marmonna-t-il.

— Il doit être très intelligent ! s'écria-t-elle, en désespoir de cause. Vous êtes sûrement fier de lui. Enfin, pour cela au moins. Je serais bien incapable de créer un site web et de convaincre des inconnus de s'inscrire à une transhumance à cheval.

Les lèvres de Zane se crispèrent. Ces lèvres…

— Il a volé, menti et escroqué ces gens, dit-il. Je n'y vois aucun motif de fierté.

En effet, vu sous cet angle… Vaincue, elle se tassa sur son siège.

— Si vous tenez à formuler les choses de cette façon, murmura-t-elle.

Et elle se concentra sur le paysage.

La civilisation avait rapidement cédé la place à une nature sauvage. Une borne sur le bas-côté lui apprit que Fool's Gold se trouvait à quarante-deux miles. Elle avait fait une recherche sur la petite ville la veille au soir. Le slogan municipal était : « Le rendez-vous des amoureux ». Discrètement, elle jeta un nouveau regard à son chauffeur. Dans son cas, le slogan n'aurait aucun effet sur elle. Le beau Zane ne s'intéressait pas du tout à elle.

La route commença à grimper. Elle entrevit un large torrent entre les arbres alignés au bord de la route. C'était vraiment très beau, mais une idée très inconfortable s'emparait de son âme de citadine : la région devait regorger d'animaux sauvages. Elle appréciait les petites créatures de la forêt autant que n'importe qui, mais… si l'une d'entre elles traversait la route au mauvais moment ? Ou faisait son entrée sur un plat au dîner ? Les mœurs ici n'étaient sûrement pas les mêmes qu'à Los Angeles…

D'ailleurs, à quoi ressemblait le quotidien d'un ranch ? Elle ne savait que ce qu'elle en avait vu à la télé ou dans les films.

— Il y aura beaucoup de vaches ? Au ranch, je veux dire.

— Oui, fit Zane sans lui accorder un regard.

— C'est-à-dire ? Vingt ?

Cette fois, il tourna la tête vers elle, juste une seconde, avant de se concentrer de nouveau sur la route.

— Nous avons plusieurs milliers de têtes de bétail. Ce sont celles qui finissent sur votre barbecue. J'ai aussi quelques centaines de vaches, pour la reproduction.

— Pas de taureaux ? s'enquit-elle en souriant malgré elle.

Il avait fait plusieurs phrases complètes !

— Une douzaine, répondit-il de la voix d'un homme lassé par cette inquisition.

— Une douzaine de taureaux pour des centaines de vaches ?

Cet homme fabuleusement séduisant, qui avait posé son chapeau entre eux sur la banquette en prenant le volant comme pour mieux la tenir à distance, eut un rire bref.

— Oui.

— Encore un exemple d'une société patriarcale qui ignore les droits des vaches.

Cette fois, il la regarda *deux* secondes. Victoire !

— Vous vous inquiétez des *droits* des vaches ? Vous êtes avocate ?

Il semblait à la fois incrédule et amusé.

— Non ! Pas du tout, je ne suis pas avocate et je me fiche des droits des vaches. Enfin, non, pas tout à fait. Je veux qu'elles soient traitées correctement, de façon civilisée. Mais je ne suis pas folle.

— Vous êtes quoi, alors ?

— Pardon ?

Encore ce regard en coin qui la mettait sur le flanc.

— Si vous n'êtes pas avocate, que faites-vous ?

— Ah, bon ! Pendant une seconde, j'ai cru que vous vous interrogiez sur ma santé mentale. Je travaille dans l'immobilier.

Une chance pour elle, il ne lui posa aucune question sur sa carrière… Parce que le fait qu'elle soit suspendue suite à un procès achèverait forcément de la saborder. Bon, au moins, il parlait. Encouragée, elle chercha d'autres questions en rapport avec le bétail.

— Vous faites ce métier depuis longtemps ?

— Oui.

Le silence retomba. Zane Nicholson, grand bavard devant l'Eternel… Elle aurait donné beaucoup pour savoir si c'était elle ou s'il était toujours comme cela.

— Il vous arrive de vendre du bétail pour autre chose que la nourriture ?

Il changea de position sur son siège. Face à un autre homme que lui, elle aurait conclu que sa question le mettait mal à l'aise, mais cela semblait tout bonnement impossible de le décontenancer. Et d'ailleurs que pouvait-il y avoir de gênant ?

— Il m'arrive de vendre quelques vaches, si nous en avons trop.

— Logique. Et les taureaux ? Eux aussi, il vous arrive d'en avoir en surnombre ?

— La plupart deviennent des bœufs.

— Ah. Oui. Comment décidez-vous qui aura une vie formidable et qui deviendra un hamburger ?

— Un certain nombre de facteurs. Je cherche à améliorer le troupeau, génétiquement.

— Donc un nouveau taureau avec de bonnes caractéristiques aura sa chance de rester taureau.

— Oui.

— C'est intéressant !

Elle était sincère. Qui aurait cru que les ranchers se préoccupaient de génétique ? Sans réfléchir, elle lança :

— Je suppose que vous ne sélectionnez pas votre bétail en visant des caractéristiques comme la couleur des yeux.

C'était une question idiote, mais Zane ne fit montre d'aucun agacement. Un homme mutique, mais courtois.

— Pas vraiment, non.

— Je me disais aussi.

— Je suis en partenariat avec plusieurs universités, précisa-t-il. Nous faisons des expériences. Je vends aussi aux autres ranchs.

— Vous vendez vos taureaux ?

De nouveau, ce léger malaise qui le poussa à changer de position.

— Non.

— Des vaches, alors ?

— Du sperme.

Elle battit des paupières, décontenancée.

— Celui des taureaux ?

Il hocha rapidement la tête. Pour être bien sûre de comprendre, elle répéta :

— Vous vendez du sperme de taureau.

Il confirma encore.

Incroyable ! Il y avait vraiment un nombre insoupçonnable de façons de gagner sa vie. Et comment prélevait-on le sperme d'un taureau ? Elle secoua machinalement la tête en décidant qu'elle ne tenait pas vraiment à le savoir. Pourtant, la question avait de quoi intriguer. Comment concevait-on les campagnes de marketing ? Bon, certaines questions gagnaient à ne pas être approfondies, et celle-ci en faisait clairement partie.

Que pourrait-elle dire, maintenant ? De quoi parlait-on après le sperme de taureau ?

Ils quittèrent la route principale. La ville n'était plus très loin. Phoebe, se redressa sur son siège, impatiente de découvrir Fool's Gold. Zane avait ouvert sa vitre, et l'air des montagnes, frais et pétillant, emplissait la cabine. Elle se souvint tout à coup d'un *reality-show* que l'on avait filmé ici, quelques années auparavant. Avec Maya, elles se retrouvaient chaque semaine, chez l'une ou chez l'autre, pour le regarder, parce qu'il se déroulait dans la ville où son amie avait passé son enfance. Phoebe soutenait que le lieu ne pouvait tout simplement pas être aussi pittoresque en vrai qu'à l'écran. Maya jurait que si.

Un panneau au bord de la route, un panneau en forme de cœur et couvert de fleurs rouges et jaunes, leur souhaita la bienvenue. Zane ralentit et prit la Route du Lac.

— Que c'est joli ! s'écria Phoebe.

A leur gauche, le lac Ciara étincelait au soleil. A leur droite, des enfants jouaient dans un grand parc sous le regard attentif de leur maman. Un immense chêne offrait son ombre à un jeune couple allongé de part et d'autre de leur bébé sur une couverture rose. En toile de fond, la ligne altière des montagnes.

La ville proprement dite commençait juste après le parc. Ils traversèrent un quartier commerçant sans qu'elle voie un seul immeuble de plus de trois ou quatre étages. Les magasins étaient pimpants, il y avait des paniers de fleurs suspendus aux réverbères. Une banderole accrochée en travers de la rue annonçait le Festival d'été, dans deux semaines. Zane se gara devant un immeuble de brique bleue égayé par un auvent jaune. L'enseigne « Mitchell Adventure Tours » était peinte en grosses lettres blanches sur la vitrine.

— Je dois m'arrêter ici pour organiser le transport des autres en fin de semaine, expliqua-t-il. Ce ne sera pas long. Vous voulez attendre dans la voiture ou aller faire un tour ?

— J'aimerais voir un peu la ville.

Le temps qu'elle défasse sa ceinture de sécurité, il avait contourné le véhicule et lui ouvrait sa portière. Elle sentit une légère chaleur lui monter aux joues tandis qu'il l'aidait à descendre de l'énorme pick-up. Cela n'avait pas que des désavantages, finalement, d'être petite ! Et l'attitude de Zane forçait le respect : alors même qu'il ne tenait pas du tout à la recevoir, il restait d'une courtoisie sans faille.

— Rendez-vous ici dans un quart d'heure, fit-il en se dirigeant vers l'agence de voyages.

— Vous ne fermez pas le pick-up ?

— Inutile.

La porte vitrée de l'agence de voyages se refermait déjà derrière lui.

Elle se retrouva seule sur le trottoir à se demander si elle avait bien compris. Inutile de fermer le pick-up à clé ? Alors que ses bagages étaient dans la cabine et la vitre ouverte ? Elle avait entendu parler d'endroits de ce genre, mais elle avait toujours pris leurs habitants pour des personnages de fiction. Ou des imbéciles. Pourtant, Zane n'était sûrement pas stupide, et la réaction de son corps quand il l'avait touchée à l'instant confirmait qu'il était bien réel. Extrêmement réel !

Elle tourna à gauche, un peu au hasard, et fut enchantée de repérer une librairie un peu plus loin. Ce serait bien d'avoir un livre papier, quand ils seraient dans la nature. Elle avait emporté sa tablette, mais une fois en pleine montagne, elle ne pourrait plus la recharger.

— Bonjour, lui dit un homme mince et élégant aux cheveux gris bien coupés. Je suis Morgan, le propriétaire. Si vous avez besoin de quoi que ce soit, venez me voir. Sinon, ne vous gênez pas pour errer à votre guise.

— Errer dans une librairie, c'est une de mes activités favorites, répondit-elle avec un sourire.

— Vous me plaisez déjà !

Elle fut enchantée de trouver le dernier roman policier de Liz Sutton et fascinée par l'autocollant « Auteur local » sur la couverture. L'un de ses auteurs préférés habitait ici, dans cette petite ville loin de tout ? Le volume serré sous le bras, elle continua à examiner la sélection de romans. Quand, machinalement, elle regarda sa montre, elle fut surprise de voir que douze minutes s'étaient déjà écoulées. Zane, le cow-boy silencieux, n'apprécierait sûrement pas qu'elle le fasse attendre ! Elle passa à la caisse, promit de revenir avant de quitter la région et retourna vers le pick-up au petit trot.

Zane n'était pas encore revenu, mais deux vieilles dames avaient pris place sur son pare-chocs : une mince avec des cheveux bouclés, un survêtement de velours vert et des baskets d'un blanc éblouissant, et une ronde très maquillée avec des faux cils impressionnants, une robe à fleurs et de gros escarpins sur ses pieds nus. Bizarrement, celle qui était en survêtement pointait une caméra vidéo vers la vitrine de l'agence de voyages.

Phoebe hésita un instant avant d'ouvrir la portière côté passager. Aussitôt, les deux vieilles dames sautèrent sur leurs pieds et s'approchèrent en toute hâte.

— C'est la voiture de Zane Nicholson, lui apprit celle qui était en robe.

— Oui, je sais…

— Vous êtes avec Zane ?

Phoebe jeta un regard interdit à la vieille dame en survêtement qui pointait maintenant sa caméra sur elle. A bout portant. Elle voyait d'ici le gros plan !

— Ne faites pas attention à moi, lui recommanda la cinéaste amateur. Continuez à parler comme si je n'étais pas là. Ça tourne. Action !

— Vous êtes avec Zane ? répéta sa collègue.

— Moi ? Je… oui, dans un sens.

— Le scoop ! hurla la première en brandissant le poing dans un geste triomphal.

Son amie, sceptique, voulut aller au fond des choses.

— Vous êtes sa petite amie ?

Phoebe jeta un regard éperdu à la ronde. Où était l'équipe de soins ? Les camisoles ? Quand allait-on venir la tirer d'affaire, et, éventuellement, lui faire des excuses ? Il y avait beaucoup de passants, mais personne ne semblait voir qu'elle était en difficulté. Elle devrait peut-être appeler la police ? L'hôpital ? A moins que ce genre d'activité ne soit normal pour les habitants d'une petite ville ? Comme elle se sentait loin de Los Angeles, tout à coup ! Elle comprenait mieux pourquoi Zane n'avait pas verrouillé son pick-up : il devait savoir que ces deux vieilles concierges le surveilleraient pour lui. En désespoir de cause, elle répondit :

— Je suis là pour la transhumance.

Les deux femmes échangèrent un regard entendu, un sourire. Ce sourire inquiéta Phoebe plus que tout le reste, sans qu'elle sache exactement pourquoi.

Enfin, la porte de Mitchell Adventure Tours s'ouvrit, Zane parut… vit les vieilles dames et, l'espace d'un instant, sembla prêt à battre en retraite. Il se ressaisit aussitôt, bien sûr. Son hésitation fut même si rapide que Phoebe décida qu'elle l'avait imaginée. Déjà, la vieille dame en survêtement braquait sa caméra sur lui.

— Parle-nous de la transhumance ! ordonna-t-elle.

Zane jeta un regard noir à Phoebe, qui haussa les épaules avec une mimique d'impuissance, et lança :

— Désolé, mesdames, je n'ai pas le temps de bavarder. Nous devons rentrer au ranch.

Soulagée, Phoebe se hissa dans la cabine. Cette fois, Zane ne vint pas l'aider, mais elle ne se formalisa pas. Le plus urgent était d'échapper à ces terribles vieilles dames. Elle se laissa tomber sur la banquette et boucla vivement sa ceinture, comme si cela allait accélérer le départ. Pendant que Zane montait de son côté, elle vit la caméra se braquer sur ses fesses.

— Qui sont-elles ? demanda-t-elle tout bas.

— Eddie et Gladys, marmonna-t-il.

Puis avec un regard accusateur, il ajouta :

— Vous leur avez parlé de la transhumance ?

— Non ! Je suis revenue de la librairie, elles étaient là en embuscade, mais elles semblaient déjà au courant.

Ou du moins c'est ainsi qu'elle avait interprété leur regard entendu.

— Mais qui sont-elles ? répéta-t-elle.

— Juste deux vieilles dames qui habitent ici.

— Mais la caméra ?

— Aucune idée. C'est nouveau. Avec ces deux-là, moins on cherche à comprendre, mieux on se porte.

— Elles vous font peur ?

— Disons que je suis capable de voir quand il vaut mieux passer au large. Avec ces deux-là, je passe au large.

Sa bouche se retroussa d'un côté. Ce sourire... Il le transformait du tout au tout. Et encore, ce n'était qu'un demi-sourire lâché à contrecœur. Waouh ! Un cow-boy aussi sexy, avec un sens de l'humour en prime, quel mélange détonant ! La situation deviendrait presque inquiétante. Elle qui avait décidé d'éviter les ennuis, elle se découvrait une envie bizarre de mieux le connaître. Par simple curiosité, bien sûr, rien de plus !

Le moment ne semblait finalement pas si mal choisi pour jouer avec le feu. Si elle se brûlait... ma foi, ce ne serait pas trop cher payé.

# 4

— Tu es prêt, Tommy ? demanda Lucy Sax à voix basse.

Mme Fortier leur commandait toujours de ne pas élever la voix mais, cette fois, ce n'était pas pour éviter de lui taper sur les nerfs : elle parlait bas pour que personne ne puisse les entendre. Son frère secoua la tête.

— Je n'ai pas envie…

Campée devant lui, les mains sur ses hanches étroites, elle le foudroya du regard.

— Il *faut* le faire. Moi, je ne saurais pas. Toi, tu y arrives, Tommy, et il nous faut de l'argent.

A dix ans, Tommy était l'aîné, mais c'était Lucy, plus jeune de deux ans, qui menait la barque. Il secoua de nouveau la tête.

— Ce n'est pas bien, murmura-t-il.

Lucy chercha les mots qui le pousseraient à agir. Beaucoup de gens pensaient que les garçons comptaient plus que les filles, mais elle ne comprenait pas pourquoi. Même Tommy, qu'elle adorait, n'était pas très malin. Avoir envie ou non, cela n'avait rien à voir. Ils avaient *besoin*.

Ils se tenaient près des machines à café, dans un angle du bowling brillamment éclairé. Il y avait beaucoup de bruit. Les exclamations, les éclats de rire, le grondement des boules résonnaient, les quilles s'entrechoquaient, les jeux vidéo faisaient des bruitages insolites, les enfants angoissés riaient trop fort. Le regard amer, Lucy regarda tous ces couples à cran qui faisaient du bowling avec des gosses qu'ils ne connaissaient pas et n'avaient pas envie de connaître, qu'ils n'adopteraient *jamais*. Elle détestait venir à ces rencontres. Cela ne servait à rien ! Personne ne voudrait jamais d'elle ou de Tommy.

Longtemps, très longtemps, elle avait espéré qu'ils trouveraient de nouveaux parents. A l'époque, elle mettait sa jolie robe sans rechigner, elle souriait, se montrait très polie… jusqu'au jour où elle avait entendu des parents parler d'elle et Tommy.

— On ne sait même pas ce qu'ils sont, disait l'homme. Pas des Blancs, pas des Blacks, pas des Hispaniques…

Et ce regard désapprobateur qu'il avait posé sur elle ! Puis il s'était tourné vers sa jolie petite femme à la peau laiteuse, en lui rappelant qu'ils avaient décidé d'adopter un enfant blanc ou hispanique.

Lucy s'était interdit de pleurer, ou alors seulement le soir dans son lit, quand personne ne saurait. Ce soir-là, elle avait tout lâché, sans rien retenir de son chagrin. A la sortie suivante, elle s'était mise en quatre pour charmer les couples de Blacks, comme disait l'homme, mais eux non plus ne semblaient pas s'intéresser à des gosses comme eux, qui n'étaient ni l'un ni l'autre. Ce jour-là, elle avait compris que Tommy et elle ne trouveraient jamais de famille. Ils étaient là l'un pour l'autre, c'était le plus important. Cela devrait leur suffire.

Elle braqua sur son frère son regard le plus impérieux.

— Je vais faire la roue, dit-elle. Pendant que tout le monde me regarde, toi, tu prends l'argent.

Il fit oui de la tête, l'air très malheureux. Pendant une seconde, elle s'en voulut de l'obliger, puis elle pensa à Mme Fortier, qui les envoyait si souvent au lit sans manger. C'était sa punition préférée. Lucy l'avait entendue expliquer à une copine que le soir elle tenait à avoir la paix. Tommy et elle avaient donc besoin d'argent pour manger, et parfois pour s'habiller. Lucy surveillait chaque penny, ils ne dépensaient jamais rien en bonbons ou en jouets. Elle économisait aussi pour quand ils seraient assez grands pour se sauver et habiter quelque part, rien que tous les deux. Cela, ce serait pour plus tard. Pour l'instant, il fallait suivre le plan.

Elle se lissa les cheveux de son mieux, alla se planter devant les couloirs du bowling, attendit que Tommy soit en position, puis elle sourit si largement qu'elle en eut mal aux joues, ouvrit les bras et se mit à enchaîner les roues. Tout le monde se retourna pour la regarder. A la quatrième roue, elle s'arrangea pour tomber. Comme elle avait mal jugé sa distance, elle se cogna vraiment le genou sur le plancher de bois dur. Ce ne fut pas difficile de pleurer un peu. Aussitôt, tous les adultes se rassemblèrent autour d'elle. Elle fit de son mieux pour avoir l'air toute petite et pitoyable. Du coin de l'œil, elle vit Tommy se glisser vers les sacs à main.

— Aïe, mes yeux ! Je suis ébloui !

Interloquée, Phoebe se retourna d'un bond. Elle descendait du pick-up de Zane sans rien demander à personne quand un adolescent avait surgi près de sa portière, un grand garçon aux yeux brillants qui lui souriait chaleureusement. Lui aussi ressemblait suffisamment à Adam Levine pour qu'elle devine à qui elle avait affaire.

— Chase ?

— En personne. Et vous êtes Phoebe.

Il la balaya de la tête aux pieds d'un regard rapide et enchaîna dans un soupir :

— Maya a dit beaucoup de bien de vous, mais sans préciser que vous étiez une déesse.

Elle éclata de rire. Avec ses yeux et ses cheveux bruns, elle savait bien qu'elle était parfaitement quelconque !

— Mon cœur bat à cent quatre-vingts à l'heure, confia l'adolescent en s'approchant, une étincelle joyeuse dans l'œil. Vous voulez sentir ?

La portière côté chauffeur claqua, et la voix de Zane s'éleva derrière eux.

— Tu n'as pas des corvées à terminer ?

Le sourire de Chase s'effaça d'un coup.

— J'ai fini, marmonna-t-il en reculant. Même celles que tu m'as données en supplément. J'ai commencé tôt, pour être sûr d'avoir terminé pour accueillir Phoebe.

Tout en gardant un œil prudent sur son frère, il se retourna vers elle en ouvrant grand les bras.

— Et voilà ! Vous êtes sur les terres des Nicholson,

plusieurs milliers d'hectares. La famille est établie ici depuis cinq générations.

Impressionnée, Phoebe jeta un regard à la ronde. D'un côté, des collines rondes, certaines boisées, d'autres non, moutonnaient jusqu'à l'horizon. De l'autre se dressaient les montagnes. Ils n'étaient qu'à un grand quart d'heure de Fool's Gold, mais la civilisation semblait s'être retirée à mille lieues de là. Pas d'immeubles, pas de poteaux électriques, juste deux éoliennes sur une butte lointaine. Devant elle, une maison spacieuse à un étage. A sa droite, des granges et des enclos. Une ligne d'arbres couronnait la colline la plus proche, et au loin elle voyait du bétail. Beaucoup de bétail.

— Stupéfiant, fit-elle.

Elle était tout à fait sincère.

Le visage fermé, Zane se tourna vers son frère.

— Si tu tiens tant à faire le comité d'accueil, je te laisse prendre ses bagages et lui montrer sa chambre, laissa-t-il tomber.

Il enfonça son chapeau sur sa tête, la salua d'un simple coup de menton et s'éloigna à grands pas.

Machinalement, elle le suivit des yeux. Il était aussi spectaculaire côté pile que côté face. Et vraiment très pressé de se débarrasser d'elle.

Dès l'instant où son frère disparut, Chase retrouva tout son entrain.

— Le trajet s'est bien passé ? demanda-t-il en empoignant ses valises.

— Bien, oui.

— Zane a dit quelque chose ?

Dit quelque chose ? A quel sujet ? Tout en emportant ses bagages — avec autant d'aisance que son grand frère —, Chase l'invita d'un signe à le précéder vers la maison en expliquant :

— Il ne parle jamais beaucoup. Je n'ai jamais pu décider si l'effort de former les mots était douloureux, physiquement, ou s'il n'avait juste rien à dire.

Elle passa mentalement en revue le déroulement du trajet.

— Tout a bien commencé, dit-elle. Puis, au bout d'une vingtaine de minutes, la conversation s'est arrêtée.

Rien de tel qu'une question sur le sperme de taureau pour bloquer la fluidité d'un échange, pensa-t-elle.

Chase lui jeta un large sourire par-dessus son épaule.

— *Vingt* minutes ? Impressionnant ! La plupart des gens ont droit en tout et pour tout à un grognement. Vous devez vraiment lui plaire.

— Mais oui ! lança-t-elle en riant. Je lui ai tellement plu qu'il est parti en courant.

Elle gravit le perron et découvrit une véranda profonde, délicieusement ombragée, qui semblait faire le tour de toute la maison. Ce ranch était superbe. L'adolescent qui l'accompagnait aussi ; s'il avait encore du chemin à faire avant d'être aussi irrésistible que son grand frère, il était déjà assez spectaculaire, lui aussi. Beau gosse, bien dans ses baskets, drôle, tout à fait abordable.

— Je me suis fait avoir, marmonna-t-elle.

— Pardon ?

— Maya m'a convaincue de venir ici en éclaireuse, de toute urgence, en vous présentant comme un pauvre gosse sans défense, pitoyable et maltraité. Une victime.

— Mais je suis une victime, affirma Chase avec énergie. Vous voyez bien ! C'est tout juste si Zane ne m'enchaîne pas dans ma chambre !

— Mais oui. C'est effroyable de voir un être aussi brisé.

Avec un sourire absolument charmant, il l'entraîna dans la maison. Un grand hall s'ouvrait sur un salon assez spacieux pour accueillir une conférence de l'ONU. Le mobilier, des fauteuils couverts de chintz et un canapé rouge sombre, était assez quelconque, mais il semblait bien entretenu. Plusieurs autres pièces s'ouvraient sur le hall, mais elle n'eut pas le loisir de visiter : Chase gravissait déjà l'escalier. Elle le suivit en se promettant de revenir explorer le rez-de-chaussée à la première occasion.

Cette maison était tout simplement incroyable ! Son cœur d'agent immobilier s'attendrissait déjà. Jamais elle n'avait vu de rampe aussi joliment sculptée et, pourtant, elle en avait visité, des demeures de millionnaires ! Des photos anciennes encadrées vous accompagnaient tout au long des marches, des clichés noir et blanc montrant des générations d'hommes, tous presque aussi superbes que Zane.

Un couloir s'étirait sur toute la longueur de l'étage. Chase tourna à droite et s'arrêta devant une porte tout au bout.

— Vous êtes dans l'ancienne chambre de Maya. Il y a deux lits. Normalement, vous ne seriez pas obligées de partager mais, avec le groupe qui arrive, nous sommes un peu à l'étroit.

Pour la deuxième fois, elle vit son regard s'assombrir, sa bouche esquisser une grimace.

— Cela ne m'ennuie pas, si Maya est d'accord, assura-t-elle. Et puis, comme j'arrive la première, je peux choisir mon lit !

— Voilà !

Il retrouvait déjà son beau sourire. Il poussa la porte et déposa ses valises à l'intérieur. Phoebe découvrit une grande chambre lumineuse décorée dans des tons lavande. Une boiserie décorait le bas des murs, des lits jumeaux étaient placés de part et d'autre d'une large fenêtre aux jolis rideaux blancs. Il y avait une commode ancienne contre un mur, deux portes dans un autre, et encore une fenêtre dans la troisième cloison.

— La salle de bains est par ici, lui indiqua Chase. L'autre porte est un placard.

— C'est parfait.

— Vous voulez voir ma chambre ?

Il fit cette proposition aussi ingénument qu'un gamin de dix ans. Charmée, elle le suivit jusqu'à une porte juste en haut des marches, derrière laquelle… elle découvrit un chaos total ! Un grand lit, un ordinateur énorme, et une quantité hallucinante de matériel électronique. Des écrans brillaient, des voyants clignotaient, des boîtiers émettaient des bips, des circuits désossés jonchaient le sol comme autant de jouets abandonnés.

Chase se laissa tomber sur l'unique siège de la pièce et se mit à tapoter sur son clavier.

— Avec des copains, on est en train de fabriquer des effets spéciaux assez déments pour les créateurs de sites. Nous avons aussi un robot en chantier, mais là, on rencontre de sérieux problèmes. Je crois bien que c'est la programmation qui pèche, mais c'est difficile à dire, parce que le reste ne marche pas non plus.

Il cessa de taper, fit reculer son siège d'une poussée.

Intéressée, Phoebe s'approcha. Sur l'écran, un objet non identifié tournait lentement sur lui-même. Comme elle le contemplait, un peu perplexe, Chase lui tendit des lunettes 3D. Dès qu'elle les chaussa, l'objet sembla jaillir de l'écran.

— Excellent ! s'écria-t-elle en lui rendant ses lunettes.

Le temps de faire encore quelques démonstrations, ils se tutoyaient. Phoebe ne tarissait pas d'éloges. Enchanté, Chase finit par sauter sur ses pieds en s'écriant :

— J'ai une balle de base-ball que j'ai attrapée quand Zane m'a emmené à San Francisco, il y a deux ans. Les Dodgers contre les Giants ! C'était une balle longue, elle est tombée sur les gradins.

Il cueillit son trésor sur une étagère et le lui tendit.

— Waouh !

— J'ai aussi un…

— Je doute que Phoebe ait envie de voir toute ta collection.

La voix de Zane ! Ils sursautèrent tous deux en se retournant vers la porte avec de vraies têtes de coupables.

Appuyé au chambranle, Zane les contemplait, les bras croisés sur sa poitrine. Un homme solide, inébranlable. Si le tableau brossé par Maya ne correspondait pas du tout à la réalité côté Chase, ce gosse expansif et rieur, Zane, en revanche… Elle ne put s'empêcher de se demander à quoi il pensait quand il dévisageait son frère de cette façon.

Puis son regard se posa sur elle.

— Votre chambre vous convient ?

— Oui. Tout est parfait.

— Maya veut que je vous emmène dîner en ville.

Il jeta un coup d'œil à sa montre.

*Quel enthousiasme !* pensa-t-elle, vexée. Oserait-elle lui faire remarquer son manque d'élégance ? Non. Elle se contenta donc de murmurer :

— Rien ne vous y oblige.

— Ce n'est pas un problème.

— On peut aller au Margaritaville ? lança Chase d'une voix joyeuse. Je mangerais bien des *nachos*.

— Toi, tu restes à la maison et tu termines le ménage des chambres d'amis. Tu trouveras une pizza au congélateur. Elaine

Mitchell se charge de convoyer les touristes et Maya vendredi. Tu as encore beaucoup de travail avant leur arrivée.

— Mais…

Zane le fit taire d'un regard, puis se tourna vers Phoebe.

— Retrouvez-moi en bas dans une heure.

Et voilà, elle aussi, elle venait de se faire renvoyer dans sa chambre. Mais, comme elle s'était pour ainsi dire invitée chez lui, il lui sembla impossible de protester. Elle fit donc un sourire rapide à Chase et se dirigea vers la porte. Zane s'écarta un peu pour la laisser sortir. En passant tout près de lui, elle sentit les cheveux fins se hérisser sur sa nuque.

Quand elle quitta sa chambre une heure plus tard, Chase chantait à tue-tête derrière une porte close du couloir. Elle ne put s'empêcher de sourire. Quel gamin adorable ! Obligé de rester à la maison pour faire toutes les corvées, il s'arrangeait pour s'amuser quand même. Dommage que certaines de ses inspirations versent dans l'illégalité !

Si Chase l'avait tout de suite mise à l'aise, la perspective d'un dîner en tête à tête avec son grand frère la rendait très, très nerveuse. Que trouveraient-ils à se *dire* toute la soirée ? Elle mangerait ! Comme il était impoli de parler la bouche pleine…

Zane l'attendait au pied des marches. Elle s'arrêta sur le dernier degré, histoire de gommer un peu leur différence de taille, et murmura :

— Je suis désolée, je n'ai rien apporté de très habillé…

Elle avait enfilé un jean blanc et un top violet pâle avec une encolure ronde. Le regard de Zane la parcourut de la tête aux pieds, revint à la tête, et elle crut — mais elle pouvait encore se tromper — déceler une approbation masculine dans le mouvement de ses sourcils.

— Ça ira.

En fait d'approbation, elle avait connu mieux !

— Donnez-moi quelques secondes pour savourer votre enthousiasme, marmonna-t-elle.

Sans attendre de réponse, elle passa devant lui, sortit et se dirigea vers le pick-up. Il arriva avant elle, un petit exploit dû à la longueur de ses jambes. Il s'était changé, lui aussi, et portait un jean bleu sombre et un T-shirt blanc ajusté qui mettait en valeur une impressionnante musculature. Une musculature qu'elle devina forgée à la dure, et pas dans une salle de fitness comme on en trouvait à tous les coins de rue dans certains quartiers de Los Angeles. Ses cheveux très bruns étaient encore humides, et oh… bien malgré elle, elle se le représenta sous la douche, l'eau glissant sur ses larges épaules nues…

Il lui ouvrit la portière, l'aida à grimper dans la cabine. Quand il s'installa près d'elle, un parfum viril s'enroula autour d'elle comme une caresse, un composé de peau masculine, soleil, savon, shampooing… Elle réprima un soupir sensuel.

Bien ! Elle sortait ce soir avec un homme irrésistible. Ce n'était pas un vrai rendez-vous, il n'avait même pas choisi de l'inviter, mais techniquement c'était une sortie en tête à tête. Elle réprima un nouveau soupir d'un genre très différent. Maya lui avait promis de quoi se changer les idées, et Zane remplissait tous les critères. C'était seulement dommage qu'il ne semble pas du tout l'apprécier.

Phoebe fut assez soulagée quand Zane ne se gara pas devant le Margaritaville ; elle s'en serait voulu de dîner là sans Chase après qu'il eut clamé son envie de *nachos*. Zane avait opté pour un pub à l'ancienne, le Fox & Hound. Un décor anglais, avec de petits carreaux en losange aux fenêtres, des boiseries sombres aux murs, des gravures de chasse. Un peu kitsch, mais très agréable. Un serveur les installa dans un box, près d'une fenêtre, leur remit des menus et les laissa à leur tête-à-tête. Surprise, elle chercha à analyser le frémissement au creux de son ventre… C'était forcément la faim. Aucun rapport avec l'homme installé de l'autre côté de la table. Quelle menteuse elle faisait ! Elle prit son menu, le parcourut vaguement des yeux et le reposa.

— Vous me trouvez antipathique ou c'est votre style habituel ? lança-t-elle brusquement.

Pas du tout décontenancé, Zane braqua sur elle son regard

indéchiffrable. Elle résista à l'envie de se tortiller en détournant les yeux et se prêta résolument à son examen…

— Vous m'êtes sympathique, répondit-il enfin.

Le son de sa voix, grave, un peu enrouée, était si agréable qu'elle le savoura quelques instants… avant de réaliser ce qu'il venait de dire.

— Sérieux ? s'exclama-t-elle.

Il laissa échapper un bref soupir.

— Pourquoi est-ce que cela vous étonne ?

— Vous n'êtes pas franchement… chaleureux. Je sais bien, vous ne m'avez pas invitée chez vous, et je me suis imposée. Vous savez, vous n'étiez pas obligé de m'emmener dîner simplement parce que Maya vous a demandé de le faire…

— Vous n'étiez pas obligée d'accepter.

— J'avais faim.

— Moi aussi.

Zane vit tout de suite que Phoebe et lui ne parlaient plus de la même chose. Pas de la même faim. Pendant qu'elle pensait à de bons petits plats, des tableaux de nus lui flottaient dans la tête.

Il chercha à se dire que c'était juste parce qu'il était un homme et elle une femme, mais il sentait bien qu'il se passait quelque chose d'inhabituel. Elle lui plaisait. Elle était craquante, drôle. Quand elle levait ses grands yeux sombres vers lui, il lui venait des envies de prendre son fidèle destrier et de galoper vers le couchant pour sauver quelque chose ou quelqu'un, rien que pour elle. Une impulsion ridicule, évidemment. Il n'avait rien d'un preux chevalier.

Pourquoi lui plaisait-elle autant ? Il ne la connaissait même pas. Qu'est-ce qui la rendait si différente des autres ? Une innocence ? Non, pas ça, plutôt une sorte… de confiance dans la vie. Confiance dans un monde comme celui-ci ? Pauvre d'elle… Ou peut-être pauvre de lui ? Oh ! Et puis quelle importance ? Ce n'était pas parce qu'il avait envie d'elle qu'il passerait à l'acte. Elle était ici en tant qu'amie de Maya, vraisemblablement pour garder un œil sur lui, au cas il lui viendrait des envies d'assommer Chase. Maya se méfiait de lui et pensait qu'il se surveillerait devant un témoin.

— Vous avez l'air féroce, fit-elle remarquer.

Elle avait des cheveux longs soyeux qu'elle laissait libres sur ses épaules. C'était tellement sexy… Il écarta résolument cette pensée et lâcha d'une voix brève :

— Ma sœur fait ressortir mon côté féroce.

— Parce qu'elle estime que vous êtes trop dur avec Chase ?

— Maya parle trop.

— Elle en dit moins que vous ne pensez. C'est plutôt ce qu'elle ne dit pas qui est important. Elle se fait du souci pour Chase.

— Tout le monde se fait du souci pour Chase.

Elle le toisa un instant, le nez froncé, et reprit :

— Elle se fait *aussi* du souci pour vous.

Sincèrement surpris, il haussa un sourcil.

— Ça m'étonnerait !

Elle haussa ses jolies épaules et esquissa un rapide sourire.

— Bon, elle ne le dit pas en clair, mais je le vois bien. Nous sommes amies.

— Et le fait d'être amies vous permet de savoir ce qu'elle pense ?

— Bien sûr. Pas aussi clairement que si nous étions de la même famille, mais nous sommes très proches.

— On ne communique pas forcément à l'intérieur d'une famille. La famille, cela peut être… pesant.

— Peut-être, mais c'est sûrement mieux que d'être tout seul.

Il pensa que s'il n'était pas responsable de Chase il apprécierait mieux son petit frère, il aurait davantage de plaisir à être avec lui. Chase faisait rire tout le monde, sauf lui. A force d'être celui qui doit donner l'exemple, il n'avait plus le cœur à s'amuser de ses inventions insensées. Il passait la moitié de son temps à s'énerver et l'autre moitié à se faire un sang d'encre.

— Je vois, lâcha-t-il. Une optimiste.

— Vous dites ça comme si c'était une tare.

— C'est important de rester réaliste.

— C'est encore plus important de rêver. De voir toutes les possibilités qui s'offrent à nous, non ?

Il ne répondit pas. Lui aussi, il y avait cru, à une époque, à ces possibilités qui s'offraient à lui. Avant de détruire ce que son père avait de plus précieux. Avant de comprendre que certains gestes ne se pardonnent jamais, quoi que l'on fasse pour se racheter. Le serveur revint leur demander ce qu'ils voulaient boire. Phoebe commanda un verre de vin rouge, lui une bière. Quand ils se retrouvèrent seuls de nouveau, elle se pencha vers lui et lui sourit.

— Zane, parlez-moi de Fool's Gold.

— Que voulez-vous savoir ?

Il s'attendait à une question touchant au tourisme ou à l'histoire, mais elle le surprit en demandant :

— Qu'est-ce qui vous plaît le plus, dans votre vie ici ?

— C'est difficile à dire. Je n'ai jamais connu autre chose.

Elle approuva de la tête.

— Bien sûr, vous avez toujours vécu ici. Vous êtes relié à ce lieu, au rythme des saisons. Vous avez des amis que vous connaissez depuis toujours.

— Prévenez-moi quand vous aurez besoin de moi pour cette conversation.

Elle resta interdite un instant… et éclata de rire.

— Désolée ! Il m'arrive de m'emballer.

— Pas de problème.

— Alors ? Vous avez gardé les amis que vous connaissiez quand vous étiez petit ?

— Bien sûr.

Elle jeta un coup d'œil dehors et lança d'une voix joyeuse :

— J'adore les jardinières fleuries aux fenêtres !

— Vous devriez voir la ville à Noël.

Ses yeux s'illuminèrent.

— On décore les rues ? demanda-t-elle.

— Bord à bord.

Elle rebondit un peu sur sa banquette.

— Oh ! Attendez ! Il y a de la neige ? On est assez en altitude pour qu'il y ait de la neige ?

— Nous avons presque toujours de la neige à Noël.

Pourquoi lui faisait-il l'article de Fool's Gold ? Il était attaché à cette ville — enfin, surtout au ranch —, mais il ne travaillait pas pour l'office de tourisme ! Qu'est-ce que cela pouvait bien lui faire que Phoebe apprécie Fool's Gold ? Rien, évidemment. Et pourtant il se découvrait une envie de la convaincre de la magie du lieu. Cette fois, plus du doute : il était bien un imbécile.

C.J. Swanson détourna la tête pour ne pas croiser le regard de Thad, son mari. C'était plus facile de se tourner vers la fenêtre en faisant comme si elle n'avait pas entendu. Il ne comprenait pas, ne comprendrait jamais. Le problème venait de tous les deux, lui comme elle, mais bizarrement elle s'était toujours sentie plus coupable. Pas à la hauteur.

— Ce sont des gosses, disait Thad. Tu ne voudrais tout de même pas les priver de vacances ?

— Je ne vois pas en quoi ce serait ma responsabilité. Pourquoi est-ce que c'est moi, brusquement, la méchante de l'histoire ? Ce n'est pas ma faute si le couple qui devait les accompagner a eu un décès dans la famille. Ce n'est la faute de personne.

Elle réprima une grimace. Pourquoi se mettait-elle toujours sur la défensive ? Thad posa sa main sur la sienne.

— C.J…

— Je ne peux pas, le coupa-t-elle en lui tournant le dos. Tu me demandes trop. Cela ne rimerait à rien, nous ne nous intéressons pas à eux. Ils étaient horribles. Le garçon est un voleur, Thad ! Tu ne l'as tout de même pas oublié ? Sa sœur ne vaut pas mieux. Elle n'a peut-être pas pris l'argent, mais je parie qu'elle l'a poussé à le faire.

— Ce sont des gosses, répéta-t-il de sa voix calme et raisonnable.

Habituellement, elle appréciait son approche paisible et objective, sa façon de regarder les situations en face, sans se laisser aveugler par ses émotions. Mais aujourd'hui sa lucidité lui tapait sur les nerfs.

— Non ! Des voleurs ! lança-t-elle d'une voix dure.

Elle ne voulait pas être cette femme amère et vindicative, mais elle n'y pouvait rien. Il y avait eu trop d'efforts et de déceptions, elle était au bout du rouleau. Thad et elle n'auraient jamais d'enfants. Ni à eux ni adoptés. Ils s'aimaient, leur mariage était solide, cela devrait leur suffire. Elle ferait en sorte que ce soit assez.

Thad prit sa main et mêla ses doigts aux siens.

— Ils me plaisent assez, dit-il tout bas.

Elle sentit sa poitrine se crisper. Bien sûr qu'ils lui plaisaient ! Il était quelqu'un de bien, lui ! Un homme qui défendait les faibles, dans sa vie privée comme au tribunal. Après quinze ans en tant qu'avocat de la défense, il venait d'être nommé magistrat. Dorénavant, il pourrait mettre son idéalisme en pratique, rendre la justice telle qu'il la voyait. Son mari, cet homme qu'elle aimait depuis dix-sept ans, allait forcément apprécier un pickpocket de dix ans et sa petite sœur louche.

Avec une sorte de désespoir, elle détailla son visage familier, ses yeux bleus si francs, ses cheveux blonds très courts, qui commençaient à se clairsemer. S'il optait pour cette coupe très sage, ce n'était pas par conservatisme mais parce que, dès qu'ils poussaient un peu, ses cheveux faisaient de grosses boucles de rock star sur le retour. Tendrement, elle caressa du regard les plis au coin de ses yeux, sa bouche ferme bien découpée. Un homme bien, un homme bon, un homme qui l'aimait et ne lui faisait jamais de reproches. Il la connaissait mieux que quiconque et savait très bien ce qu'il lui demandait. Comment pouvait-elle refuser ?

— D'accord, murmura-t-elle. Nous emmènerons Lucy et Tommy avec nous pour cette transhumance. Une semaine, Thad, c'est tout ce que je suis prête à leur donner. Je t'en prie, ne me demande pas davantage.

Il lui sourit, se pencha vers elle et l'embrassa.

— Tu ne le regretteras pas.

Elle ne répondit pas, mais intérieurement elle en doutait. A eux deux, ils avaient déjà accumulé tant de regrets !

# 5

— Des… *chèvres* ?

Etonnée, Phoebe regardait plusieurs chèvres qui grignotaient leur petit déjeuner de foin et de granulés, dans un enclos à ciel ouvert. Pas franchement séduite, elle chercha un commentaire mais n'en trouva pas.

— Tu dis que le Castle Ranch aussi élève des chèvres ? demanda-t-elle.

— Oui, mais des chèvres laitières, précisa Chase avec un large sourire. Heidi fait des fromages.

— Et la différence consiste en… ?

— Les nôtres sont des chèvres *cachemire*. Ce que tu vois là, c'est le petit secret bizarre de Zane. Tu n'imagines pas la honte, dans le milieu des éleveurs de bétail, de faire aussi de la chèvre.

Effectivement, la légende du Far West perdrait de son lustre si on substituait les chèvres au bétail, mais à ses yeux tous les animaux qui broutaient sur quatre pattes se valaient plus ou moins. Et des ruminants, elle venait d'en voir une quantité énorme, au cours de sa visite. Le Ranch Nicholson était immense. Chase et elle n'en avaient exploré qu'une partie infime, en faisant juste le tour des bâtiments. Sans avoir la moindre idée des cours du bétail sur pied ou de la valeur de l'hectare dans cette partie du monde, une chose lui semblait évidente : aucun Nicholson ne courrait le moindre risque de devoir coucher sous les ponts.

Et ces terres leur appartenaient depuis des générations ! Quel effet cela faisait-il d'avoir des racines aussi solides ?

— Pourquoi élève-t-il des chèvres s'il ne les aime pas ? s'enquit-elle.

Chase n'eut pas le loisir de répondre. Un cavalier venait d'apparaître sur le haut talus qui masquait plus ou moins les enclos de la maison. L'instant d'avant, il n'y avait que l'herbe verte et le ciel bleu, et tout à coup cette haute silhouette ! Fascinée, Phoebe la regarda s'approcher. Son expérience des chevaux se limitait à quelques séances d'équitation, qu'elle avait passées à tourner au pas dans un manège. Pas vraiment de quoi vous préparer à attraper le bétail au lasso sur un cheval lancé au grand galop. L'homme qui venait vers eux, en revanche, avait une façon d'accompagner le mouvement de sa monture, comme s'ils ne faisaient qu'un. Un centaure.

Quelques instants plus tard, elle reconnut Zane, et aussitôt tous ses sens se mirent en alerte. Chase était de loin le plus charmant des deux frères, mais Zane avait un certain je-ne-sais-quoi…

En voyant son aîné arriver, Chase poussa un gémissement lugubre.

— Il va m'obliger à aider Frank à rassembler tout le matériel pour la transhumance.

— Quel matériel ?

— Les tentes, les couverts, les pharmacies, répondit-il avec une grimace. Les provisions. Nous devrons tout emporter avec nous, et Zane m'a mis au service de Frank. Je suis son esclave.

Phoebe envisagea de lui faire remarquer que, s'il ne s'était pas approprié l'argent d'une bande d'inconnus qui ne lui demandaient rien, il ne serait l'esclave de personne. Mais tout bien réfléchi elle s'en abstint.

Elle aurait aussi aimé savoir qui était Frank, mais il était trop tard pour poser la question. Zane venait de s'arrêter devant eux et sautait à terre. Dès que ses bottes touchèrent le sol, elle sentit qu'elle ne serait plus capable d'assembler une phrase cohérente. Par chance, Zane ne se préoccupa pas d'elle mais réserva son regard — noir, bien évidemment — à l'usage exclusif de son jeune frère.

— Frank te cherche.

— Je sais, j'y allais, marmonna Chase en lui tournant le dos. Je montrais juste les chèvres à Phoebe.

— Il t'attend *tout de suite*. Le groupe arrive demain, il faut que tout soit prêt. S'il nous manque des provisions, tu devras descendre en ville.

Chase murmura quelque chose, mais n'alla pas jusqu'à protester ouvertement.

— Tiens, ramène Tango à l'écurie, ordonna Zane en lui tendant les rênes.

Chase les prit. Quand il se retourna vers Phoebe, il avait le visage crispé, le regard sombre d'un superbe jeune rebelle.

— Désolé de couper court, dit-il. Avec un peu de chance, mon frère consentira à te donner quelques explications, pour les chèvres.

Puis, aussi vite qu'elle s'était installée, sa hargne s'évapora. Une étincelle s'alluma dans son regard, il réprima un sourire et précisa :

— Elles occupent une place à part dans son cœur.

Et il s'en alla, tête haute, le cheval le suivant d'un pas tranquille.

Zane le regarda s'éloigner un instant puis se détourna en s'accoudant à la clôture.

Phoebe lui jeta un regard en coin, ne sachant trop que dire. Leur dîner de la veille… ne s'était pas passé aussi bien qu'elle l'espérait. Ils avaient bien commencé, pourtant, mais cette fois encore le silence avait été le plus fort ; à un moment donné, Zane avait tout simplement cessé de parler. Ce serait bien de pouvoir se dire qu'il avait juste beaucoup de soucis en tête, mais elle craignait que la vérité ne soit beaucoup plus simple : il ne la trouvait pas intéressante. Et c'était bien dommage, parce qu'il était l'homme le plus fascinant qu'elle ait jamais rencontré.

— Vous pensez que je suis trop dur avec lui, lâcha-t-il soudain.

Ces mots étaient si éloignés de ses pensées qu'elle mit un instant à comprendre.

— Non… Enfin, sauf si vous le battez en cachette, bien sûr.

Un instant, elle crut voir le coin de sa bouche se retrousser. Un sourire ? Difficile d'en être sûre.

— Oh ! j'y ai bien pensé, par moments, murmura-t-il.

Elle passa en revue la dernière série de bêtises de Chase.

Elle ne connaissait pas ses exploits précédents, mais il avait sans doute toujours été difficile à gérer.

— Penser et faire, ce sont deux choses très différentes, assura-t-elle.

Pour toute réponse, elle eut droit à un petit grognement. Ne sachant comment l'interpréter, elle se tourna vers l'enclos en demandant :

— Expliquez-moi, pour les chèvres.

— Que voulez-vous savoir ?

Comme si elle avait préparé une liste de questions !

— Elles sont… sympathiques ?

Le regard qu'il lui jeta était assez peu flatteur. Bon, si la question ne lui plaisait pas, il pouvait aussi lui donner des informations sans la forcer à l'interroger !

— On peut les apprivoiser, répondit-il, mais cela prend du temps et des efforts.

Sa voix disait clairement qu'il ne comptait pas s'investir sur ce plan !

— Chase semblait dire que cela posait problème qu'un rancher ait des chèvres. Pourquoi ?

Zane changea de position, puis s'écarta de la barrière.

— Venez, lança-t-il.

Il s'éloigna sans se retourner.

Vexée, elle se demanda s'il était possible qu'il ne se rende pas compte à quel point son attitude était méprisante. Elle le suivit des yeux quelques secondes, indécise. Elle avait le choix : elle pouvait l'accompagner ou cesser de lui imposer sa présence et retourner à la maison. Il détestait manifestement sa compagnie. Pourquoi insister ? Elle hésitait encore quand une réaction hormonale se fit, des instructions furent transmises directement à ses jambes… et sans décision consciente de sa part elle se mit à trotter, docile, dans son sillage.

Ils firent le tour d'une grange, passèrent devant une nouvelle série d'enclos. Les chèvres se pressaient derrière la clôture par douzaines. Combien pouvait-il y en avoir ? Enfin, Zane s'immobilisa devant une barrière, et aussitôt le cœur de Phoebe fondit. Des chevreaux ! Elle qui s'attendrissait toujours devant les chiots et les chatons, elle les trouva adorables avec leur museau sombre et velouté et leurs yeux un peu trop grands pour ces petites têtes si douces. Elle s'accroupit avec une exclamation émerveillée.

— Ils sont tout juste sevrés, lui dit Zane.

— Ils sont mignons !

— Ils sont à vendre.

Elle eut un hoquet outré.

— Vous allez laisser un inconnu les arracher à leurs parents ?

Dès que la question fut posée, elle réalisa à quel point elle était stupide. Affreusement gênée, elle se releva en ajoutant très vite :

— Je ne parlais pas sérieusement ! Ce n'est pas comme si les chèvres avaient une structure sociale ou familiale qui serait brisée par la séparation. S'ils sont assez grands pour être sevrés, je suppose qu'ils sauront se débrouiller.

Pendant tout son petit discours, l'expression de Zane resta indéchiffrable. Sur le moment, elle lui en fut très reconnaissante, mais, quand elle se tut, le silence s'abattit sur eux et s'étira longtemps, insupportable. Elle eut largement le temps d'entendre ses phrases se répéter en boucle dans sa tête, plus ridicules à chaque fois.

— Il me semble que vous m'avez dit travailler dans l'immobilier, reprit enfin Zane, mettant fin à son supplice.

— En effet.

— Dans quel secteur ?

— Beverly Hills.

— Vous êtes déjà montée à cheval ?

— A bascule, oui.

Il se détourna. Elle crut qu'il marmonnait quelque chose tout bas, sans doute un juron typique du Far West. Dans le doute, elle ne lui demanda pas de répéter.

— Pourquoi Maya vous a-t-elle envoyée ici ? voulut-il savoir.

Aïe ! Que répondre ? N'importe quoi sauf la vérité, c'est-à-dire que sa sœur comptait sur elle pour le détourner de Chase et qu'ils finiraient éventuellement au lit ensemble !

— J'avais besoin de vacances !?

Une bonne réponse. Dommage qu'elle soit sortie sous la forme d'une question. Zane répondit par l'un de ses grognements énigmatiques. Même distant, même contrarié, il restait terriblement séduisant. Elle aimait beaucoup la façon dont le soleil faisait plisser ses yeux ; cela lui donnait un petit air de sagesse. Une sagesse sûrement illusoire, mais bon, elle pouvait bien se faire toutes les illusions qu'elle voulait… tant qu'elle n'était pas assez stupide pour passer à l'acte. Pressée de changer le sujet, elle lança :

— Chase semblait dire que vous détestez les chèvres. Si c'est vrai, pourquoi en avoir chez vous ?

Elle s'attendait à ce qu'il dise qu'elles étaient très rentables. Vu le prix insensé qu'elle avait payé pour son unique pull en cachemire, c'était forcément vrai ! Ou alors qu'il participait à un programme génétique expérimental. Mais sa réponse la surprit au plus haut oint.

— C'est mon père qui les a achetées. Il pensait que ce serait une bonne idée de diversifier notre cheptel. A terme, il voulait avoir le plus grand troupeau de chèvres des Etats-Unis.

Elle faillit taper du pied comme une gamine contrariée. Non, cela ne lui allait pas du tout ! Rien ne collait, ici ! Maya lui avait fait le portrait d'un Zane sans cœur et sans humour, alors en arrivant elle s'attendait à trouver un robot plutôt qu'un être humain. Cet a priori rendait l'attirance physique instantanée qu'elle avait éprouvée assez surprenante, mais ce n'était pas important puisqu'il n'était qu'un robot. Mais si Zane était humain, s'il était gentil, elle allait vers de sérieux ennuis ! Un homme qui élevait des chèvres en souvenir de son père ne pouvait pas être foncièrement mauvais !

— Vous étiez très proche de votre père ?

— Non.

Elle faillit éclater de rire. Pendant une fraction de seconde, elle avait vraiment cru découvrir le Zane intérieur, et son cœur frémissait déjà à la perspective de faire connaissance avec sa face cachée, ou son jardin secret. Encore une théorie à l'eau ! Elle ouvrait la bouche pour lui demander pourquoi, s'il ne s'entendait pas avec son père, il s'embêtait à garder ses chèvres, quand un des chevreaux s'approcha de la barrière pour frotter sa tête contre le poteau. Elle oublia ses interrogations pour tomber à genoux.

— Bonjour, toi ! Ça va ?

Elle passa les doigts à travers le grillage métallique pour le caresser. Sa fourrure, ou son pelage, ou sa laine, allez savoir comment l'appeler, était si douce ! Une texture incroyable. Enchantée, elle lui frotta la joue… et sentit de solides petites dents se refermer sur ses doigts.

Le hurlement qu'elle poussa fit si peur au chevreau qu'il la lâcha illico et fila en faisant des bonds assez spectaculaires pour un si petit animal. Elle retira vivement sa main, mais, avant qu'elle ne puisse évaluer les dégâts, Zane l'avait saisie par les bras et remise sur ses pieds. Puis il prit sa main et examina la morsure.

Elle ne sut comment réagir. La confusion la plus totale régnait dans sa tête. Ils ne s'étaient encore jamais tenus si près l'un de l'autre… Il était si grand, si imposant, que face à lui elle se sentait toute menue et délicate. Fragile. Elle percevait son odeur et s'en étonna. Pour un homme qui avait passé sa matinée à cheval, il sentait bon la sueur propre, avec une note légère… de sous-bois ? Et plus étrange encore, à l'instant précis où ses doigts l'avaient touchée, elle avait cessé d'avoir mal. Un véritable petit miracle.

— La peau est intacte, affirma-t-il en retournant sa main entre les siennes. Dites-moi si ça fait mal quand je bouge vos doigts.

Il les pliait, les dépliait. La chaleur de ses mains envoyait des décharges dans tout son corps, une chaleur délicieuse se glissait en elle, mais un problème s'annonçait du côté de ses poumons : impossible de reprendre son souffle. Zane manipulait sa main avec tant de douceur, comme s'il craignait de lui faire mal !

Elle était à deux doigts de l'overdose sensorielle quand la réaction se fit, salutaire : la zone logique de son cerveau bascula du côté du cynisme. En fait, il redoutait simplement qu'elle lui fasse un procès ! Ce serait typique d'une citadine d'attaquer le ranch en justice pour une morsure de chevreau. En contrepoint, la zone romantique cherchait à reprendre l'ascendant en passant en sourdine toute une sélection de chansons country à la gloire des cow-boys nobles et fiers. Le combat fut bref, le romantisme l'emporta haut la main. Le peu de distance émotionnelle qu'elle parvenait encore à maintenir s'évanouit dès l'instant où Zane pressa doucement sa main en lui souriant. C'était la première fois qu'elle le voyait vraiment sourire. Elle sentit fléchir ses genoux.

— Je crois que vous allez survivre, déclara-t-il. N'approchez plus des chèvres.

— D'accord.

Un mot, c'était sa limite pour l'instant. Zane la contemplait toujours. Mieux encore, il ne lâchait pas sa main, et son pouce caressait doucement ses doigts sur toute leur longueur. Un va-et-vient régulier, rythmé... Sexuel. Des ondes de chaleur parcoururent ses cuisses, accompagnées de légers tremblements. Sa bouche se dessécha, sa poitrine réclama l'égalité de traitement, ses hormones se mirent à chanter. Cette fois, elle avait vraiment perdu la tête. Ou alors elle avait juste besoin de faire l'amour.

C'était extraordinaire, elle aurait juré que les yeux de Zane venaient de changer de couleur. Il la regarda fixement, avec un visage de pierre. *Comme un rapace, pensa-t-elle. Un rapace qui va plonger sur sa proie.* Elle était comme au cœur d'un nuage électrique. Face à n'importe qui d'autre, elle aurait supposé que chez lui aussi le désir venait de s'éveiller, mais lui... L'étau qui broyait sa poitrine se relâcha un peu, juste assez pour lui permettre de prendre une grande inspiration — une chance pour elle car, au même instant, il fondit sur elle et l'embrassa. Comme cela, sans avertissement, il se pencha et s'empara de sa bouche.

Ce ne fut pas un baiser parfait comme dans les films. Leurs nez se cognèrent, et la main de Zane, qui serrait toujours la sienne, se retrouva bloquée entre leurs deux corps, mais ces petits désagréments s'effacèrent bien vite dans l'embrasement général qui naquit de la pression de ses lèvres sur les siennes. Cet aspect des choses au moins était parfaitement dosé !

Si elle avait pu respirer, elle aurait gémi. S'il avait tenté de s'écarter, elle l'aurait retenu de toutes ses forces. Sans qu'elle sache comment, il réussit à dégager ses mains et la serra dans ses bras. Elle se retrouva plaquée de tout son corps contre une sorte de roc, grand, ferme, chauffé par le soleil. Et elle s'abîma dans son odeur de pins. C'était trop bon, trop fort, elle aurait voulu… se blottir encore plus près, arracher ses vêtements et donner aux chèvres un spectacle inédit !

De la pointe de la langue, il lécha sa lèvre inférieure. Une coulée de lave se déversa dans ses veines, ses terminaisons nerveuses vibrèrent. Elle entrouvrit les lèvres. Elle eut un bref instant, le temps d'un battement de cœur, pour se préparer à l'assaut… puis Zane envahit sa bouche, et elle perdit la tête. C'était comme d'être à bord d'une navette spatiale au moment du décollage : sans aucune expérience des voyages dans l'espace, elle imaginait très bien la sensation. Une force irrésistible l'écrasa contre Zane et la laissa sans forces, cramponnée à ses larges épaules et tremblante de désir.

Il avait un goût de café et de menthe, avec une note qu'elle ne put identifier, mais qui était merveilleusement douce et sensuelle. Et sa bouche était si savante ! Peut-être parce qu'il ne disait jamais rien ? Y avait-il un équilibre entre les deux ? Trop parler diminuait peut-être la capacité à embrasser, chez un homme ? Elle n'en savait rien et elle s'en fichait royalement ! Surtout maintenant qu'elle sentait ses grandes mains se promener sur elle…

Un aboiement, quelque part au loin, la fit redescendre brutalement sur terre. Elle prit conscience de sa position, plaquée contre un inconnu et l'embrassant devant un public fasciné de chèvres. Zane dut émerger de sa propre transe au même instant car il recula, lui aussi. Et elle eut la satisfaction de voir sa poitrine se soulever comme un soufflet de forge. Elle aurait détesté penser qu'elle était la seule troublée.

— Bon ! lança-t-elle, dès qu'elle eut repris son souffle.

Il la dévisageait sans bouger. De plus en plus décontenancée, elle avala péniblement sa salive et suggéra :

— Vous vouliez dire quelque chose ?

Une réaction, ce serait trop demander ? N'importe quelle réaction ! Enfin, tant qu'il ne disait pas qu'il regrettait ce qu'ils venaient de faire parce que, là, elle risquait de s'énerver. A moins qu'elle ne soit en train de faire toute une histoire pour rien ? Il emmenait peut-être toutes les femmes qu'il croisait devant l'enclos des chèvres pour les embrasser.

— Je dois me remettre au travail, dit-il. Vous saurez retrouver le chemin de la maison ?

Elle battit des paupières, interloquée. C'était tout ? Bon, d'accord, très bien ! Tant qu'elle ne tentait pas de marcher sur des jambes qui ployaient en accordéon, elle pouvait faire comme s'il ne s'était rien passé.

— Bien sûr, marmonna-t-elle. Sans problème.

Il hocha la tête, se pencha pour ramasser son chapeau — surprise, elle se demanda quand il était tombé à terre —, et se redressa lentement. Il ouvrit la bouche… se ravisa, la referma et s'en alla sans un mot. Cela ne l'étonna même pas. C'était juste… typique.

Une fois seule, elle voulut se mettre en colère. Elle n'allait tout de même pas se laisser traiter de cette façon ? Mais si, en fait. Si, comme d'habitude. La colère ne fonctionnant pas, elle se rabattit sur l'humour en se disant que, quoi qu'il arrive, Maya aurait atteint son objectif. Elle voulait lui changer les idées ? C'était réussi ! Puis elle se promit de découvrir en quoi consistaient les friandises préférées des bébés chèvres. Elle allait offrir un petit cadeau de remerciement à celui qui l'avait mordue.

Zane décida que cette matinée lui avait enseigné, gratuitement, une leçon importante. Si une citadine pouvait se faire mordre rien qu'en se promenant à deux pas de la maison, qui sait quelles catastrophes pourraient fondre sur un groupe de touristes lâchés en pleine nature avec un troupeau de bétail ? En retournant vers l'écurie principale, il s'efforça d'inventorier le nombre de jambes cassées, bétail emballé et allergies dues au contact de certaines plantes, qu'ils pourraient totaliser. Et encore, s'il avait de la chance, parce que ce seraient encore des problèmes relativement mineurs. Il ne voulait même pas imaginer le pire !

En règle générale, quand il prenait une décision, il ne perdait pas son temps à se demander s'il faisait le bon choix. Cette fois, exceptionnellement, il avait de sérieux doutes. Il avait peut-être même fait l'erreur de sa vie en acceptant cette transhumance touristique ! Quand il pensait aux difficultés à surmonter entre l'organisation, l'accueil du groupe, l'intendance, la transhumance proprement dite… il se disait qu'il aurait mieux fait de rembourser tout le monde et de punir Chase d'une autre façon. En le faisant travailler dur tout l'été, par exemple. Ce garçon aurait sa peau !

Il ouvrit à la volée la porte de l'écurie et se dirigea à grands pas vers le bureau qu'il s'était aménagé derrière la sellerie et les réserves, mais au dernier moment, au lieu d'y entrer, il se rendit dans la salle des archives. Là, une douzaine de meubles classeurs contenait toutes les données de l'élevage, depuis la création du ranch. Le carnet de santé de chaque vache, bœuf ou taureau de race Black Angus à avoir vécu sur ces terres se trouvait ici. Sur le mur du fond, on avait épinglé une carte des grands domaines de la région : le sien, le Castle Ranch à l'est, les terres de Konopka à l'ouest, et, bien sûr, la petite ville de Fool's Gold.

Son itinéraire normal de transhumance lui faisait parcourir près de cent cinquante miles, d'une extrémité du ranch à l'autre, soit deux bonnes semaines de chevauchées tranquilles dans de grands espaces sauvages, loin de tout et surtout loin du stress du quotidien. Il emmenait quelques gars, des provisions de base et Tango, sa monture préférée. C'était tout simple, primitif. C'étaient ses quinze jours préférés de l'année.

Ce trajet, il ne pouvait pas le faire avec ses touristes. L'idéal serait même de ne pas les emmener hors de portée de l'antenne-relais de téléphonie qu'il avait fait construire quelques années auparavant. Que faire avec dix citadins qui, comme Phoebe, n'étaient probablement jamais montés à cheval ? Il devrait…

Phoebe… La réalité qu'il ignorait si résolument éclata avec la subtilité d'un taureau qui vient de repérer une vache en chaleur. Le désir s'engouffra en lui. Il eut trop chaud, jura… se souvint à quel point elle embrassait bien et jura de nouveau. Mais à quoi pensait-il ? Pourquoi avait-il fait cela ? La réponse était simple : il ne pensait pas du tout ! L'instant d'avant, il redoutait qu'elle ait perdu une phalange, puis il l'avait vue juste devant lui, si adorablement jolie et douce… Il avait regardé sa bouche et, sans même l'avoir décidé, il l'avait embrassée. Comme un fou. Ou comme un homme qui n'a pas embrassé une femme depuis trop longtemps.

Mais cela, il ne voulait pas y penser, pas plus qu'il ne voulait admettre le désir qui le brûlait. Phoebe était l'amie de Maya. Il la connaissait à peine et il avait déjà décidé de ne pas s'intéresser à elle. Embrasser une femme comme cela, impulsivement, lui ? Jamais de la vie ! Les impulsions, il les laissait aux autres. Lui, il *décidait*, le moment venu, de se trouver quelqu'un. Une femme qui comprenait l'univers dans lequel il évoluait et qui respectait ses responsabilités. Pas une petite brune avec de grands yeux tendres et un sourire timide. Et encore moins une touriste de Los Angeles qui était l'amie de Maya.

Stop ! Il tournait en rond. Il se concentra sur ses préparatifs…

Mais rien à faire.

Il se doutait bien que Maya avait envoyé Phoebe ici pour le garder à l'œil en attendant de pouvoir le faire en personne. Sa demi-sœur n'avait jamais caché qu'elle le croyait capable de tout. Elle pensait aussi qu'il avait une dent contre Chase. De son côté, la façon qu'elle avait d'idéaliser ce gosse irresponsable et son besoin perpétuel de le défendre le rendaient fou. Ce gamin faisait tout de travers. Si quelqu'un ne le prenait pas en main, et vite, il passerait sa vie entière à aligner les échecs. Et, ce danger, il le connaissait trop bien. Maya se trompait en croyant qu'il se fichait de Chase. C'était tout le contraire, ce petit crétin comptait vraiment pour lui, et il tenait tant à assurer son avenir qu'il était prêt, pour y parvenir, à se montrer implacable. Que Chase le déteste ! Ce ne serait pas grave, du moment qu'il avait sa chance de vivre sans regret.

Longtemps, il fixa la carte sans la voir. En fait, Chase assurait au moins sur un point : il savait charmer les femmes. C'était inné, chez lui. Petit, avant même de savoir faire de vraies phrases, il s'arrangeait pour les amadouer, les faire rire, obtenir des cookies et l'autorisation de rester debout après l'heure officielle du coucher. Aujourd'hui, il mettait sûrement ce talent à profit pour attirer les filles dans son lit. Zane lui avait fait la conférence de rigueur sur la contraception et le fournissait en préservatifs — la dernière chose dont ils aient besoin en ce moment serait qu'il mette une copine enceinte !

Il sourit malgré lui. Il n'avait encore jamais rencontré un être du sexe opposé qui ne craquait pas pour son frère, son bagou, son sourire. D'instinct, Chase trouvait l'équilibre idéal entre la sincérité, le charme et la flatterie. Cela semblait si simple, quand il le voyait faire. Pourquoi était-il incapable de l'imiter ? Si Chase embrassait une fille séduisante, il ne s'en irait pas ensuite sans un mot. D'ailleurs, maintenant qu'il y pensait, il n'avait pas non plus dit grand-chose *avant* d'embrasser Phoebe.

Parler… Il parlait avec ses gars. Il pouvait expliquer la lignée de ses taureaux à un acheteur potentiel, vanter les médailles qu'ils avaient remportées, affronter les négociateurs les plus rudes. Mais face à une femme, surtout une femme comme Phoebe, il devenait muet comme une carpe.

Un bruit de pas l'arracha à ses pensées. Quand Frank entra dans la pièce, il s'était remis à examiner la carte.

— J'ai envoyé Chase en ville faire des achats, annonça son contremaître. J'ai une mauvaise nouvelle.

Zane l'interrogea du regard avec lassitude.

— Il nous manquait encore deux tentes, lui apprit Frank. Et une selle.

Zane fit la grimace. Une tente ne coûterait pas grand-chose, mais une selle correcte…

— Demande à Clay Stryker s'il peut nous en prêter une, décréta-t-il. S'il ne peut pas, tiens bien les comptes de tout ce que nous dépensons pour cette petite promenade de santé. Je retirerai la somme du salaire de Chase.

— OK, patron.

Zane se concentra de nouveau sur la carte et son dilemme.

— Nous ne pouvons pas les emmener trop loin, dit-il. Regarde. Nous pourrions suivre la rivière jusqu'aux terres des Stryker, et virer vers l'ouest ici.

Frank retira son Stetson pour se frotter la tête.

— Tu comptes tourner en rond ?

— Faire un cercle, oui. Non, un huit. De cette façon, nous ne serons jamais à plus de quatre heures à cheval d'ici, ou de chez les Stryker ou du ranch de Reilly Konopka.

Frank haussa les sourcils, surpris.

— Vous êtes réconciliés, tous les deux ?

— Pas franchement, non, et ce n'est pas au programme. Je veux juste rester prudent. Si nous avons un vrai problème, je ne peux pas être hors de portée des secours.

Il pouvait compter sur les Stryker, et Reilly Konopka avait beau être un vieux fumier, il ne repousserait pas un groupe en détresse. Soulagé d'avoir pris sa décision, il donna ses instructions :

— Organise-toi pour nous faire livrer des provisions sur le parcours. Il faudra faire un planning pour les gars. Dis à Cookie de prévoir ses menus dès cet après-midi.

Le visage buriné de Frank se plissa. Il n'aurait pas eu l'air plus malheureux si son chien préféré était passé sous une voiture.

— Patron… Tu ne vas pas emmener Cookie ?

— Personne d'autre ne sait faire la cuisine, rétorqua Zane avec un brin d'impatience. Comment veux-tu que je fasse manger le groupe si je ne l'emmène pas ?

— Mais, sans Cookie, l'un des gars devra faire les repas pour ceux qui restent !

— Il y a assez de restes surgelés pour que vous puissiez tenir la semaine.

— Oh bon Dieu…, marmonna le contremaître, atterré. Emmener Cookie, c'est vraiment un sale tour.

Zane ne se donna pas la peine de répondre. Frank avait plutôt de la chance de rester ici.

— J'aurai deux radios avec moi, reprit-il. Avec la nouvelle antenne-relais, tu pourras me joindre à tout moment.

Comme Frank ronchonnait toujours au sujet de l'absence du cuisinier, il ajouta sèchement :

— Tu préfères partir à ma place ?

Le contremaître se ravisa aussitôt. Il mesurait très bien l'enfer que serait cette semaine avec dix novices et troupeau. Le temps était généralement correct en juin, mais on ne pouvait jamais exclure une chute de neige tardive, un torrent en crue suite à un orage, un ours, un cheval emballé, du bétail récalcitrant, une morsure de serpent… ou tout simplement des plaies aux fesses des cavaliers sans expérience. En guise d'encouragement, il lui lança une grande claque dans le dos.

— Profite bien du voyage, patron ! Les gars et moi, on s'assurera que le ranch tourne rond.

— Je ne sais pas pourquoi, j'étais sûr que tu dirais ça.

# 6

Confortablement allongée sur son lit, Phoebe zappait de chaîne en chaîne. Une soirée marathon de science-fiction, *Nuits blanches à Seattle*, des boucles d'oreilles assez géniales sur une émission de téléachat défilèrent devant elle sans parvenir à retenir son attention. Peut-être parce qu'elle n'était pas dans son environnement familier ? Depuis qu'un cow-boy anonyme était venu lui apporter son dîner sur un plateau, elle n'avait pas vu âme qui vive. Enfin, aucun bipède ! De sa fenêtre, en revanche, elle voyait une foule de têtes de bétail, quelques chevaux et même deux chiens.

Agacée, elle coupa le téléviseur. Si elle ne tenait pas en place, si elle se sentait si troublée et nerveuse, ce n'était pas le manque de compagnie mais bien le baiser stupéfiant de tout à l'heure. Depuis quand un inconnu pouvait-il la prendre dans ses bras sans lui demander son avis… et lui faire autant d'effet ? Elle était le genre de fille qui n'embrasse qu'au second rendez-vous et attend le troisième ou même le quatrième mois avant de tomber dans le lit d'un amant. D'ailleurs, plusieurs histoires prometteuses avaient tourné court pour elle quand l'homme s'était lassé d'attendre. La première fois, elle avait eu le cœur brisé. A partir de la deuxième, elle s'était résignée. Pour elle, faire l'amour, cela devait compter pour quelque chose. Elle ne cherchait pas à faire collection de scalps mais à créer un lien — une approche qui la mettait en décalage avec la quasi-totalité des hommes qu'elle croisait à Los Angeles.

Une chose au moins lui semblait claire : ce sentiment

d'appartenance qu'elle recherchait, elle ne le trouverait pas en sautant d'un lit au suivant. Et pourtant, tout à l'heure, avec Zane… S'il l'avait jetée à terre pour lui arracher ses vêtements, elle ne se serait pas débattue. Au contraire ! Elle lui aurait fait l'amour là, dans l'herbe, devant les chèvres.

Un coup frappé à sa porte interrompit ses pensées. Elle se redressa d'une détente. On ne venait pas chercher son plateau puisqu'elle l'avait rapporté elle-même à la cuisine, donc son visiteur ne pouvait être que Chase ou Zane. Elle croisa les doigts et se dirigea vers la porte. Ce serait Chase, bien sûr — ces derniers temps, elle n'avait qu'à faire un vœu pour obtenir précisément le contraire.

Tiens, la série pouvait donc s'interrompre ? Dans le couloir, elle trouva un cow-boy beau à tomber, à la bouche capable de réduire une femme à une nébuleuse de désir. Elle battit des paupières. Cela fonctionnait donc vraiment, de croiser les doigts ?

— Bonsoir, dit Zane.

Et en plus il parlait ! Que faire maintenant ? L'inviter à entrer ? Dans sa chambre ? Non, impossible. Au lieu de reculer d'un pas en lui montrant le lit — son premier choix —, elle le rejoignit dans le couloir en tirant la porte derrière elle.

— Bonsoir, Zane, fit-elle en s'efforçant d'afficher un petit air blasé. Les préparatifs avancent ?

Il émit l'un de ses grognements habituels et haussa les épaules. Comment traduire cela ? Qu'importe, après tout ! Il sentait toujours aussi bon. Tête nue, il était moins impressionnant, et il lui venait des envies de plonger ses doigts dans ses cheveux sombres pour découvrir leur texture… Elle aurait aussi voulu passer les mains sur la repousse de barbe qui ombrait ses joues, palper le contour de sa mâchoire et même — pourquoi pas ? — glisser une jambe autour de ses hanches… Seigneur ! Qui aurait cru qu'une obsédée sexuelle sommeillait en elle ?

— Maya sera là demain, annonça-t-il. Elaine Mitchell la déposera au ranch avec le reste du groupe.

Elle dut s'éclaircir la gorge avant de pouvoir répondre :

— Oui… Elle m'a téléphoné pour me prévenir qu'elle arriverait vers 15 heures.

Les bras croisés sur sa large poitrine, il s'appuya de l'épaule à la cloison. A seulement un pas d'elle ! Malgré elle, elle fixa la colonne solide de son cou et l'endroit, juste sous son oreille, qu'elle avait envie d'embrasser. Ce serait chaud ? Elle sentirait son pouls sous ses lèvres ?

— Elle n'a pas à savoir ce qui s'est passé, ajouta-t-il.

Elle secoua vaguement la tête. Elle ne comprenait pas le sens de sa phrase, mais elle était trop occupée par ses sensations pour demander une traduction. Ils étaient seuls, il faisait nuit, Zane la dominait de toute sa haute taille... Si on lui avait dit qu'un jour elle apprécierait d'être dominée ! C'est alors qu'il précisa :

— Entre nous. Dehors. Elle n'a pas à savoir, pour le baiser.

Retour brutal sur terre. Autrement dit, il regrettait de l'avoir embrassée ! Instinctivement, elle recula... et se cogna la tête contre la porte close de sa chambre. Elle n'eut même pas le temps de se sentir humiliée de sa maladresse. Avec une plainte sourde, Zane l'empoigna par les hanches et la tira vers lui.

— Elle n'a pas à savoir non plus pour celui-ci.

Ses lèvres s'emparèrent des siennes avec un mélange irrésistible de douceur et d'assurance. D'instinct, elle glissa les mains à la place qu'elle convoitait un instant plus tôt, de part et d'autre de son cou solide. Sa peau était aussi tiède qu'elle l'avait imaginée... Elle sentit ses muscles se gonfler quand il inclina la tête pour trouver un nouvel angle.

Ses mains à lui étaient presque immobiles, seuls ses pouces passaient et repassaient sur ses hanches dans un mouvement régulier, hypnotique. Ses doigts encerclèrent sa taille en se rejoignant presque dans son dos. Ses paumes la brûlèrent à travers son mince top de coton. Mais pourquoi semblait-il faire exprès de la maintenir à distance ! Frustrée, elle voulut s'approcher, mais il l'en empêcha sans pour autant cesser de l'embrasser. Ses lèvres, chaudes et savantes, restaient fermées. Elle attendit qu'il passe à l'étape suivante. Il ne le fit pas, et elle n'eut pas le courage de prendre l'initiative. Enfin, il recula, en pressant un long moment son front contre le sien.

— Faites quelque chose pour moi, dit-il tout bas. Essayez d'être un peu moins irrésistible. Autrement, je ne crois pas que je pourrai tenir toute une semaine.

Puis il tourna les talons et s'en alla. Tout au bout du long couloir, il ouvrit une porte et disparut.

Sous le choc, elle resta plantée là, les doigts pressés sur ses lèvres qui frémissaient encore. Il se passa plusieurs minutes avant qu'elle ne réalise qu'elle souriait.

Devant la maison, à plusieurs pas derrière Zane, Phoebe regardait un petit car multicolore remonter gaillardement la route tortueuse qui menait au ranch. Un haut-parleur installé sur le toit diffusait une musique guillerette, le volume augmentait au fur et à mesure que le véhicule s'approchait. On aurait dit un glacier ambulant égaré dans les grandes solitudes de l'Ouest.

Chase s'était judicieusement retranché du côté des enclos des chèvres. Elle comprenait assez sa nervosité d'ailleurs, car l'irritation de Zane semblait s'amplifier à chaque tour de roue du minibus. Pour sa part, elle aurait également eu intérêt à éviter le maître des lieux. Mais elle manquait de volonté. Au contraire, de sa position stratégique, elle dressait la liste de ses charmes. Là aussi, il y avait une nette progression : intéressée le premier jour, fascinée le second, elle ne savait même plus comment décrire son état au Jour 3. Il était plus que temps de tourner la page !

Au fond, l'attirance sexuelle n'avait jamais joué un rôle majeur dans son existence. Elle appréciait le côté charnel d'une histoire amoureuse autant que n'importe qui, mais elle ne le recherchait pas particulièrement. Pour elle, l'émotion et la complicité comptaient plus que les rapports physiques. Alors pourquoi avait-elle des bouffées de chaleur chaque fois qu'elle voyait Zane ?

Maya saurait sûrement la conseiller, mais, pour faire appel à ses lumières, elle devrait d'abord lui avouer son attirance pour Zane. Or son amie, qui voulait depuis le début la jeter dans les bras de son demi-frère, ne manquerait pas de se vanter d'avoir eu raison et la taquinerait sans merci. Et ça, franchement, non. Peut-être serait-il plus sage de ne pas chercher de réponse à ses questions.

Elle n'avait pas encore pris sa décision quand le minibus

s'arrêta devant eux. Une fresque représentant la rue principale de Fool's Gold était peinte sur le flanc du véhicule, les mots « Mitchell Adventure Tours » s'étiraient au-dessus des fenêtres. La porte s'ouvrit dans un gros soupir hydraulique, et une petite fille d'une huitaine d'années dévala les marches en criant :

— Ils sont là ! Des vrais cow-boys !

— Tu as embringué des *gosses* dans ce foutoir ? marmonna Zane à l'intention de Chase, qui avait fini par se rapprocher.

Un garçon un peu plus grand débarqua à son tour, suivi d'un couple. Instinctivement, Phoebe s'avança pour les accueillir. Le geste la surprit elle-même, mais il fallait bien que quelqu'un le fasse ! Que Zane se montre réticent n'avait rien de surprenant. Mais si on pouvait généralement compter sur Chase pour mettre du liant, cette fois, il semblait tétanisé. Commençait-il à réaliser la gravité de sa petite blague ?

— Thad et C.J. Swanson, se présenta l'homme, un grand blond souriant. Et voici Lucy et son frère Tommy.

Les gosses ne ressemblaient pas du tout à leurs parents. Tommy était très maigre, avec de longues jambes de poulain, Lucy ressemblait à une poupée délicate avec sa bouche en bouton de rose. Tous deux avaient une épaisse crinière de cheveux noirs et la peau d'une délicieuse teinte caramel. Séduite, Phoebe leur sourit.

— Vous devez être fous de joie que vos parents vous aient emmenés en transhumance !

La petite Lucy secoua la tête, catégorique.

— Ils ne sont pas nos parents. Nous n'avons pas de parents. Est-ce qu'on va manger bientôt ? Avec Tommy, on n'a rien mangé, aujourd'hui.

Choquée, Phoebe regarda sa montre. Il était plus de 14 heures ! Instinctivement, elle se tourna vers les Swanson, qui semblaient aussi surpris qu'elle.

— Nous sommes passés les prendre à 10 heures et nous avons filé tout droit à l'aéroport, expliqua C.J., très mal à l'aise. Ils n'ont pas dit qu'ils n'avaient pas pris leur petit déjeuner. Nous les avons juste cette semaine. Le couple qui devait les accompagner s'est désisté à la dernière minute, un décès dans la famille. Il y avait des bretzels dans l'avion…

Sa voix s'éteignit. Sans se donner la peine de répondre, Phoebe se concentra sur les enfants. La façon dont Lucy venait de dire « nous n'avons pas de parents », sur le ton de l'évidence, avait réveillé une foule de souvenirs. Elle aussi avait perdu ses parents, elle aussi s'était retrouvée placée dans une succession de familles d'accueil. Des familles qui l'avaient globalement bien traitée, mais elle n'oublierait jamais la sensation d'être tout à fait seule au monde...

— Vous voulez manger quelque chose ? demanda-t-elle aux enfants.

Lucy et Tommy échangèrent un regard et hochèrent vigoureusement la tête.

— Chase, emmène-les à la cuisine, ordonna Zane.

Chase invita gentiment les enfants et le couple qui les accompagnait à entrer.

Comme personne d'autre n'était encore descendu du petit bus, Phoebe se retrouva seule avec Zane. Une nervosité subite s'empara d'elle. Discrètement elle s'essuya les paumes sur son jean, s'éclaircit la gorge et murmura :

— Ils ont l'air sympathiques.

Zane haussa les sourcils, le visage fermé.

— Vous trouvez ? Ils ne se sont même pas rendu compte que les gosses étaient affamés. J'ai hâte de rencontrer les autres. Nous aurons peut-être droit à un rocker en cure de désintox, ou un trader qui voudra emmener son ordinateur portable sur son cheval pour continuer à spéculer.

Diplomate, elle préféra ne pas relever.

— Merci d'avoir laissé les enfants aller manger tout de suite...

Il se retourna vivement vers elle, les yeux plissés.

— Qu'est-ce que Maya vous a dit de moi, exactement ?

Maya ? Comme cela, à chaud, elle ne se souvenait pas. Ou juste qu'il ressemblait à Adam Levine. Comme elle le dévisageait sans savoir que répondre, il ajouta :

— Cela vous étonne que je ne veuille pas laisser des gosses sur leur faim ? Je m'attendais à ce qu'elle me présente comme un crétin, pas comme un monstre.

— Un monstre ? Non, pas du tout ! protesta-t-elle confusément. Maya vous trouve un peu… Enfin, peut-être un peu *rigide*.

En voyant durcir son expression, elle regretta beaucoup de ne pas pouvoir reprendre sa petite phrase.

— Mais pas d'une façon négative ! se hâta-t-elle d'assurer.

Il ne daigna pas répondre. Un autre couple venait de descendre du car. Phoebe eut un mauvais pressentiment en découvrant leurs sandales de gros cuir, leurs T-shirts de macramé et leurs chapeaux de paille.

— Salut ! lança l'homme. Je suis Martin Lagarde, et voici ma femme Andrea.

Sa femme, une brune de trente et quelques années avec des taches de rousseur et des lunettes, s'approcha aussitôt pour serrer la main de Zane.

— Nous sommes si heureux d'être là ! Martin et moi, nous ne nous sentons réellement vivants que quand nous sommes en pleine nature. Nous avons fait énormément de randonnées. L'année dernière, c'était une retraite de méditation à Hawaï, une semaine fabuleuse. Mais une transhumance ! Ce sera tout à fait nouveau pour nous.

Elle secouait toujours la main de Zane, le visage empreint d'une sincérité presque douloureuse.

— Nous attendons beaucoup de cette occasion de nous fondre dans la nature, poursuivit-elle. Faire l'expérience d'une autre vie ! L'Ouest d'autrefois !

Elle lâcha enfin la main de son hôte et précisa négligemment :

— Nous sommes végétariens. J'espère que cela ne posera pas de problème ?

Zane la toisa un instant avant de déclarer :

— Pas pour moi.

La conductrice du car venait d'ouvrir la soute. Zane fit un geste vers elle en lâchant avec une certaine raideur :

— Prenez vos bagages et entrez. Chase vous montrera où vous coucherez ce soir.

— Ça marche ! s'écria gaiement Martin.

Il leva la main pour lui claquer la paume. Comme Zane le dévisageait sans réagir, il saisit son poignet, leva sa main au niveau de l'épaule et heurta sa paume de la sienne. Quand il s'éloigna, Zane se retourna vers Phoebe pour gronder :

— Deux gosses affamés et des végétariens qui voudront discuter avec les arbres. Je vais assassiner Chase.

Phoebe se garda de tout commentaire. Elle comprenait assez son point de vue, du reste. Sans rien connaître de la réalité d'une transhumance, elle voyait déjà se profiler une foule de difficultés. Puis une silhouette familière s'avança vers eux en agitant la main, et elle oublia aussitôt Zane pour lui répondre avec enthousiasme.

— Maya !

Zane pivota et marmonna :

— C'est le bouquet.

— Tu as l'air bien contrarié ! lança joyeusement Maya en les rejoignant. Quelqu'un est mort ?

Elle lui sourit avec gentillesse et précisa :

— Oh mais non, bien sûr, j'avais oublié ! C'est ton expression par défaut.

Elle lui pressa le bras et ajouta, rassurante :

— Je t'ai manqué, je sais.

— Autant qu'une mycose, gronda-t-il tout bas.

Maya éclata de rire et se tourna vers Phoebe.

— Je vois que tu es toujours en vie. Tu n'es pas morte d'ennui auprès de Zane.

— Aucun risque, assura Phoebe en l'embrassant.

Maya fit un geste vers la conductrice du bus, une jolie femme d'une cinquantaine d'années qui s'approchait d'eux en souriant.

— Viens que je te présente Elaine Mitchell.

— Bonjour ! s'écria Phoebe. Maya travaillait pour vous quand elle était au lycée, c'est bien ça ?

— Oui ! Je l'aurais bien gardée, mais elle n'avait pas la vocation.

— Elaine, voilà Phoebe, ma meilleure amie.

— Bienvenue à Fool's Gold !

Phoebe la remercia d'un sourire un peu absent. Intriguée, elle détaillait la tenue de Maya. A Los Angeles, elle voyait toujours son amie en tailleur et escarpins. C'était une révélation de la découvrir en jean, bottes et chemise de coton à manches longues, ses longs cheveux blonds tirés en arrière et nattés !

— Tu ressembles à quelqu'un d'ici, nota-t-elle, amusée.

— Et parlant de gens d'ici…

Derrière elles, la voix de Zane souffla :

— Oh non…

Il avait un peu blêmi. Interdite, Phoebe se retourna vers le minibus… et comprit sa réaction en voyant deux vieilles dames descendre du bus. Les deux vieilles dames si bizarres qui l'avaient coincée près du pick-up de Zane, en ville, le jour de son arrivée ! Eddie et Gladys dans toute leur gloire, la maigre dans un jean sombre et raide et une chemise à carreaux fermée par des pressions de nacre, la ronde, le visage tartiné de cosmétiques, également en jean… mais doublé de jambières de daim à franges ! Toutes deux avaient enfoncé un chapeau de cow-boy sur leurs boucles blanches.

Zane murmurait une litanie en sourdine dont elle saisit quelques mots au passage. Il était question de n'avoir pas mérité ça, d'être trop vieux, et de vouloir accrocher Chase au paratonnerre au plus fort d'un orage. Puis il s'avança en lançant avec autorité :

— Mesdames ! Je regrette, mais nous n'avons pas le matériel nécessaire pour vous ajouter au groupe. Ni les tentes ni les selles…

— J'ai essayé de les dissuader de venir, glissa Elaine à l'oreille de Phoebe, mais elles n'ont rien voulu savoir. Une fois qu'elles ont décidé quelque chose…

— Il n'est pas question de nous ajouter, répliqua Eddie avec un grand sourire. Nous sommes des remplaçantes.

Gladys fouilla dans son gros sac à main noir et en tira un chéquier qu'elle brandit, triomphante.

— Nous avons rencontré un petit couple adorable au Ronan's, hier soir. Ils étaient venus pour la transhumance mais, quand nous avons proposé de leur racheter leurs places, ils ont sauté sur l'occasion !

— Ils préfèrent rester en ville et se faire faire un massage aux pierres chaudes chaque jour.

— Mais…

— Nous avons payé, fit remarquer Eddie. Cinq cents dollars par tête. Nous ne serons pas difficiles. Du moment qu'on nous montre des cow-boys sexy, nous estimerons que nous en avons eu pour notre argent. Nous avons pris des cours d'équitation avec Shane Stryker, mais il n'a jamais voulu retirer sa chemise. J'espère que vous ne serez pas aussi buté ?

Il y eut un instant où Phoebe crut que Zane allait craquer, tout annuler, envoyer promener tout le monde. Mais… non. Il prit une grande inspiration, la relâcha dans un soupir, et se contenta de répondre :

— Très bien. Entrez. J'apporte vos affaires.

Des enfants, des fétichistes de la nature, et maintenant une délégation du troisième âge ? Phoebe se mettait à la place de Zane mais, personnellement, elle commençait à trouver les deux vieilles dames assez adorables. Excentriques, mais adorables tout de même.

— Nous sommes tout excitées, lui confia Gladys. Eddie a envie de participer à une transhumance depuis la première fois qu'elle a vu *La Vie, l'amour, les vaches.*

Puis, avec un clin d'œil, elle ajouta :

— Je précise tout de même que nous ne tenons pas à assister à une mise bas. Celle du film n'était pas très ragoûtante.

Charmée, Phoebe se mit à rire. Aussitôt, Eddie sortit sa caméra vidéo de son sac et la braqua sur elle en lançant :

— Vous ne vous êtes pas présentée, l'autre jour, en fin de compte. Vous êtes une vraie cow-girl ?

— Une très jolie cow-girl, renchérit Gladys.

Confuse, Phoebe baissa la tête.

— Merci, mais non, je suis aussi novice que le reste du groupe.

— Ne vous faites aucun souci, nous prendrons soin de vous, promit Eddie.

Puis les deux terribles vieilles dames s'engouffrèrent dans la maison.

— Où est Chase ? demanda Maya en jetant un regard à la ronde. Je voulais le culpabiliser pour qu'il se sente obligé de porter mes bagages.

— Il y en a combien ? s'enquit Zane, de la voix lugubre d'un homme qui s'attend au pire.

— Quatre, mais deux sont petits.

— Tu pars en transhumance, pas pour la tournée des capitales européennes.

Maya se pencha vers Phoebe pour lui confier d'une voix très audible :

— Il fait toujours la tête dès que le monde extérieur vient envahir son précieux ranch. Non, pour être plus précise, il fait la tête *tout le temps*. Question d'habitude !

Pas du tout impressionnée par l'expression hostile de son demi-frère, elle glissa son bras sous celui de Phoebe et l'entraîna vers la maison. Chase en sortait au même instant et, quand il la vit, poussa un cri de guerre et dévala les marches. Rayonnante, Maya lui ouvrit les bras. Il la souleva dans ses bras en tournant sur lui-même.

— Salut, grande sœur ! Tu es superbe !

— Et toi, tu as encore grandi !

Il la posa en plaquant un baiser sur sa joue.

— Tu as oublié de dire que je suis encore plus beau !

— Tu dois tenir ça de ta mère ! répliqua-t-elle en jetant un coup d'œil moqueur à Zane.

Phoebe croisa le regard de Zane à cet instant précis et fut un peu troublée de voir que leurs taquineries le dérangeaient. Plus ils échangeaient des gentillesses en se liguant pour lui lancer des piques, plus sa mâchoire se crispait. Maya avait toujours dit que Zane n'appréciait pas qu'elle s'entende aussi bien avec Chase, mais il y avait quelque chose d'autre… En observant attentivement Zane, elle se demanda si, au lieu d'être contrarié par la connivence de Chase et Maya, il ne se sentait pas tout simplement exclu. A sa place, c'était exactement ce qu'elle aurait ressenti.

Dubitative, elle enfouit les mains dans ses poches. Peut-être se trompait-elle. C'était assez difficile de se représenter un homme comme Zane se sentant seul, pas à la hauteur… Bref, en proie aux mêmes émotions que le commun des mortels. Il faudrait qu'il ait le cœur tendre, ce que rien n'était encore venu démontrer.

Ils dirent au revoir à Elaine, prirent le reste des bagages et entrèrent dans la maison.

Le groupe s'était rassemblé dans le grand salon. Eddie et Gladys discutaient joyeusement avec les enfants. Le reste du groupe, plus sobre, attendait patiemment que l'on vienne s'occuper de son sort.

— Nous avons assez de lits pour tout le monde ? demanda Maya à Zane à mi-voix. Si tu veux, nous pouvons aller à l'hôtel, Phoebe et moi, et vous retrouver demain matin.

— Merci, ça ira, répondit-il sur le même ton. Et puis, si quelqu'un devait se retrouver à la porte ce soir, ce serait Chase.

— Pauvre gosse…

Maya s'était aussitôt approchée de son jeune frère, en passant le bras autour de sa taille. Phoebe vit tout de suite qu'elle plaisantait, mais elle trouva le moment assez mal choisi pour ce genre de provocation. Zane était sans aucun doute un homme sévère, au caractère difficile, mais cette fois au moins il ne se trompait pas. Après une bêtise aussi grave, Chase devait accepter les sanctions. Elle aurait aimé dire quelque chose à Zane pour lui manifester son soutien, mais elle ne trouva rien. Par lâcheté sans doute ! De peur que Maya se rende compte à quel point elle trouvait son frère irrésistible.

Elle se contenta de chercher à lui exprimer sa sympathie d'un regard, mais ses yeux dérivèrent vers ses lèvres… Oui, il embrassait comme un dieu, et alors ? Un talent de ce genre ne vous apprenait rien sur la nature profonde d'un homme — sauf éventuellement qu'il avait embrassé beaucoup de femmes auparavant. Ou peut-être que si, justement ! Jeff embrassait mal, et c'était un sale type. Il y avait peut-être un lien, en fin de compte ? Chez Zane, ce talent était-il naturel ou le fruit d'une longue pratique ? Elle secoua brusquement la tête, bien décidée à déloger des pensées qui menaçaient de virer à l'obsession.

Charles Elvis Monroe, dit « Cookie », foudroya Zane du regard.

— Tu comptes emmener des *gosses* ? répéta-t-il, incrédule.

Zane ne se donna pas la peine de confirmer. S'il avait eu le choix, il n'aurait emmené personne !

— J'ai pensé que tu voudrais être au courant.

Puis il s'écarta pour donner du champ à son cuisinier qui sortait du réfrigérateur une brassée de laitues.

— Des gosses, marmonna le vieil homme. Je te demanderais bien à quoi tu pensais quand tu t'es embarqué dans cette galère, mais apparemment tu ne pensais pas du tout.

Il poussa un gros soupir et lâcha, l'air de consentir une énorme faveur :

— Bon. Je penserai à eux en faisant mes menus.

Puis, avec un regard agressif sous ses sourcils gris hirsutes, il ajouta :

— Il y a autre chose ?

Zane s'éclaircit la gorge et recula d'un pas pour se placer plus près de la sortie.

— Il y a aussi un couple, répondit-il. Des végétariens.

Cookie jeta ses laitues sur le plan de travail et se retourna vers lui.

— Qu'est-ce que tu viens de me dire, mon gars ?

La première fois que Zane avait rencontré Cookie… Il réprima un sourire en se souvenant du tableau. Il avait dû faire la route jusqu'à Sacramento pour faire libérer un groupe de ses gars — la fournée précédente, pas ceux qui travaillaient pour lui aujourd'hui. Une sortie du samedi soir avait dégénéré, ces jeunes crétins avaient fait la fête avec des mineures. Zane avait écouté la liste des délits, puis les explications de ses hommes. Il en avait licencié deux, accordé une seconde chance à trois autres et laissé le dernier, déjà en sursis suite à une bagarre, au poste pour purger sa peine. A la fin de son discours de semonce à l'intention des hommes qu'il faisait libérer sous caution, un vieux bonhomme l'avait appelé, de la dernière cellule du couloir, pour lui demander où se trouvait son ranch. Cookie. Il le lui avait dit. Six semaines plus tard, Cookie se présentait à sa porte. Plutôt que de présenter un CV, il avait fait cuire des petits pains, grillé des steaks et assemblé un sundae fudge brownie à vous mettre à genoux. Zane l'avait embauché aussitôt, en prenant juste le temps de s'assurer qu'il n'était recherché par aucune police.

Cela remontait à dix ans. Il n'avait jamais su, jamais demandé pourquoi le vieil homme était en cellule ce jour-là. Il se fichait des antécédents de son équipe, du moment qu'ils faisaient leur travail et s'entendaient correctement les uns avec les autres.

Cookie, de son côté, ne parlait jamais de son passé. Il était buté, râleur, sûr de ses opinions. Il exigeait les meilleurs ingrédients et disparaissait trois semaines chaque année sans dire à personne où il allait, mais il leur était devenu indispensable. Sans lui, le Ranch Nicholson aurait été méconnaissable.

Voilà pourquoi Zane surveillait aussi attentivement son expression. Il tenait à exposer clairement la situation, pas à pousser son cuisinier à bout.

— Végétariens, répéta-t-il d'une voix égale.

— Je ne ferai pas du tofu. Je préfère rendre mon tablier.

— Fais ta cuisine à ta façon. Ils s'adapteront. Je voulais juste te mettre au courant.

— Des végétariens…

Sombrement, Cookie se lava les mains, prit la première salade et ouvrait la bouche pour partir dans une tirade enflammée quand Frank entra en coup de vent dans la cuisine.

— Tout est en place, patron. Les tentes, les selles, les provisions. Le chariot de Cookie est chargé, à part pour les produits frais. Nous avons fait le planning, vous aurez vos livraisons aux points de rendez-vous.

— Bien. Tu as vu nos invités ?

Frank fit de son mieux pour se contrôler, mais Zane vit frémir le coin de sa bouche.

— J'ai vu que tu allais devoir gérer les petits commentaires de Maya, deux vieilles dames qui n'ont pas leur langue dans leur poche et deux gosses, patron.

Cookie saisit un couteau assez impressionnant, fit rouler à lui quelques tomates et lâcha :

— Tu as oublié le meilleur. Zane, parle-lui des fichus mangeurs de noix.

Comme Frank le regardait, perplexe, Zane haussa les épaules en marmonnant :

— On a aussi deux végétariens.

Cette fois, Frank ne put réprimer un sourire ironique.

— Ce sera… intéressant.

— Les nichons, c'est intéressant, mon gars, gronda Cookie. Les végétariens, c'est crétin. S'ils veulent manger des feuilles, ils n'ont qu'à aller vivre dans la forêt. Ils n'ont qu'à se mettre à quatre pattes pour chercher des truffes. En tout cas, qu'ils ne s'avisent pas de venir me dire ce que je dois mettre sur la table.

— Tu nous fais dîner à quelle heure ? demanda Zane.

Avec un commentaire rageur, heureusement inaudible, Cookie se dirigea à grands pas vers la porte de derrière et sortit la tête à l'extérieur.

— Billy ! Le barbecue est prêt, mon gars ?

— Oui, chef ! Les charbons sont bien chauds et gris. Vous les vouliez gris, hein, chef ?

— Quelle couleur de gris ?

Il y eut un silence, puis la jeune voix lança d'un ton hésitant :

— Un gris… moyen.

Cookie referma la porte en riant.

— Il marche à tous les coups ! On pourra dîner dans une demi-heure.

Zane jeta un coup d'œil à sa montre.

— Très bien. J'aurai rassemblé tout le monde.

— Et eux ?

Zane comprit sans peine de qui il parlait. Que mangeraient Andrea et Martin, un soir de barbecue ?

— A eux de s'arranger avec ce qu'ils trouveront dans leur assiette, décréta-t-il.

Il quitta la cuisine, soulagé que tout se soit bien passé avec Cookie.

Il avait donné deux heures à ses hôtes pour s'installer et leur avait demandé de se rassembler au salon à 17 h 30. Quand, l'heure venue, il entra dans la grande pièce, ils étaient tous présents, très occupés à faire connaissance.

Eddie et Gladys jouaient à un jeu incompréhensible avec les gamins, sous le regard assez inquiet de leurs parents d'accueil temporaires. Les amoureux des arbres admiraient les photos de la région qui décoraient la pièce, Maya se servait un verre au bar et Phoebe… Il se raidit. Mais à quoi rimait cet élan bizarre qui le poussait vers elle ! Elle était sur le canapé, un peu à l'écart du groupe, le regard perdu dans le vague. Il voyait bien qu'elle n'était pas du tout une femme pour lui, mais une part de son anatomie pointait vers elle comme l'aiguille d'une boussole.

Quand il entra avec Frank, le léger brouhaha des conversations s'éteignit. Il s'efforça de lancer à la ronde un sourire chaleureux et accueillant, et se demanda aussitôt qui il cherchait à tromper. Chase savait charmer les gens, pas lui. Lui, il était le frère rabat-joie chargé des tâches rébarbatives comme les plannings de travail et les fiches de paie. En règle générale, il avait trop de boulot pour perdre son temps à chercher à plaire, mais cette fois il avait intérêt à mettre tout le monde à l'aise. Histoire de les préparer un tant soit peu avant de leur donner leur chance d'échapper au désastre !

— J'ai quelques informations pour vous, dit-il quand il vit qu'ils l'écoutaient tous. Tout d'abord…

Il sourit aux gamins et poursuivit :

— Nos voisins nous ont apporté des selles pour les enfants. Elles ne sont pas neuves, mais elles sont dans un état très correct. Je précise tout de même qu'il s'agit d'une chevauchée de six jours. C'est un rythme assez intensif, même pour des cavaliers expérimentés. Je m'inquiète un peu de savoir si les enfants pourront tenir la cadence.

Le garçon eut l'air anxieux, mais sa sœur prit une expression butée qu'il reconnut tout de suite : Maya avait exactement la même, petite, quand elle était décidée à n'en faire qu'à sa tête. Les parents d'accueil froncèrent les sourcils.

Content d'avoir semé le doute dans leur esprit, il passa à la question suivante. Faisant de son mieux pour prendre un visage contrit, il s'adressa à Andrea et Martin :

— Nous n'étions pas informés qu'il y aurait des végétariens dans le groupe. A ce stade, il est trop tard pour vous proposer un menu spécial. Les repas seront servis en commun, vous pourrez prendre autant ou aussi peu que vous voudrez de chaque plat, mais il n'y aura pas de préparations spécifiquement végétariennes.

Martin sembla accepter la situation, mais Andrea s'exclama, outrée :

— Je me demande si vous avez bien conscience des dégâts que votre bétail cause à l'environnement ! Et les porcs ? 90 % du maïs cultivé dans ce pays est utilisé pour les nourrir. Si les Américains réduisaient leur consommation de porc de seulement 50 %, nous pourrions expédier près de la moitié de nos récoltes dans d'autres pays, et…

Discrètement, son mari lui effleura le bras. Elle se tut brusquement, jeta un regard à la ronde, vit que tout le monde la dévisageait et pinça les lèvres.

— Je ne mangerai pas de viande, déclara-t-elle, butée.

— Je comprends cela, lui dit Zane. De votre côté, comprenez que nous n'étions pas prévenus, et que les provisions et les menus sont nécessairement faits à l'avance. Nous ne sommes pas équipés pour vous proposer des repas végétariens. Si vous le voulez, je suis prêt à vous rembourser le coût de vos vacances, billets d'avion compris, et à organiser votre retour chez vous dès demain matin.

Il se tourna vers le couple qui accompagnait les enfants et ajouta :

— La proposition tient aussi pour vous. Si vous pensez que ce sera trop dur, physiquement…

Il faisait le pari que si six participants se désistaient Eddie et Gladys se sentiraient obligées de renoncer, elles aussi. Bien sûr, elles n'étaient pas connues pour leur sens inné des comportements acceptables, mais…

Maya étira les jambes devant elle en faisant tourner son apéritif dans son verre.

— Zane, quelle générosité ! murmura-t-elle. Et moi qui croyais que tu tenais à faire cette transhumance.

— Vous n'avez qu'un mot à dire, conclut-il sans relever. Tenez-moi au courant.

Il commençait à croire qu'il avait eu gain de cause quand Eddie se leva d'un bond.

— Mais non, Zane ! s'écria-t-elle avec un grand sourire. Vous n'avez aucune raison de tout remettre en cause simplement parce que Andrea refuse de manger de la viande. Je suis sûre que votre cuisinier fera des légumes supplémentaires pour elle et Martin. Quant aux gosses… Gladys et moi, nous les aiderons à tenir le coup. Nous adorons les enfants !

Elle s'accroupit devant Lucy et Tommy pour leur demander :

— Vous deux, vous habitez en ville, je me trompe ?

Le visage soucieux, Tommy fit oui de la tête.

— Tu es déjà monté à cheval ?

— Une fois, avec l'école.

— Et tu aimerais bien être un cow-boy ?

Un petit sourire, un très léger signe de tête.

Satisfaite, Eddie se releva.

— Vous voyez ? Quand il sera grand, il voudrait être cow-boy. Et ce jeune homme et sa jolie petite sœur ont un grand besoin de quelques jours au grand air !

Gladys s'approcha de lui et glissa son bras sous le sien avec un plaisir évident.

— C'est bien de votre part de vous faire du souci pour nous, Zane, mais moi, je dis qu'il faut foncer. Nous sommes tous venus ici pour vivre une aventure, et vous êtes homme à nous l'offrir.

Radoucie, Andrea se pencha vers son mari.

— C'est vrai que nous voulions vivre une expérience nouvelle, reconnut-elle. Je suppose que nous pourrons nous arranger avec des suppléments de légumes…

— J'aimerais essayer, lui répondit Martin.

Le couple regarda les deux enfants en hochant la tête.

Voyant qu'il s'était fait déborder, Zane n'essaya pas de discuter. Il avait fait de son mieux. L'issue ne dépendait plus de lui.

— Nous nous retrouverons ici après le dîner, dit-il. Frank vous expliquera ce que vous pourrez emporter avec vous. Le reste de vos bagages restera ici en toute sécurité. Couchez-vous tôt, surtout. Nous partirons à l'aube.

# 7

— Ça ne t'ennuie pas qu'on partage une chambre ? demanda Phoebe quand elles montèrent se coucher après le dîner.

— Bien sûr que non !

Maya se laissa tomber sur son lit en jetant un regard à la ronde.

— Si tu savais comme c'est bizarre de me retrouver ici ! C'est peut-être pour cela que je reviens si rarement au ranch. Ça me fait trop d'effet.

En pensant à sa propre condition de déracinée, Phoebe se dit qu'elle aurait bien aimé, elle aussi, avoir un lieu auquel revenir, quel que soit l'effet qu'il lui ferait. Elle s'installa sur son propre lit en murmurant :

— Si c'était moi, je reviendrais très souvent.

— Dans un sens, j'aimerais, répondit Maya en se laissant aller sur le dos. Quand je repense aux années que j'ai passées ici, je me trouve tellement jeune ! Je me croyais très mûre et très lucide, mais je n'étais qu'une gamine.

Elle tourna la tête vers Phoebe et avoua :

— C'est le premier endroit où je me suis sentie en sécurité.

Phoebe savait que son amie avait grandi à Las Vegas et que sa mère, une danseuse de cabaret, n'avait jamais cessé de chercher l'homme qui pourrait lui offrir une autre vie. Quand le père de Zane s'était affiché sur son radar, les travaux d'approche avaient été rapides, d'un côté comme de l'autre. Ils s'étaient mariés très vite, et Maya s'était retrouvée avec sa mère au Ranch Nicholson.

— La sécurité, ça compte, murmura Phoebe.

— Oui…

Il y eut un bref silence, puis Maya poussa un gros soupir et reprit :

— J'étais contente de revoir Elaine. J'ai travaillé pour elle mes deux derniers étés, avant mon départ pour l'université. Nous avons toujours plus ou moins gardé le contact.

— Mitchell Adventure Tours, cita Phoebe.

Puis, perplexe, elle jeta un regard interrogateur à son amie.

— Attends une seconde… Mitchell comme dans *Del* Mitchell ?

Maya poussa une plainte déchirante.

— Ne prononce pas ce nom ! Oui, Del, l'amour de ma vie, est le fils d'Elaine !

Elle fronça le nez en précisant :

— Enfin, c'est ce que j'ai cru à l'époque. Qu'il était l'amour de ma vie, je veux dire. La première fois que je l'ai vu, je te jure que j'ai entendu des violons ! Tout un orchestre symphonique ! Nous étions tellement sûrs que c'était pour toujours…

Mais cela n'avait pas duré, et aujourd'hui Maya ne sortait jamais très longtemps avec le même partenaire. Donner son cœur n'était plus une option. Phoebe connaissait ses raisons, elle les comprenait plus ou moins, mais cela ne l'empêchait pas d'avoir de la peine pour elle. L'une des deux au moins devrait connaître la joie de tomber amoureuse !

— Quand as-tu vu Del pour la dernière fois ?

Intriguée, Maya se redressa sur ses coudes pour réfléchir.

— Je crois bien que cela fait… dix ans ? Il se déplace beaucoup. Elaine parle rarement de lui dans ses mails. Je passe toujours la voir quand je reviens ici, mais je n'ai jamais croisé Del.

— Il n'est peut-être plus du tout séduisant.

— J'aimerais ! s'écria son amie en riant. Mais je veux bien parier le contraire. Non, il est forcément toujours aussi craquant. Enfin, pas pour moi, bien sûr !

— Bien sûr, murmura Phoebe en se demandant si son amie se trompait, et si l'orchestre symphonique jouerait encore en sourdine si jamais elle revoyait son premier amour.

Puis son regard tomba sur l'horloge, et elle se souvint de la dernière tâche qu'elles devaient accomplir avant de dormir.

— Les bagages ! Il faut s'y mettre. J'ai apporté beaucoup trop d'affaires.

Elle alla prendre le petit sac de marin et les sacoches de selle déposés par une main anonyme au pied de son lit. Ce seraient, les avait-on prévenues, les seuls bagages autorisés.

Maya se leva à son tour et, plantée devant l'une de ses valises ouvertes, elle désigna le monceau de trousses de maquillage qu'elle contenait.

— Et moi donc ! s'exclama-t-elle. Je vais devoir me contenter des deux indispensables : l'écran total et le mascara. Non, le démaquillant aussi ou j'aurai l'air d'un raton laveur.

Avec un regard accusateur à Phoebe, elle ajouta :

— Toi, bien sûr, tu n'as pas à t'inquiéter pour tes cils. Ils sont fabuleux, naturellement sombres et épais. Si tu n'étais pas une amie adorable, je te détesterais.

Phoebe ne crut pas utile de préciser qu'elle aurait volontiers échangé ses cils contre une taille plus élancée et une crinière blonde. Ou même une poitrine un peu plus conséquente ! Elle ouvrit ses valises et entreprit de faire deux piles : ce qu'elle emportait, ce qu'elle laissait. Une troisième ne tarda pas à naître : celle des vêtements dont elle aurait *peut-être* besoin.

— Pauvre Zane, dit soudain Maya en pliant un T-shirt. J'ai presque de la peine pour lui. Même en situation normale, Eddie et Gladys sont ingérables, alors là… Et ces gosses !

Phoebe fronça les sourcils. Sa troisième pile, déjà nettement plus importante que les deux premières, vacillait, prête à s'effondrer.

— Quoi, les gosses ? demanda-t-elle distraitement. Je les trouve plutôt mignons.

— Moi aussi, mais les pauvres ne sont pas du tout dans leur élément.

— Moi non plus, je ne suis pas dans mon élément.

Et effectivement elle se sentait aussi incertaine que le petit Tommy à la perspective de six jours de vie sauvage. Et sur le dos d'un cheval, en plus ! Le ranch lui plaisait beaucoup, elle adorait le paysage, mais elle ne se sentait absolument pas préparée à vivre comme une vraie cow-girl.

— Je me demande ce que ce couple fait avec eux, reprit Maya en plongeant dans une nouvelle valise. C.J. et Thad. On ne peut pas dire qu'ils fassent des parents très vraisemblables.

— Je me suis posé la même question. Mais bon, n'oublie pas qu'ils ne sont pas leurs parents d'accueil habituels. Le couple qui devait les accompagner a eu un problème, et on a appelé C.J. et Thad en renfort.

Elle pensa à ses propres années en famille d'accueil et murmura :

— J'espère que Lucy et Tommy vont bien s'amuser.

— Oh ! Sûrement ! Eddie et Gladys sont déjà prêtes à les adopter, au moins pour la semaine. Mais assez parlé des nains ! Je n'en reviens pas que Zane ait accepté d'emmener ces gens en transhumance. Sa tentative de dernière minute pour les pousser à tout annuler était assez bien ficelée, non ? Il a dû décider que la leçon que Chase pourrait en tirer ne méritait pas tant de complications.

— C'est assez normal, non ? Il y a des gosses, des personnes âgées. Tu te rends compte de la responsabilité ?

Son amie haussa les sourcils et l'observa avec attention.

— Mais dis-moi… tu le défends ? Mais oui, tu le défends ! J'adore.

Sans se préoccuper de ses piles de vêtements, elle se jeta à plat ventre sur son lit en s'écriant :

— Alors le grand méchant Zane te fait de l'effet ? Raconte !

Phoebe se concentra résolument sur un choix difficile : le gros pull, ou la chemise de flanelle qui rentrerait beaucoup plus facilement dans son sac ?

— Arrête, dit-elle d'un petit air distrait. Ce n'est pas ça. C'est juste que tu me l'avais décrit comme le mal incarné.

— Pas du tout !

Phoebe leva les yeux au ciel.

— Sans cœur, ton demi-frère ? Atrophié des émotions ? Je dirais au contraire qu'il est très attaché à Chase, et même à toi.

Maya poussa un hurlement de rire.

— Moi ? Je le révulse ! Enfin, quand il se donne la peine de penser à moi.

Phoebe ouvrit la bouche pour discuter… et la referma, sûre que cela ne servirait à rien.

— Dis-moi au moins que tu le trouves beau, exigea Maya.

— Un pur Adam Levine, exactement comme tu me l'avais promis.

— Bon. C'est déjà ça. Mais, pour ma manœuvre pour vous mettre tous les deux dans le même lit, je suppose que je rêvais ?

— Je confirme. Tu rêvais. Cela n'arrivera pas.

Phoebe fut très satisfaite de parvenir à dire cela d'une voix ferme, enjouée, parfaitement normale en somme. Pas question de parler à Maya des baisers torrides qu'ils avaient échangés, Zane et elle. Surtout pas ! De toute façon, il s'agissait presque certainement d'un événement unique. D'accord, *deux* événements uniques, non reproductibles, comme un alignement des planètes ou le fait de gagner au loto. Il serait tout à fait inutile de mentionner que le souhait de Maya… était également devenu le sien.

— S'il voulait juste se lâcher un peu, Zane pourrait être un type adorable, grogna Maya en s'emparant d'un nouveau T-shirt. Enfin, adorable… Au moins, il ne serait plus un éteignoir. Il lui faudrait une femme. Ou pas. Quand il en avait une, il n'a pas su qu'en faire.

Phoebe laissa tomber le jean qu'elle pliait.

— *Comment* ?

— Oui, Zane a été marié, je ne te l'avais pas dit ?

Zane ? Marié ? Pourquoi l'information la surprenait-elle autant ? Et pourquoi se sentait-elle le cœur si gros tout à coup ?

— Non, répondit-elle d'une voix très neutre. Tu as oublié de mentionner ce détail.

— Probablement parce que cela ne comptait pas.

— Cela comptait forcément pour lui.

— Peut-être…

Maya vida une trousse de maquillage sur le lit et se mit à trier son contenu.

— … mais ce n'est pas comme s'il l'aimait. Figure-toi qu'il a épousé Sally pour donner une mère à Chase. Quel crétin !

Pire encore, il le lui a dit, carrément, un peu après leur premier anniversaire de mariage !

— Qui, Chase ? demanda Phoebe qui s'y perdait un peu.

— Non, Zane ! Je n'ai pas su tous les détails mais, si j'ai bien compris, Sally voulait des enfants, Zane refusait d'en entendre parler, et il a fini par lui expliquer qu'il l'avait surtout épousée pour que Chase puisse grandir dans un foyer stable. Tout à fait le genre de déclaration qui fait battre le cœur d'une jeune épouse. Surtout si elle croyait qu'ils s'étaient mariés par amour ! Elle l'a plaqué aussitôt. Il s'est fait beaucoup de souci. Il craignait qu'elle le ruine en réclamant la moitié du ranch, mais elle a eu beaucoup d'élégance, elle n'a demandé qu'une compensation pour le travail accompli. Je te jure ! Moi, je lui tire mon chapeau. Il paraît qu'elle a calculé un salaire équivalent au temps qu'elle avait passé mariée avec lui et qu'elle lui a présenté la facture.

Elle riait, mais Phoebe ne pouvait pas s'empêcher de trouver l'histoire affreusement triste. Pauvre Sally. Comment faisait-on pour se remettre d'une claque pareille ! Et pauvre Zane aussi, qui avait épousé une femme qu'il n'aimait pas pour offrir une mère à son frère… Combien de fois n'était-elle pas tombée dans des erreurs épouvantables, elle aussi, avec les meilleures intentions ?

— Je suppose que ce n'est pas entièrement sa faute, admit Maya à contrecœur. Je sais qu'il n'a pas eu la vie facile, avec son fichu père.

— Ah ?

— Feu mon beau-père avait tellement aimé la mère de Zane qu'il ne s'est jamais remis de sa mort. Je te jure que quand j'étais ici il remarquait à peine l'existence de son fils. Il s'est remarié deux fois pour tenter d'oublier, mais il n'a jamais réussi. Et, au passage, il a empoisonné la vie de tout son entourage.

Le cœur tendre de Phoebe se serra une fois de plus.

— Zane a eu beaucoup à encaisser, murmura-t-elle.

— Je suppose, oui, mais rien ne l'oblige à se comporter comme s'il avait un manche à balai dans le… Regarde sa façon d'être avec Chase !

— Tu parles de lui comme s'il se fichait de tout mais, s'il a épousé Sally, c'est bien qu'il se faisait du souci pour son frère ! Et la transhumance ! Il la fait pour lui, pour qu'il comprenne les conséquences de ses actes. Tu aimes Chase, tu devrais être contente que Zane se donne du mal pour lui montrer comment devenir un homme bien.

Les yeux verts de Maya s'arrondirent.

— Dis donc ! Quelqu'un a reçu une flèche en plein cœur, on dirait !

— Mais non ! protesta Phoebe, exaspérée.

— Non ?

— Absolument pas.

Maya ne semblait toujours pas très convaincue, et qui pourrait lui en vouloir ? Phoebe n'avait pas reçu de flèche en plein cœur… mais un missile non identifié l'avait tout de même un peu égratignée.

Il était près de minuit quand Phoebe comprit qu'elle ne parviendrait pas à trouver le sommeil. Maya s'était endormie comme une masse peu après 22 heures, épuisée par les journées qu'elle avait dû fournir pour se ménager une semaine de congé.

Trop énervée pour dormir, elle se leva, enfila un jean, prit son blouson et quitta la chambre sans bruit. Elle longea le couloir sur ses pieds nus, descendit l'escalier. Un silence profond régnait dans toute la maison. Ici et là, quelques lampes brillaient, sans doute pour la sécurité des hôtes s'ils se levaient dans la nuit.

La maison lui semblait pleine de mystère avec ses hauts plafonds et ses grands espaces immobiles. Elle se surprit à l'imaginer meublée autrement, dans un style qui la mettrait mieux en valeur. Ses réflexes professionnels se réveillaient, elle observait, évaluait… Dans le quartier le moins coté de Beverly Hills, cette maison vaudrait au moins trois millions. Le prix serait quasiment doublé dans l'une des rues les plus exclusives.

Elle s'arrêta devant la porte d'entrée en cherchant des yeux le boîtier de l'alarme… se souvint où elle était et se mit à rire tout bas. Zane ne s'intéressait sûrement pas aux détecteurs de mouvement ou aux dispositifs de surveillance du périmètre. La porte n'était même pas verrouillée ! Elle l'ouvrit et s'avança dans la véranda, impressionnée par la profondeur de cette nuit sans réverbères. Juste la lune. Surprise aussi par le froid ! Normal, le ranch était en altitude. Il faisait sans doute plus chaud à Fool's Gold. Ses orteils se recroquevillèrent sur le plancher glacé, mais elle ne battit pas en retraite pour autant. Les mains posées sur la balustrade, elle contempla l'essaim de lumières dans la vallée qui indiquaient l'emplacement de la petite ville de livre d'images, nichée au bord de son lac. Puis elle leva la tête et plongea dans les profondeurs d'encre du ciel. Ces millions d'étoiles… A Los Angeles, même par les nuits les plus claires, elle n'en avait jamais vu autant.

— J'aurais dû écouter davantage en cours d'astronomie, murmura-t-elle.

Puis elle sourit et rectifia :

— Bon, d'accord, j'aurais dû commencer par m'inscrire à un cours d'astronomie.

Elle chercha une constellation facile à reconnaître, la Grande Ourse ou l'étoile Polaire. En vain. Mais cela n'avait aucune importance. Elle naviguait, éblouie, dans l'océan sans limites de ce ciel étincelant quand elle prit conscience d'une présence. Une milliseconde avant de se retourner, elle entendit un pas. En ville, un pas inconnu dans la nuit n'était jamais une bonne nouvelle. Si elle s'était trouvée n'importe où ailleurs, elle aurait paniqué. Ici, c'était différent. Inexplicablement, dans cet environnement tout à fait nouveau pour elle, elle se sentait en sécurité. Et puis elle était à peu près sûre de savoir de qui il s'agissait.

Elle se retourna. Zane portait un épais blouson de cuir ouvert sur la poitrine. Un homme imposant, impressionnant. Elle aurait sans doute dû battre en retraite ? Mais, au lieu de retourner dans sa chambre, elle se redressa en regrettant de n'avoir pas arrangé ses cheveux avant de descendre. Vu le temps qu'elle avait passé à se retourner dans son lit, ils devaient être tout hérissés.

— Vous ne pouvez pas dormir ? demanda-t-il.

Elle secoua la tête.

— Je crois bien que je suis trop excitée, pour demain.

— Demain m'empêche aussi de dormir, mais pas parce que je suis excité.

Cette phrase toute simple la surprit, elle la trouva plutôt touchante. En bruit de fond, ses hormones fredonnaient une chanson country sur un cow-boy qui emmène sa belle au galop vers le soleil couchant. Inutile de se faire trop d'illusions. C'était juste cette nuit magique. Ou cet homme. Bref ! Elle aurait en tout cas donné beaucoup pour pouvoir se montrer à Zane sous un nouveau jour. Spirituelle, charmante, ou très belle. Voilà, belle, ce serait l'idéal, mais comme aucune magie ne la transformait subitement en top model, et comme elle ne trouvait pas de remarque fascinante, elle resta dans la conversation banale.

— C'est une énorme responsabilité, bien sûr, mais vous semblez avoir tout prévu, dit-elle. Je suis sûre que tout se passera bien.

— Vous voulez bien me le garantir par écrit ?

— Cela vous rassurerait ?

— Non.

Lui aussi contemplait le ciel. D'une voix découragée, il lâcha :

— Ils n'ont pas voulu repartir.

— Non. Vous avez essayé, pourtant.

Un silence. Elle crut comprendre que le fait *d'essayer* ne comptait pas pour grand-chose à ses yeux. Il fallait *réussir*. Encore un mauvais point pour elle, qui passait son temps à échouer.

— Au moins, tout le monde a l'air gentil ! lança-t-elle.

Il se tourna vers elle, une étincelle d'humour au fond des yeux.

— Même Andrea ?

Elle pensa à la personnalité... très affirmée de la jeune femme et précisa :

— D'accord, elle n'est pas quelqu'un pour qui on éprouve une sympathie immédiate, mais je suis persuadée qu'une fois qu'on la connaît mieux...

Il la dévisagea fixement.

— Vous faites partie de ces gens qui voient le verre à moitié plein ?

— Oui.

Elle s'accouda près de lui, le visage levé vers les étoiles.

— Je trouve que c'est important de garder une approche positive, dit-elle. De chercher à voir les opportunités.

— Vous êtes si occupée à vous inquiéter des sentiments des autres que vous seriez incapable de voir une opportunité qui saute sur place juste devant vous en agitant les bras.

Il fronça les sourcils et ajouta :

— Comment avez-vous fait pour devenir amies, Maya et vous ?

Interdite, elle hésita. Il la connaissait depuis quarante-huit heures à peine, ils ne s'étaient pas beaucoup parlé et pourtant, en une seule phrase, il venait de résumer toute sa personnalité. Comment faisait-il cela ?

Oui, elle se préoccupait trop des autres pour faire progresser sa carrière et sa vie. Ses choix, elle les faisait plus souvent avec son cœur qu'avec sa raison… ou son désir de marquer des points. Dans son expérience, les opportunités se présentaient surtout aux gens sans états d'âme, et elle n'arrivait jamais à faire passer son propre intérêt avant celui des autres, en tout cas pas si elle devait pour cela piétiner son prochain. Troublée, elle secoua la tête et se concentra de nouveau sur Zane.

— Je… quelle était votre question ?

— Comment êtes-vous devenues amies, Maya et vous ? Vous ne vous ressemblez pas du tout.

— Vous voulez dire parce qu'elle fait une belle carrière dans la télévision et moi pas ?

— Je pensais plutôt en termes de personnalité.

— Là aussi…

Discrètement, elle frotta son pied sur son mollet pour tenter de le réchauffer. Elle était glacée, mais elle n'envisageait pas un seul instant de rentrer. Quelques frissons, cela ne pesait pas lourd à côté d'une discussion de minuit avec l'homme de ses rêves.

— Nous nous sommes rencontrées à la fac, en première année. Maya était avec une bande d'amis. Vous savez comment elle est, toujours au centre d'un groupe…

Comme il ne faisait aucun commentaire, elle poursuivit :

— Elle tenait un café à la main, elle a fait un geste et elle m'a copieusement éclaboussée. Sans le faire exprès, bien sûr.

Ensuite, elle a absolument tenu à m'emmener chez elle pour que je puisse me nettoyer un peu. Nous nous sommes mises à parler et avant la fin de la matinée nous étions amies.

Elle ne dit pas à quel point cette rencontre avait compté pour elle. Elle s'était sentie si seule, jusque-là, à l'université ! Ses foyers d'accueil successifs n'étaient pas forcément idylliques, mais, en sortant du réseau à dix-huit ans, elle avait eu le sentiment de perdre sa famille une deuxième fois.

— Je n'avais personne, dit-elle tout à coup. Maya m'a prise sous son aile. Grâce à elle, j'ai fait partie d'une bande. Elle a été une merveilleuse amie pour moi.

Il y eut un instant de silence, puis Zane se décida à parler :

— Je ne vous ai pas remerciée pour votre aide aujourd'hui. Je m'attendais à ce que Chase se charge de l'accueil, qu'il prenne tous ces gens en main. Mais, là, il n'a pas dit un mot.

— Il était peut-être écrasé par l'énormité de sa faute ?

— Je ne parierais pas là-dessus, si j'étais vous, marmonna-t-il.

— Vous pensez qu'il n'a aucun remords ?

— Pas encore, mais croyez-moi il en aura.

Il y eut un nouveau silence, puis il secoua brusquement la tête.

— Il n'est pas le seul à n'avoir pas réfléchi, je suis tout aussi coupable, reconnut-il. J'ai trouvé très malin de l'obliger à aller jusqu'au bout de son idée farfelue de transhumance, mais maintenant que tout le monde est là et que nous partons dans quelques heures…

— … vous vous posez des questions.

Il la regarda fixement. Un peu interloquée, elle soutint son regard, sans parvenir à déchiffrer son expression. Il n'appréciait peut-être pas que l'on termine ses phrases ? Elle allait s'excuser quand il approuva de la tête.

— Exactement.

Elle frissonna de nouveau. Mais cette fois ce n'était pas dû au froid.

Qu'avait-il de si particulier, cet homme, pour lui faire autant d'effet ? Même frigorifiée, pieds nus et cheveux en bataille, elle n'aurait pas voulu être ailleurs, ou avec qui que ce soit d'autre.

— J'ai besoin de me faire examiner la tête, murmura-t-elle étourdiment.

— Pourquoi ?

Comment ? Elle avait parlé tout haut ? Affreusement gênée, elle se mit à rire.

— Oh ! Par principe ! Je viens de Los Angeles, nous sommes tous branchés sur la psychologie et les thérapies bizarres.

Le rire de Phoebe flotta dans la nuit et s'installa en lui, déclenchant des réactions en chaîne sur son passage. Et pas seulement au niveau de l'entrejambe… Il ressentait aussi une pression bizarre dans la poitrine, un pincement au creux du ventre. Comme… une envie de la faire rire de nouveau. Ce qui ne lui était jamais arrivé avec une femme. Il se creusa la tête et reprit :

— Une dame a téléphoné pour savoir si nous faisions des massages avec des pierres chaudes.

Elle tourna la tête vers lui, amusée.

— Vous lui avez dit quoi ?

— Qu'elle devrait s'adresser ailleurs, mais franchement je ne sais pas où. Comme dit Frank, qui voudrait se faire masser avec une pierre ?

— Mais si, c'est très populaire ! Je crois que la chaleur détend les muscles.

— Encore une idée typique de Los Angeles.

— Comme beaucoup de bonnes choses.

— Ah, vous êtes comme ça ? Une inconditionnelle de la Cité des Anges ?

Elle fronça le nez.

— On ne l'appelle plus comme ça, voyons ! Et puis, moquez-vous, mais tant que vous n'aurez pas vécu là-bas vous ne saisirez pas le charme.

— Vivre là-bas ? Moi ?

Elle se remit à rire. Ce n'était pas allé tout seul, mais il avait obtenu ce qu'il cherchait. Il aimait la façon dont ce rire se coulait en lui, seulement voilà il avait de plus en plus envie d'elle. Il se sentait comme un de ses taureaux, prêt à renverser une clôture pour atteindre la femelle de son choix. C'était bon de la désirer, mais assez troublant aussi, parce que la sensation était différente de tout ce qu'il avait jamais éprouvé auparavant. Comme s'il s'avançait en terrain miné. Qu'y avait-il de spécial chez cette femme pour qu'elle éveille en lui un tel besoin ? Sa façon de sourire peut-être, avec une espèce d'innocence ? La forme de son visage ? Le parfum de sa peau ? La façon dont ses cheveux sombres balayaient sa joue quand elle tournait la tête ? Ce plaisir qu'elle prenait à regarder la vie ? Face à elle, il se sentait vieux comme le monde.

Même planté là, dans le froid, il avait envie d'elle. Il dut crisper les doigts pour se retenir de lui caresser la joue. Tracer la ligne de son profil, palper la soie de ses cheveux, puis se pencher pour l'embrasser. Cela ne s'arrêterait pas là, bien sûr. D'abord un baiser, puis un autre, puis ses mains sur elle, mettant son corps à nu… Et là, il la pousserait contre le mur de la maison et…

Il mit en pause cette zone de son cerveau et effaça ce tableau érotique de son esprit.

Le silence s'imposa à lui, la nuit, le souffle de Phoebe, la tension entre eux, crépitante. Cela aussi, il choisit de l'ignorer.

— Il est tard, dit-il. Il faut se lever tôt demain.

Elle fit oui de la tête et se dirigea vers la porte. Juste avant de rentrer, elle se retourna vers lui pour lui demander :

— Ça va aller pour vous ?

La question le renversa. Personne ne s'inquiétait de lui, jamais. Tout le monde partait du principe que Zane Nicholson, l'homme qui gérait tout en toutes circonstances, était le seul maître à bord.

— Ça va aller, assura-t-il.

Elle lui offrit un sourire très doux et disparut en murmurant :

— A demain.

Il la suivit des yeux en sachant qu'il la reverrait dès qu'il fermerait les paupières.

Lucy se retourna sur le ventre en serrant l'oreiller rebondi dans ses bras. Un oreiller presque aussi gros qu'elle, à la fois douillet et bien ferme. Elle aimait ce lit, ces draps, et tout ce qu'il y avait dans la chambre. Avec Tommy, ils avaient même une salle de bains rien que pour eux !

— Tu as senti les serviettes ? demanda-t-elle.

Interloqué, son frère se tourna sur le côté pour la dévisager.

— Hein ? Non.

— Moi, si. Elles sentent bon. Comme des fleurs. Bon, pas vraiment comme des fleurs, comme du parfum. Pas comme les serviettes de *là-bas*.

Là-bas, c'était chez Mme Fortier mais, cela, elle n'avait pas besoin de le dire. Là-bas, les serviettes comme les draps avaient une drôle d'odeur. Pas carrément mauvaise, comme la fois où un chat était allé mourir sous la véranda, mais un peu moisie, comme si on y avait enroulé des vieilleries. Et le linge n'était pas doux comme ici. Elle frotta de nouveau son nez sur son oreiller ; il chatouillait presque.

— J'aime bien cette maison, dit Tommy. C'est vraiment grand, mais c'est bien.

— Oui !

D'une détente, elle se retourna sur le dos. Il était tard, ils devraient dormir, mais tout était trop nouveau pour qu'elle puisse se détendre. Tommy la regardait toujours, à moitié enfoui dans son propre oreiller. Leurs lits étaient assez proches, mais pas trop. C'était bien.

— Zane est super grand, déclara son frère, une note d'admiration dans la voix.

— Il fait un peu peur, non ?

Tommy fit comme s'il allait le nier, puis il hocha la tête très vite.

— J'aime bien Chase, poursuivit Lucy. Il sourit tout le temps.

— C.J. dit qu'ils sont frères.

Lucy n'avait pas envie de penser à C.J. ou à ce qu'elle avait pu dire. C.J. lui faisait froid dans le dos chaque fois qu'elle les regardait, Tommy et elle. Thad, c'était différent, il les aimait bien, mais *elle… elle* ne voulait pas qu'ils l'approchent de trop près. Tout cela, Lucy voulait le dire à Tommy, mais elle savait déjà qu'il ne la croirait pas. Il ne croyait jamais ce qu'elle disait sur les adultes, il voulait toujours qu'ils soient gentils et qu'ils cherchent des enfants à adopter exactement comme eux. Lucy était plus petite, mais elle voyait plus clair.

— Zane et Chase se ressemblent comme des frères, mais Zane est beaucoup plus vieux, dit-elle. Je me demande pourquoi.

— Ils sont tout de même une famille, déclara Tommy.

Lucy le foudroya du regard. Il avait cette expression qu'elle détestait, son regard stupide de quand il rêvait à eux, dans une famille.

— Oublie ça, ordonna-t-elle. On ne trouvera jamais quelqu'un pour nous adopter.

— On pourrait.

— Non.

Elle détestait le dire, détestait le chagrin qui se levait en elle à chaque fois, mais l'un des deux devait regarder la vérité en face. Vouloir, espérer, c'était déjà assez pénible, mais y croire… il n'y avait rien de pire. Y croire, ça faisait mal partout. Elle battit vite des paupières pour que Tommy ne voie pas qu'elle avait envie de pleurer.

— Le dîner était super bon ! lança-t-elle pour qu'il pense à autre chose. On va peut-être passer toute la semaine sans aller au lit sans manger.

— Tu crois ?

— Ce n'est pas sûr, mais peut-être bien.

Tommy tira sa couette jusqu'à son menton.

— Oui, mais C.J. et Thad tu en penses quoi ?

— Elle nous déteste.

— N'importe quoi !

— Elle nous regarde comme Mme Fortier. Comme si on avait fait quelque chose de mal.

— Mais Thad…

— Non.

Elle lui tourna le dos et s'enfonça dans son oreiller en murmurant :

— Thad n'est pas comme elle, d'accord, mais qu'est-ce que ça change ? Les garçons, on dit que c'est mieux, mais dans les familles tu sais bien qui décide. C'est elle, pas lui. Et elle, elle ne nous aime pas du tout.

# 8

Phoebe ajusta son chapeau de cow-boy devant le miroir. Jean, bottes, Stetson. Il ne lui manquait plus que le colt pour ressembler à Jesse James ! Ou pas.

Si quelqu'un lui avait dit, la semaine dernière, qu'elle partirait à cheval mener un troupeau de bétail dans la Sierra Nevada, elle lui aurait ri au nez ! Maintenant, prête pour l'aventure, elle en aurait dansé de joie. Le bonheur parfait… si elle avait pu retirer le facteur « Zane » de l'équation.

Elle empoigna ses sacoches de selle, le petit sac de marin bouclé la veille au soir, et quitta la chambre. Maya était descendue un peu plus tôt, en râlant parce qu'on ne lui permettait pas d'emporter davantage d'affaires. Elle aussi elle aurait aimé disposer de quelques changes de plus. Mais ils ne partaient que pour huit jours, elle n'aurait qu'à…

Ses pensées s'arrêtèrent net quand elle sortit de la maison dans l'air limpide du petit matin. Le ciel était éblouissant, la beauté du paysage lui coupa le souffle. Tout le groupe s'était rassemblé sur la pelouse. Près de l'enclos le plus proche, Eddie et Gladys filmaient les cow-boys au travail. Ravis, ces derniers roulaient des épaules et faisaient pirouetter leurs chevaux. C.J., Thad et les enfants étaient ensemble, mais ils ne se disaient rien. Maya discutait avec un cow-boy d'un certain âge. Phoebe glana ces détails au passage, mais son regard fila droit sur Zane, comme si elle avait su d'instinct où le trouver, comme s'il était le pôle magnétique de sa boussole.

Lui, en revanche, ne semblait pas du tout la voir. Elle hésita puis, de toute la force de sa volonté, chercha à le faire lever la tête. Rien à faire, il resta concentré sur ce que lui disait l'un de ses hommes. Bon. Sa volonté n'était pas au mieux de sa forme, ce matin. Tant pis. La prochaine fois, peut-être.

Eddie et Gladys crièrent quelque chose à un cavalier qui sortait de l'enclos. Il se mit à rire et, avec une aisance impressionnante, fit cabrer son cheval. Enchantées, les deux vieilles dames applaudirent. Chase se tenait près de Maya. Ils étaient superbes. Tous deux grands et séduisants, lui très brun, elle très blonde. Chase dit quelque chose que Phoebe ne saisit pas, Maya rit et lui pressa le bras d'un geste affectueux. Cette connivence, entre eux… Phoebe fut surprise par un pincement désagréable au niveau du plexus. Ce n'était pas qu'elle était jalouse… mais elle aurait tant voulu une famille à elle ! Instinctivement, elle tourna la tête vers Zane.

Lui aussi avait noté l'échange, et son expression la stupéfia. Le masque impassible était tombé et, le temps d'un battement de cœur, elle put lire en lui, mesurer sa solitude, son besoin d'être accepté, lui aussi. Il voulait la même chose qu'elle, comprit-elle, abasourdie.

Il battit des paupières, et son visage redevint impassible. Avait-elle tout imaginé ? Projeté sur lui ses désirs et ses manques, parce qu'elle le trouvait irrésistible, parce qu'elle voulait qu'ils aient quelque chose en commun ?

— Il est beaucoup trop tôt dans la journée pour se poser des questions aussi profondes, marmonna-t-elle tout bas.

Un piétinement de sabots attira son attention. Elle se retourna et encaissa son troisième choc en peu de temps.

Une vision du vieux Far West venait d'émerger de derrière la maison, un artefact échappé de la Chaîne historique : deux mules tirant un grand chariot bâché. Elle faillit se frotter les yeux pour s'assurer qu'elle ne rêvait pas. Non, c'était bien réel, le long plateau, la bâche tendue sur des arceaux. Le vieux bonhomme qui conduisait l'attelage avait tout à fait la tête de l'emploi, avec sa chemise rouge délavée et son jean élimé. Un Stetson cabossé porté bas sur son front jetait une ombre sur son visage buriné. Il… chiquait ? En tout cas, l'une de ses joues était bien plus ronde que l'autre. Son émerveillement se transforma en révulsion quand il tourna la tête et cracha un jet de jus de tabac sur le sol.

— Encore un cow-boy ! s'écria Gladys.

— Trop vieux, affirma Eddie. Je te le laisse.

— Pour moi aussi, il est trop vieux !

Phoebe se détourna vivement pour cacher son envie de rire. Au diable les cow-boys, les jeunes comme les vieux ! Elle préférait s'intéresser aux mules. Elles étaient vraiment craquantes avec leurs longues oreilles et leurs sabots délicats ! Deux étaient attelées au chariot, deux autres suivaient, attachées par des longes. Elle s'attendrit sur leurs grands yeux expressifs.

— Il ne leur manque que des chapeaux de paille avec des fleurs ou des nœuds de ruban ! dit-elle en riant.

Bien entendu, Zane passa à point nommé pour l'entendre. Il lui lança un regard navré. Elle rougit, sûre qu'il la prenait pour une imbécile, et faillit se précipiter pour le rattraper, expliquer que c'était juste une idée comme ça, qu'elle ne voulait pas réellement les affubler de... Elle se retint. Aux yeux de Zane, qu'elle y ait seulement pensé suffisait probablement à la classer parmi les irrécupérables.

Zane s'arrêta au centre de la pelouse, leva le bras pour capter l'attention du groupe et lança :

— Je vous présente Cookie. Comme vous l'avez probablement deviné, il se chargera de nos repas. Vous avez déjà eu un échantillon de sa cuisine hier soir.

— Dans ce cas, nous allons prendre des kilos avant la fin de la semaine, fit remarquer Thad en se tapotant le ventre. J'espère que les chevaux ne vont pas trop souffrir.

— Oh ! Les kilos, vous les perdrez en selle, déclara Cookie avec un sourire narquois.

Sa bonne humeur sembla s'évaporer aussi vite qu'elle était venue, et il cria :

— Alors ! Ne restez pas là comme des souches, passez vos affaires par ici. On n'a pas toute la journée ! Remuez-vous !

Phoebe vit Maya prendre son sac de marin et se diriger vers le chariot. Ah, il fallait les charger ? Elle saisit le sien et accourut à son tour. Debout à l'arrière, Chase prenait les sacs et les empilait savamment à l'intérieur.

— Salut, beauté, lança Cookie à Eddie, qui se trouvait juste devant Phoebe dans la file.

— Je préfère vous le dire tout de suite, vous n'avez aucune chance avec moi, répliqua rondement la vieille dame.

— Je t'ai manqué, Cookie ? demanda Maya en s'avançant à son tour.

— Comme si tu allais t'intéresser à un vieux comme moi, rétorqua-t-il avec une mimique égrillarde.

Provocante, Maya mit la main sur sa hanche en susurrant :

— Tu sais bien que je ferais n'importe quoi pour tes petits pains…

Ravi, le vieil homme se mit à rire. Phoebe lui tendit son sac, reçut un clin d'œil en échange et lui sourit, en s'efforçant de ne pas penser à la chique de tabac qui gonflait sa joue. Puis ce fut au tour d'Andrea qui fit passer son sac en demandant, le regard plissé de méfiance :

— Je suppose que vous faites bien attention à l'hygiène, quand vous cuisinez ? J'espère que vous n'allez pas contaminer notre alimentation avec votre addiction répugnante ?

La bouche de Cookie se pinça.

— C'est vous qui faites la cuisine ou c'est moi ? s'enquit-il.

— Eh bien, vous, évidemment.

Il hocha la tête.

— Du moment que nous sommes bien clairs sur ce point.

Andrea se détourna en marmonnant quelque chose à Martin, qui lui pressa le bras avec gentillesse. Chase chargea son sac, puis celui de Gladys. Incorrigible, le vieux cuisinier détailla cette dernière des pieds à la tête.

— Joli. Dites, si jamais vous vous sentez seule, vous n'avez qu'un mot à dire. Je suis de bonne compagnie quand je veux.

— Eh bien ! lâcha Andrea avec un reniflement dédaigneux. Quel macho ! Il compte faire du plat à toutes les femmes ? Personne ne va lui demander de se tenir ?

Sa tâche achevée, Chase sauta du chariot. En passant près de Phoebe, il se pencha pour lui glisser à l'oreille :

— Vous remarquerez que Cookie n'a pas fait de petit compliment à la princesse végétale. C'est sûrement pour ça qu'elle se braque.

Une fois de plus, elle dut se détourner pour cacher son sourire.

Zane leur demanda de se mettre en ligne, les observa avec attention tout en marchant et, s'arrêtant devant chacun d'eux, lança un nom par-dessus son épaule. Quand ce fut le tour de Phoebe, ses yeux pénétrants se posèrent sur elle. Une chaleur à la fois douce et torride l'imprégna jusqu'à la moelle. Cela ne dura qu'un instant, mais elle eut l'impression de sortir d'une séance de cardio ! Dès qu'il passa à Maya, debout près d'elle, elle sentit son corps s'apaiser. Voilà qu'elle réagissait comme ces plantes qui ne fleurissent qu'en plein soleil : dès que Zane n'était plus dans le voisinage, elle se fanait !

Mais elle n'eut pas le temps de s'inquiéter de la chose. Des cow-boys s'approchaient en menant des chevaux par la bride, et elle comprit que les montures correspondaient aux noms que Zane avait donnés. Le sien, Rocky, se révéla être un beau brun à la queue et la crinière noires, avec une robe qui virait également au noir vers les sabots. Elle lui offrit un sourire timide, auquel il ne répondit pas.

— Bon, écoutez tous, reprit Zane. Qui d'entre vous est déjà monté à cheval ?

Eddie et Gladys levèrent la main, Martin aussi. Zane les interrogea sur leur expérience de cavalier.

— Shane Stryker nous a donné des cours d'équitation l'été dernier, et nous étions des guerrières dans la parade de la tribu màa-zib, déclara Eddie avec fierté. Nous avions proposé de le faire topless, pour être tout à fait authentiques, mais la maire n'a pas voulu.

— Depuis, nous faisons le tour du Castle Ranch tous les mois, pour garder la forme, ajouta Gladys.

Martin expliqua qu'il avait fait de l'équitation quand il était petit, Andrea qu'elle avait quelques notions.

Rapidement, Zane donna quelques bases aux autres, puis leur expliqua que, s'ils n'avaient aucune responsabilité en ce qui concernait le bétail, on leur demanderait de donner un coup de main pour panser leur monture. A chaque étape, ils devraient s'assurer que leur cheval avait à boire, et ils retireraient leur selle chaque soir. Puis il s'approcha de son propre cheval et leur montra comment monter.

A le voir, c'était facile ! Le regard de Phoebe passa du cheval de Zane au sien. Ils semblaient faire à peu près la même taille, en hauteur en tout cas. Rocky était plus fin, avec de longues jambes. La différence était plutôt entre Zane et elle. Vu sa petite taille, elle ne voyait pas du tout comment elle pourrait mettre son pied dans l'étrier et s'installer sur la selle comme il venait de le faire. Il lui faudrait un escabeau !

Elle cherchait encore une solution quand Zane se tourna vers elle. Son cœur frémit, fit un petit vol d'essai dans sa poitrine… mais avant qu'il n'arrive jusqu'à elle Chase était à ses côtés.

— Prête à monter ? demanda-t-il avec un sourire.

Elle regarda Zane. Il s'était déjà détourné pour aider Andrea. Elle ravala sa déception pour sourire à Chase.

— Il y a un marchepied ?

— Bien sûr.

Il entrelaça ses doigts et lui présenta ses mains à hauteur de genou. Gênée, elle recula en secouant la tête.

— Non. Je ne veux pas te faire mal.

— Impossible, affirma-t-il. Tu es légère comme une plume.

— Mais bien sûr ! Tous les cow-boys sont aussi beaux parleurs ? Tu devrais t'associer avec Cookie pour écrire un livre. *Comment parler aux femmes.*

— C'est en projet ! s'exclama-t-il en riant. Non, sérieusement. Je t'assure que tu ne me feras pas mal. Allez, Phoebe, montre aux autres comment ils doivent s'y prendre. Mets ton pied gauche sur mes mains. A 3, tu bondis en selle.

Bondir en selle, elle ? De si près, la selle de Rocky semblait au niveau du premier étage ! Elle allait sûrement basculer de l'autre côté. Ce n'était pas du tout la façon dont elle aurait choisi de commencer sa journée, mais voilà, si elle voulait participer à cette transhumance, il fallait bien commencer par se mettre en selle. Elle rassembla son courage, s'accrocha au pommeau des deux mains, posa son pied gauche dans les mains de Chase, compta jusqu'à 3, et… bondit ? Chase la souleva au même moment, elle lança sa jambe droite dans un mouvement presque gracieux et atterrit assez brusquement sur une selle très petite et très dure.

Jusqu'à cet instant, elle avait supposé qu'une fois en selle

elle se sentirait tout à fait stable. Mais pas du tout ! Perchée à au moins quinze mètres du sol, elle eut le sentiment de faire de l'équilibrisme sur une soucoupe ! Quand Rocky fit un pas de côté, elle réprima un piaillement de frayeur et s'accrocha brusquement au pommeau en gémissant :

— C'est obligé d'être si haut ?

— Tu t'habitueras, promit Chase avec un petit rire.

Elle n'en était pas si sûre ! Très affairé, Chase se mit à ajuster des boucles et des lanières. En quelques gestes, il mit les étriers à sa hauteur. Elle se sentit nettement mieux quand elle eut un appui pour ses pieds. La main posée sur son mollet pour parachever son réglage, il lui fit un clin d'œil en glissant :

— Le meilleur moment de ma journée…

Bien entendu, Zane se trouvait assez près pour l'entendre. Le visage sévère, il lança :

— Concentre-toi sur ton travail.

Pour toute réponse, Chase leva les yeux au ciel, mais termina ses ajustages sans un mot avant de s'éloigner.

Phoebe jeta un regard à la ronde pour voir comment s'en sortait le reste du groupe. Eddie et Gladys étaient déjà en selle et faisaient faire quelques pas à leur monture, très à l'aise — et elle trouva un peu humiliant de s'en tirer moins bien que deux septuagénaires. Pas de problème non plus pour Maya qui la rejoignait avec un grand sourire.

— Ça va ?

— J'essaie de ne pas regarder vers le bas, avoua Phoebe.

Son amie éclata de rire.

— Tu vas t'habituer, assura-t-elle. Le secret, c'est de suivre le mouvement de ton cheval. Détends-toi dans sa foulée. Autrement, tu auras mal aux fesses pendant toute la semaine.

Phoebe était déjà persuadée qu'elle aurait mal aux fesses toute sa vie, mais elle voulait absolument tenir le coup. Voilà des années qu'elle n'avait pas pris de vacances, son avenir était si incertain qu'elle ne pourrait probablement plus en prendre avant une éternité. Alors elle allait profiter à fond de cette semaine.

Les deux enfants avaient eu droit à des montures modèles réduits, mais ils semblaient tout de même assez inquiets. Encore à terre, C.J. regardait Chase ajuster leurs étriers.

— Ça ira, vous deux ? s'enquit-elle. Nous pouvons encore changer d'avis si vous voulez.

La proposition était raisonnable, mais Phoebe eut la nette impression qu'elle voulait que les enfants se dégonflent, pour se débarrasser d'eux en les rendant à leur famille habituelle. Puis, tout de suite, elle s'en voulut de voir le mal partout. Lucy et Tommy ne se posaient pas autant de questions : ils échangèrent un regard, un large sourire, et comme souvent, Lucy fut leur porte-parole.

— On veut y aller !

— Bon, écoutez-moi tous !

Zane venait de reprendre la parole. Pendant qu'ils se tournaient tous vers lui, il remonta sur son grand cheval. Comme s'il passait ses journées en selle depuis toujours, pensa Phoebe avec envie. Ce qui était le cas, bien sûr !

— Nous partons, dit-il. Nous allons avancer lentement, au rythme du bétail. Vous aurez chacun votre position au flanc du troupeau. Ne cherchez pas à diriger votre cheval pour l'instant, il sait mieux que vous où il doit aller. Si vous êtes en difficulté, appelez.

— Tout va bien se passer, le rassura Gladys.

*Facile à dire*, pensa Zane. Il aurait aimé partager sa conviction ! Tous ces novices… le moindre coup de vent les balaierait de leur selle. Décider d'aller au bout du projet fictif de Chase, c'était bien l'idée la plus stupide qu'il ait eue de sa vie !

— Prêt à y aller, patron ? demanda Frank en s'approchant de lui.

Le regard de Zane se posa sur les deux gamins. Désabusé, il secoua la tête en lâchant :

— Prêt, non, mais allons-y.

— Les gars et moi, on a pris des paris sur qui sera le premier à tomber de son cheval, lui apprit son contremaître avec un large sourire. Tu nous le diras, d'accord ? Pour qu'on puisse se répartir les gains.

Zane tira son Stetson sur ses sourcils. Pour la première fois depuis des années, il aurait voulu être ailleurs que sur son ranch. Des bleus, tous autant qu'ils étaient. Frank et les gars avaient raison : quelqu'un allait forcément faire une chute. Il aurait de la chance s'ils rentraient tous en un seul morceau.

— Amusez-vous bien, conclut Frank, avec entrain.

Zane approuva sèchement de la tête.

— Je sais bien que tu n'es pas très doué pour la prière, mais tu pourrais demander que l'on garde un œil sur nous de là-haut ?

— Pas de problème, patron. Tous les coups de main sont bons à prendre.

— S'il y a quoi que ce soit, tu pourras me joindre sur mon portable.

— Je garderai le contact.

Un sifflet aigu avertit Zane que les dés étaient jetés. Le bœuf de tête sortait posément de l'enclos, suivi par ses congénères.

Zane lança le premier des cris traditionnels des gardiens du bétail de l'Ouest :

— Alignez !

Il fit signe à Chase et, au trot, ils positionnèrent rapidement leur lamentable équipe autour du troupeau. Puis il prit la tête du convoi et brandit son chapeau.

— Marchez !

La troupe s'ébranla lentement et se dirigea vers l'est.

# 9

Chase se serait fait arracher les dents avec une pince rouillée plutôt que de l'admettre, mais il commençait à être sérieusement inquiet. On n'était qu'en milieu de matinée du premier jour et, si rien n'avait encore vraiment dérapé, il lui venait d'affreux pressentiments. Cinquante têtes de bétail, cela ne faisait pas beaucoup, enfin, tant que l'on ne faisait qu'en parler autour de la table du dîner. Un véritable éleveur pourrait en contrôler trois fois plus sans se poser de questions. Mais leur équipe n'était pas exactement des cow-boys de métier…

Il y avait deux gosses et deux vieilles dames. Il avait été un vrai crétin de prendre leur argent. Il aurait peut-être dû réfléchir un peu plus aux conséquences du *day-trading*. Placer de l'argent qui ne lui appartenait pas sur un tuyau aussi peu réaliste était un peu risqué. Il aurait peut-être dû…

Il partit d'une longue quinte de toux. Impossible d'échapper au nuage de poussière, Zane l'avait placé à la plus mauvaise place, à l'arrière du troupeau. Il devait trouver que c'était une juste punition pour un petit frère qui faisait toujours tout de travers. Il tira son chapeau sur ses yeux, envisagea de nouer un mouchoir sur son nez et sa bouche, il avait justement un bandana propre dans sa poche. Mais sans pouvoir expliquer pourquoi il lui semblait que, l'utiliser, ce serait admettre qu'il avait eu tort.

En fait, il avait eu tort. Il s'était montré impulsif, présomptueux et stupide. Cette vérité s'installa comme un poids dans son ventre. Il fit une grimace en reconnaissant la sensation : la culpabilité, pure et simple.

La solution évidente serait d'aller trouver Zane pour lui faire ses excuses, mais cette option n'avait jamais rien donné. Son frère se fichait des excuses ; pour lui, il fallait commencer par ne pas faire la bourde. Mais il ne demandait pas mieux ! Zane, lui, semblait toujours savoir quoi faire et comment, il ne se trompait jamais. Heureusement d'ailleurs, parce que, lui, il se trompait assez pour deux… Et, chaque fois qu'il faisait le mauvais choix, Zane lui lançait son fameux regard. Pas le Rayon de la Mort, non, *l'autre*, le regard qui montrait qu'il venait de décevoir son grand frère, une fois de plus.

Il se tassa sur sa selle, prêt à passer le reste de la matinée à s'apitoyer sur son sort. Devant lui, le bétail avançait de son pas lent et régulier. Au moins, le temps était correct : il faisait beau. Il ferait chaud plus tard dans la journée et… Un hurlement suraigu fusa à travers la rumeur du bétail. Chase se redressa brusquement et jura en voyant le cheval d'Andrea virer brusquement sur sa gauche et foncer droit vers le bois que longeait la piste. La jeune femme était toujours en selle, mais à la première branche basse…

Avec un nouveau juron, il partit au galop. La jument d'Andrea était particulièrement calme, il n'y avait aucune raison qu'elle s'emballe comme cela, Andrea avait dû… Mais, quoi qu'elle ait fait, cette fichue bonne femme était sous sa responsabilité. Couché sur l'encolure de son cheval, il s'élança entre les arbres en suivant le cheval emballé.

— Oh ! Aidez-moi ! hurlait Andrea. Oh non ! Pas sauter…

L'ordre fut suivi d'un long piaillement aigu… puis plus rien.

Il sentit sa gorge s'assécher. Il entendait toujours la jument galoper. Il contourna un bosquet plus dense et la vit devant lui. Andrea était toujours en selle ! Elle se cramponnait encore, mais elle glissait de côté, sa jambe gauche ballottant dans le vide, du côté où elle avait vidé l'étrier. Il enfonça ses talons dans les flancs de son cheval. Comme la jument contournait un bouquet d'arbres, il prit le risque de continuer tout droit, passa sans dommage sous une branche très basse, émergea entre deux troncs, tendit le bras… et parvint à saisir les rênes de la jument qui débouchait devant lui en roulant des yeux affolés.

La pauvre bête s'arrêta en soufflant et en agitant la tête.

Andrea, qui glissait toujours, poussa un cri étranglé. Chase saisit son bras in extremis et la rassit fermement sur sa selle.

— Vous m'avez sauvé la vie, murmura-t-elle, les yeux ronds, une main pressée sur sa poitrine. J'ai vraiment cru que j'allais y rester.

— Ça va ? Vous n'avez rien ?

Elle secoua la tête.

— Rien. Ça va. Ce saut ! C'était tellement haut, nous nous sommes envolées et nous sommes retombées si fort que… que je n'ai pas pu rester en selle…

Maintenant que tout était fini, Chase tremblait de tous ses membres, mais il réussit toutefois à reprendre rapidement son souffle. Elle n'avait rien ! Elle n'était pas tombée, ne s'était rien cassé. Mais cela aurait pu très mal tourner, il s'en était fallu d'un rien…

— Votre jument n'est pas du genre à s'emballer, hasarda-t-il. Il s'est passé quelque chose ?

Andrea repoussa ses cheveux de son visage en bredouillant :

— Je ne sais pas très bien. Je fredonnais et…

Elle s'interrompit brusquement et braqua sur lui un regard interdit.

— Oh ! Je… je fredonnais et je marquais le tempo. L'euphorie de traverser à cheval ce paysage magnifique. J'ai dû lui donner un coup de pied, sans le faire exprès.

Elle *marquait le tempo* sur les flancs d'un cheval ? Il se retint de lever les yeux au ciel.

Mais il lui pardonna à moitié son geste en la voyant se pencher en avant pour flatter l'encolure de sa jument en s'écriant :

— Je suis désolée, ma belle ! Je ne l'ai pas fait exprès !

Le manque de réaction de la jument ne sembla pas la troubler. Elle releva la tête vers Chase avec un sourire ému.

— Je ne sais pas comment vous remercier. Vous avez été formidable.

Ils tournèrent la tête en même temps en entendant un autre

cheval qui approchait au galop. Un instant plus tard, Zane parut entre les frondaisons. Dès qu'il les vit, il cria :

— Il y a un problème ?

— Votre frère m'a sauvé la vie, lui expliqua Andrea, rayonnante. Je crois bien que j'ai donné un coup de pied à mon cheval, sans le vouloir, et il a filé comme le vent. Droit dans le bois ! Il a sauté par-dessus une souche, j'ai glissé... je me tenais à peine, j'étais sûre que j'allais tomber, mais Chase est arrivé juste à temps.

Chase attendit un mot de félicitation. En vain. Zane n'eut pas un regard pour lui.

— Vous n'avez pas de mal, vous êtes sûre ? demanda-t-il en fixant avec attention Andrea.

— Seulement à l'orgueil, avoua-t-elle avec un sourire penaud.

Zane prit ses rênes, fit pivoter la jument et l'entraîna vers la piste et le troupeau. En passant devant Chase, il lui lança le Rayon de la Mort. Chase entendit ce qu'il pensait comme s'il avait eu droit au sermon complet : s'il n'avait pas créé ce fichu site, pris ces fichues réservations, rien de tout cela ne serait arrivé. « Injuste ! », se répéta-t-il, rageur, en regagnant sa place dans le nuage de poussière derrière le troupeau. D'accord, il avait eu tort, mais il acceptait sa punition sans rechigner. Mais cela ne suffisait pas à Zane ! Avec lui, on ne pouvait jamais se racheter.

En émergeant des arbres, il trouva Maya qui l'attendait. Comme elle l'interrogeait du regard, il rapporta, furieux :

— Andrea va bien ! Mais ça ne change rien, bien sûr. J'en ai marre ! Je ne peux pas changer ce que j'ai fait, et il ne me le pardonnera jamais, même si je dis mille fois que je regrette ! Qu'est-ce qu'il veut que je fasse, que j'inverse le continuum de l'espace-temps pour faire qu'il ne se soit rien passé ? Que je me suicide ?

Maya abaissa ses lunettes de soleil pour lui jeter un regard sévère.

— Tu as fini de te plaindre, ou je dois aller chercher des chips et un soda pour profiter au maximum de ta grande scène tragique ?

— J'ai terminé, oui. Sauf pour souligner que, quoi qu'il

arrive, cette histoire ne sera jamais réglée. A la fin, tout le monde rentrera chez lui, et Zane m'en voudra toujours autant. Le fait de m'avoir passé à l'essoreuse ne le rendra pas plus heureux.

— Je ne sais pas s'il est capable de se sentir heureux, dit Maya, mais ce n'est pas la question. Tout le monde fait des bêtises, un jour ou l'autre.

— Pas Zane-le-Parfait.

— Même lui. La différence, c'est que le monde entier n'est pas au courant.

— J'aimerais bien ! Comme ça, on serait à égalité.

Elle hocha gentiment la tête.

— Je sais que c'est dur pour toi, Chase, mais le fait est que cette fois tu…

Il l'interrompit d'un geste.

— Je sais. Cette fois, je suis allé trop loin. Je mérite une punition. Ce qui me tue, c'est qu'une fois que ce sera fait, tu crois que cela suffira à Zane ? Tu crois qu'il effacera l'ardoise ?

— Il n'en parlera plus.

— Bien sûr. Il ne dira rien, mais ce sera toujours là, entre nous. Nous le saurons tous les deux.

— C'est vrai. Zane n'est pas vraiment rancunier, mais il n'oublie rien. Je suis désolée, Chase, tu vas devoir accepter le fait que ton frère est un type plutôt dur. Enfin, sa musculature améliore plutôt le paysage mais, cette fois, je parle au figuré.

Chase eut une grimace.

— Ne parle pas de Zane comme ça, c'est répugnant.

— Qu'est-ce que tu trouves répugnant, l'idée qu'une femme puisse admirer sa musculature, ou le fait que je le dise, moi ?

— Toi ! Tu es ma sœur.

Elle lui décocha un large sourire.

— Ne te fais aucun souci, Zane est aussi mon frère.

Elle inclina la tête sur le côté en ajoutant :

— Zane et une autre femme, en revanche, ce ne serait pas une mauvaise idée.

— Ha ! Ha ! Pour ça, il faudrait qu'il soit capable d'aligner deux mots. Enfin, sur un autre sujet que le ranch.

— Oh ! Je dirais que si les circonstances s'y prêtent, il sait se montrer tout à fait charmant.

Puis, comme il la dévisageait, stupéfait, elle leva la main en lançant :

— Bon ! Je retire ce que j'ai dit ! Quelles que soient les circonstances, il reste probablement lui-même, alors le charme… Mais enfin, il doit bien s'intéresser aux femmes, non ? Il ne se sent jamais seul ?

— Tu sais bien que Zane n'a aucune faiblesse.

— Il ne les montre pas, mais cela ne veut pas dire qu'elles n'existent pas. Il voit quelqu'un ?

— Non. Il n'y a eu personne depuis Sally.

Maya haussa les sourcils, sincèrement surprise.

— Mais il sort quelquefois, non ?

— Je ne sais pas. Je suppose. Quand il va en ville, ou pendant ses déplacements pour le ranch.

— Et il part souvent ?

— En déplacement ? Deux fois par an.

— Je commence à comprendre pourquoi il a si mauvais caractère…

— Oui, mais ça, c'est un problème que je ne peux pas régler, grogna Chase.

Maya ouvrait la bouche pour lui répondre quand son regard se fixa devant elle.

— Attends, je crois bien que Phoebe est en difficulté. Je reviens tout de suite.

Et elle poussa son cheval au galop.

A une vingtaine de mètres d'eux, Phoebe s'évertuait sans succès à faire tourner sa monture. Chase vit Maya lui faire une démonstration du maniement des rênes, et bientôt Rocky pivotait, docile, dans la direction que lui indiquait sa cavalière. L'aventure forestière d'Andrea l'avait rendu nerveux, il mit son cheval au trot pour les rejoindre.

— Il se passe quelque chose ?

Phoebe changea de position sur sa selle, mal à l'aise.

— Je me demandais, pour les pauses toilettes… Ce sera quand ? Et où ? Je n'ai pas vu d'installations, il y a un camping ?

Chase la dévisagea, sidéré. Même Maya en resta bouche bée.

— Quoi ? demanda Phoebe en les regardant tour à tour.

Qu'est-ce que j'ai dit ? Vous cherchez à me dire que les vrais cow-boys ne vont pas aux toilettes ?

Avec compassion, Maya tendit la main pour tapoter le bras de son amie.

— Je pensais que tu étais au courant.

— Au courant de quoi ? s'enquit Phoebe, méfiante.

— Nous utilisons les toilettes de Mère Nature.

Chase sentit bien qu'il ne devrait pas rire, mais l'expression d'horreur de Phoebe eut raison de lui.

— Formidable, marmonna-t-elle avec une grimace peinée. J'ai hâte.

Puis elle se tourna vers Maya avec un regard accusateur.

— Tu n'as rien dit de cet aspect des choses quand tu m'as vanté les *joies* d'une transhumance.

— Désolée ! J'ai oublié ! lança gaiement Maya, pas du tout contrite.

— Mais bien sûr, je vais te croire !

Très concentrée, Phoebe fit de nouveau tourner son cheval et regagna dignement sa place.

Dès qu'elle se fut éloignée, Chase poussa Maya du coude.

— Et Phoebe ? Pour Zane, je veux dire.

Elle secoua tristement la tête.

— J'y avais pensé aussi, mais il vaut mieux ne pas tenter le diable. J'aurais trop peur que Zane ne soit pas gentil avec elle.

— Attends, et moi ? Je mérite bien que l'on s'inquiète de mon sort, non ? Phoebe est adorable, et je crois bien que Zane l'apprécie. Il lui parle plus qu'à n'importe qui, et j'ai vu comment il la regardait. Si elle lui changeait les idées, il oublierait d'être sur mon dos.

— Tu n'as pas encore mérité qu'il cesse d'être sur ton dos.

— Il faut que tu m'aides !

— Désolé, mon gars. Sur ce coup, tu devras t'en sortir tout seul.

Le soleil était à la verticale quand ils s'arrêtèrent pour déjeuner. Prudemment, Phoebe descendit de sa monture et partit faire un petit tour dans les environs du campement, histoire de réveiller les sensations de son derrière engourdi. La perspective des toilettes de Mère Nature la dérangeait toujours, et la circulation, en se rétablissant, lui donnait des sensations assez bizarres, mais globalement sa première expérience de cavalière était plutôt positive. Rocky l'effrayait encore un peu, mais elle ne craignait plus qu'il essaie de la mordre ou de la désarçonner. Elle s'efforçait de le traiter avec égards, en ne rebondissant pas trop sur sa selle. Au moment de mettre pied à terre, elle avait bien pris soin de lui tapoter l'encolure en le remerciant de l'avoir portée — bien qu'elle ne soit pas sûre à 100 % qu'il ait compris ce qu'elle lui disait. Mais, l'un dans l'autre, elle estimait avoir posé les jalons d'une bonne relation de travail.

Elle s'enfonça dans un bosquet d'arbres. La température était agréable, le ciel bleu s'étirait à l'infini, les montagnes offraient un décor de rêve... Comment avait-elle pu ne pas savoir qu'un tel paradis existait, à quelques heures seulement de chez elle ? Elle ne s'était jamais beaucoup interrogée sur le monde en dehors de sa ville ; son univers, c'était Los Angeles, sa notion d'un retour à la nature l'achat d'une nouvelle plante pour son patio. Aucune de ses familles d'accueil n'ayant pratiqué le camping ou la randonnée, c'était la première fois qu'elle se trouvait dans un lieu réellement sauvage, et elle découvrait... qu'elle adorait ça !

Si elle y avait pensé à l'avance, elle se serait attendue à un grand silence, mais ce n'était pas silencieux du tout ! Des oiseaux gazouillaient et voletaient partout, les fourrés bruissaient de petites présences invisibles, et il y avait la symphonie du bétail, ce piétinement continu ponctué de meuglements.

Elle aurait voulu en connaître davantage sur ce coin de pays, pouvoir nommer les arbres, ou ces petites fleurs jaunes nichées dans l'herbe haute. Maya n'en savait pas plus qu'elle et, quand elle avait voulu interroger Chase, il s'était contenté de lever les yeux au ciel. A dix-sept ans, il s'intéressait davantage aux ordinateurs et aux filles qu'à la faune et la flore. Sans accès Internet, elle ne pouvait pas faire de recherche. Cela ne laissait que Zane, mais elle ne se sentait pas le courage de lui demander un cours de botanique.

Elle se contenta donc d'une visite aux toilettes dans un coin retiré, puis elle se promena en admirant les feuillages des différents arbres. A l'ombre, l'air avait une fraîcheur un peu piquante. Ils s'étaient arrêtés sur la berge d'un ruisseau et, avant de se lancer dans sa cuisine, Cookie avait fourni à chacun d'entre eux une petite serviette et un flacon souple d'un savon pouvant être utilisé dans la nature sans risque pour l'environnement — un geste écologique qui avait beaucoup plu à Andrea et Martin ! Fascinée, elle alla se pencher sur le courant rapide et brillant. De l'eau en liberté ! Elle n'en avait jamais vu. Avec une jubilation subite, elle retira sa montre, la posa sur une roche plate et plongea les deux mains dans le cours d'eau.

Ce frôlement… Un poisson ! Saisie, elle se redressa avec un petit cri. La nature, c'était formidable, mais il y avait tout de même beaucoup de créatures vivantes pour la partager avec elle ! Un peu dégoûtée, elle fit gicler du savon dans ses mains, les frotta énergiquement et les trempa de nouveau pour les rincer. Voilà, cela suffisait pour l'instant, décida-t-elle en prenant sa serviette.

Un froissement derrière elle la fit sursauter. Elle se retourna d'un bond. Rien. Personne. Pas d'animal ; en tout cas elle n'en voyait aucun. L'image d'une bête velue la surveillant entre les feuilles lui fut tout à coup très désagréable. C'était injuste ! Ils n'avaient qu'à rester immobiles, et elle ne soupçonnerait même pas leur présence. Il n'y avait pas de fauves par ici, n'est-ce pas ? Pas d'animaux assez gros pour être dangereux ? Un peu fébrile, elle se sécha les mains en se répétant que ce n'était pas comme s'il y avait des ours dans le voisinage. Ou des… *serpents*.

Un long frisson la secoua, et elle recula machinalement. Un bruissement de feuilles la fit de nouveau sursauter. Un froissement continu qui venait droit sur elle ! Paralysée, elle se couvrit la bouche des deux mains. Une créature énorme se ruait sur elle, immense, terrifiante et…

— Je vous ai entendue crier, dit Zane en émergeant des buissons. Qu'est-ce qui vous arrive ?

Son premier réflexe fut de se jeter contre lui en le suppliant de la protéger. Au prix d'un effort surhumain, elle parvint à se ressaisir et se contenta de lui lancer un sourire un peu tremblant.

— Rien. Tout va bien.

— A voir votre tête, j'en doute !

Elle s'éclaircit la gorge et, ne sachant que dire, haussa les épaules. Elle cherchait à prendre un petit air nonchalant, mais c'était mission impossible. Avoir Zane devant elle, et… son cœur s'emballait, ses jambes ployaient sous elle, ses vaisseaux sanguins se dilataient, et son système hormonal jouait la scène du balcon de Roméo et Juliette. Quand il devint évident qu'il ne s'en irait pas sans une explication, elle avoua :

— J'ai peut-être poussé un cri de surprise. Un poisson m'a touché la main.

— Pas mal, pour une citadine ! Vous avez failli attraper votre dîner !

Cette étincelle au fond de son œil… Ce fut plus fort qu'elle, elle éclata de rire. Comment Maya pouvait-elle dire qu'il n'avait aucun humour ! Puis, avec un regard qui montrait qu'il avait très bien compris ses angoisses, il lui demanda gentiment si elle tenait le coup.

— Très bien, assura-t-elle en jetant sa petite serviette sur son épaule. Tout est très nouveau pour moi, mais c'est sublime, ici, et je vais sûrement m'habituer. Et j'aime beaucoup monter à cheval, sauf que mon…

Elle s'éclaircit de nouveau la gorge et trouva une autre formulation :

— Je n'ai pas l'habitude de rester assise sur une selle.

— Vous avez le derrière engourdi ?

— Un peu.

Elle attendit qu'il lui dise que cela allait s'arranger, mais il n'en fit rien. Comme il se taisait, elle se sentit obligée de combler le silence et reprit :

— Rocky a l'air très gentil. Il est un peu grand pour moi, mais je suppose que c'est une bonne chose, pour un cheval.

Les yeux bleus de Zane restaient braqués sur elle. Elle conclut aussitôt qu'il était atterré par la bêtise de son propos. Ses lèvres admirables n'avaient pas bougé, mais elle crut entendre le mot « imbécile », aussi clairement que s'il l'avait crié tout haut. Une sorte de panique s'empara d'elle. Sachant qu'elle ferait mieux de se taire, elle s'entendit enchaîner :

— Un cheval bas sur pattes, on n'en voudrait pas, bien sûr. Sauf peut-être pour les enfants ? Vous en avez, vous ? Des enfants, je veux dire, pas des chevaux bas sur pattes.

Il resta encore muet un long instant avant de répondre :

— Non.

— Je m'en doutais un peu. Maya me l'aurait dit. Et puis je les aurais probablement vus à la maison, non ?

Il tritura le rebord de son chapeau et demanda :

— Vous êtes prête à retourner au camp ?

— Oui. Attendez, je prends juste ma montre.

Ce fut un soulagement de lui tourner le dos, ne serait-ce que pour lui cacher son visage rouge vif. Pour l'amour du ciel, des chevaux bas sur pattes ? Stupide, stupide… Si elle avait eu un mur à portée de main, elle s'y serait cogné la tête deux ou trois fois, histoire de penser à autre chose qu'à son humiliation ! A défaut de mur, elle chercha la pierre plate où elle avait laissé sa montre…

Disparue. La pierre était toujours là, mais il n'y avait rien dessus. Elle regarda à côté, pour voir si sa montre avait pu tomber, se tapota les poches au cas où elle l'aurait reprise, machinalement, sans y penser. Zane observa son manège quelques instants et finit par s'approcher. Interdite, elle leva la tête vers lui.

— Elle n'y est plus !

— A quoi ressemblait-elle ?

— Argentée. C'est juste une montre ordinaire.

— Elle brille ?

— Je suppose, oui.

— Les ratons laveurs.

Pardon ? Elle examina cette affirmation avec attention. Elle tenait beaucoup à ne rien dire de stupide pendant au moins dix minutes, mais elle ne voyait réellement pas où il voulait en venir. Les ratons laveurs ? Il ne cherchait sûrement pas à lancer un jeu d'association d'idées… Prudente, elle se contenta de répéter :

— Les ratons laveurs ?

— Ils aiment tout ce qui brille. S'ils voient un objet qui leur plaît, ils l'embarquent.

— Vous cherchez à me dire qu'un raton laveur a *volé* ma montre ?

— C'est probable, oui.

Elle eut envie de lui faire remarquer qu'un raton laveur ne saurait pas lire l'heure, mais pour une fois un instinct salutaire lui conseilla de se taire.

— Je peux la récupérer ?

— Bien sûr. Si vous la retrouvez.

Ce serait possible, ça ? Elle jeta un coup d'œil à la ronde sur les arbres, les buissons enchevêtrés, le ruisseau.

— Ce serait dangereux de chercher un peu ? s'enquit-elle.

— Vous ne serez pas attaquée par les ratons laveurs, du moins c'est peu probable, mais vous avez toutes les chances de vous perdre. Une fois perdue, vous finiriez probablement par tomber dans un ravin, vous casser la jambe et mourir de faim. Mais, si la montre est si importante pour vous, allez-y.

Elle se tassa sur elle-même avec un gros soupir.

— Vous ne me trouvez pas du tout sympathique, constata-t-elle tristement.

Elle s'attendait à moitié à ce qu'il lui fasse sa réponse habituelle, c'est-à-dire qu'il la plante là en s'éloignant à grands pas, mais il ne bougea pas. Il soupira en secouant la tête.

— Je suis désolé.

Interdite, elle battit des paupières.

— Pardon ?

— J'ai dit « je suis désolé ».

Le monde venait-il de cesser de tourner ou le cow-boy taciturne, beau à tomber, venait-il de lui faire des excuses ?

— Je... Vous...

Elle s'interrompit pour reprendre son souffle et réussit à répondre :

— Pas de problème. C'était probablement une question stupide.

— Non. C'était une question logique, vu les circonstances.

Il enfonça ses mains dans ses poches et avoua :

— Il m'arrive de me montrer un peu caustique.

— Appelons ça de l'humour à froid.

Il eut un petit signe de tête comme pour la remercier et lui donna sa réponse, en clair cette fois :

— Vous ne retrouverez jamais ces ratons laveurs et, même si vous y arriviez, votre montre serait probablement en miettes, et rouillée parce qu'ils l'auraient trempée dans l'eau. Il ne faut rien laisser traîner qui puisse les tenter. Des bijoux brillants, une autre montre.

— Je n'ai pas d'autre montre. Pas avec moi.

— Vous avez besoin de savoir l'heure ?

— Juste pour les repas.

— Cookie a une cloche.

— C'est vrai ? Comme dans les films ?

— Ouais…

Un coin de sa bouche se retroussa. Ce n'était pas précisément un sourire, mais cela y ressemblait suffisamment pour qu'elle cesse de respirer quelques secondes.

— Venez, dit-il. C'est presque l'heure de déjeuner.

Il se dirigea vers le camp, et elle le suivit, le cœur léger, tout à coup. Dans son euphorie, elle jeta même la prudence aux orties et demanda :

— Vous croyez que les ratons laveurs pourraient apprendre à lire l'heure ?

Il lui jeta un regard par-dessus son épaule.

— Vous plaisantez, là ?

— Moi aussi, je peux faire de l'humour à froid.

— Citadine.

C'était probablement une insulte, mais vu la façon dont il la prononça, d'une voix quasi caressante, elle se sentit presque grande et, sinon carrément blonde, du moins avec des mèches.

— Je crois que Rocky m'aime bien, confia-t-elle.

— J'en suis sûr.

# 10

— C'est un hamburger, annonça Andrea avec l'enthousiasme d'une maîtresse d'école qui vient de trouver un pou sur la tête d'un élève.

Cookie posa sur elle un regard brûlant d'hostilité. Zane remarqua que l'irritation annulait son réflexe habituel de séduction. Du bout de sa spatule, il souleva la galette dodue de viande grillée qu'il examina sous toutes les coutures.

— Ouais, dit-il, on dirait bien. Maintenant, si vous voulez, je pourrais vous griller un peu de bacon pour aller dessus, mais je n'ai rien de plus sophistiqué. Pas de fromage design. Pas de guacamole.

Andrea repoussa son assiette vers lui.

— Je ne peux pas manger ça.

Les épais sourcils de Cookie se froncèrent.

— Ecoutez-moi bien, ma petite dame. Vous étiez encore à vomir sur l'épaule de votre maman que je faisais déjà des burgers…

Andrea se tourna vers son mari pour l'appeler à l'aide.

— Martin ! C'est un hamburger !

L'air très gêné, Martin s'éclaircit la gorge et se décida à intervenir.

— Nous sommes végétariens, Cookie.

Avec une grimace, le vieux cuisinier se tourna vers Zane comme pour lui demander son arbitrage. Quand celui-ci se contenta de hausser les épaules, il secoua la tête, atterré.

— J'avais bien entendu dire que vous ne mangiez pas

de viande, mais c'est une chose que je ne comprends pas, marmonna-t-il.

— La viande, c'est malsain, c'est cruel, et si vous vous doutiez des surfaces de culture du globe qui sont gaspillées à faire pousser de la nourriture pour le bétail, vous comprendriez pourquoi une alimentation qui n'est pas basée sur les animaux est tellement plus…

— Vous avez bien toute votre tête ? s'enquit Cookie.

La question ne la fit pas rire.

— Tout à fait, répondit-elle sèchement, vexée que l'on ait interrompu son exposé. Je m'inquiète de ma santé et de celle de notre environnement, et je vous demande de me proposer autre chose pour le déjeuner.

Une fois de plus, Cookie jeta un coup d'œil à Zane. Voyant qu'il ne trouverait aucun soutien de ce côté, il prit une assiette propre, y déposa un petit pain grillé, l'ouvrit, y disposa de la salade, deux rondelles de tomate et un carré de fromage. Puis il jeta à côté une louche de salade de pommes de terre, une autre de salade de fruits, et tendit le résultat à Andrea.

— Suivant ! lança-t-il en foudroyant Martin du regard.

Andrea ouvrit la bouche pour protester, mais se ravisa.

— Très bien, lâcha-t-elle entre ses dents serrées.

Martin s'avança avec un sourire hésitant.

— Le bœuf est sans hormones ?

Outrée, Andrea pivota vers lui.

— Martin, tu ne vas tout de même pas…

Aux yeux de Zane en tout cas, Martin semblait assez intéressé par le hamburger bien saignant que sa femme venait de refuser.

— S'il est sans hormones, dit-il sans croiser son regard.

Cette fois, Zane s'avança.

— Les bœufs sont sains, assura-t-il. Je n'emploie pas d'aliments traités aux antibiotiques, pas d'hormones non plus.

— Et c'est tout frais, ajouta Cookie avec un clin d'œil. La semaine dernière, celui-ci était encore sur pied.

Andrea posa brusquement son assiette entre les mains de son mari et se précipita dans les buissons. Martin déclara qu'une assiette sans viande lui conviendrait très bien. Cookie fit signe qu'il se rendait à son choix, mais tout le monde comprit que la décision se prenait ailleurs. Sans commentaire, Zane s'avança à son tour et prit le hamburger dont ni Andrea ni Martin n'avaient voulu.

— Je crois qu'ils ne viendront plus me poser de questions, lui glissa le cuisinier avec un de ses petits rires égrillards.

— Bien fait pour eux, renchérit Chase à mi-voix.

Zane leur jeta à tous deux son regard le plus froid.

— Ils sont nos hôtes, dit-il. Ils ont payé pour être là. Cookie, je veux que tu trouves une solution. Il faut leur proposer quelque chose qu'ils puissent manger. Chase, dépêche-toi de déjeuner et va inspecter le bétail, voir si les bêtes ont bien supporté la première étape.

— Attends, j'ai travaillé toute la matinée, et je…

— Comme tout le monde. Sans toi, nous ne serions pas là, alors essaie de ne pas nous créer davantage de difficultés.

Furieux, Chase prit son repas et alla s'installer le plus loin possible de son frère.

— Tu es dur avec le petit, observa Cookie sans lever les yeux de l'assiette qu'il lui préparait.

— Il l'a mérité. Tu m'as bien compris, pour les deux autres ?

Cookie retrouva le sourire.

— Zane, ils sont *végétariens* ! Il faut bien me laisser m'amuser un peu.

— Je suis responsable de leur bien-être.

Cookie grogna encore un peu, mais Zane sut qu'il ferait ce qu'il lui demandait. Il comptait sur ses gars, et ceux-ci le décevaient rarement. Si seulement il avait pu en dire autant de Chase !

Le groupe s'était installé plus ou moins en cercle pour le repas. Assis près du chariot, à quelques pas de C.J. et Thad, les deux gamins fixaient leur assiette sans un geste. Allons bon, que se passait-il encore !

— Vous n'aimez pas votre repas ? demanda-t-il.

La fille, Lucy, leva vers lui des yeux caramel brillants de méfiance.

— On a entendu ce que disait le monsieur. Sur les hamburgers.

Le garçon approuva de la tête et souffla, l'air horrifié :

— On mange vraiment des vaches ?

En une fraction de seconde, plusieurs jurons jaillirent dans la tête de Zane et se répétèrent sous plusieurs combinaisons différentes en maudissant Cookie, les philosophies New Age, et surtout Chase. Puis, tranquillement, il posa son assiette et s'accroupit devant les enfants. Dans son univers, le rapport à la nourriture était très simple et très concret : ce que l'on mangeait provenait du potager ou des créatures à quatre pattes qui broutaient dans le pré. Pour ces gosses de la ville, en revanche, tout venait du supermarché et, s'ils savaient, de façon abstraite, que la viande, c'était des animaux, il ne leur était jamais arrivé de passer la journée à cheval à côté du bétail, puis de retrouver ce même bétail dans leur assiette.

— Vous allez forcément à l'école, tous les deux ?

Tommy consulta sa sœur du regard avant de faire oui de la tête. Zane lui sourit.

— Moi aussi, j'y suis allé. Il y a très longtemps, juste après la disparition des dinosaures.

La jolie bouche de Lucy frémit d'un sourire.

— Tu n'es pas si vieux.

— Merci. Tu as raison, c'était un peu après les dinosaures, mais je me souviens d'un gamin que tous les autres avaient pris en grippe. Ce n'était pas juste, ce n'était pas gentil, mais tout le monde le harcelait. Vous avez quelqu'un comme ça, dans votre école ?

Lucy hocha la tête, le visage grave.

— C'était nous, avant, mais moi, je peux battre les autres, même s'ils sont plus grands. Tommy peut aussi, mais il n'aime pas le faire.

Zane ne releva pas. Un autre jour, peut-être, il essaierait de dire à Lucy que c'était une mauvaise idée de se bagarrer, mais cette fois il avait un autre message à faire passer.

— Alors vous savez ce que c'est de se moquer des gens, reprit-il. Les adultes le font aussi. C'est ce que faisait Cookie, il se moquait de Martin et Andrea.

Thad intervint à son tour en se penchant vers Lucy.

— Zane a raison. Je suis sûr que Cookie regrette, maintenant.

Cela, Zane en doutait, mais il n'allait pas le contredire ! Pas alors que l'expression de Lucy commençait à s'apaiser.

Thad prit son propre hamburger et y mordit avec gourmandise.

— En tout cas, Cookie est un sacré cuisinier !

Zane reprit son assiette et entama le sien avec un plaisir évident. Inutile de faire semblant, la nourriture était savoureuse, comme toujours. Tommy regarda sa sœur, puis son hamburger.

— J'ai faim…

Toujours la première à prendre l'initiative, Lucy risqua une petite bouchée qu'elle mâcha, pensive. Comme elle ne disait rien, Thad demanda :

— C'est meilleur qu'à la cantine ?

Elle avala sa bouchée et haussa les épaules.

— On peut manger chaud à la cantine, répondit-elle, mais on n'a pas à payer comme les autres. On nous donne un papier qui dit que c'est gratuit.

Zane regarda Thad tourner la tête vers sa femme, puis se concentrer de nouveau sur la petite fille.

— Et le McDonald's ? demanda-t-il. Les hamburgers de Cookie sont aussi bons ?

— Je ne me souviens plus, répondit la fillette avec beaucoup de naturel. Avec Tommy, on n'y est pas allés depuis très longtemps. Avant qu'on aille vivre chez Mme Fortier.

— Elle dit que ça coûte trop cher d'emmener les enfants au restaurant, expliqua Tommy. Et aussi que les fast-foods, c'est jeter l'argent par les fenêtres. Mais quelquefois, avec M. Fortier, ils en rapportent dans un sac. Mais c'est pour eux.

Zane vit C.J. se détourner comme si elle refusait d'en entendre davantage. Satisfait d'avoir rétabli la situation, il se leva et alla s'installer un peu plus loin avec son assiette. En face de lui, Eddie et Gladys bavardaient avec Maya et Phoebe. Phoebe tourna la tête, croisa son regard, rougit légèrement… et se plongea de nouveau dans la discussion.

Il aurait aimé savoir à quoi elle pensait. Il aurait même eu d'autres questions pour elle, la plus pressante étant de savoir si elle voulait bien le rejoindre dans un bosquet discret pour faire l'amour contre un arbre. *Très romantique, Nicholson !,* se dit-il avec une grimace amère. La façon idéale d'aborder une jeune femme. Quel était son problème ? Il ne s'était pas mis dans un état pareil depuis ses seize ans, quand il avait tellement envie d'Aurelia Ronwell qu'il s'était mis à aller à Fool's Gold trois soirs par semaine sous prétexte de réviser avec elle.

Pendant qu'elle parlait de leurs cours, il s'imaginait devenir un homme dans les replis secrets de son jeune corps. Résultat, il n'avait récolté en tout et pour tout que deux aperçus de son soutien-gorge, une douzaine de baisers torrides avec la langue, une claque sur la main, et des A dans toutes les matières. Les notes n'avaient pas compensé la déception. Déjà, à l'époque, il s'était juré de ne plus jamais ramper pour une fille.

Il avait perdu son pucelage cet été-là, avec une étudiante rencontrée au Festival d'été de Fool's Gold. Elle tenait un stand sur la foire, il l'avait dépannée pour une crevaison et, une chose en emmenant une autre, elle lui avait fait sa toute première pipe à l'avant de son pick-up. Puis il avait passé la nuit chez elle, et elle lui avait montré tout ce que peuvent faire ensemble un homme et une femme. Quand il s'était traîné jusqu'au ranch, le lendemain matin vers 10 heures, son père avait pris son pick-up sans un mot pour aller en ville à son tour. Au retour, il lui avait tendu un sachet rempli de boîtes de préservatifs.

— Ne la mets pas enceinte, avait-il lâché. Garde les bébés pour la femme que tu aimeras.

Zane avait toujours suivi le premier conseil. Le deuxième n'était pas au programme. Il avait toujours utilisé une protection, même quand la femme avec laquelle il couchait affirmait prendre la pilule. Ses partenaires comprenaient toutes qu'il demandait juste à passer un bon moment, mais qu'il ne cherchait surtout pas un *happy end*. Avoir des bébés avec une femme qu'il aurait aimé ? Il savait trop bien ce que cela fait à un homme d'aimer une femme ; il l'avait découvert aux premières loges. Quand on aimait, plus rien d'autre n'avait d'importance et, si on avait le malheur de perdre sa femme, on finissait tourmenté, amer, en colère contre le monde entier.

A la mort de sa mère, il avait assisté à la descente aux enfers de son père. Les premiers temps, ce dernier s'était efforcé de se suicider à l'alcool. A l'époque, Zane vivait dans l'explosion permanente des jurons, les discussions furieuses avec Dieu et le fracas des verres jetés contre le mur au milieu de la nuit. Pire que tout, il était entré un jour dans le bureau de son père et l'avait trouvé le fusil pressé contre sa tempe. Il avait douze ans. A cet instant, il avait compris que rien de ce qu'il ferait, rien de ce qu'il était, n'aurait jamais d'importance.

Son père l'avait fixé, la peau grise et les yeux injectés de sang, en déclarant :

— Il faut que je sois avec elle. Je ne peux pas vivre sans elle.

Zane aurait voulu répondre que lui non plus il ne pouvait pas vivre sans sa mère, mais qu'il tenait le coup, un jour après l'autre. Crier qu'il était encore un gosse et que son père n'avait pas le droit de vouloir mourir et le laisser tout seul. Il n'avait rien dit. Mais il était resté planté là, les yeux braqués sur lui, à attendre. Au bout d'un temps qu'il n'avait jamais su évaluer, son père avait rangé son fusil.

Ils n'en avaient jamais parlé, mais chaque jour, en rentrant de l'école, il se demandait si son père serait encore là. Chaque nuit, du fond de son lit, il tendait l'oreille en guettant le coup de feu qui ferait de lui un orphelin.

Il s'ébroua pour chasser ces souvenirs. Son père était mort et, s'il ne s'était guère occupé de lui, il lui avait tout de même enseigné une leçon importante : l'amour vous retournait comme un gant, vous déchirait en deux, détruisait votre univers. Mieux valait s'en tenir aux choses simples, mieux valait avoir envie que besoin.

Malgré lui, son regard revint détailler Phoebe, la courbe de sa joue, la façon dont elle rabattait ses cheveux derrière son oreille, le gonflement de ses seins. Il se demanda quel goût elle aurait s'il la léchait partout, de ses orteils aux replis doux et salés entre ses cuisses. Nom de Dieu ! Une seule image érotique, et il se retrouvait dur comme une pierre. Il n'avait tout de même plus quinze ans ! Oui, cela faisait un certain temps qu'il n'avait pas d'amie à qui rendre visite en ville, et alors ? Il lui arrivait de passer de longues périodes sans personne, et habituellement cela ne générait pas une érection perpétuelle. La situation commençait à devenir insupportable ! Phoebe n'était pas du tout comme les femmes qu'il choisissait d'ordinaire ; elle n'était ni divorcée, ni veuve, ni assez mûre pour ne plus se faire d'illusions. Elle avait « Et ils vécurent heureux à tout jamais » écrit en travers du front. Il situait très bien son genre et il l'évitait comme la peste. Sally en avait fait partie, et il s'en voulait encore quand il pensait au malentendu de leur mariage...

Alors c'était tout simple : il n'avait qu'à garder ses distances. Ne plus s'approcher de cette jolie brune à la bouche généreuse et au cœur grand comme ça. De retour au ranch après cette petite randonnée, il s'accorderait un congé, le temps d'aller à Fool's Gold ou même à Sacramento trouver une amie sympathique qui chercherait comme lui un peu d'action.

C.J. se lava les mains dans le ruisseau après le déjeuner. La morsure de l'eau glacée lui arracha une grimace, elle se sécha vivement à la serviette que lui avait donnée Cookie. Que faire maintenant ? Attendre Thad qui barbotait encore ou s'échapper pendant qu'elle le pouvait ? Elle sentait qu'il avait envie de parler et elle devinait déjà ce qu'il allait dire. Après toutes ces années de vie commune, elle connaissait le cheminement de ses pensées. Et, ce qu'il pensait à cet instant, elle ne voulait pas l'entendre.

— Je crois que Lucy et Tommy s'amusent, dit-il.

Elle approuva de la tête en s'efforçant de ne pas se sentir prise au piège. Thad était un homme bien, un homme généreux, adorable. Elle l'aimait aussi pour cela.

— Leur situation dans leur famille d'accueil semble poser problème, poursuivit-il.

Cette fois, elle inspira à fond et répondit aussi posément qu'elle le put :

— En fait, nous n'en savons rien. Les enfants exagèrent toujours, c'est connu. Et puis ce n'est pas notre responsabilité, nous sommes juste ici pour nous assurer qu'ils passent une bonne semaine, en toute sécurité.

Elle se raidit en attendant sa réponse. Mais il la surprit en ne disant rien. Bizarrement, le fait qu'il s'abstienne de lui rappeler que les enfants étaient la responsabilité de tous... ouvrit un grand vide en elle. Comme s'il avait fini par renoncer. Par admettre qu'il était inutile de chercher à la convaincre qu'adopter un enfant, n'importe quel enfant, serait mieux que ne pas avoir d'enfant du tout.

Il n'avait jamais compris son point de vue, malgré toutes les fois où elle le lui avait expliqué. Il avait le cœur tendre, lui, alors qu'elle… Elle lui tendit la serviette, tourna les talons et s'éloigna à grands pas vers le campement. Alors qu'elle *quoi* ? Elle ne savait plus. Bien sûr que cela lui faisait de la peine que Lucy et Tommy ne soient pas heureux dans leur famille d'accueil. Elle n'était pas une garce. C'était juste que leur malheur n'était pas son affaire. Ce n'était pas sa faute, et elle ne pouvait rien faire pour améliorer leur situation.

Thad la rattrapa, lui toucha le bras. Elle s'arrêta, mais refusa de se retourner pour le regarder en face. C'était plus facile de contempler les feuillages vert vif et la texture des écorces.

— C.J. ?

Elle ferma les yeux, voulut repartir… et renonça. Parce qu'elle l'aimait, l'avait aimé dès le premier regard, quand ils étaient tout jeunes, elle se retourna vers lui et scruta son visage. Il lui sourit avec tendresse, effleura même sa joue du bout des doigts. Face à tant de douceur et de compassion, elle sentit une boule se loger dans sa gorge.

— Quelle est la probabilité que les deux membres d'un couple soient stériles ? demanda-t-elle amèrement. Tu crois qu'il y a des statistiques, histoire de savoir à quel point notre situation est mathématiquement improbable ? C'est tellement injuste, pourquoi est-ce que cela ne pouvait pas être seulement l'un de nous deux ? J'ai besoin de rejeter la faute sur quelqu'un, même si c'est sur moi.

Il lui sourit encore et l'attira contre lui.

— Il n'y a pas de faute, murmura-t-il. Cela ne change rien de blâmer qui que ce soit. C'est comme ça.

Le visage niché contre son épaule, elle respira son odeur familière, savon, lessive, cette odeur qui n'était qu'à lui et qu'elle aurait reconnue n'importe où les yeux bandés.

— Tu es tellement *raisonnable*, chuchota-t-elle.

— C'est une si mauvaise chose ?

— Quelquefois, oui. Quelquefois j'ai envie de hurler, ou de bouder. Je deviendrai folle si je ne peux pas le faire.

— Tu es très bien comme tu es, assura-t-il en posant un baiser sur son front.

Bien ? Elle se sentait beaucoup de choses, mais *bien* ? Un hurlement joyeux, suivi d'une grande éclaboussure, fit flamber l'irritation qui couvait en elle.

— Ils sont dans l'eau ! Je leur ai dit de ne pas aller dans l'eau, mais évidemment ils ne m'ont pas écoutée !

— Ce sont des gosses, protesta Thad avec un sourire. C'est leur boulot de jouer dans un ruisseau.

— L'eau est glacée. Ils vont tomber malades.

— Ils sécheront et ils iront très bien.

Sur un dernier sourire, il s'éloigna vers les bruits d'un pas rapide. Il avait envie d'être avec eux, c'était évident.

Les dents serrées, elle partit dans la direction opposée. C'était mal de sa part, elle le savait. Cela montrait bien à quel point elle était froide et sans cœur, mais elle ne pouvait pas passer cinq minutes avec ces gamins sans avoir envie de leur crier après. Une colère terrible se nourrissait d'elle comme un parasite. Parfois, la rage la réveillait la nuit. Parfois, elle se faisait peur.

La cause était très claire, mais comment l'exorciser ? Par moments, il lui semblait que la colère était tout ce qui vivait en elle. Sans elle, elle serait vide. Mais une vie de colère et de ressentiment, c'était encore une vie ? Qu'était-il arrivé à la femme joyeuse et tendre qui avait épousé Thad ? Quand son cœur était-il devenu si dur, si noir ? Et quand avait-elle cessé de penser à leur avenir à tous deux ?

Phoebe tourna son poignet pour vérifier l'heure et se souvint qu'elle n'avait plus sa montre, en raison de son inconscience de citadine et de la curiosité des ratons laveurs. Zane avait dit qu'ils reprendraient la piste dans dix minutes. Elle entendrait sûrement les autres se mettre en selle. D'ici là, elle préférait marcher encore un peu.

Son derrière n'était plus si engourdi, mais elle devinait déjà les contours des courbatures qui la tourmenteraient cette nuit. Elle jeta un regard à la ronde pour s'assurer que personne ne la voyait et se frotta avec énergie les fesses et les cuisses. Les muscles que l'on utilisait rarement savaient se signaler quand on leur en demandait trop ! A la fin de la semaine, elle apprécierait comme jamais auparavant son siège confortable au bureau.

Sauf qu'elle ne retournerait pas au bureau... En tout cas pas tout de suite.

Mais cela, elle ne voulait pas y penser ! Elle pressa le pas, contourna encore un bosquet et tomba nez à nez avec le troupeau. Ces bêtes étaient vraiment massives quand on était au même niveau qu'elles. Beaucoup plus impressionnantes que quand elle les regardait de haut, juchée sur Rocky. Heureusement, elles broutaient sans se préoccuper de sa présence. Maya affirmait qu'ils n'emmenaient qu'une cinquantaine de têtes, mais cela faisait tout de même beaucoup de cornes et de sabots, beaucoup de couleurs différentes... Elle avait supposé que tous les bœufs étaient bruns, mais ceux-ci semblaient afficher toutes les nuances du beige au noir.

Prudemment, elle s'approcha. Quelques bêtes levèrent la tête, mais la majorité l'ignora. Maya s'était plainte de l'odeur du bétail mais, elle, elle ne la trouvait pas déplaisante. Nettement plus agréable en tout cas que la puanteur d'un embouteillage sur la rocade de San Diego. Elle admirait un animal d'un beau brun châtaigne quand une vache se détacha du groupe et s'approcha d'elle. Elle avait de grands yeux sombres, une oreille déchiquetée et une cloche au cou. Que lui voulait-elle ? Allait-elle charger ? Un peu effrayée, elle recula. L'animal avança... Elle hésitait encore à prendre ses jambes à son cou quand il la rejoignit. Mi-terrifiée, mi-curieuse, elle se figea. La vache sembla l'examiner avec attention, puis renifla le devant de sa chemise.

— Salut, toi, dit-elle d'une toute petite voix.

Très lentement, elle tendit la main... et la posa sur le pelage doux au-dessus de son nez humide. L'animal poussa une sorte reniflement et se mit à brouter l'herbe à ses pieds.

— Je vois. On est copines, maintenant ?

Pas de réponse. Qui ne dit mot consent.

— Alors, reprit-elle, tu profites bien de la transhumance ? L'exercice te fait du bien ?

Elle s'enhardit à lui tapoter l'encolure, puis se pencha pour examiner sa cloche de plus près, un mouvement qui la mit au niveau du ventre de l'animal. Jusqu'ici, elle le rangeait mentalement dans la catégorie des vaches, mais elle vit qu'il ne s'agissait pas du tout d'une femelle… mais qu'il n'était pas non plus tout à fait mâle.

— Là, ça t'a forcément fait mal, commenta-t-elle avec une grimace douloureuse. Mais bon, si tu étais tout jeune, tu ne te souviens peut-être de rien.

Un frisson… Elle se dit soudain que l'ablation de ses testicules n'avait pas eu lieu dans le confort d'un cabinet vétérinaire !

— C'est ma première visite sur un ranch, confia-t-elle. Ma première fois à cheval aussi. Rocky est sympa, non ? Tu aimes bien les chevaux ?

Elle se rendait tout à fait compte que c'était idiot de discuter avec un bœuf, mais il fallait bien parler à quelqu'un. Il y avait Maya, évidemment, mais comme la plupart de ses pensées tournaient autour de Zane elle ne pouvait pas les confier à sa demi-sœur.

— Je crois que le vrai problème, c'est que je craque pour Zane, expliqua-t-elle. En partie parce qu'il est tellement beau, et en partie parce que…

Elle s'interrompit un instant en s'efforçant de voir clair dans ses réactions.

— Je ne sais pas très bien, en fait. Une réaction chimique ? Le destin ?

Le dernier mot la surprit. Le *destin* ? Elle n'y croyait pas. Il n'était écrit nulle part que deux êtres devaient se retrouver ensemble. Elle avait toujours refusé l'idée que la vie suivait un plan, parce que cela signifierait qu'une force, quelque part, avait choisi de la faire grandir sans famille et sans amour. L'univers ne serait pas aussi cruel !

— Bon, je ne peux vraiment pas l'expliquer. Mine de rien, il est très gentil. Et un excellent rancher. Mais ça, c'est Maya qui l'affirme. Je ne crois pas qu'il apprécie beaucoup les chèvres. Moi, je les ai trouvées craquantes, sauf quand elles mordent, bien sûr. Tu savais qu'elles mordaient ?

Elle prit subitement conscience de la taille de la dentition du bovin qui broutait paisiblement à ses pieds. Vivement, elle recula. Le mordillement d'un chevreau l'avait prise de court, mais il n'y avait pas eu de conséquences. Si ce grand gars s'y mettait, il serait capable de lui arracher la main ! Prudente, elle glissa les doigts dans ses poches arrière avant de continuer la conversation :

— Pour commencer, je ne le trouvais pas très accueillant, mais il s'est plus ou moins mis à me parler, et là, j'aime. Je crois qu'il se sent assez seul, lui aussi. Nous avons au moins ça en commun, c'est déjà pas mal, non ?

Il l'avait aussi embrassée mais, cela, elle ne comptait pas le confier au bœuf.

— Je crois bien qu'il me prend pour une idiote. Ce n'est pas vrai, c'est juste que je suis de Los Angeles. Comment veux-tu que je connaisse quoi que ce soit au fonctionnement d'un ranch ?

— Et il répond ?

Elle se retourna avec un hoquet de saisissement. Zane se tenait à quelques mètres d'elle, juché sur son cheval. Pourtant elle ne les avait pas entendus approcher. Une chaleur brutale lui monta aux joues. Humiliée, elle envisagea de partir sans un mot. Il le faisait bien, lui ! Elle aurait aussi voulu lui demander depuis combien de temps il écoutait son monologue, mais elle sut qu'elle n'oserait jamais. Les yeux bleu sombre posés sur elle étaient indéchiffrables, il ne disait plus rien. Elle s'éclaircit la gorge et s'efforça de sourire.

— Il… Non, il n'est pas très bavard. Nous partons ?

Il hocha la tête.

— Rocky vous attend.

Il fit pivoter son cheval, puis le retint en lui jetant un regard par-dessus son épaule.

— Si j'étais vous, je ne parlerais pas de ces tête-à-tête à Rocky, lui conseilla-t-il. Il serait jaloux, et c'est assez difficile de tenir un cheval jaloux.

Elle en resta bouche bée. Heureusement, il s'éloignait sans attendre de réaction de sa part. Pour l'amour du ciel, il avait fait de l'humour ! Un humour charmant. Enthousiasmée, elle se retourna vers le bœuf.

— Tu as vu ça ? Il ne me prend peut-être pas pour une crétine, en fin de compte ! C'est génial, non ?

# 11

Qui aurait cru que l'on puisse se sentir claustrophobe sous un léger voile de nylon ? Phoebe venait de découvrir que, si ce voile prenait la forme d'une toile de tente, on se sentait vite à l'étroit. C'était si petit, comme un tunnel tout juste assez large pour son sac de couchage, même en repoussant ses sacoches de selle contre la paroi. Une tente, ce n'était vraiment pas un endroit où l'on pouvait faire la fête !

Et puis, sous le tapis de sol, c'était la terre. Si elle y avait réfléchi à l'avance, elle aurait admis que la terre était par définition une surface dure, mais… à ce point ? Dure à annuler l'effet du mince matelas gonflable, qui couinait, d'ailleurs, au moindre mouvement. Et puis, juste au-delà du nylon tendu, il y avait la *nature*. Tellement plus grande qu'elle ne s'y attendait, tellement plus impressionnante… C'était un peu effrayant. Mais excitant, aussi. Elle se sentait très vivante.

Elle changea de position sur son sac de couchage. Elle ne se jugeait pas encore prête à se glisser à l'intérieur pour s'endormir. Elle était fatiguée, pourtant, mais une électricité subtile pétillait dans ses veines. Il y avait eu du vin au dîner.

Avec elle, les hommes qui l'invitaient à boire un verre s'en tiraient sans trop de frais : les premières gorgées suffisaient à la rendre hilare, quelques centilitres de plus, et elle commençait à planer. Ce soir, elle avait bu *deux* verres et elle savourait ce flou délicieux qui gomme les arêtes cruelles du monde et le rend beau et charmant. Côté négatif, ces deux verres lui imposaient une visite aux fameuses toilettes de Mère Nature.

Elle se redressa, heurta de la tête le plafond souple de sa tente, chercha ses bottes à tâtons, les enfila laborieusement, trouva son blouson et sa lampe-torche…

En émergeant de son abri, elle prit conscience des bruits de la nuit. Hululements, cliquetis, froissements… et d'autres qui n'avaient même pas de nom ! A sa gauche, elle voyait les braises du feu de Cookie, prudemment enfermées dans un cercle de pierres. A sa droite, les autres tentes d'où s'échappaient des murmures de conversations. Elle alluma sa torche, s'éloigna à une distance raisonnable, fit ce qu'elle était venue faire et retourna sur ses pas. Elle allait entrer dans la zone du campement quand elle se heurta de plein fouet à une surface ferme, et même inébranlable. Le choc lui fit lâcher sa torche, qui s'éteignit. Elle paniqua… mais pas tout à fait ; une part essentielle de son être avait déjà reconnu Zane.

— Vous cherchez votre montre ?

Il faisait trop sombre pour voir son regard — il n'était qu'une ombre, une présence masculine à laquelle son corps voulait s'abandonner —, mais à l'intonation de sa voix elle devina qu'il souriait…

— Non, j'ai renoncé à la revoir.

— C'est plus sage.

Elle devait retourner dans sa tente, ou au moins ramasser sa lampe, mais une paralysie bizarre s'était emparée d'elle. Respirer, c'était l'effort maximum qu'elle puisse fournir. Elle frémissait, mais elle n'avait pas du tout froid. L'anticipation peut-être ?

— Zane ?

Elle ne savait même pas ce qu'elle allait lui demander. Elle aimait juste la musique de son nom, aimait le dire…

— Il est tard, murmura-t-il. Vous devriez être au lit.

Que répondre à cela ? Elle aurait aimé croire qu'il s'agissait d'une invitation, mais cela n'y ressemblait pas vraiment.

— Je vous raccompagne, proposa-t-il.

— D'accord.

Elle attendit qu'il fasse le premier pas, ou qu'il se penche pour récupérer sa lampe. Il se pencha, effectivement. Juste assez pour effleurer sa bouche de la sienne. Le contact très doux lui coupa le souffle, une chaleur se coula en elle comme un soupir. Les grandes mains de Zane se posèrent sur sa taille à l'instant précis où elle se haussait sur la pointe des pieds pour nouer les bras autour de son cou. Avec une synchronisation parfaite, elle inclina la tête d'un côté, lui de l'autre, et entrouvrit ses lèvres au moment où la langue de Zane les caressait.

Quand le goût de sa bouche explosa en elle, elle réprima une plainte sourde. Il avait une façon d'embrasser… Attentive, à l'écoute de ses moindres réactions. Charmée, elle se plaqua contre son corps solide et puissant pour mieux savourer le contraste avec ses propres courbes tendres. Le baiser se fit plus brûlant, le désir flamba en elle, elle sentit ses seins se gonfler, ses mamelons durcir. Les mains de Zane glissèrent vers ses fesses dont il s'empara pour les pétrir — un geste qui eut le double avantage de la faire chavirer et d'apaiser ses muscles douloureux. Cette fois, elle ne put retenir un gémissement de plaisir.

Il releva un peu la tête.

— Tu aimes ?

— Mais… oui, répondit-elle confusément. C'est bon que tu me touches, et puis j'étais à cheval toute la journée…

Apparemment, la discussion était terminée. Il n'ajouta rien, du moins pas en paroles. Il l'embrassa dans le cou. Elle n'avait jamais considéré son cou comme une zone particulièrement érogène, mais c'était parce qu'elle n'avait encore jamais senti Zane presser ses lèvres brûlantes dans le creux de son épaule, lécher la peau tout à coup si sensible. Quand il la mordilla sous l'oreille, elle frissonna. Un long frisson de plaisir… Il fallait absolument qu'il continue, en élargissant si possible le champ de ses activités ! S'il pouvait lui offrir des sensations pareilles avec juste quelques baisers dans le cou, elle imaginait sans peine ce qu'il accomplirait sur ses seins nus, ou…

Elle se figea. Les mains de Zane venaient de quitter ses fesses pour chercher les boutons de son jean. D'accord. Les baisers, c'était très bien, et même mieux que bien, mais là, il allait tout de même un peu vite. Ils étaient dehors, et n'importe qui pourrait passer. Elle ne le connaissait pas très bien, pour tout dire. Elle cherchait comment lui faire comprendre qu'ils venaient de sortir de sa zone de confort quand deux événements se produisirent.

Le premier : il aspira le lobe de son oreille dans sa bouche. Ce n'était pas grand-chose et, si quelqu'un lui avait décrit le geste, elle n'aurait pas été particulièrement impressionnée, mais la sensation, ces dents qui éraflaient doucement sa peau, cette langue et cette succion hypnotique… Ce fut l'expérience la plus érotique de toute son existence. De quoi s'interroger sur sa vie sexuelle ! Aussitôt, malgré le plein air et le lieu public, elle se sentit prête à aller au bout des choses.

Le deuxième : quand Zane mit les mains dans sa culotte. Ses grandes mains tièdes et viriles sur sa peau nue ! Au lieu de se glisser entre ses cuisses comme elle s'y attendait, elles s'emparèrent de ses fesses, et ses doigts fermes se mirent à pétrir ses muscles endoloris. Le paradis, pur et simple. Il alignait les baisers dans son cou, ses mains la rendaient folle… Elle brandit le drapeau blanc de la reddition.

— N'arrête surtout pas, murmura-t-elle.

Un massage, ce n'était pas censé être aussi bon ! Ils ne faisaient encore rien de sérieux, et pourtant elle fondait, elle allait se dissoudre…

Il changea de position, reprit sa bouche. Eperdue, elle plongea les mains dans ses cheveux et lui rendit son baiser avec une passion qui la stupéfia. Habituellement, elle ne perdait jamais vraiment la tête. Mais cette fois ses sensations prenaient une intensité hallucinante.

Un éclat de rire jaillit dans la nuit. La transe dans laquelle elle glissait vola en éclats, et elle se souvint des tentes toutes proches. Les autres ne dormaient pas, il suffirait qu'un membre du groupe balaie le périmètre avec sa lampe de poche pour les découvrir. Zane aussi avait entendu ; ses mains s'immobilisèrent, il interrompit leur baiser. La raison reprenait ses droits.

Crispée, Phoebe eut une grimace douloureuse. Quand elle pensait qu'elle venait de le supplier…

— Je… enfin voilà…

Sa voix s'éteignit. La nuit était si noire qu'elle devinait à peine l'expression du visage penché vers le sien. Finalement, elle ne savait pas du tout ce qu'elle voulait dire. Comment était-elle censée avoir les idées claires avec ses mains plaquées sur elle ?

— Je dois savoir, murmura-t-il.

Comment ? Savoir quoi ? Elle n'eut pas le temps de poser la question. La main de Zane glissa sur son ventre, se faufila entre ses cuisses, les doigts glissèrent sur sa chair gonflée, lubrifiée à souhait. Ils inspirèrent brusquement tous les deux... puis Zane retira sa main et reboutonna soigneusement son jean. Elle ne bougea pas. Des milliers de questions se bousculaient dans sa tête, mais elle opta pour la plus importante.

— Qu'est-ce que tu devais savoir ?

— Que tu *voulais*, toi aussi.

Il prit sa main, la plaqua contre lui. Elle savait déjà ce qu'elle trouverait, mais l'épaisseur, la longueur et la dureté de son érection lui arracha un gémissement. Bon, très bien ! Ils appréciaient tous deux de s'embrasser et de se toucher, mais cela ne pouvait avoir aucune incidence sur leur vie. Non, sincèrement !

— Va te coucher, Phoebe, dit-il.

Comment ? Toute seule ? Comme elle ne réagissait pas, il se pencha, tâtonna un instant, trouva sa lampe-torche et la lui mit en main. Puis il la fit pivoter vers le campement et lui imprima une petite poussée.

Machinalement elle obéit. Mais c'était comme si on venait de lui faire inspirer du gaz hilarant, ou une drogue sexuelle puissante : la tête lui tournait, elle avait envie de pouffer et se sentait incroyablement légère. Zane ne parlait pas beaucoup, mais il savait manifestement s'y prendre au lit. Et puis il semblait connaître son corps comme sa poche. Elle avait hâte d'être au matin pour tout raconter à Rocky !

Zane fut sur pied avant l'aube. Il n'avait quasiment pas dormi. Il fit de son mieux pour se convaincre qu'il s'inquiétait pour la santé de ces fichus touristes dont il avait la charge, une vérité à 60 % environ. Les 40 % restants concernaient exclusivement une petite brune aux lèvres adorables qui pouvait vous rendre fou d'un seul baiser.

Il acheva de ranger ses affaires, démonta sa tente et resta

debout à contempler le ciel, seul dans le silence du petit matin. Il était fatigué, tendu, crispé par l'arrière-goût lancinant du désir. Ses pensées filaient trop vite. Il ne parvenait pas à se débarrasser de la sensation du corps de Phoebe dans ses bras. Une sorte de nostalgie intense lui serrait le cœur. Sauf que cela ne tenait pas debout ! Oui, il la désirait, mais il ne l'appréciait pas particulièrement. Il la connaissait à peine ! Le peu qu'il connaissait lui plaisait assez, mais…

Il se détourna avec un gros soupir. Un homme ne devrait jamais réfléchir aux femmes, ou au sexe, avant sa première tasse de café. D'un pas lourd, il se dirigea vers le feu sur lequel Cookie avait posé sa grande cafetière, se versa un quart et avala la première gorgée avec un soulagement non dissimulé. La chaleur et la caféine lui firent un bien fou.

Le vieux cuisinier émergea de derrière le chariot en traînant les pieds.

— Je fais des œufs, ce matin, annonça-t-il. Je ne sais pas ce que les écolos vont manger. J'ai fait des pancakes hier, mais je ne vais pas recommencer tous les jours, pas en transhumance. Je ne suis pas dans ma cuisine.

Zane but encore un peu de café.

— Ne t'en fais pas, dit-il, Andrea mangera si elle a faim, Martin aussi. D'ailleurs il pose moins de problèmes que sa femme.

Cookie lui lança son sourire canaille.

— Moins casse-couilles, tu veux dire.

— Ce sont nos hôtes, Cookie.

— Ça ne change rien à leur nature profonde.

Il posa sa grande poêle sur la grille du foyer et leva les mains comme un homme qui se rend.

— Bon ! D'accord ! Je saurai me tenir, marmonna-t-il.

Cela, Zane n'y croyait pas un instant, mais il espérait au moins que cette tête de lard garderait ses opinions pour lui.

Un quart d'heure plus tard, tout le monde était sur pied. Seule Phoebe n'avait pas encore émergé de sa tente.

Il envoya Chase s'assurer que le matériel serait correctement plié, que l'on n'oublierait pas le moindre piquet. Malgré lui, il jetait des regards de plus en plus fréquents vers la dernière tente close. Quand enfin elle s'ouvrit, il fut récompensé pour sa patience : Phoebe choisit d'en sortir à reculons.

Le derrière parfait qu'il avait caressé la veille au soir recula en frétillant. Il serra les dents, la main crispée sur l'anse de son quart. Il sentait encore la peau nue de Phoebe dans sa paume, entendait encore son souffle haletant. Elle était prête pour lui — en glissant ses doigts entre ses jambes, il avait eu le sentiment de rentrer au foyer. Si seulement les circonstances l'avaient permis, il l'aurait couchée dans l'herbe pour apaiser leur besoin à tous les deux. Avait-elle aussi mal dormi que lui ?

Il vida son quart, fit un pas vers elle et s'arrêta net. Chase venait de surgir près d'elle et la délestait en souriant de ses sacoches de selle.

— Je vois que tu es une de ces femmes exceptionnelles qui sont encore plus belles le matin, dit-il d'un ton léger. J'aurais dû m'y attendre.

Phoebe se mit à rire.

— Maya m'avait prévenue que tu flattais les femmes. Elle dit que chez toi c'est automatique.

— C'est un peu vrai, mais dans ce cas précis je ne fais que souligner l'évidence.

Zane leur tourna le dos et se servit un autre quart de café. Ce à quoi il venait d'assister l'avait mis de mauvaise humeur.

Chase savait charmer les femmes, c'était un talent inné, comme la bosse des maths ou la belle voix d'un chanteur. Le plus souvent, les manigances de son petit frère l'amusaient, mais pas ce matin. Ce matin, c'était comme un poison dans son ventre. Il n'était pas jaloux, bien sûr que non. Pour cela, il faudrait qu'il s'intéresse à Phoebe, ce qui n'était pas le cas. D'ailleurs, Chase ne pensait pas un mot de ce qu'il disait ; flatter les femmes était un automatisme chez lui. Et pourtant, malgré tout, son amertume persistait. Et pour autant il ne trouvait aucune raison valable de se replier de l'autre côté du campement pour ne plus les entendre.

— Tu as bien dormi ? demanda Chase.

— Pas trop mal, répondit Phoebe. Tout le monde parle du silence de la nature la nuit, mais c'est n'importe quoi. Il y a beaucoup de bruit.

— Tu es prête à démonter ta tente ?

— Non. Je voudrais vérifier mon sac de couchage encore une fois. Il me manque une boucle d'oreille.

— Elle brille ?

— Oui. Oh ! Tu vas me dire que ce sont les ratons laveurs, c'est ça ? J'ai déjà eu affaire à eux. Bon, d'accord, mais tu crois que je devrais leur laisser l'autre, pour qu'ils aient la paire ?

Ce fut plus fort que lui, Zane sourit. Il voyait d'ici un raton laveur très élégant, les boucles de Phoebe à ses oreilles velues.

— C'est entièrement ta décision, répondit Chase.

— Je vais surtout garder mon téléphone bien à l'abri. Avec ma veine, le raton laveur qui le prendrait aurait de la famille à Madagascar.

Chase partit d'un grand rire.

— Viens, proposa-t-il. Je t'aide à chercher ta boucle d'oreille.

Zane se retourna pour lancer à son frère qu'il pouvait passer à une autre tente, qu'il s'occuperait lui-même de la boucle d'oreille… mais Maya choisit cet instant pour le rejoindre. Elle s'approcha d'un pas tranquille, lui prit son quart des mains, avala son contenu et le lui rendit.

— Comment va le cow-boy en chef ce matin ? s'enquit-elle. Nous avons affaire au Zane amical ou au Zane bougon ?

— Je suis toujours amical, répondit-il en se servant un autre café.

— Si seulement !

Sa façon de dire cela, d'un air désabusé et sans même le regarder, lui fit mal. Un peu interdit, il protesta :

— Je n'ai jamais rien eu contre toi.

— Waouh, quel compliment ! Attends, ne dis rien pendant quelques secondes, je veux m'imprégner de ton amour.

Elle croisa les mains sur son cœur d'un geste théâtral. Elle dut voir son expression car elle les laissa retomber en haussant les épaules.

— Désolée. Je sais bien que tu ne me détestes pas. Tu as été très généreux. Tu m'as tolérée, tu as toléré ma mère. Enfin, pour elle, je ne peux rien te reprocher, elle était là pour votre argent et elle ne s'en cachait même pas.

Zane ne trouva rien à répondre à cela. A quoi son père

pouvait-il s'attendre d'autre ? Quand on épouse une danseuse de Las Vegas qui cherche à échapper à sa vie…

— Ce n'était pas sa faute à elle, dit-il enfin. Mon père ne l'a jamais aimée. Il n'aurait pas dû l'épouser.

— Oh ! Je ne sais pas. Ils se sont fait une vie impossible, tous les deux, mais j'ai bien aimé le temps que j'ai passé au ranch.

Zane revit la petite fille tout en jambes, d'autrefois. Qui aurait cru qu'elle deviendrait une si belle jeune femme ? A son arrivée, Maya était une gamine sérieuse et responsable, comme c'est souvent le cas des enfants qui ont des parents inconséquents. Elle étudiait avec sérieux, ne regardait jamais les garçons. Tous ses moments de liberté, elle les passait avec Chase. Puis, dans un revirement radical, à peine sortie du lycée, elle était tombée amoureuse d'un gars du coin. Zane n'avait jamais su exactement ce qui s'était passé entre eux, mais en partant pour l'université Maya avait coupé les ponts avec Fool's Gold, tourné le dos à toute cette période de sa vie.

Ne sachant que lui dire, il lui passa le quart de café. Elle le prit distraitement, en le serrant entre ses paumes comme pour se réchauffer.

— Ton père exigeait que tu t'occupes de tout, mais il ne te laissait prendre aucune décision, dit-elle soudain. C'était une position intenable. Quand je pense à toi à cette époque, je te revois toujours grincer des dents.

Un nouvel éclat de rire jaillit du côté de Chase et Phoebe. Maya se retourna pour les regarder.

— Il grandit…

— Ouais. Ses initiatives deviennent de plus en plus catastrophiques.

— Il ne sera jamais vraiment prévisible, mais tu as fait du bon boulot avec lui. Il sera quelqu'un de bien.

Peut-être, mais il devrait encore lutter pour le mettre sur le droit chemin.

— Bonjour, tout le monde !

Gladys et Eddie s'approchaient du feu avec de larges sourires. Gladys remplit deux quarts de café, en tendit un à son amie. Sa main tremblait un peu, mais elle semblait en pleine forme, malgré l'heure matinale et la fatigue physique de la veille.

— Belle matinée, renchérit Eddie, radieuse. Une nuit sous la tente, il n'y a rien de tel.

— Vous trouvez ? marmonna Maya en s'étirant. Moi, je suis plutôt lit de plume et serviettes chaudes.

— A table ! brailla Cookie en martelant à tour de bras le triangle métallique qui lui servait de cloche. Venez pendant que c'est chaud ! Au moins aussi chaud que ces deux jeunesses, précisa-t-il avec un clin d'œil pour Eddie et Gladys.

Le groupe se rassembla très vite. La vie au grand air, ça creusait, apparemment.

Courtois, Zane s'écarta pour laisser la place à ses hôtes. En fait, il guettait surtout le moment où Chase et Phoebe sortiraient de la tente. Quelques secondes plus tard, Chase parut, puis Phoebe, l'air découragé. Zane conclut qu'ils n'avaient pas retrouvé la boucle d'oreille. L'idée de ces deux-là fouillant ensemble le petit cocon de la tente, têtes penchées, en s'effleurant de l'épaule ou de la hanche, le dérangeait toujours autant. A grands pas, il se dirigea vers le chariot, prit une assiette et des couverts, et attendit son tour.

Menaçant, Cookie brandissait une louche d'œufs brouillés au-dessus de l'assiette d'Andrea. Manifestement, si elle refusait, cela allait mal se passer. Martin, qui semblait nettement plus intelligent que sa femme, lui poussa légèrement le coude pour pousser l'assiette vers le cuisinier.

— Nous mangeons des œufs, déclara-t-il. Je dois dire que jusqu'ici votre cuisine a été excellente.

Avec un grognement approbateur, Cookie le servit à son tour et leur tendit d'un geste sec deux plats, l'un couvert de saucisses et de bacon, l'autre de petits pains dorés. La vue de ce monceau de chair animale fit blêmir Andrea. Sans un mot, elle prit deux petits pains et s'éloigna en trébuchant un peu. Derrière elle, Martin hésitait.

— Le bacon est extra, lui glissa Cookie. C'est du vrai, bien maigre et goûteux, pas comme cette horreur sous emballage que vous achetez en ville.

Martin tendait la main vers la pince de service quand la voix d'Andrea s'éleva.

— Martin, qu'est-ce que tu fais ?

Ce dernier fit un petit bond en arrière.

— Rien, chérie. J'arrive.

Il prit trois petits pains et rejoignit sa femme.

Les enfants prirent tout ce qu'on leur proposait. Thad aussi se servit copieusement, mais C.J. ne voulut que du café. Eddie et Gladys firent semblant de se vexer des allusions égrillardes de Cookie et s'éloignèrent, une fois servies, le nez en l'air et l'air dédaigneux.

— Je veux être comme elles quand je serai vieille, murmura Maya, qui patientait derrière Zane.

Il lui lança un regard moqueur.

— Une couguar ?

— Mais non ! Tu vois très bien ce que je veux dire. Elles ne laissent pas leur âge leur dicter ce qu'elles peuvent ou ne peuvent pas faire, elles écoutent leurs envies, elles continuent à vivre à plein régime. Je me demande si elles se sentent un peu seules, par moments…

Cette nostalgie dans son regard… Autant qu'il ait pu s'en rendre compte, elle avait toujours rêvé de vivre un grand amour, tout en se gardant bien d'y succomber.

— Si tu te sens seule, trouve-toi un type bien et range-toi, lui conseilla-t-il.

— Mais bien sûr !

Contrariée, elle passa devant lui, tendit son assiette à Cookie en précisant par-dessus son épaule :

— Les hommes charmants et sensibles ne craquent pas pour les requins comme moi. Une productrice de télévision, c'est un grand prédateur !

— Tu ne veux pas d'un type sensible, intervint Cookie. Toi, il te faut un homme, un vrai.

— Ce ne sera pas toi, Cookie, répliqua-t-elle en retrouvant sa bonne humeur. Tu es trop viril pour moi, je ne tiendrais pas le choc.

— Là, tu peux compter sur moi ! s'exclama-t-il, enchanté.

Zane les écouta plaisanter en silence. Il n'était pas comme Maya, il ne cherchait pas l'amour avec un grand A. Il savait trop bien ce que l'amour, le grand, le vrai, faisait de vous. Il avait grandi auprès de parents qui s'aimaient totalement, exclusivement, et il s'était toujours senti de trop. L'amour, ce n'était pas le cadeau que l'on vous faisait miroiter dans les films à l'eau de rose. Au contraire, il vous isolait et parfois il vous détruisait. Enfant, il avait bien compris qu'il coûtait cher et ne vous donnait pas grand-chose en retour. Maintenant qu'il était adulte, il faisait tout pour l'éviter. Ce n'était pas aujourd'hui qu'il changerait d'approche.

# 12

Qu'il était beau, ce matin limpide ! songea Phoebe, un sourire aux lèvres. Une petite brise soulevait ses cheveux, les oiseaux chantaient à tue-tête. Bon, elle n'avait guère dormi — les effets secondaires des baisers et des caresses érotiques de Zane —, mais elle débordait d'énergie et de vitalité. Voilà pourquoi, quand Rocky dériva vers C. J., postée plus loin au flanc du troupeau, elle ne le rappela pas à l'ordre. C.J. n'était pas la personne la plus conviviale du groupe, mais ce matin elle se sentait bien disposée envers le monde entier.

Les deux cavalières avancèrent côte à côte pendant plusieurs minutes avant que Phoebe ne trouve une entrée en matière.

— Vous avez souvent emmené des enfants placés en vacances avec votre mari ?

— Non. C'est la première fois. Ce n'était pas notre idée. Le couple qui devait emmener Tommy et Lucy s'est désisté, suite à un décès dans la famille. Pour ne pas décevoir les enfants, nous avons accepté de les accompagner.

Phoebe hocha la tête. Les paroles étaient très bien, mais le ton la dérangeait un peu. C.J. serait donc ici par obligation, pas par choix ? Cette pensée assombrit légèrement sa bonne humeur.

— J'ai grandi dans des familles d'accueil, dit-elle. Mes parents sont morts quand j'avais sept ans. Comme je n'avais pas d'autre famille, je suis devenue une pupille de l'Etat.

C.J. tourna la tête vers elle.

— Personne ne vous a adoptée ?

— Ce n'était pas comme aujourd'hui, vous savez. Les couples

qui voulaient adopter n'avaient aucun moyen de rencontrer des enfants comme moi. La première année, j'étais encore sous le choc de la mort de mes parents. Si quelqu'un est venu me voir, je doute d'avoir fait une très bonne impression.

C.J. hocha la tête, le regard au loin.

— Nous avons vu des enfants comme cela, murmura-t-elle. Des regards d'une tristesse… Vous vous souvenez de votre famille ?

— Pas autant que je le voudrais. J'ai quelques souvenirs, quelques photos. Au bout d'un certain temps, les enfants que je rencontrais dans les différents foyers sont devenus ma famille.

— Vous pensiez beaucoup à être adoptée ?

— Quelquefois. On en parlait, entre enfants placés. Je savais que mes parents étaient morts, mais d'autres gosses avaient été abandonnés. Ceux-là s'inventaient des histoires sur le jour où leurs parents se rendraient compte de leur erreur, le jour où ils reviendraient les chercher. On disait tous qu'on s'en fichait mais, au fond de nous, on voulait tous faire partie d'une famille.

Elle sourit tristement à ses souvenirs et ajouta :

— Moi, je voulais une grande maison avec deux chiens et un chat qui dormiraient sur mon lit.

Il y avait aussi des parents, bien sûr, mais dans ses rêves ce n'étaient jamais que des silhouettes imprécises. Elle se sentait coupable d'y penser, comme si son envie d'amour la rendait déloyale envers ses parents morts. Elle écarta vivement ses souvenirs et enchaîna :

— Les bébés ne restaient jamais très longtemps, les tout-petits aussi étaient adoptés, assez souvent, mais les plus grands n'avaient aucune chance. Il paraît qu'aujourd'hui on organise des fêtes et des sorties pour que les parents et les enfants puissent faire connaissance ?

— Oui. Nous y sommes allés plusieurs fois, avec Thad, répondit C.J. en relevant ses lunettes de soleil sur son front. C'est très difficile, très tendu. Les enfants cherchent désespérément à faire bonne impression, et les adultes… Je ne sais pas comment les autres l'ont vécu mais, pour Thad et moi, c'était très étrange, comme si nous venions faire notre shopping… Nous avons rencontré Lucy et Tommy à une fête, il y a quelques semaines.

— Ils ont l'air gentils.

La bouche de C.J. se crispa.

— Ils ont quelques problèmes.

Normal. Personne ne sortait indemne du choc de perdre ses parents, pensa Phoebe. Ou de la vie que l'on menait en foyer ou en famille d'accueil. Une enfance comme celle-là laissait forcément des cicatrices. Mais elle ne dit rien. C.J. était assez intelligente pour l'avoir compris toute seule.

— Nous ne pouvons pas avoir d'enfants, reprit tout à coup cette dernière sans la regarder. Nous sommes stériles tous les deux. Quand j'ai su, je n'arrivais pas à le croire. Si le problème avait été seulement chez l'un, nous aurions pu essayer la PMA.

— Je suis désolée, murmura Phoebe.

Que dire d'autre ? Cela devait faire mal de ne pas pouvoir être mère. Se sentir à part et isolé, c'était difficile, elle en savait quelque chose. Au moins, C.J. avait Thad.

— Une fois que nous avons compris que nous n'aurions pas d'enfant par nous-mêmes, nous nous sommes lancés dans le processus d'adoption. C'est long, compliqué, mais nous en voyions le bout… Puis, deux jours avant de décrocher notre habilitation, on m'a diagnostiqué un cancer du sein. Résultat, nous avons aussitôt été rayés de la liste.

Elle se tut quelques instants, puis précisa amèrement :

— De *toutes* les listes, même sur les circuits parallèles ou privés. Aucune mère célibataire ne veut faire adopter son enfant par une cancéreuse. Alors nous nous sommes tournés vers l'international.

— Quel pays ?

— Le Kazakhstan. Nous devions avoir une petite fille de sept mois environ. Mais elle est tombée malade et ils n'ont pas voulu nous laisser venir la chercher. Penda,nt que nous patientions en attendant des nouvelles, un autre couple est allé chercher un autre enfant, qui s'est révélé être le frère de notre petite fille. L'agence leur a permis de prendre les deux. Puis le directeur a été inculpé pour une histoire de pots-de-vin. La déception a été terrible.

Elle haussa les épaules comme pour dire que cela n'avait plus d'importance, mais Phoebe vit clairement que rien ne comptait davantage pour elle. D'un ton plus léger, C.J. conclut :

— Avec Thad, nous avons décidé que cette fois le message était clair : nous ne sommes tout simplement pas destinés à avoir des enfants. Nous sommes très heureux ensemble et cela va devoir nous suffire.

Une affirmation peu convaincante ! Phoebe eut envie de lui faire remarquer que Lucy et Tommy étaient là, à portée de main, adoptables. Ou, si son mari et elle ne voulaient pas d'eux, des centaines d'autres enfants mouraient d'envie d'appartenir à une famille. Elle ne dit rien. C.J. le savait aussi bien qu'elle. Sans doute faisait-elle partie de ces femmes qui pensent ne pouvoir créer un lien qu'avec un bébé ou un enfant très jeune.

— Après tout cela, c'était gentil à vous d'accepter de vous occuper de Tommy et Lucy pendant une semaine, murmura-t-elle.

C.J. secoua la tête.

— Je ne voulais pas le faire.

Elle eut un rire assez dur et lança :

— Je parle comme une garce, non ? Tant pis, c'est la vérité. Thad m'a demandé de venir, et maintenant que nous sommes là…

Elle glissa un regard vers elle et continua avec la même franchise brutale :

— … je me dis que nous faisons une bonne action, que c'est une bonne chose, mais je ne peux pas m'empêcher d'être en colère. Tout a été trop injuste.

Phoebe se retint de justesse de répliquer que tout avait été encore plus injuste pour ces deux enfants qui n'avaient pas demandé à se retrouver orphelins, pas demandé à être seuls. Une mosaïque de souvenirs s'afficha dans sa tête, ceux de ses anniversaires. Après la mort de ses parents, c'était toujours le jour le pire de toute l'année. Il y avait une fête, bien sûr, un gâteau, quelques cadeaux, mais personne ne la serrait dans ses bras, personne ne lui parlait d'avenir, personne ne l'aimait vraiment. Il n'y avait pas de cartes ou de colis des grands-parents, pas d'invitations chez des oncles ou des tantes. Aucun grand cousin pour la taquiner, aucun petit frère pour se jeter dans ses jambes. Pas de famille du tout. Et aujourd'hui cela n'avait pas changé.

Plus tard dans la matinée, Phoebe se retrouva à chevaucher auprès de Zane. Comment était-ce arrivé ? Elle n'était pas très claire sur ce point. Après l'arrêt toilettes, elle avait peut-être poussé Rocky plus ou moins dans sa direction ? De cette façon, au moment du départ, Rocky s'était mis à suivre Tango. Elle n'avait pas été très sûre que son plan marcherait et, maintenant qu'elle rebondissait sur sa selle près de lui, elle ne savait pas très bien quoi lui dire.

La journée était toujours aussi belle, avec un ciel d'un bleu transparent et une fraîcheur piquante au fond de l'air. Elle respirait avec bonheur les odeurs de sève et de bétail, et son derrière endolori ne la dérangeait pas suffisamment pour gâcher son plaisir. Près de Zane, elle retrouvait ses seize ans, la folle exaltation d'apprendre qu'elle serait dans le même groupe de travail que le garçon pour qui elle craquait. La journée éclatait littéralement de possibilités les plus exaltantes !

Pensait-il à leurs baisers ? Les revivait-il sans cesse, comme elle ? Impossible de lui poser la question. Il se montrait peut-être un peu plus accessible que lors de leur première rencontre, mais tout de même pas franchement expansif. Et, même s'il l'avait été, elle se voyait mal l'aborder en lançant : « Dis donc, ces baisers ! C'était assez stupéfiant, non ? »

Stupéfiant, c'était pourtant le mot. Erotique, follement excitant... Quand elle embrassait Zane, elle n'avait pas seulement envie de lui faire l'amour — même si cette éventualité l'interpellait de plus en plus. Elle voulait le connaître en profondeur, découvrir l'homme derrière le beau visage impassible. Qui était Zane Nicholson, quels étaient ses rêves, ses projets ? Qu'est-ce qui le rendait heureux, ou triste ? Avait-il déjà été amoureux ? Eu le cœur brisé ? Avait-il...

Réflexion faite, elle ne voulait rien savoir des femmes qu'il avait pu aimer ! Elle soupçonnait que, comparée à elles, elle serait assez insignifiante. Enfin, ce n'était pas comme si elle voulait qu'il tombe amoureux d'elle ! Elle le connaissait à peine ! Pourtant, quelque chose chez lui, un certain je-ne-sais-quoi, la poussait à…

— Vous… tu es bien silencieuse, dit-il.

Elle sursauta un peu. Jusqu'à ce qu'il lui adresse la parole, elle n'avait même pas été sûre qu'il sache qu'elle était à côté de lui. Rocky n'eut pas l'air d'apprécier le sursaut ; il tourna même la tête pour lui lancer un regard de reproche. Elle lui flatta l'encolure pour s'excuser et chercha comment répondre à Zane.

— Je ne voulais pas t'interrompre, au cas où tu réfléchissais à quelque chose d'important, dit-elle.

A *eux*, par exemple. A ce qui s'était passé la veille au soir. A ses mains sur ses fesses nues, ses doigts entre ses cuisses…

Un frémissement se lova dans son ventre.

— Tu passes un bon moment ? s'enquit-il.

Pendant quelques secondes d'horreur absolue, elle crut avoir exprimé ses pensées à haute voix. Elle rougit brutalement, baissa la tête et l'entendit préciser :

— Tu disais n'être jamais montée à cheval. Cela te plaît ?

Le soulagement se glissa en elle comme une pluie fraîche et vivifiante. Passait-elle un bon moment *dans cette transhumance* ? Oh ! Mais bien sûr ! Elle inspira à fond et répondit :

— Oui. Rocky est très patient avec moi. Il lui arrive de me jeter un regard agacé quand je fais quelque chose de travers, mais en dehors de cela nous nous entendons très bien.

Elle osa enfin se tourner vers Zane. Il la toisait, l'air de ne rien comprendre à ses paroles.

— Tango et toi, vous ne vous entendez pas ? demanda-t-elle.

— Si. Nous sommes de grands amis.

Sans doute y avait-il une note un peu sarcastique dans sa réponse, mais elle choisit de l'ignorer et posa la question qui l'inquiétait depuis le matin :

— Le bétail va bien ? Ce n'est pas mauvais pour eux de marcher autant chaque jour ?

— Tu penses que nous devrions leur fournir des chevaux, à eux aussi ?

Cette fois, c'était clair : il se fichait d'elle. Avec une certaine raideur, elle répliqua :

— Je ne sais pas. C'est toi l'expert.

— Ils vont bien. Tant que nous ne forçons pas l'allure, ils vont même engraisser pendant le trajet. La pâture est riche, par ici.

Il lui lança un sourire et conclut :

— Ne te fais aucun souci pour eux, ils traversent un restaurant quatre étoiles.

Ce sourire... Le cœur de Phoebe fit un petit bond. Quand Zane souriait, ses yeux se plissaient, une lueur chaleureuse s'allumait, son visage se détendait...

— Ils ont des noms ? fit-elle soudain.

Mentalement, elle lui tira son chapeau. Manifestement, la question était ridicule, mais son sourire avait à peine vacillé.

— Juste Manny. C'est le bœuf de tête.

— Celui qui a la cloche ?

— Oui. Chaque tête de bétail a sa place dans le troupeau. Il y a cent vingt ans, nous les aurions emmenés du Texas au Kansas, et ils auraient fait tout le trajet en formation. Si un bœuf est malade ou blessé, il se met à l'arrière jusqu'à ce qu'il se sente mieux, puis il reprend sa position.

— Manny a toujours été le chef ?

— Je dirais que oui. Je l'emmène chaque fois que je déplace des bêtes. Il est très calme et il n'a pas peur de traverser les rivières.

— Nous avons un peu fait connaissance. Je l'ai trouvé très sympathique.

Zane tira son chapeau sur ses yeux en marmonnant quelque chose qu'elle ne saisit pas. C'était peut-être : « Tu trouverais un arbre sympathique. » Dans le doute, elle ne lui demanda pas de répéter.

— Manny est plutôt apprivoisé, reprit-il, mais fais attention avec les autres bêtes. N'oublie pas ce qui t'est arrivé avec les chèvres.

Elle pensa d'abord au baiser devant l'enclos... mais ce n'était pas logique. Il devait parler d'autre chose. Oui, bien sûr ! Un chevreau l'avait mordue.

— Les bœufs ont des dents impressionnantes, dit-elle. Manny me mordrait ?

— Non.

— Alors je ne parlerai qu'à lui.

— Ce serait plus prudent, en effet.

Se moquait-il d'elle ? Elle risqua un nouveau regard vers lui et surprit sa grimace. Déconcertée, elle demanda :

— Tu ne veux pas que je parle à Manny ?

— Franchement, je me fiche de savoir à qui tu parles.

— Tu penses que je suis folle.

Les magnifiques yeux bleu sombre de Zane se plissèrent. Il souriait de nouveau !

— Folle, je n'irais pas jusque-là.

— J'aime les animaux. Je n'en ai pas chez moi, alors je suis contente de côtoyer ceux des autres.

— Les bœufs ne pas des animaux de compagnie.

— Je comprends cela. Ce serait difficile de dresser Manny à ne pas faire de saletés dans la maison, et je n'aurais aucune envie de nettoyer après lui.

Elle changea de position sur sa selle. Ils venaient d'émerger des arbres et se trouvaient pour la première fois devant un panorama entièrement dégagé. Le ciel s'étirait à l'infini, les prairies aussi. De petits bouquets d'arbres offraient des poches d'ombre.

— Ce n'est pas *du tout* comme à Los Angeles, murmura-t-elle, éblouie.

— C'est là que tu as grandi, ou tu t'y es installée une fois adulte ?

Elle émergea de sa contemplation.

— J'y suis née, j'y ai grandi. Pour moi, une promenade dans la nature, c'est une journée à la plage ou une balade au Griffith Park.

Elle lui jeta un regard et observa :

— Tu ne me fais pas l'effet d'un homme qui serait très à l'aise en ville.

— J'aime bien y aller en visite, mais au bout de quelques jours le bruit et l'agitation me fatiguent.

— J'aime bien l'animation d'une grande ville, mais je vois aussi comment on peut être fou de ces montagnes.

Elle inspira l'air fabuleusement pur et ajouta :

— Pas de pollution, et la télé satellite. Une combinaison gagnante !

— Il y a aussi les petits pains de Cookie.

— Ils étaient assez fabuleux, oui, convint-elle en riant. S'il décidait d'ouvrir un restaurant, il ferait fortune.

— Cookie n'aime pas trop les foules.

Elle pensa à ses compliments machistes et à sa réaction si on refusait l'un de ses plats.

— D'accord, il n'a peut-être pas le tempérament, il ferait même fuir les clients, mais j'aime bien sa cuisine.

Le troupeau se dirigeait à son tour vers les hautes herbes de l'alpage. Tout en maintenant leur formation, les bœufs se mirent à brouter en s'écartant progressivement les uns des autres. Au loin, entre deux petites collines, Phoebe repéra un animal… qui lui sembla un peu grand pour une vache.

— C'est un… *éléphant* ? demanda-t-elle, abasourdie.

Zane suivit son regard et hocha la tête.

— Oui. C'est Priscilla. Elle vit au Castle Ranch.

— Ils élèvent des éléphants ?

— Non, répondit-il avec un petit rire. Ils ont sauvé Priscilla. Tu vois le petit point à sa droite ? C'est son poney.

— L'éléphant a son poney de compagnie ?

— Fool's Gold est un endroit assez bizarre.

*Bizarre et merveilleux*, pensa-t-elle. Comme ce devait être agréable de vivre dans un lieu où les habitants trouvaient normal de sauver un éléphant, et où l'on traitait les inconnus comme des amis en puissance !

— Maya dit que tu fais une transhumance chaque année, reprit-elle. Tu suis toujours le même trajet ?

Cette fois encore, il tira son chapeau sur ses yeux.

— Non. Habituellement, j'emmène une centaine de têtes vers le nord. Le trajet prend deux semaines environ. Nous n'avions pas le temps, cette fois, alors nous faisons une boucle.

— Et une fois que le troupeau est arrivé à destination ? Ce sont leurs vacances d'été ?

— Pas exactement, non. Début septembre, je les rassemble et je les vends.

Elle grimaça. Elle ne voulait pas penser à la destination finale des bœufs vendus. Son estomac se contracta, et elle pria de tout son cœur pour que Cookie ne serve pas de hamburgers aujourd'hui.

— Ton père faisait la même chose ? C'est une tradition familiale ?

— Il envoyait le bétail vers le nord, mais il ne les menait pas en personne. Mon grand-père le faisait, de son temps, son père aussi. Cinq générations d'éleveurs.

Elle le contempla avec admiration. *Cinq* générations !

— La maison n'est pas si vieille, pourtant, fit-elle remarquer.

— Non, elle date des années 1960. La maison d'origine a été démolie.

— C'est dommage. On abat trop de vieux bâtiments pour construire du neuf. A Los Angeles, si une maison date des années 1930, c'est une antiquité.

Dans un véritable élan du cœur, elle ajouta :

— Ce doit être quelque chose d'avoir des racines aussi profondes.

— Je ne connais rien d'autre.

Quel effet cela faisait-il d'appartenir à un lieu depuis aussi longtemps ? De faire partie de son histoire et de savoir que, vraisemblablement, sa famille y serait encore dans un siècle ?

— Et ta famille à toi ? s'enquit-il.

— Je n'en ai pas. Mes parents sont morts, ils étaient tous deux des enfants uniques qui avaient perdu leurs parents depuis longtemps. Si j'ai de la famille éloignée, je ne l'ai jamais trouvée. Il n'y a que moi.

Elle ne prenait jamais un ton plaintif en exposant sa situation. Sa vie était comme cela.

Zane ne fit aucun commentaire, mais laissa passer quelques secondes avant de demander :

— Tu dis que tu vends des maisons ?

— Oui, et j'adore ça. C'est très satisfaisant de trouver la maison idéale pour un client.

— Et ta maison à toi ?

— Je loue un appartement.

— Pourquoi ?

Une question toute simple, mais elle ne sut que répondre. Pourquoi, en fait ? Il y avait l'aspect financier, bien sûr ; le marché immobilier de Los Angeles n'était pas pour les revenus modestes. Elle se débrouillait correctement dans son travail, mais elle ne jouait pas dans la cour des grands, c'est-à-dire celle des millionnaires qui vous garantissaient des commissions à six chiffres.

Il y avait aussi son éternel sentiment de ne pas *mériter.* Dans ses foyers d'accueil, on s'attendait à ce qu'elle justifie sa présence en donnant un coup de main avec les enfants plus jeunes, par exemple. Elle ne pouvait pas, comme les enfants de la famille, sentir qu'elle était là de plein droit. A moins que ce ne soit juste sa façon d'être ? Six mois de thérapie, trois ans auparavant, n'avaient fait qu'augmenter sa confusion.

— Je joue les sauveurs, avoua-t-elle.

Zane haussa les sourcils.

— C'est la raison pour laquelle tu vis en appartement ?

— Plus ou moins. Je trouve des maisons formidables pour les autres, jamais pour moi. Je ne sais pas pourquoi, j'ai peut-être peur de m'installer. Ou j'attends quelque chose...

Le mariage, par exemple ? Mais cela, elle ne pouvait pas le dire à Zane. Un peu confusément, elle enchaîna :

— Je sauve des gens, quelquefois des chiens mais, depuis que je me suis fait mordre, j'ai laissé tomber, pour les chiens...

— Quel genre de gens ?

— Tous ceux qui ont besoin de quelque chose. Par exemple, il y a eu une dame sans abri qui avait été heurtée par une voiture. Personne ne s'arrêtait, alors je l'ai emmenée à l'hôpital. Quelquefois, je trouve des fugueurs, ou des femmes battues qui essaient d'échapper à leur mari.

— Tu les *trouves* ? Mais comment ?

— Je ne sais pas. Ce sont peut-être eux qui me trouvent. Maya dit que c'est écrit sur ma figure, ou que j'ai une grande cible dessinée dans le dos. Moi, je préfère croire que je suis une bonne personne qui fait ce que tout le monde devrait faire. C'est juste que quelquefois cela ne se passe pas très bien.

— Tu veux dire qu'ils te soutirent de l'argent ?

— Par exemple. Il y a aussi eu la fois où j'ai recruté une stagiaire, une fille qui sortait du réseau des familles d'accueil. On ne pouvait plus rien lui proposer parce qu'elle avait atteint ses dix-huit ans. Elle n'avait pas d'autre solution, pas d'hébergement, elle ne pouvait pas se payer d'études. J'ai voulu lui donner une première expérience professionnelle, puis lui chercher des financements pour une formation dans l'immobilier. Un jour, je suis rentrée tôt du travail et je l'ai trouvée au lit avec mon petit ami. Et ensuite il y a eu cette histoire avec ma chef…

Zane hésita comme s'il n'avait pas vraiment envie de savoir, mais lâcha tout de même :

— Quelle histoire ?

Elle lui raconta son problème avec April, comment elle avait cru aller en prison, l'enquête du Bureau de l'Immobilier.

— Il faudrait que j'arrête de vouloir sauver le monde entier, conclut-elle dans un soupir. Mais ce n'est pas une habitude facile à perdre. C'est pour cela que je suis là, en fait. J'avais besoin de me changer les idées.

Ici, dans ce paysage immense, elle se sentait très loin de ses problèmes et même de l'angoisse de perdre sa licence. Sauf que le fait d'évoquer cette éventualité venait de réveiller le monstre. Elle adorait son travail. Elle ne voulait même pas penser à ce qu'elle deviendrait sans lui.

— Et toi, qui te sauve ? fit Zane.

Surprise, elle se tourna vers lui. Elle dut tirer sur les rênes, machinalement, car Rocky s'immobilisa. A son tour, Zane stoppa Tango.

— Je n'ai pas besoin d'être sauvée, dit-elle très vite.

Elle ne pouvait pas se le permettre. Que l'on ait besoin d'elle, c'était rassurant. Mais elle, avoir besoin des autres ? Ce serait une catastrophe, car alors elle serait vulnérable. La souffrance de ne jamais rien demander lui semblait beaucoup plus supportable que le risque de se voir rejeter !

— Tout le monde a besoin d'être soutenu, un jour ou l'autre, dit-il.

— Toi aussi ?

— Non. Moi, je suis l'exception.

Elle aurait voulu dire que, elle aussi, elle était l'exception, mais en fait elle ne se sentait pas si forte que ça… Il lui arrivait d'éprouver une énorme envie de déposer le fardeau, abandonner les responsabilités et les soucis à quelqu'un d'autre. Pas complètement, pas pour toujours. Juste le temps de reprendre son souffle. Elle avait toujours pensé que ce serait le sens d'un vrai mariage : quelquefois, ce serait elle qui endosserait la charge, quelquefois son mari ; le plus souvent, ils la partageraient.

Si Maya l'entendait parler comme cela, elle se moquerait de ce qu'elle appelait son incurable romantisme ! Elle lui rappellerait que la vie n'est pas aussi simple. Mais pourquoi ne le serait-elle pas ?

Zane remit son cheval en marche. Docile, Rocky lui emboîta le pas.

— Si tu travailles dans l'immobilier à Los Angeles, tu dois avoir des stars du rock ou du cinéma, parmi tes clients ?

Elle se mit à rire.

— Pas exactement, non ! Je suis la spécialiste des premiers investissements. Mon problème, c'est que je suis basée dans une agence de Beverly Hills, alors trouver le bon achat au juste prix, tu imagines le casse-tête.

— Tu es à Beverly Hills et tu cherches des maisons à bas prix ?

Elle fit la grimace.

— Tu parles comme Maya ! J'aime travailler avec des clients qui ont vraiment besoin d'un foyer. Je ne suis pas du genre à chercher à fréquenter les stars. Mais, maintenant que j'y pense, j'ai tout de même travaillé pour Jonny Blaze. Tu sais bien, l'acteur de films d'action.

— Je vois qui il est, oui.

— D'accord. Eh bien, il est très gentil, et pas du tout effrayant comme dans ses films.

— Vous parlez cinéma ?

Chase venait de les rejoindre.

— Oui, enfin, de Jonny Blaze, répondit-elle. Zane me demandait si je connaissais des stars, et il est le seul.

Les yeux de Chase s'arrondirent.

— Tu connais Jonny Blaze ? C'est dément ! Il était monstrueux, dans son dernier film. Il est comment ? Il avait une bande de groupies accrochées à lui ? Il est venu à Fool's Gold l'an dernier pour un tournoi de golf, mais je travaillais ce week-end-là, je n'ai pas pu le voir.

Il jeta un regard de rancune à Zane, mais enchaîna aussitôt :

— C'est vrai qu'il est tout petit ? J'ai lu quelque part qu'en vrai les stars de films d'action sont tous petits et moches.

Phoebe éclata de rire.

— Il fait plus de six pieds ! Je le sais parce qu'il m'a tapoté la tête en me disant que je lui rappelais sa petite sœur.

— Jonny Blaze ! Tu pourrais m'avoir son autographe ?

Elle ouvrait la bouche pour répondre quand Zane intervint :

— Il y a une raison pour laquelle tu n'es pas en queue de troupeau, à ta place ?

La froideur de sa voix effaça net l'animation joyeuse qui brillait sur le visage de Chase. Tout aussi froidement, ce dernier répliqua :

— Cookie m'a envoyé te dire qu'il veut s'arrêter pour préparer le déjeuner.

Sans attendre de réponse, il fit volter son cheval et s'éloigna au petit galop.

Phoebe le suivit des yeux, puis se retourna vers Zane. Il soutint son regard en lâchant :

— Tu penses que je suis trop dur avec lui.

— Je pense surtout que tu as du mal à trouver l'équilibre entre être son père et être son frère. Il ne te facilite pas la tâche, mais au moins vous n'êtes pas seuls, tous les deux. Chacun des deux sait que l'autre est là pour lui. Moi, quand j'étais petite, j'aurais donné n'importe quoi pour représenter quelque chose pour quelqu'un. Tu pourrais traiter Chase de tous les noms, il saurait toujours, au fond, que tu l'aimes. Ce n'est pas rien.

# 13

Après le déjeuner, Zane se remit en selle et s'éloigna vers l'ouest. Parvenu à un cercle de pierres près d'un bosquet, il vérifia sa montre, mit pied à terre et s'assit sur un tronc pour patienter. Dix minutes plus tard, il entendit le vrombissement d'un moteur. Le bruit s'amplifia, le véhicule parut. C'était un quad, qui s'immobilisa juste devant lui. Frank retira son casque avec un large sourire.

— Salut, patron, dit-il en coupant son moteur. Tout va bien jusqu'ici ?

— Tu tiens vraiment à le savoir ? répliqua Zane en le rejoignant.

— Pas vraiment, non. Tu n'as pas encore eu à appeler l'ambulance, c'est toujours ça de pris.

— Exactement. Tout va bien, au ranch ?

— Oh ! Du velours ! Tim s'est cassé un doigt, l'une des chèvres a réussi à crever la clôture, et nous avons deux visites d'acheteurs la semaine prochaine. La routine, quoi.

Zane souleva la bâche de la remorque fixée derrière le quad. Elle contenait une batterie de glacières. Il ouvrit la première et trouva de la viande, des œufs, du beurre. La deuxième contenait du lait, du soda et de l'eau de source, la troisième des sachets de glaçons. Il y avait aussi deux cartons de légumes et fruits frais et des granulés pour les chevaux.

— Je vois que tu as pensé à tout, fit-il remarquer. Viens, je te guide jusqu'au campement. J'ai envoyé Chase et les touristes en avant avec le troupeau. Cookie et toi, vous pourrez charger les provisions pendant que je les rattrape.

— Ça marche. Cookie dit qu'il lui faudra une autre livraison dans deux jours.

Zane regarda le ciel en plissant les yeux. Dans deux jours, ils auraient terminé la première boucle de leur parcours et seraient assez proches du ranch.

— Je te téléphonerai la veille au soir pour te dire où me rejoindre.

Il avait opté pour un circuit en forme de 8, de façon à ce que, à part une nuit près de la rivière, ils se trouvent toujours à portée d'un relais de téléphonie. Avec un peu de chance, aucun problème ne se présenterait pendant les moments où ils perdraient le contact avec le ranch.

Il remonta en selle et rebroussa chemin, suivi de Frank sur son quad. Dès qu'ils pénétrèrent dans le campement, Cookie sauta à bas du chariot et fonça droit sur la remorque.

— Tu m'as apporté des fraises ? J'ai envie de faire une charlotte aux fraises. Je t'avais demandé de la crème fraîche épaisse, tu y as pensé ? Je parie que tu n'as pas noté ce que je te disais.

— Cookie ! protesta Frank en riant. J'ai tout noté deux fois, pour être bien sûr de ne rien oublier. Tout est là ! Commence par vérifier le chargement avant de te mettre à râler !

Plongé dans les différents cartons et glacières, Cookie grommelait tout bas sans l'écouter.

— Je vous laisse régler ça entre vous, dit Zane en faisant pivoter Tango. Cookie, tu sais où nous devons camper ce soir. Je vais continuer sur le chemin le plus long avec le troupeau. Même en prenant ton temps pour charger les provisions, tu devrais arriver avant nous. Tu n'auras qu'à faire un beau feu de camp pour nous accueillir. Frank, à dans deux jours. Surtout, s'il y a un problème au ranch, tiens-moi au courant.

— Pas de souci, patron, tout ira bien. Inquiète-toi seulement de tes macadam cow-boys !

Sans répondre au sourire hilare de son contremaître, Zane hocha la tête et mit son cheval au petit galop. Si Frank jugeait la situation si comique, il devrait prendre sa place pendant quelques jours. On verrait s'il aurait toujours autant d'humour ! En même temps, il ne pouvait pas lui en vouloir : à sa place, il se serait tenu les côtes. Cinquante têtes de bétail et dix touristes, à quoi pensait-il en se lançant dans cette guignolade !

Quoi qu'il en soit, jusqu'ici, aucun vrai problème. A part Phoebe, bien sûr, qui représentait un sérieux casse-tête. Un casse-tête bien tourné, délicieusement parfumé et sexy en diable avec ses grands yeux, ses jambes fabuleuses, et ce derrière qui se nichait parfaitement dans ses mains… Avoir envie d'elle, c'était une chose, mais il commençait à la trouver de plus en plus adorable. Et cela ne tenait pas debout. Elle n'était qu'une tête de linotte qui s'extasiait sur la moindre brindille ! Si on la laissait en tête à tête avec un caillou, elle arriverait encore à créer un lien. Elle ne savait pas faire la différence entre un sumac vénéneux et un chèvrefeuille. Ils n'avaient rien, mais vraiment rien en commun, faisaient à peine partie de la même espèce. Mais elle lui plaisait.

Pas seulement son corps, son parfum, ou la façon dont ses yeux s'assombrissaient quand il l'embrassait. Il aimait sa façon de dire franchement ce qu'elle pensait, même si c'était absurde. Sa façon de se préoccuper des autres. Elle avait le cœur si tendre qu'il aurait dû la tenir pour stupide. En fait, elle lui semblait juste… sincère.

— Ouais, marmonna-t-il tout bas. Une victime-née.

Mais il le disait sans conviction aucune. Elle avait cerné son problème avec Chase au premier coup d'œil. Il ferait n'importe quoi pour épargner à son petit frère ce vide qu'il voyait, lui, quand il pensait à sa vie. En tant que père de remplacement, il tenait à ce que Chase fasse les bons choix. En tant que frère, il voulait qu'il ait confiance en lui et qu'il se sente à la hauteur. Qu'il sache qu'il comptait, qu'il était important. Avait-il réussi sur un seul de ces points ? Rageur, il secoua la tête.

— Tu crois que Cookie me donnerait des glaçons à mettre dans un seau ? demanda C.J. en achevant d'étriller son cheval. Je crois bien que j'aimerais m'asseoir dans de l'eau glacée pendant une heure ou deux.

Thad se mit à rire en l'attirant tendrement contre lui.

— Il fera tout ce que tu lui demandes si seulement tu lui promets de manger de la viande.

— Andrea ne s'est pas fait un ami pour la vie, fit-elle remarquer en riant. Bon, je comprends sa démarche, mais ils auraient dû s'assurer qu'ils pourraient avoir des repas végétariens *avant* de s'inscrire, non ? Si le but du séjour est de mener du bétail, on s'attend clairement à se retrouver dans un milieu de mangeurs de viande !

Il posa un baiser sur ses cheveux.

— Elle n'a pas dû lire tout le dépliant. Martin est sympathique. Tu sais quoi ? Je l'ai vu prendre un morceau de bacon en cachette, ce matin, pendant qu'Andrea avait le dos tourné.

— Il se rebelle ? Bravo ! Je ne vois pas pourquoi il la laisse tout décider pour lui.

— Les hommes font des choses bêtes pour la femme qu'ils aiment.

— Ah ? Quelles bêtises as-tu faites pour moi, dernièrement ?

Il agita les sourcils d'un air équivoque.

— Je veux bien en faire quelques-unes cette nuit…

— Dans une tente ? s'écria-t-elle, feignant d'être choquée.

— Dans une tente ou ailleurs, c'est toi qui décides.

Il se pencha vers elle et ajouta tout bas :

— Et si je commençais par masser tes courbatures ?

— Si tu fais ça, je suis à toi pour la vie !

Ils revenaient vers les autres quand la voix stridente d'Andrea troubla la quiétude de ce début de soirée. C.J. fit la grimace.

— Je me demande de quoi elle se plaint cette fois. Je me ficherais qu'elle soit végétarienne, si seulement elle n'était pas aussi intégriste. Figure-toi qu'elle m'a dit que si j'avais mes règles je devais le lui dire, parce qu'elle a apporté des tampons spéciaux. Je ne sais même plus s'ils étaient biologiques, ou non javellisés, ou fabriqués à partir de papier recyclé…

— Elle doit être assez malheureuse, dans le fond. Elle devrait s'inspirer d'Eddie et Gladys. Ces deux-là savent vivre.

Le commentaire eut le don de hérisser C.J. Oui, les deux vieilles dames semblaient extraordinairement heureuses et bien dans leur peau, mais elles avaient juste eu de la chance. C'est facile de jouer les enfants terribles du troisième âge si on n'a rencontré aucun écueil particulier dans sa vie !

— Thad ! Regarde ce qu'on a trouvé !

A l'appel de Tommy, C.J. se raidit encore plus. Les deux enfants jaillirent des arbres qui bordaient la clairière, le garçon en tête, qui tenait quelque chose à la main et courait vers eux. C.J. ouvrit la bouche pour lui crier de ralentir… et ne dit rien. Elle voulait juste qu'il se montre un peu prudent, mais chaque fois qu'elle faisait un commentaire de ce genre les deux enfants la regardaient comme si elle était la pire marâtre de tout l'univers. Pire encore, elle était à peu près sûre qu'ils avaient raison…

Tommy bondit comme un cabri par-dessus une branche morte, mais tout se gâta à l'atterrissage. Son pied dérapa de côté, il ouvrit brusquement les bras — si brusquement que ce qu'il tenait s'envola — et tomba brutalement en avant. C.J. fit la grimace en le voyant se redresser péniblement, le genou maculé de sang et de terre. Thad et elle se précipitèrent. Thad arriva le premier et attira Tommy contre lui.

— Joli vol plané, dit-il d'une voix calme et réconfortante. Mais ça a dû faire mal. Voyons ce que tu t'es fait.

Avec une grimace, Tommy lui montra sa jambe. C.J. s'accroupit à son tour pour examiner la vilaine écorchure.

— Il va nous falloir la pharmacie, dit-elle. Je crois que Cookie en a une.

— Ça va ? cria Lucy en arrivant à son tour, hors d'haleine.

Son frère fit oui de la tête sans desserrer les dents. C.J. comprit qu'il faisait un gros effort pour ne pas pleurer et envisagea de lui dire que personne n'aurait une mauvaise opinion de lui s'il se laissait aller. Seulement, elle ne voyait pas comment formuler cela sans avoir l'air condescendante. Mieux valait agir que parler. Elle annonça qu'elle allait chercher de quoi soigner Tommy et se dirigea vers le campement.

Très concentré, Cookie enduisait des blancs de poulet de sauce barbecue. En quelques mots, elle lui expliqua son problème, et aussitôt il grimpa dans son chariot, où elle l'entendit fourrager pendant plusieurs minutes. Enfin, il reparut avec une trousse rebondie qu'il lui tendit.

— Dites au gosse que nous avons une charlotte aux fraises pour le dessert.

Cette nouvelle suffirait-elle à apaiser la douleur de Tommy ? Cela valait la peine d'essayer. En tout cas, la perspective du dessert occuperait ses pensées pendant qu'ils nettoieraient la plaie. Y aurait-il dans la trousse à pharmacie un produit qui ne piquait pas trop ? Il faudrait…

Elle s'arrêta net. Thad et elle avaient laissé leurs sacoches de selle en tas en arrivant tout à l'heure, et Lucy était accroupie près de leurs bagages. Elle avait ouvert les rabats et fouillait rapidement le contenu…

— Je le *savais*, murmura C.J. d'une voix blanche. Ils nous ont volés à la fête, et voilà qu'elle recommence.

Hors d'elle, elle marcha droit sur Lucy.

— Tu fais quoi, là ? Ne touche pas à nos affaires !

La fillette se retourna d'un bond, puis sauta sur ses pieds en serrant ses mains dans son dos.

— Je n'ai rien fait.

— Mais bien sûr !

Les yeux sombres de Lucy lancèrent un éclair de défi.

— Je cherchais juste un pansement, pour le genou de mon frère. Il saigne.

— Je t'interdis de me mentir. Tu m'as entendue dire que j'allais chercher la pharmacie. Les pansements, je m'en occupe.

La rage s'enflait en elle, si violente qu'elle en tremblait. Comment avait-elle pu laisser Thad la convaincre de faire ce voyage ? Pour offrir des vacances à ces petits ingrats, ces petits voleurs ! Ils étaient nés malhonnêtes, ils deviendraient des criminels en grandissant.

— Tu étais partie depuis longtemps, protesta faiblement Lucy.

Ses lèvres tremblaient. Méprisante, C.J. lâcha :

— Alors tu as décidé de prendre la situation en main et de fouiller nos sacoches, c'est ça ? Je regrette, nous n'avons pas apporté d'argent. Je me doutais que si nous en avions tu essaierais de le prendre.

— Je ne ferais pas ça. Je…

Lucy reprit son souffle, puis lança :

— Tu es méchante !

Elle tourna les talons et partit en courant.

Hors d'elle, C.J. jura tout bas. Elle voulait rentrer. Elle voulait n'être jamais venue faire ce séjour ridicule. Comment avait-elle pu se laisser piéger ici, loin de toute civilisation, entre des enfants voleurs et des végétariens fondamentalistes ? Mais, en attendant, l'autre petit escroc s'était fait mal. Elle se hâta vers la lisière du camp et aperçut Thad assis par terre, Tommy dans ses bras. L'air vraiment très à l'aise, pensa-t-elle avec rancune. Chase arriva et lui prit la trousse.

— Vous n'avez qu'à lui tenir la main, proposa-t-il. Je m'occupe de nettoyer son genou.

Elle recula d'un pas. Elle ne saurait pas réconforter un enfant qui avait mal. Cela ne marcherait jamais. Son seul espoir aurait été d'avoir son propre enfant, ou d'adopter un bébé. Là, en ayant le temps pour elle, elle aurait bien fini par comprendre le mode d'emploi. Un enfant qui l'aurait toujours connue l'aimerait telle qu'elle était, il comprendrait qu'elle voulait son bonheur, même si elle ne trouvait pas toujours les mots.

Pour achever de la déstabiliser, les deux inséparables vieilles dames fondirent sur leur groupe.

— Il s'est passé quelque chose ? demanda Gladys. Oh ! Le pauvre chéri. Tu es tombé, Tommy ? Tu es très courageux !

— Que vas-tu mettre sur la plaie, Chase ? intervint Eddie. Tu as de l'eau oxygénée ? Ça pique moins, et puis ça fait des bulles. Tommy va bien aimer, hein, Tommy ? Quand ça mousse, c'est comme s'il y avait une bataille sur ton genou contre les microbes. Et les microbes perdent toujours !

— Pourquoi ? bredouilla Tommy.

— J'en ai vu, des batailles sur les genoux, confia-t-elle en s'accroupissant près de lui avec une souplesse surprenante pour une dame de son âge. Josh, mon patron, fait tout le temps des chutes de vélo, et je n'ai encore jamais vu les microbes avoir le dessus.

C.J. recula d'un pas, puis d'un autre. Personne ne la regardait. Elle vit volte-face et s'éloigna d'un pas vif vers le petit ruisseau près duquel ils avaient monté leur campement. En la voyant, on aurait pu imaginer qu'elle fuyait. Un peu plus loin, elle avisa une roche plate et s'assit en croisant les bras sur sa poitrine. Elle se sentait déchirée à l'intérieur, ses yeux la brûlaient comme si elle allait pleurer.

C'était le stress, décida-t-elle. Rien de plus. Ces prétendues vacances n'avaient rien de reposant, et puis elle ne dormait pas très bien, sous la tente. En rentrant, elle prendrait un ou deux jours pour décompresser et elle retrouverait vite son équilibre.

Des pas derrière elle... Toute raide, elle refusa de se retourner. Une autre personne s'assit sur la roche. Thad. Elle le sut sans le regarder.

— Tommy va bien, annonça-t-il. Chase a nettoyé son genou, il lui a fait un pansement. Le petit est avec Gladys et Eddie, ils sont allés voir s'il restait des brownies du déjeuner.

Il parlait tranquillement, comme s'il voulait simplement la mettre au courant, mais elle entendait clairement la critique cachée dans ses paroles. Elle aurait dû rester et aider à soigner Tommy. Elle aurait dû être celle qui le rassurait, qui l'emmenait quémander une friandise auprès de Cookie pour le consoler. Elle soupira. Thad ne la jugeait jamais. Parfois, elle aurait préféré.

— J'ai surpris Lucy à fouiller dans nos sacoches, lâcha-t-elle d'une voix dure. Je lui ai dit que nous n'avions pas apporté d'argent, qu'elle ne trouverait rien à voler.

Thad posa la main sur son dos.

— Et qu'est-ce qu'elle a répondu ?

— Qu'elle ne volait pas et qu'elle cherchait un pansement pour son frère. Mais elle était à deux pas de moi quand j'ai prévenu que j'allais demander la pharmacie à Cookie.

Elle serra plus étroitement les bras sur sa poitrine et ajouta tout bas :

— Je sais que tu penses que je me trompe quand j'affirme qu'ils nous ont volés, la première fois, mais je sais ce que j'ai vu.

— Et tu penses qu'elle recommençait ?

Elle haussa les épaules sans répondre.

— Il y a une chance pour qu'elle dise la vérité ? insista-t-il.

Elle aurait voulu dire non. Hurler que ces gosses n'étaient pas les enfants qu'elle voulait. Thad et elle étaient des gens bien. Ils travaillaient dur, vivaient honnêtement. Pourquoi la vie leur refusait-elle un bébé ? La colère familière se déployait en elle en prenant toute la place. Oh ! Cela faisait mal, si mal qu'elle ne pouvait plus respirer. Il y avait tant de froideur dans sa rage, elle se sentait si cassante qu'elle se demanda sérieusement si elle allait voler en éclats. A une époque, pourtant, elle était douce, souple. Plus maintenant. Plus depuis longtemps. Une tristesse complètement inattendue l'envahit. Vaincue, elle ferma les yeux en baissant la tête.

— Je riais, avant, murmura-t-elle. J'étais drôle, on s'amusait. Qu'est-ce qui m'est arrivé ? Quand est-ce que j'ai changé ?

Thad ne répondit pas. Il se tut même si longtemps qu'elle finit par se retourner vers lui. Le regard bleu qu'il posait sur elle ne vacilla pas.

— Tu cherches vraiment une réponse ? demanda-t-il.

Une excellente question ! Voulait-elle réellement savoir ce que son mari pensait d'elle ? Lentement, elle hocha la tête. Il changea de position pour se placer face à elle et, très doucement, prit son visage entre ses mains.

— Ce n'était pas quand on a su que l'on ne pourrait pas avoir d'enfants. C'est venu plus tard, peut-être après ton cancer. Ou après le Kazakhstan.

Elle sentit les larmes rouler sur ses joues. Il y avait eu trop de déceptions, trop de chagrins. Ils étaient passés trop souvent à deux doigts du bonheur avant de basculer dans un nouvel échec. Pour se préserver, elle avait fermé son cœur.

Thad l'attira contre lui en la serrant bien fort dans ses bras.

— Tu vas très bien t'en sortir, promit-il.

Elle n'en était pas si sûre. Une part d'elle était morte ; l'espace intime fait pour contenir le rire, la lumière, ne renfermait plus que de la colère. Pouvait-on vivre comme cela ?

— Je t'aime toujours, déclara-t-il.

Elle s'écarta un peu pour scruter son visage. Elle aurait voulu lui demander comment s'était possible, comment il pouvait l'aimer alors qu'elle était devenue si moche à l'intérieur.

— Moi aussi, je t'aime, dit-elle.

C'était vrai. Il avait toujours été son rocher, son ancre. Sa vie. Mais, elle, qu'était-elle pour lui ? Un fardeau ? Cet homme débordant de bonté se retrouvait piégé auprès d'une femme froide et pleine de rage. Il restait amoureux d'elle, mais elle était prête à parier qu'il ne l'appréciait plus beaucoup. Plus maintenant. Et comment lui en vouloir ? Elle non plus ne s'appréciait plus beaucoup.

Elle faillit dire tout cela… et se ravisa. Si elle lui confiait son secret, elle savait bien ce qu'il dirait : si elle ne voulait plus être comme cela, elle devait essayer de changer. Facile à dire ! Comment s'y prend-on pour changer ce que l'on est ? Elle n'avait aucune prise sur ce qu'elle ressentait ! Où trouver la clé qui déverrouillerait son cœur en l'ouvrant de nouveau au monde ?

Phoebe contemplait un arbre dont elle ne connaissait ni le nom ni les mœurs, en regrettant pour la dixième fois de n'avoir pas emporté de livre sur la faune et la flore locale. Elle aurait voulu identifier toutes ces vies inconnues qu'elle croisait tout au long de la journée. Si elle avait eu un livre, aurait-elle réussi à lire sur le dos de Rocky ? Lire en voiture vous donnait la nausée, mais à cheval ?

Un peu plus loin, Zane montait la tente de Lucy et Tommy. Il travaillait vite et bien, elle voyait rouler ses muscles sous sa chemise. Il semblait sûr de lui, à l'aise dans son univers. Elle enviait cette qualité chez lui, elle qui s'était toujours sentie un peu en décalage avec son environnement.

Le soleil filtrait à travers les feuillages. Ils s'étaient arrêtés un peu plus tôt aujourd'hui. Son derrière appréciait, presque autant qu'il avait apprécié le massage de la veille ! Zane lui en proposerait-il un autre ce soir ? A cette seule idée, une coulée liquide de désir se propagea en elle. Comment disait Maya, déjà ? Ah oui. Qu'elle était sérieusement atteinte.

Avec un soupir, elle se retourna vers les tentes déjà posées à leur emplacement mais pas encore montées. Troublée, elle fronça les sourcils. Ce campement manquait de fluidité, de symétrie. Elle s'approcha de Zane et s'éclaircit la gorge pour attirer son attention.

— J'ai lu des articles sur le *feng shui*, annonça-t-elle.

Il se releva, retira son chapeau et le fit claquer contre sa cuisse, un geste qui souleva un petit nuage de poussière. Il ne semblait pas fou de joie de la voir, mais il ne lui tourna pas non plus le dos.

— C'est une méthode chinoise très ancienne pour organiser son lieu de vie en s'assurant que l'énergie positive circule correctement, précisa-t-elle.

Puis elle hésita.

— Je crois bien que c'est chinois, murmura-t-elle. Asiatique, en tout cas.

— Voilà une bonne nouvelle.

— Notre campement a la forme d'un octogone. Il faut juste trouver la porte d'entrée, et nous pourrons positionner les tentes au meilleur endroit. Tommy et Lucy devraient dormir dans la zone « enfants », pour leur santé et leur protection. Je suppose que je voudrais être dans la zone « carrière », parce que, sur ce plan, c'est très moyen pour moi en ce moment.

Zane la fixait, impassible. Quand elle se tut, il battit des paupières et dit :

— Je croyais que tu avais décidé de ne plus vouloir aider les autres à longueur de temps. Tu disais que cela ne te créait que des ennuis.

— J'avais oublié. Il me semblait juste…

— Tu voulais donner un coup de main.

— Oui, je… J'ai du mal à m'en empêcher.

Le *feng shui* ! Quelle opinion il devait en avoir et, par extension, quelle opinion d'elle ! Sur la défensive, elle lança :

— Je ne suis pas une imbécile.

— Je ne l'ai jamais pensé. Ton idée pour le campement est intéressante, mais il va y avoir du vent, cette nuit. Je positionne les tentes pour qu'il ne les emporte pas et ne souffle pas à l'intérieur.

— Oh. Je vois.

Gênée, elle tritura l'ourlet de son T-shirt et finit par admettre :

— Oui, ça fonctionne aussi.

— Tu veux bien me passer… ?

Elle lui tendit la botte de piquets de tente qu'il lui montrait. Tandis qu'il ancrait méthodiquement la tente des enfants au sol, elle sentit la première rafale sur sa joue.

— Ce doit être quelque chose d'avoir des paysages pareils à

sa porte, fit-elle remarquer. Quand tu étais petit, il t'est arrivé de partir à cheval et de te perdre ?

— Quelquefois.

— Et ça s'est terminé comment ?

— J'ai fini par retrouver mon chemin.

— Je n'ai jamais eu le sens de l'orientation, avoua-t-elle. Cela peut poser problème, quand on fait visiter des maisons.

Il se redressa, glissa les piquets restants dans sa poche arrière et vint se placer derrière elle. Quand elle sentit ses mains se poser sur ses épaules, une chaleur subite s'insinua dans son corps.

— Là, fit-il, en tendant la main pour lui indiquer la direction. Tu vois cette montagne ?

— Oui…

— Le ranch est dans une vallée juste au pied. Quand j'étais petit, si je perdais mes repères, je n'avais qu'à monter sur la hauteur la plus proche. Dès que je voyais la montagne, je savais comment rentrer.

— Cela ne fonctionnerait pas avec les panneaux sur l'autoroute…

Il pressa gentiment ses épaules et laissa retomber ses mains en lâchant :

— Il faudra investir dans un GPS.

— Oh ! J'en ai un. Le GPS, c'est le meilleur ami de l'agent immobilier.

Seulement, ce n'était pas du tout aussi romantique qu'une montagne qui vous indique toujours le chemin du retour.

— Un jour, tu expliqueras à tes enfants, pour la montagne, murmura-t-elle. Et ils te feront raconter toutes les fois où tu t'es perdu et tu as dû mettre un gros ours en fuite, uniquement armé d'une gourde et d'une branche cassée.

— Une gourde ne ferait pas une arme très impressionnante.

— Mais si l'ours avait soif ? Tu pourrais le calmer en lui promettant de l'eau.

Il se retourna vers les tentes, l'air d'un homme qui revient aux choses sérieuses, mais elle vit qu'il souriait.

— C'est une bonne idée, dit-il. Même si je ne compte pas avoir d'enfants.

— Mais il le faut ! s'exclama-t-elle. Autrement, la lignée s'éteindra ! Tu es la cinquième génération, il faut qu'il y en ait une sixième !

— Chase s'en chargera.

Elle ouvrit la bouche pour lui faire remarquer que le ranch ne semblait pas figurer dans les projets de Chase… et se ravisa. Ce n'était pas un sujet qu'elle pouvait aborder avec lui. Elle se contenta donc de demander :

— Tu n'aimes pas les enfants ?

— Si. Ce n'est pas le problème.

Elle parcourut du regard son physique superbe. L'esthétique n'avait aucun rapport, bien sûr, mais elle doutait fort que la difficulté soit d'ordre médical.

— Quel est le problème, alors ? J'aurais cru que, une femme et quelques enfants, ce serait la prochaine étape.

Il lui jeta un regard impassible et répondit d'une voix parfaitement inexpressive :

— Ce n'est pas si simple. La plupart des femmes trouvent le ranch trop isolé.

Parlait-il de son ex ? Tant de beauté naturelle, un tel sentiment d'appartenance et de tradition familiale, ne plus jamais être obligée de subir les bouchons sur la rocade… Elle pensa au silence, à la neige en hiver, à la présence de Zane au réveil chaque matin… Puis, soigneusement, elle fit éclater la bulle de son fantasme. Elle préférait ne pas rêver à ce qu'elle n'aurait jamais.

— Si l'amour est là, on ne manque de rien, déclara-t-elle.

Ce proverbe, elle y avait toujours cru, même si elle n'avait jamais osé tester la théorie en personne.

Zane la regardait toujours ; il la regardait même d'une telle façon qu'elle sentit son cœur marteler ses côtes. Son sang crépitait, elle avait chaud, sa bouche se desséchait et d'autres parties de son corps avaient la réaction précisément inverse. Confusément, elle se demanda s'il la repousserait si elle arrachait sa chemise. Elle n'eut pas l'occasion de lui poser la question, Cookie donnait le signal du dîner.

Elle tourna les talons et courut vers le chariot, vite, pour laisser la tentation derrière elle avec ses fantasmes impossibles.

# 14

Maya se mit à rire.

— Il m'a carrément accusée de coucher avec le prof pour avoir un A, si vous pouvez croire une chose pareille !

— Le professeur était sexy ? s'enquit Eddie.

— Et qu'est-ce que tu as répondu ? demanda Gladys en même temps.

— Je suis allée trouver le prof et je lui ai tout expliqué. Il était furieux. Je ne sais pas ce qui le dérangeait le plus, l'insulte que l'on me faisait ou le jour sous lequel l'accusation le présentait, lui. J'avais fait tout le travail, j'avais décroché les meilleures notes à l'examen. A la fin de la formation, c'est moi qui ai eu le stage.

Avec un hochement de tête approbateur, Gladys lui tapota le bras.

— De mon temps, une femme devait faire preuve d'une sacrée détermination pour avoir une vraie carrière. Moi, je n'ai jamais rien voulu de plus qu'être la femme d'Ephraïm et élever nos enfants.

— J'ai vu des mères avec leurs gosses, répondit Maya. Je dirais qu'une carrière, c'est l'option *soft*.

Les trois femmes éclatèrent de rire. Zane se détourna pour cacher son sourire et en profita pour se servir un dernier café. Si on lui avait dit qu'il verrait un jour sa redoutable ex-demi-sœur papoter avec deux grands-mères en faisant rôtir des marshmallows sur un feu de camp... Deux grands-mères assez originales tout de même, mais Maya semblait s'arranger avec les années. S'adoucir. Si jamais il s'avisait de le lui dire, elle répliquerait que c'était lui qui avait changé. Sans doute avaient-ils tous deux un peu raison ?

Il s'allongea à demi, appuyé sur les coudes, les pieds vers le feu. Maintenant, il pouvait regarder Phoebe sans tourner la tête. Elle se trouvait en face de lui, un peu à sa droite. Les flammes, dont les ombres dansaient sur sa joue, allumaient des reflets rouge et or dans ses cheveux. Elle tira sa brochette du feu, testa du bout des doigts le marshmallow qu'elle rôtissait. La friandise brûlante éclata au contact. Avec une petite exclamation de surprise, elle lécha la pâte sur sa peau.

Mi-frustré, mi-résigné, il dut changer de nouveau de position. Les mouvements rapides de sa langue venaient de lui rappeler leurs baisers, il croyait la sentir de nouveau dans ses bras… et le résultat ne se fit pas attendre. Sa libido s'enflammait, son jean devenait trop étroit. Il devrait lui tourner le dos. S'il ne la voyait plus, il n'aurait plus envie d'elle… et le bétail rentrerait peut-être au ranch en volant.

Cette idée le fit sourire. Maya le vit et haussa aussitôt les sourcils.

— Il y a quelque chose de drôle ? lui lança-t-elle.

— Je suis un homme qui apprécie la vie.

— *Toi* ?

— Ou alors je suis impressionné par tout ce que tu as accompli dans ta carrière.

Elle fit mine de regarder derrière elle comme pour voir à qui il s'adressait et déclara en secouant la tête :

— S'il n'y avait pas des oreilles délicates qui essaient de dormir dans la tente des enfants, je te dirais exactement ce que je pense de tes salades.

— Tu ne crois pas que je puisse avoir de l'admiration pour toi ?

— La seule chose qui t'impressionne chez moi, c'est mon ignorance.

— Mais bien sûr que ton frère a une haute opinion de toi, ma chère ! s'écria Gladys en lui tendant un autre marshmallow. Pourquoi crois-tu le contraire ?

— Je pourrais vous donner une foule de raisons, marmonna-t-elle.

— Tu es sortie première de ta promotion, c'était déjà un sacré exploit, dit Zane. Et depuis tu as fait du chemin, non ?

Maya ne sembla pas convaincue mais, cette fois, elle s'abstint de lui dire tout net qu'il mentait.

Chase les rejoignit et s'installa entre eux.

— Le troupeau est couché et bordé, indiqua-t-il en s'emparant de la branche de sa sœur ainsi que d'une poignée de marshmallows. J'ai manqué quelque chose ?

Phoebe lui fit un large sourire.

— Zane disait justement qu'il trouvait Maya géniale parce qu'elle était sortie première de son école de télévision. Maya, bien entendu, n'en croit pas un mot.

— Nous ne l'appelons pas une école de télévision, mais c'est assez bien résumé, murmura Maya.

— Tu ferais bien de suivre son exemple, Chase, enchaîna Zane. Elle savait ce qu'elle voulait et elle s'est donnée à fond.

D'un geste impatient, Chase plongea sa branche dans les flammes.

— Je me donne à fond, répliqua-t-il.

— Pas au lycée.

Lancé, Zane se redressa et poursuivit avec conviction :

— Chase, tu es capable de réaliser tout ce que tu choisiras de faire ! Tu es intelligent, dégourdi, mais au lieu d'exploiter tes atouts tu te laisses aller en te contentant de notes minables dans les matières qui ne comptent pas pour toi. Tu entres en terminale à la rentrée ! Tu ne peux pas continuer à faire le pitre.

Le visage fermé, Chase retira sa branche du feu et en arracha le marshmallow bruni.

— Tu crois que je fais le pitre parce que je ne m'intéresse pas aux mêmes choses que toi.

Zane sentit l'irritation familière se lever en lui. Cette question, son frère et lui l'avaient ressassée des centaines de fois. Bon sang ! Quand donc Chase comprendrait-il ce qu'il lui disait ? Il inspira à fond et chercha les mots justes.

— Tu fais des choses étonnantes avec tes projets électroniques. Tu décroches des A en maths et en sciences mais la littérature ? L'histoire ? C'est important aussi.

— Pas pour moi, bougonna Chase en enfilant trois marshmallows sur sa broche improvisée. Je veux aller à MIT. Toi, tu veux m'envoyer dans une petite université de ploucs pour étudier l'élevage. Dans les deux cas, tout le monde se fout de ma note de littérature.

— Mais non, objecta Maya. Que tu travailles sur le ranch ou dans l'informatique, il te faut un minimum de culture générale.

Chase poussa un reniflement ironique.

— Maya a raison, intervint Phoebe d'une voix douce. Il vaut mieux avoir trop d'opportunités que pas assez.

Frappée par son intonation, Zane se demanda quelles opportunités lui avaient manqué. Avant qu'il ne puisse poser la question, Eddie murmura quelques mots à Gladys et se leva.

— Aujourd'hui, ce n'était pas mal, déclara-t-elle en braquant un index autoritaire sur Zane, mais demain j'espère que vous comptez nous en montrer un peu plus. On nous avait promis des cow-boys sexy. Cela ne vous tuerait pas de chevaucher torse nu pendant une heure ou deux, quand même.

Phoebe éclata de rire et se leva à son tour.

— Sur ces bonnes paroles, je vais me coucher ! annonça-t-elle.

Zane la suivit du regard, puis se retourna vers son frère.

— Maya et Phoebe n'ont pas tort, tu sais ?

— Bien sûr. La seule fois où tu es d'accord avec Maya, c'est le jour où elle se range dans ton camp.

Il se remit maladroitement sur ses pieds en jetant sa brochette.

— Tu crois que ça m'intéresse, ce que tu dis ? Pas du tout ! Et tu sais pourquoi ? Parce que ça ne correspond à *rien*. Si tu m'écoutais, pour une fois, au lieu de me dire ce que je devrais faire, tu pourrais peut-être comprendre. Tu verrais que mes robots, ce n'est pas pour rire. Je ne joue pas sur mon ordinateur quand je suis dans ma chambre, je *travaille*. Je crée des choses qui n'existaient pas avant. Mais tout ça, tu t'en moques, parce que tu es trop occupé à me dire que je fais tout de travers !

Zane inspira profondément en s'ordonnant de garder son calme. Crier après Chase ne menait jamais à rien.

— Je t'ai écouté parler de tes robots, fit-il remarquer d'un ton neutre.

— Tu es resté dans la pièce pendant que je parlais, mais tu n'as rien entendu parce que tu t'en fiches. Pour toi, c'est une perte de temps et un gaspillage d'argent.

La question monétaire, Zane ne tenait pas du tout à l'aborder. C'était justement les expériences coûteuses de Chase qui l'avaient poussé à prendre de l'argent qui ne lui appartenait pas. Et résultat ils se retrouvaient tous ici ce soir ! Mais il n'était pas question d'évoquer ce détail devant tout le monde.

— Tu es injuste, Chase, dit Maya sans élever la voix. Tu ne peux pas demander à Zane de s'intéresser aux robots autant que toi.

— Pourquoi pas ? Il me demande bien de m'intéresser au ranch, lui ! rétorqua Chase.

Il braqua un regard brûlant sur son grand frère et ajouta d'une voix ferme :

— Je me fiche du ranch, je m'en ficherai toujours. Il me sort par les yeux ! Tu voudrais que je sois toi, mais je suis quelqu'un de complètement différent. Tu crois que tu pourras me forcer à faire ce que tu veux, mais ça ne marchera pas.

Puis il tourna les talons et s'éloigna à grands pas.

Maya sauta sur ses pieds et courut après lui, mais Zane hésita. Les suivre ? Rester ici ? Découragé, il s'affala contre le tronc d'arbre qui lui servait de dossier en secouant la tête. Quand Chase et lui se disputaient, cela ne servait à rien de parler. Il n'y avait qu'un moyen de recoller les morceaux : attendre.

C.J. et Thad s'étaient retirés dans leur tente une fois les enfants couchés. Andrea et Martin avaient disparu peu après le dîner. Il se tourna vers Gladys, la seule du groupe à être restée près du feu.

— Je suis désolé. Les disputes familiales ne faisaient pas partie du programme.

La vieille dame haussa les épaules.

— Tous ceux qui vivent ensemble se disputent un jour ou l'autre. Chase est encore un adolescent, ce n'est pas la période la plus facile, ni pour les jeunes, ni pour leur entourage. Ephraïm et moi, nous avons eu trois filles, alors j'ai l'habitude des éclats.

— Trois !

Trois enfants. Il ne voulait même pas y penser. Il avait suffisamment de difficultés avec un seul ! A moins que les filles ne soient plus faciles à vivre ?

— Les enfants sont de drôles d'oiseaux, reprit Gladys en tendant un marshmallow aux flammes mourantes. Certains sont faciles à aimer, d'autres beaucoup plus difficiles.

Elle leva les yeux vers lui et lui sourit.

— Aimer Ephraïm aura été la partie la plus facile de ma vie. C'est pour ça que l'on dit qu'on *tombe* amoureux. Quand cela se passe bien, on n'a qu'à se laisser glisser.

Sa voix s'éteignit. Il y eut un silence, puis elle soupira et reprit d'une voix douce :

— Nous avons été ensemble longtemps… Nous étions à peine plus vieux que Chase, nous avons grandi ensemble, nous avons appris ce qui fonctionnait, et ce qui nous donnait envie à chacun d'étriper l'autre. Il cédait quand je voulais me buter, il tenait bon quand je voulais céder. Cet homme, je lui ai donné mon cœur, mon âme, ma confiance, et je ne l'ai jamais regretté. Mais les gosses ! Là, c'est un amour complètement différent.

Mal à l'aise, Zane changea de position. Il trouvait le sol bien dur, tout à coup. Il n'avait aucune envie d'entendre ce que Gladys s'apprêtait à lui dire. Pas parce qu'il avait peur, bien sûr. C'était juste qu'il entrait en terrain inconnu. Dans son univers, on ne parlait tout simplement pas des choses intimes. Juste des problèmes du ranch et de la dernière bêtise de Chase.

Pensive, Gladys dégustait son marshmallow.

— Nous avons élevé nos trois filles exactement de la même façon. La même maison, les mêmes parents, les mêmes idées, les mêmes écoles, les mêmes règles. Et pourtant elles sont devenues tout à fait différentes. Deux sont heureuses, bien dans leur peau, mais Natalie…

Elle secoua la tête, le regard fixé sur les braises.

— Quand elle était petite, Ephraïm disait qu'elle avait un démon dans le corps. Il n'avait pas tort. Elle passait son temps à semer le chaos.

Zane n'osait pas bouger. Que pouvait-il répondre à cela ? L'idéal serait que quelqu'un vienne les rejoindre et se mette à parler de tout autre chose… Ne voyant aucun sauveur en vue, il s'efforça de trouver une observation pertinente.

— Cela n'a pas dû être simple, pour vous et Ephraïm, dit-il en s'éclaircissant la gorge.

— Oh non, soupira Gladys avec un sourire lointain. Natalie était celle du milieu. On dit toujours que ce sont les gosses les plus faciles, les arbitres, les pacificateurs. Pas elle ! Elle volait des bonbons à huit ans, elle a commencé à se droguer à douze. Nous avons tout essayé. Les cures, la sévérité, la tendresse, les récompenses, les menaces… Même la prison, plus tard, quand elle a… Rien n'a marché. Elle se désintoxiquait un temps, puis elle retombait. Nous avons tenté de ne plus l'aimer, et aussi de l'aimer trop. Elle a raté deux mariages, et puis, une nuit, elle a pris le volant avec une dose dans le sang, et son petit garçon, son fils unique, est mort dans l'accident. Je crois que c'est ce qui l'a achevée, en fin de compte, avoir tué son enfant. Deux semaines plus tard, elle est morte d'une overdose. C'était en 1998.

Zane ouvrit la bouche… et la referma. Quand elle s'était mise à parler, il s'attendait à ce qu'elle lui serve des conseils éculés. Pas à ce qu'elle lui raconte une tragédie aussi affreuse !

— Je suis désolé, marmonna-t-il, gêné de ne pas trouver de meilleure formule.

— C'était une période assez épouvantable. Le chagrin a failli nous séparer, Ephraïm et moi. Une telle culpabilité, un tel besoin de se rassurer… Nous en étions à drainer chacun la vitalité de l'autre.

— Votre mariage était en difficulté ? demanda-t-il sans réfléchir. Vu la façon dont vous parlez de votre mari…

— Nous avons réussi à nous retrouver. Il nous a fallu du temps, des efforts. Je l'ai perdu en 2004, mais cela me console un peu de pouvoir dire que, quand il est parti, il savait combien je l'aimais.

D'un geste délicat, elle déposa sa branche dans les braises en soupirant.

— Exactement comme Natalie avait besoin de notre amour, quoi qu'elle fasse. Et nous l'avons aimée, même quand nous avons dû lui tourner le dos. Même quand elle est morte.

Puis elle leva la tête vers lui et lui affirma, les yeux dans les yeux :

— Vous aimez Chase, cela se voit comme le nez au milieu de la figure. Vous perdez patience avec lui, vous vous faites énormément de souci, mais c'est un brave gosse, il ne dérapera jamais véritablement. Certains prennent le chemin le plus facile, d'autres pas, mais quoi qu'ils fassent notre boulot est de les aimer en les aidant de notre mieux.

Il *aimait* Chase ? Oui, bien sûr, mais… En fait, il ne savait pas très bien ce qu'il éprouvait pour son petit frère. Il voulait le protéger de son mieux, le préserver des pièges qui avaient gâché sa propre vie. C'était de l'amour, ça ? Pourtant, il ne sentait en lui aucun écho de ce que Gladys venait de raconter de sa relation avec ses filles.

— Mon père n'était pas comme vous et Ephraïm, dit-il enfin. Il était dur, distant. Il m'engueulait quasiment tous les jours. La seule personne qui ait jamais compté pour lui, la seule à toucher son cœur, c'était ma mère. Il était à ses pieds.

Les sourcils de Gladys se froncèrent.

— Je vois le genre, murmura-t-elle. Les hommes qui n'ont de place que pour une personne dans leur cœur… Certains parents font cela avec leurs enfants, ils en aiment un et ignorent les autres. Je n'ai jamais pu le comprendre.

Zane avala péniblement sa salive. Il ne parlait *jamais* de lui, avec personne, et surtout pas avec la pire commère de Fool's Gold… mais maintenant qu'il était lancé il ne parvenait plus à s'arrêter.

— Le plus souvent, j'arrivais à assumer, poursuivit-il. Ce qui me tuait, c'est que quand je faisais une connerie il ne me laissait jamais m'excuser. C'était ça, le pire. Même les fois où il m'a vraiment cogné, ce n'était pas aussi terrible. Le plus dur, c'était de ne jamais pouvoir me racheter.

Il se tut, le regard fixé sur le feu presque éteint.

— Le pardon, c'est un cadeau que l'on donne quand on a le cœur plein, dit Gladys d'une voix qu'il ne lui connaissait pas. Reconnaître l'erreur de l'autre sans cesser de l'aimer… c'est ce que l'on peut faire de plus généreux. J'ai pu le faire avec mes deux autres filles, mais avec Natalie…

Elle s'interrompit quelques instants, perdue dans la contemplation des flammèches et finit par conclure :

— J'ai essayé. Quelquefois, j'ai réussi, quelquefois pas.

Puis elle lui tapota l'épaule en assurant :

— Je dirais que vous êtes homme à réussir plus souvent que le contraire.

Sur ces mots, elle se releva, un peu lourdement, en époussetant la frange de sa culotte de daim.

— Il est tard. Dormez bien, Zane.

Resté seul, il étira ses jambes et se renversa en arrière pour contempler le ciel. Il y avait plus d'étoiles là-haut que l'on ne pourrait en compter, et plus de possibilités…

Quand il était gosse, quand il n'arrivait pas à dormir, il sortait quelquefois étudier les constellations. Certains soirs, il s'imaginait qu'il quittait la Terre et partait vivre là-haut, où tout serait forcément plus simple.

Voilà des années qu'il n'avait plus pensé à son père, mais bizarrement, ces derniers jours, le vieux n'était jamais très loin de ses pensées. Il finirait presque par prendre toute la place ! Cet homme terrible qui ne s'était jamais radouci, même à la fin. Jusqu'à ses dernières paroles : « Je veux partir. Je veux être avec elle. » Pas un mot pour son fils, pas un adieu, juste ce désir de s'en aller…

Oh ! et puis quelle importance ? Il était un adulte aujourd'hui, le passé ne pouvait plus le toucher. Enfin, il parvenait à peu près à s'en convaincre, en le disant vite, mais il s'interrogeait tout de même sur la façon dont le passé pouvait influencer le présent. Lui qui se donnait tant de mal pour empêcher Chase de se perdre, s'était-il demandé une seule fois s'il ne traitait pas son frère… exactement comme son père l'avait traité, lui ?

Phoebe regarda le soleil se lever au-dessus des arbres. Il faisait frais, le ciel était transparent, la quiétude infinie. L'aube ressemblait-elle à cela à Los Angeles ? Habituellement, elle dormait encore à cette heure, elle ne pouvait donc pas confirmer. Mais elle en doutait. C'était une expérience fabuleuse, finalement, de saluer le soleil levant !

— Toi, tu le fais probablement tout le temps, dit-elle tout haut. Tu as dû voir une foule de beaux levers de soleil.

Concentré sur son petit déjeuner, Manny ne réagit pas. Tout au plus agita-t-il une oreille. Sans se décourager, Phoebe lui gratta amicalement le front en lui confiant :

— Je pensais que je détesterais la vie au grand air. En fait, je m'y fais très bien. Sans aller jusqu'à préférer une tente et un matelas gonflable à une vraie maison et un bon lit, je comprends tout à fait l'intérêt de quelques nuits dans la nature.

Ce qu'elle refusait de s'avouer, en revanche, c'était à quel point son plaisir était lié à ses échanges avec Zane. Elle était presque déçue de ne pas avoir eu à se lever, cette nuit. Elle aurait aussi bien pu faire semblant, sortir de sa tente dans l'espoir de le croiser, mais cela lui aurait semblé un peu vulgaire. Résultat, elle était restée allongée dans sa tente en écoutant les bruits de la nuit et en se demandant s'il arrivait à Zane de penser à elle pendant qu'elle pensait à lui.

— Ce n'est pas seulement qu'il soit si agréable à regarder, dit-elle. Mais, sérieusement, tu as vu comme il est bâti ?

Cette fois, Manny releva la tête, ses grands yeux doux la regardant… avec tristesse ?

— D'accord, je vois le problème. Tu es un mâle, toi aussi… Bon, tu n'es pas obligé d'avouer qu'il est torride mais, sur ce point, tu peux me faire confiance. Non, le problème, c'est qu'il est beaucoup plus que ça. Il est… charmant. Si, je t'assure. Mine de rien, il est vraiment charmant. Prévenant. On sent que l'on peut compter sur lui, qu'il sera toujours là si sa famille a besoin de lui. Il est intelligent, aussi. Il a énormément de responsabilités, mais cela ne semble pas lui peser.

Cette évocation des responsabilités lui rappela les siennes, et tous ses clients qui devaient se débrouiller sans elle, en ce moment. April avait promis de prendre en charge ses dossiers en cours de signature. Sur le plan pratique, elle lui faisait confiance, mais elle savait que le cœur n'y serait pas. Comme beaucoup de leurs collègues, April avait du mal à s'intéresser aux biens modestes et aux premiers investissements, alors qu'elle pouvait, dans le même quartier, orchestrer des transactions de plusieurs millions de dollars.

— Elle ne comprend pas, expliqua-t-elle au bœuf. April pense que je devrais me concentrer sur ce qui me rapportera le plus. C'est important aussi de bien gagner sa vie, mais moi, ce que j'aime, c'est aider un jeune couple à acheter sa première maison. Tu les verrais, ils sont excités, mais terrifiés aussi. Puis ils trouvent la maison qui leur correspond…

Avec un long soupir, elle conclut :

— C'est incroyable, comme sensation. Il n'y a pas d'équivalent, ni pour eux ni pour moi. Pour eux, parce que c'est leur départ dans la vie, pour moi parce que j'y ai contribué.

Avec un autre soupir, elle s'assit dans l'herbe près de son interlocuteur, les genoux serrés sur sa poitrine.

— Je ne sais pas ce que je ferai si je perds ma licence. J'aime mon métier. Je sais bien que je ne suis pas une vendeuse exceptionnelle, mais je m'implique vraiment, c'est ce qui fait la différence. Mes clients savent qu'ils peuvent compter sur moi. Et surtout me faire confiance.

Que l'on puisse compter sur elle, que l'on ait besoin d'elle, c'était ce que la vie pouvait lui réserver de plus beau.

— Je ne veux même pas y penser, chuchota-t-elle, mais je suis bien obligée de le faire. Je serais obligée de trouver un autre métier.

Mais quel métier ? Elle ne savait rien faire d'autre. Ce qu'elle aimait, ce n'était pas tant la vente en soi que ce qu'elle offrait à ses clients, alors son expérience se transposerait difficilement dans le commerce des voitures ou des vêtements. Heureusement, elle n'avait pas de gros frais. Sa petite épargne lui permettrait de tenir le coup le temps de trouver un autre emploi, ce n'était pas comme si elle devait se soucier de payer des traites…

— Zane était surpris quand je lui ai dit que je n'étais pas propriétaire, poursuivit-elle. Je travaille dans l'immobilier, ce serait logique d'avoir acheté, parce que je serais la première à repérer la bonne affaire, tu comprends ? Seulement, je ne me suis jamais donné la peine…

Elle jeta soudain un regard à la ronde pour s'assurer qu'ils étaient bien toujours seuls, tous les deux, et avoua :

— … de chercher. Il y a des moments où j'ai l'impression

que je ne mérite pas d'avoir une maison à moi. C'est dingue, non ? Comme si j'étais une sorte de sous-être.

Elle espérait plus ou moins qu'en disant les mots tout haut elle verrait clairement à quel jeu absurde elle avait joué. Au contraire, elle fut frappée par une évidence : au fond, elle ne s'était jamais sentie à la hauteur, n'avait jamais estimé mériter quoi que ce soit. Voilà pourquoi elle cherchait à sauver le monde entier : pour se convaincre qu'elle avait le droit d'être là. Le droit d'être heureuse.

— J'admets, c'est limite névrosé, reconnut-elle, découragée.

Manny cessa de brouter le temps de lui pousser doucement le bras de son front. Il cherchait à la réconforter ! Tout de suite ragaillardie, elle assura :

— J'apprécie que tu m'écoutes, tu sais ? Je suppose que ce n'est pas évident à comprendre, pour toi. Moi, j'ai toujours cherché un lieu où j'aurais ma place, où je serais vraiment chez moi. Toi, tu es indispensable et tu le sais.

Elle fronça les sourcils et demanda :

— Tu as une famille, toi ?

Un peu tard, elle se souvint qu'il n'aurait pas de progénitures. Gênée, elle précisa :

— Je ne parle pas de descendants, bien sûr. Juste des frères, des sœurs, des parents. Tu as quelqu'un à aimer ?

Et voilà, son grand secret était sur la table, sa grande vérité : ce qu'elle voulait plus que tout au monde, c'était quelqu'un à aimer, quelqu'un qui l'aimerait.

— Je veux passer en premier aux yeux de quelqu'un, chuchota-t-elle. Etre la personne la plus importante dans sa vie. Jusqu'ici, ce n'est jamais arrivé.

Un grand froissement dans les broussailles ! Elle se leva d'un bond, les mains pressées sur sa poitrine. Encore des ratons laveurs en quête d'accessoires de mode ? Non, d'après le bruit, l'animal était volumineux. Oh mon Dieu… Un ours ? Elle n'avait pas encore décidé si elle devait paniquer, hurler ou se cacher derrière Manny quand Maya parut à l'orée de la clairière. Son regard passa de Phoebe au bœuf, puis elle haussa les sourcils et lança :

— Tu es sûre de vouloir commencer ta journée en parlant aux animaux ?

— Manny m'aidait à remettre ma vie sur les rails. Nous discutions de nos objectifs et choix de carrière.

— Pas avant le café, par pitié, supplia Maya.

— Mais c'est important ! J'ai vingt-sept ans, j'ai toujours voulu une famille, alors pourquoi est-ce que je ne suis pas encore mariée ? Je suis nulle pour me choisir un homme ? J'ai un autre problème ? Est-ce que j'ai l'impression de ne pas mériter le bonheur, alors inconsciemment je choisis des hommes qui ne voudront pas s'engager ou qui seront désagréables avec moi ? Je crois bien que je suis piégée par le syndrome de la demoiselle en détresse.

Elle tapota l'encolure massive de Manny en hasardant :

— Je ne crois pas être lesbienne…

Maya laissa échapper un petit rire ironique.

— Tu n'es pas lesbienne, non. Je te trouve effectivement assez douée pour choisir des losers, mais de là à t'expliquer pourquoi… Rassure-moi, j'ai bien dit que je ne voulais pas discuter de questions existentielles avant d'avoir bu mon café ?

— J'ai besoin d'y voir clair ! Je veux un sentiment d'appartenance.

— Pour quoi faire ? Le sentiment d'appartenance, c'est surfait.

— Alors j'attends que mon prince charmant vienne me sauver ?

— Tu tiens vraiment à ce que quelqu'un te sauve ? Moi pas, je préfère nettement me sauver toute seule. Non, attends, c'est toi qui sauves les autres, cela doit bien vouloir dire que tu es forte, non ?

Ah ? Forte, elle ? C'était surtout qu'elle paniquait à la seule idée qu'un autre la prenne en charge. Dès que l'on se montre vulnérable, l'autre sait où il peut vous faire mal. Dès que l'on s'autorise à avoir besoin de l'autre, on court le risque d'être abandonné. En somme, il est beaucoup plus sûr d'être celle qui donne que celle qui reçoit.

— Tu as raison, dit-elle. Il nous faut un café.

— Et même après je préfère parler d'autre chose. Viens, Zane m'a envoyée te chercher, le petit déjeuner est servi.

Avec un large sourire, elle précisa :

— Je crois bien qu'il se faisait du souci pour toi.

— Il se fait du souci pour tout le monde, répliqua Phoebe en réprimant un frémissement de satisfaction. C'est sa nature.

— Ce n'est pas faux. Il adorerait être le maître du monde. Ce serait l'éclate intégrale pour lui, il pourrait dire à tous les autres ce qu'ils doivent faire.

— Ce n'est pas ça ! Il prend juste ses responsabilités au sérieux.

— Tu le défends encore ? Allez, amène-toi. J'ai faim.

Phoebe dit au revoir à Manny et suivit Maya.

— Il n'a pas besoin de moi pour le défendre, il est assez fort pour le faire tout seul

— Intéressant, lâcha Maya. Nous avons donc un homme grand et fort qui n'a pas besoin que tu le sauves. C'est déstabilisant, pour toi. Tu ne sais pas comment te comporter avec lui.

Phoebe aurait volontiers lancé un coup de pied dans un arbre. On pouvait compter sur Maya pour cerner le problème en trois secondes chrono ! C'était sa faute, aussi, pourquoi s'était-elle fait une amie aussi intelligente ? Maya avait raison : si Zane n'avait pas besoin qu'elle prenne soin de lui, pourquoi s'intéresserait-il à elle ? Bon, elle savait, en théorie du moins, que certains hommes s'attachaient à des femmes comme cela, sans raison particulière. Ces femmes n'avaient rien à faire de particulier pour mériter leur affection. Mais cela se situait très loin de sa propre expérience.

— Zane n'est pas pour moi, dit-elle fermement.

Maya se mit à rire.

— Bien dit ! Je me demande juste qui tu cherches à convaincre.

Agenouillée dans la tente qu'elle partageait avec Thad, C.J. acheva de ranger ses affaires de nuit dans son sac. Elle avait les yeux lourds, le cerveau embrumé. Sûrement le manque de sommeil. Elle venait de passer une nuit presque blanche à contempler les ténèbres en examinant sa vie et en trouvant le tableau détestable. Elle avait aussi beaucoup réfléchi à la possibilité de changer. Pourrait-elle encore stopper sa spirale descendante dans l'amertume et la colère ? La femme joyeuse et tendre d'autrefois existait-elle encore, quelque part en elle ?

Malgré ces longues heures de réflexion, elle n'avait toujours pas de réponse. Elle continuerait à chercher, le contraire était impensable, mais elle sentait la nécessité de faire un premier pas. Accepter par exemple que Thad et elle n'aient jamais de bébé. Ni le leur, ni celui d'une autre femme.

Accepter, elle n'avait encore jamais vraiment essayé. Elle avait fulminé, tiré des plans, elle s'était repliée sur elle-même, mais jamais elle n'avait admis la réalité et tourné la page. Jamais elle n'avait cherché à refermer la plaie. Au contraire, elle s'était convaincue que sans ce bébé sa vie ne valait pas la peine d'être vécue. Qu'elle-même ne valait rien. Et elle avait tout fait pour entraîner Thad dans le gouffre avec elle. Si elle ne se reprenait pas, elle pourrait finir par perdre son mari… après s'être perdue elle-même.

Ses sacoches bouclées, elle rampa hors de la tente. La fraîcheur et la luminosité du matin la surprirent. Ils devraient partir plus souvent, Thad et elle, songea-t-elle en offrant son visage au soleil neuf. Sortir de la ville, s'offrir des week-ends dans la montagne ou au bord de la mer. On trouvait des endroits merveilleux à quelques heures seulement de San Francisco. Ils pourraient…

Un bruit attira son attention. Lucy sortait à reculons de la tente qu'elle partageait avec son frère. A la seule vue de son corps menu, de ses cheveux hirsutes et mal soignés, elle se raidit. La colère gonflait déjà en elle mais, cette fois, au lieu de céder, elle inspira à fond et chercha à comprendre pourquoi cette gosse la mettait hors d'elle. Qu'avait donc cette petite fille pour l'insupporter à ce point ? Ce n'était pas sa faute si elle n'avait pas de famille, personne pour s'occuper d'elle ! Pas sa faute non plus si Thad l'appréciait ! Etait-elle devenue si égoïste, si aveugle qu'elle en voulait à une enfant d'être en vie, simplement parce qu'elle ne pouvait pas avoir le bébé dont elle rêvait ?

Cette idée la choqua tant qu'elle recula d'un pas. Lucy tourna la tête, la vit, et aussitôt son visage se ferma, comme si elle redoutait sa réaction. Cette expression attentive et prudente chez une fillette de cet âge la bouleversa. En même temps, comment lui en vouloir ? Elle avait été odieuse avec cette gamine. Pouvait-elle encore se racheter ? Elle essaya de prendre une voix joyeuse pour lancer :

— Bonjour !

Lucy se contenta de cligner des yeux sans réagir.

C.J. tenta un bref sourire.

— Tu as bien dormi ?

Le visage toujours aussi inexpressif, Lucy hocha lentement la tête. Sa chevelure emmêlée suivit son mouvement. De plus en plus troublée, C.J. considéra cette crinière en queue de rat. Bien lavée, bien peignée, elle descendrait au milieu du dos. Avec un minimum de soins, Lucy pourrait même être assez jolie. En général, les petites filles voulaient être jolies, non ?

— Dis, Lucy, si je te tressais les cheveux ?

Elle posa la question très vite, pour ne pas se donner le temps de changer d'avis. Puis elle ajouta :

— Je crois que ça t'irait, et tu n'aurais plus les cheveux dans les yeux quand tu es à cheval.

La bouche de la fillette se crispa, ses yeux se plissèrent. C.J. perçut très clairement sa pensée : elle essayait de deviner de quelle façon on cherchait à la piéger. *Je suis une garce,* pensa-t-elle amèrement, *et cette gosse en a croisé beaucoup d'autres dans mon genre.* Elle s'entendit s'écrier, d'une voix presque suppliante :

— Je sais faire une tresse française !

Lamentable. Pathétique. Elle ne se supportait ni dans le rôle de la femme sans cœur, ni dans celui de la pénitente, mais il lui semblait très important, tout à coup, de faire cela pour Lucy. La fillette redressa ses épaules grêles et lança d'un air de défi :

— Je n'ai pas de brosse.

— J'en ai une, moi. Et aussi un élastique.

Avec une énergie subite, elle se pencha et ouvrit sa sacoche en expliquant :

— Il faut déjà démêler tes cheveux, mais je ferai attention à ne pas tirer. Je ne veux pas te faire mal.

Cette fois, elle sentit clairement qu'elle disait la vérité. Elle ne voulait pas faire de mal à Lucy. Elle ne voulait plus être méchante.

Elle alla s'asseoir sur un tronc couché, tapota la place près d'elle, et attendit.

Indécise, Lucy regardait le peigne qu'elle tenait à la main. Elle avait envie de cette coiffure, c'était évident ! Quand enfin elle s'approcha timidement, C.J. ressentit un immense soulagement. Un peu maladroite dans sa hâte, elle expliqua :

— Je vais commencer par le bas et remonter petit à petit. Je ferai mon possible pour ne pas trop tirer, mais si ça fait mal dis-le, et j'arrêterai tout de suite.

— D'accord…

Avec beaucoup de prudence, C.J. se mit au travail. Les nœuds se défaisaient plus facilement qu'elle ne s'y attendait. Les cheveux de Lucy n'étaient pas si abîmés, en fin de compte. Une fois peignés, ils devenaient lisses et brillants.

Au bout de quelques minutes, la petite fille leva timidement la main pour tâter les mèches déjà démêlées.

— C'est doux…, souffla-t-elle.

— Ce sera encore mieux avec la tresse française, tu verras. Tu seras très jolie. J'ai emporté un miroir, tu pourras te voir.

Lucy tourna très légèrement la tête pour lui jeter un regard en coin et reprit bien vite sa position d'origine.

— Je ne volais pas, hier, dit-elle soudain. Je cherchais vraiment un pansement.

Le cœur serré, C.J. murmura :

— Je sais.

Elle s'éclaircit la gorge et reprit :

— Je regrette de t'avoir accusée. Je n'aurais pas dû, je te fais mes excuses.

Lucy se retourna vivement vers elle. Elle semblait abasourdie, et même bouleversée.

— Tu t'excuses ? demanda-t-elle, incrédule.

— Oui. J'ai eu tort. Je suis désolée.

Lucy ouvrit la bouche, la referma.

Atterrée, C.J. se demanda si un seul adulte avait jamais assumé une erreur devant elle.

— D'accord, susurra Lucy en reprenant sa place.

— Tu es gentille..., bredouilla C.J., la gorge nouée par l'émotion.

Les yeux d'ambre lui jetèrent un nouveau regard effaré, mais cette fois, Lucy ne dit rien.

Pensive, C.J. reprit sa tâche en silence. D'accord, elle s'était trompée, hier, mais la première fois, au bowling ? Elle sentait bien qu'elle aurait tort de fouiller la question plus avant, mais elle ne pouvait pas s'en empêcher.

— Tu devais être très mal, reprit-elle. Quand on est quelqu'un d'honnête, c'est horrible de se faire accuser de vol.

Lucy s'était raidie. C.J. continua à la peigner sans rien dire. Quelques instants plus tard, la fillette s'écarta d'elle, tête basse.

— C'est vrai, on vole, quelquefois, avoua-t-elle. Tommy prend l'argent pendant que moi, je fais quelque chose pour que tout le monde me regarde. Il déteste ça, mais je l'oblige.

Elle releva la tête pour la regarder bien en face.

— On n'achète jamais des bonbons ou des jouets avec l'argent, affirma-t-elle avec une voix d'une étrange maturité. Je fais très attention à ne pas gaspiller.

Indécise, C.J. scruta son visage. Elle avait donc eu raison, ses soupçons se confirmaient. Alors d'où venait cette impression tenace d'être dans son tort ? D'un ton neutre, elle demanda :

— Pourquoi prenez-vous l'argent, alors ?

— Quelquefois, pour acheter à manger. Quand elle est fâchée, Mme Fortier nous envoie au lit sans manger. Elle se fâche très souvent. Si on peut faire des réserves, on n'a pas trop faim. Quand on rentre de l'école, on essaie de pas faire de bruit, mais on finit par oublier, et alors elle nous enferme à clé dans la chambre.

Avec un soupir qui n'était pas de son âge, elle conclut :

— Le reste de l'argent, on l'économise pour quand on pourra se sauver tous les deux, mais bon, il va falloir dépenser beaucoup pour acheter un blouson à Tommy. Mme Fortier dit que son vieux blouson est encore très bien, mais il est trop petit, il n'arrive plus à le fermer. Il faut qu'il ait chaud quand il y aura de la neige.

Une colère affreuse étouffait C.J. Cette fois, elle n'était pas dirigée contre Lucy. Non. Elle éprouvait un besoin impérieux de trouver la femme qui traitait ces enfants comme des chiens et de l'enfermer dans une chambre pendant une quinzaine de jours en la privant de nourriture ! Après quoi, elle pourrait passer quelques années en prison, pour faire bonne mesure. Elle fit un effort surhumain pour ne rien trahir de ce qu'elle ressentait car, si Lucy lisait une émotion violente sur son visage, elle croirait qu'elle était fâchée contre elle.

— C'est bien. Vous prenez soin l'un de l'autre, Tommy et toi.

Puis elle se remit à coiffer la fillette. Elles parlèrent des chevaux, puis des desserts délicieux de Cookie, jusqu'à ce que la tresse soit terminée. Puis C.J. tendit son miroir à Lucy, qui se regarda. Et sa bouche en bouton de rose se retroussa dans un sourire ravi.

— Il faut que je montre à Tommy !

Elle rendit le miroir, sauta à bas du tronc, fila comme une flèche vers le chariot… et se retourna à mi-course pour lancer :

— Merci, C.J. !

— De rien ! Je la déferai après le dîner, parce que ce ne serait pas agréable pour dormir, mais si tu veux je la referai demain matin.

— Je veux bien ! s'écria la petite fille, rayonnante.

C.J. rangea son peigne et son miroir. De son point de vue, elle venait de faire un geste tout simple, sans importance. Mais dans l'univers de Lucy ?

Quelques minutes plus tard, Thad parut, un quart de café dans chaque main.

— J'ai vu ton œuvre, fit-il en lui en tendant un. Les cheveux de Lucy sont très jolis.

C.J. haussa les épaules. Elle n'avait pas envie de parler du sens profond de son acte. S'il s'agissait vraiment du premier pas chancelant vers le monde des humains, elle ne voulait pas l'examiner de trop près, de peur de tout gâcher.

— Lucy m'a un peu parlé de sa famille d'accueil, dit-elle.

Elle expliqua ce que la gamine venait de lui raconter, leurs vêtements inadaptés et le fait d'être envoyés au lit sans manger, et conclut :

— Au retour, je veux faire un signalement. Cette femme

devrait perdre son accréditation. Si elle ne veut pas s'en occuper, elle ne doit plus être autorisée à accueillir des enfants.

Elle se raidit en attendant la réponse de Thad. Le connaissant, il allait vouloir qu'ils prennent les enfants eux-mêmes. Car ils étaient accrédités, eux aussi — mais à ses yeux il ne s'agissait que d'un document qui aurait dû les aider, le moment venu, à se faire confier un bébé ; elle n'avait jamais eu l'intention d'accueillir des enfants plus grands sous son toit.

— Tu as raison, affirma Thad. J'en parlerai à nos contacts dans les services sociaux, et je connais aussi l'avocat du Conseil. Je leur expliquerai la situation. Lucy et Tommy doivent vivre avec quelqu'un qui aura leur bien-être à cœur.

C.J. attendit la suite, le cœur battant, mais il se contenta de lui sourire en sirotant son café. C'était tout ? Elle s'était préparée à tenir bon, à ne pas céder d'un pouce, mais il ne dit rien de plus. Que se passait-il ? Et pourquoi se sentait-elle… déçue ?

# 15

A l'étape du déjeuner, Phoebe ne retrouva pas son stylo. Elle avait eu envie, histoire d'avancer la réflexion sur son avenir professionnel, de jeter quelques idées sur le papier, réfléchir à de nouvelles options de carrière. Puisque le seul fait de voir Zane passer à vingt mètres d'elle lui mettait le cerveau en pause, il lui semblait plus sûr de prendre des notes. D'où le besoin du stylo.

L'avantage d'avoir si peu de bagages, c'était la rapidité avec laquelle on pouvait passer ses affaires en revue. Elle avait tous ses vêtements, plus de montre, une seule boucle d'oreille… et c'était tout.

— Ça m'énerve ! s'écria-t-elle tout haut.

Elle tapa du pied en ajoutant :

— Mais comment est-ce qu'ils savent ?

— Comment qui sait quoi ? demanda Chase en s'approchant.

— Les ratons laveurs. Je ne trouve plus mon stylo.

Il éclata de rire.

— Laisse-moi deviner… Il brille ?

— Oui ! C'est un stylo Silver Cross plaqué argent. Je doute qu'il ait beaucoup de valeur, mais c'est un client qui me l'a offert, alors j'y tiens.

Contrariée, elle referma sa sacoche.

— Moi, ce que je veux savoir, c'est comment ils font pour savoir *où* aller se servir. Ils viennent retourner mes affaires pendant que je suis à table ou quoi ?

— Ils ont dû se passer le mot, expliqua Chase, avec un grand sourire. Le réseau des ratons laveurs a fait le buzz autour de la brune qui a des trésors plein ses fontes.

A ce stade, elle était presque prête à le croire !

— Tu crois qu'ils me rendraient le stylo si je leur donnais l'autre boucle d'oreille en échange ?

— On pourrait tenter d'organiser une rencontre en terrain neutre.

Ce fut à son tour d'éclater de rire. Elle se voyait déjà en imperméable mastic, par une nuit de brouillard, marchant seule sur un pont à la rencontre d'un raton laveur au visage tendu…

— Tiens-moi au courant de l'heure du rendez-vous, dit-elle.

— C'est promis.

Chase s'assit près d'elle.

— Raconte-moi Jonny Blaze. Il est comment ?

Elle fronça le nez, pensive.

— Très bien, très agréable. Je te l'ai dit, il m'a traitée comme une petite sœur. Il m'a littéralement tapoté la tête, je n'invente rien.

— C'est tout ? demanda Chase, plutôt déçu. Vous n'êtes pas sortis ensemble ?

— Nous avons juste bu un soda en terrasse, un jour où je lui montrais des maisons. Ça compte comme une sortie ?

— Pas franchement, non. Et tu connais d'autres stars ?

— Non, juste lui. Je sais bien que je devrais me concentrer sur les propriétés de luxe, mais voilà, c'est le contraire. De toute façon, de nos jours, les gens riches et célèbres ont tendance à s'installer ailleurs.

Chase retira son chapeau, peigna ses cheveux en arrière du bout des doigts et enchaîna tranquillement :

— Et tu as un petit ami ?

La question inattendue la fit sourire.

— Non. En ce moment, c'est tout juste si j'ai une plante verte.

— Non ? Pourquoi ?

— Franchement, je n'ai pas trop de chance avec les hommes. Ou alors je manque de goût.

— Où est le problème ?

Un instant, elle se demanda s'il restait suffisamment de temps dans toute l'éternité pour faire le tour de la question !

— En gros, j'ai tendance à craquer pour des hommes qui ont besoin qu'on les sauve. Tu vois ce que je veux dire ? Ils restent jusqu'à ce que leurs problèmes soient réglés, le plus souvent par moi, puis ils passent à autre chose.

Et à chaque fois elle se retrouvait le cœur en miettes, stupéfaite de se faire plaquer. Sauf avec Jeff, qu'elle avait plaqué elle-même quand il avait couché avec la petite stagiaire qu'elle cherchait, elle aussi, à tirer d'affaire. Bon, dans ce cas précis, la fille avait sa part de responsabilité, elle était forcément d'accord pour une petite virée sous la couette, mais la seule idée que Jeff l'ait trompée avec une fille aussi jeune et vulnérable lui donnait la nausée.

— Alors cherche des hommes différents ! lui conseilla Chase avec l'autorité d'un être très jeune qui n'est pas encore passé à l'essoreuse de l'amour. Tu es superbe, intelligente et drôle, les mecs doivent forcément t'adorer.

Le compliment lui fit du bien. Pas autant que s'il venait de Zane, mais quand même.

— Merci pour le portrait flatteur ! répondit-elle en riant. Tu veux bien me faire une attestation, que je puisse la montrer à mes prochaines rencontres ?

— Sans problème !

Maternelle, elle lui tapota le bras.

— Tu es gentil, mais en amour rien n'est simple, du moins pour moi. Avec Maya, on se disait justement que je devrais arrêter de craquer pour des hommes à problèmes. Au moins, avec ceux dont la vie est sur les rails, je pourrais découvrir toute une nouvelle gamme de problèmes. Cela ne fonctionnerait peut-être pas mieux, mais ce serait intéressant, comme expérience !

Elle s'efforçait de plaisanter, mais elle paniquait rien qu'à l'idée d'être avec quelqu'un qui n'aurait pas besoin d'elle. Si elle n'était pas en train de résoudre les difficultés qu'il rencontrait dans sa vie, pourquoi un homme rechercherait-il sa compagnie ?

— Zane n'a pas besoin qu'on le sauve, dit Chase. Tu pourrais t'exercer sur lui.

S'exercer sur… ? Elle toussa, s'éclaircit la gorge et protesta confusément :

— Oui, bon, mais je ne sors pas avec Zane.

Des baisers torrides à vous changer la face du monde, ce n'était pas des sorties !

— Tu pourrais, insista Chase. Non, attends, ce n'est pas une bonne idée. Plus j'y pense, plus je me dis qu'il aurait sérieusement besoin qu'on vole à son secours.

Elle leva les yeux au ciel. Zane ? Si *lui* avait besoin qu'on le sauve, alors personne au monde n'était capable de rester à flot !

— Zane est l'être le plus responsable que j'aie jamais croisé, dit-elle.

— Tu te trompes.

Chase jeta un regard par-dessus son épaule pour s'assurer que personne ne les entendait. Machinalement, elle l'imita. De l'autre côté du campement, C.J. et les enfants aidaient Cookie à préparer le déjeuner. Elle ne voyait personne d'autre.

— Zane n'est pas très doué avec les femmes, murmura Chase, comme s'il lui confiait un secret honteux.

— N'importe quoi !

Chase lui fit signe de baisser d'un ton et jeta un nouveau coup d'œil autour de lui. Un peu tard, elle réalisa qu'elle aurait pu nuancer son opinion — mais, après avoir été dans les bras de Zane, elle avait une opinion assez tranchée sur la question… Gênée, elle s'efforça de se reprendre.

— Oui, bon, d'après ce que j'ai pu voir, poursuivit-elle, il a toujours l'air d'assurer. C'est une qualité que les femmes apprécient. Et puis il est beau gosse. Le charisme du cow-boy, c'est un sérieux atout.

Sa voix s'éteignit. Avait-elle été convaincante ? Pas sûr. Chase la dévisageait toujours.

« Pour prendre l'ascendant, gardez le silence. » Elle connaissait la théorie, mais une fois de plus, et malgré un effort héroïque, elle ne tint que quelques secondes avant de se remettre à protester :

— Ton frère est très bien, avec les femmes. Maya m'a dit qu'au lycée toutes les filles le voulaient. Enfin, voulaient l'avoir comme petit ami.

Chase la surprit en se mettant à rire.

— Pas les filles qui le connaissaient ! répliqua-t-il. Tiens, c'est une bonne idée, demande à Maya. Elle sait aussi bien que moi à quel point Zane aurait besoin d'un coup de main. Quand il s'est marié, par exemple ! Il n'aurait pas pu se planter davantage.

Déchirée entre son respect de la vie privée d'autrui et sa curiosité, Phoebe hésita. D'un côté, elle savait très bien qu'elle ne devrait pas discuter de la vie amoureuse de Zane derrière son dos, mais de l'autre elle mourait d'envie d'en savoir davantage. Maya lui avait déjà dit un certain nombre de choses, alors ce n'était pas vraiment indiscret, si ? Le besoin viscéral l'emporta sur l'impératif moral. Vaincue, elle soupira et murmura :

— Je sais juste qu'il a été marié, et que ça ne s'est pas bien passé.

— Dis plutôt que c'était l'*epic fail* du siècle ! Sally était jolie, adorable, elle était folle de lui. Quand il lui a demandé de l'épouser, elle a tout de suite accepté.

Machinalement, Phoebe pressa la main sur son ventre, sans parvenir à apaiser le grondement de la jalousie. Bon ! Elle avait voulu les détails, à elle d'assumer, maintenant. Presque sincèrement, elle déclara :

— Je suis contente que tout ait bien commencé, mais c'est dommage que ça ait tourné court.

Chase renifla, ironique.

— Je crois que tu n'as pas bien saisi. Attends, il faut que tu mesures la beauté du tableau. Mon frère avait tout : une femme magnifique qui ne demandait pas mieux que de réchauffer son lit la nuit, et, en plus, qui faisait la cuisine, le ménage, des cookies.

Phoebe fit la grimace. Elle n'était pas en lice, bien sûr, mais si elle l'avait été elle n'aurait sûrement pas pu se mesurer à une femme aussi parfaite.

— Et il a tout fichu en l'air, enchaîna Chase avec un grand geste. Le problème, c'était que Sally voulait des gosses. Et lui, à force qu'elle lui mette la pression, il a fini par lui dire la vérité.

Phoebe retint son souffle.

— Il lui a dit qu'il ne l'aimait pas ? demanda-t-elle à voix basse.

— Exactement ! Il lui a dit tout net qu'il ne voulait pas de gosses avec elle… parce qu'il l'avait uniquement épousée pour qu'il y ait une femme à la maison pour me servir de mère. Non, mais quel crétin ! Il n'avait qu'à lui faire un enfant ou deux, et il vivait comme un roi jusqu'à la fin de ses jours.

— Mais s'il ne l'aimait pas…

— Zane, l'amour, il ne connaît pas. Il aurait pu apprendre à l'aimer ! Il aurait pu mentir. Sally ne lui demandait pas grand-chose.

— Il a été franc. Je respecte la franchise.

— Toi, oui, je m'en doute. Mais c'était tout de même assez crétin, non ? Sally a eu beaucoup de peine, elle lui en a voulu et elle a eu raison. Il s'était tout de même servi d'elle ! Tout ça pour te dire que mon frère est assez arriéré, dans ses rapports avec les femmes.

Phoebe ne fit aucun commentaire. Elle trouvait l'histoire très triste, pour Zane comme pour Sally, et cela… même si elle éprouvait une certaine satisfaction que cette femme ne fasse plus partie du tableau. Si elle avait toujours été mariée à Zane, il n'y aurait pas eu de baisers à vous chavirer l'âme, pas de caresses… Elle réprima un frisson.

— Depuis, Zane est encore plus prudent avec ces dames, reprit Chase en l'observant avec une attention qui faillit la faire rougir. C'est pour cela qu'il ne t'a pas dit que tu lui plaisais.

Là, elle en resta bouche bée. Elle plaisait à Zane ? Elle avait tellement envie que ce soit vrai qu'elle en aurait trépigné, mais… c'était vraiment vrai ? Plutôt que trahir son intérêt passionné pour la question, elle préféra secouer la tête d'un air désabusé.

— Zane est gentil avec moi parce que c'est quelqu'un de courtois, dit-elle. Je suis son hôte, rien de plus. Et je suis sous sa responsabilité.

Pourvu que Chase parvienne à démonter ses arguments ! Oui, elle se comportait comme une gamine de treize ans à sa première fête mixte, et alors ?

Chase lui sourit, tout faraud.

— Tu veux parier ? Il n'arrête pas de te regarder, je l'ai bien vu. Et puis, il t'a embrassée…

Abasourdie, elle recula. Comme elle était assise sur une souche, elle atterrit le derrière dans la poussière. Ce fut de cette position assez peu flatteuse qu'elle dévisagea Chase.

— Comment le sais-tu ?

— Je t'ai vue revenir à ta tente avant-hier soir. Tu avais la tête d'une femme qui vient d'être embrassée à fond. Deux minutes plus tard, mon frère est arrivé, l'air complètement ailleurs.

Elle se sentit... tant de choses à la fois ! Enthousiasmée que Chase puisse penser qu'elle plaisait à Zane, gênée qu'il soit au courant, pour les baisers, terrifiée à l'idée que Zane s'intéresse réellement à elle... En tant qu'homme, Zane était tout ce qu'elle pourrait désirer, mais elle doutait fort de correspondre à son cahier des charges ! Un homme si solide, compétent, déterminé avait forcément besoin que sa partenaire ait ces mêmes qualités. Il rechercherait une femme posée, efficace. Pas une femme qui parlait aux animaux et se faisait piquer ses affaires, une à une, par une bande organisée de ratons laveurs.

— Bon, d'accord, reprit Chase dans un soupir. Tu ne t'intéresses pas à lui. C'est dommage. J'ai un peu de peine pour lui, mais je comprends ton point de vue. Il est capable de ne pas desserrer les dents de toute une journée. S'il ouvre la bouche, c'est pour critiquer. Il n'a aucun sens de l'humour, et pour ce qui est du romantisme... une pierre a davantage de passion !

Outrée, Phoebe se releva vivement.

— Tu es injuste. Tu ne le vois pas tel qu'il est parce que c'est ton grand frère. Tu ne sais pas comment il est avec les femmes. Il est beau et fort, et sexy, et nous avons beaucoup parlé tous les deux, de choses personnelles, et il n'a jamais été critique. Et pour ce qui est d'être romantique ou passionné...

Elle réalisa subitement qu'elle poussait peut-être sa défense un peu loin. Sa voix s'éteignit, elle s'éclaircit la gorge et s'épousseta le derrière en concluant négligemment :

— Disons que l'eau qui dort... enfin, les gens que l'on connaît très bien peuvent encore vous réserver des surprises.

L'air très satisfait, Chase se leva à son tour.

— Génial ! s'exclama-t-il. Je me disais aussi qu'il te plaisait.

Il l'avait piégée ! Furieuse, elle tapa du pied.

— Je... Il... Chase !

— Ne t'en fais pas, dit-il en lui tapotant l'épaule d'un air protecteur. Je ne dirai rien.

— Très bien ! Parce qu'il n'y a rien à dire !

— Bien sûr que non.

— Zane et moi, nous sommes *amis*. Rien de plus.

— D'accord.

— De bons amis.

— Tout à fait ! Enfin, si les choses se précisent, n'oublie pas de lui rappeler que j'ai des préservatifs dans ma sacoche.

Phoebe plaqua les mains sur ses joues avec un piaillement indigné.

— Tu... tu n'as pas le droit de me dire des choses pareilles !

— Moi, je pratique le « toujours prêt » ! On aurait pu croiser une bande d'étudiantes en train de faire du camping !

— Ce n'est pas ce que je voulais dire !

Heureusement, à cet instant précis, Cookie donna le signal du déjeuner.

Zane passa la première partie de l'après-midi à s'efforcer d'oublier ce qu'il avait vu avant le repas, et la seconde à se répéter qu'il s'en fichait. Deux tentatives qui se soldèrent par un échec. Il ne parvenait pas à effacer de son esprit l'image de Phoebe et Chase assis tout près l'un de l'autre, plongés dans une conversation intime. Il s'était trouvé trop loin pour entendre ce qu'ils se disaient, mais il les avait entendus rire. Le ventre noué, il refusait d'admettre à quel point le tableau l'avait dérangé. Il n'allait tout de même pas être jaloux de son petit frère ! Et puis, Phoebe n'était pas le genre de femme à se jeter à la tête d'un gamin. Ils parlaient, sans plus.

Une conversation facile, détendue. Chase était doué sur ce plan. Pas comme lui... La moitié du temps, lui, il restait planté près de Phoebe, muet comme une pierre et aussi inintéressant qu'un sac de grains. Il ne trouvait rien à dire ! Ou alors, si Phoebe se mettait à parler la première, il était question de *feng shui,* ou de créer du lien avec une souche, des propositions qui le surprenaient tant qu'il ne savait plus quoi répondre. Elle le charmait, c'était évident, mais il ne le lui avait jamais dit. Il ne savait pas *comment* le lui dire.

Il jura tout bas, en dévidant toutes les combinaisons possibles. Son vocabulaire épuisé, comme il se sentait un peu mieux, il balaya Phoebe de ses pensées pour se concentrer sur son objectif immédiat : atteindre le site du prochain campement avant 16 heures.

Un quart d'heure plus tard, Maya poussa son cheval vers le sien et lui lança un de ses sourires impudents.

— Alors, le grand ! La vie est belle ?

Décidant qu'elle cherchait uniquement à l'irriter, il ne la regarda même pas.

— Pas envie de bavarder ? Bon, ce n'est pas nouveau. Je suppose que tu penses que je suis juste venue te voir pour t'exaspérer ? Pour une fois, tu te trompes. Enfin, si je pouvais t'énerver dans le courant de la conversation, ce serait un bonus, mais mon propos véritable était de dire que tout semble bien se passer. Tu dois être content, non ?

Il lui jeta un regard méfiant.

— Je commence à espérer que nous bouclerons le trajet sans catastrophe majeure, répondit-il. Nous avons eu de la chance, jusqu'ici. La météo annonce un gros orage, mais il n'arrivera peut-être pas sur nous avant samedi.

— Je parie sur toi. Tu ramèneras tes touristes au ranch sains et saufs, et sans qu'ils aient jamais deviné dans quel but tu les as fait venir. Et, la meilleure nouvelle, c'est que Chase semble avoir compris la leçon.

Cela, il n'en était pas si sûr. Voyant son expression, elle soupira de nouveau.

— Oh ! Allez, Zane, donne-lui une chance de se racheter ! Tu lui as refilé toutes les corvées pénibles, et il les a faites sans une grimace. Il avait bien mérité sa punition, mais tu dois bien admettre que depuis le départ son comportement est exemplaire. De temps en temps, je vois une lueur de panique pure dans ses yeux. Cela te fait forcément plaisir !

Il s'autorisa un bref sourire.

— La panique, c'est bien, confia-t-il.

— Alors tu veux bien tourner la page ?

— Il fait sa punition comme un homme. Je n'en attendais pas moins de lui mais, s'il n'avait pas fait sa bourde, nous n'aurions même pas besoin d'avoir cette conversation.

Elle arracha son chapeau et s'en servit pour lui lancer une grande claque sur le bras.

— Tu es buté ! Je commence à comprendre comment les hommes en viennent à mettre leur poing dans la figure de quelqu'un.

Comme il tournait la tête vers elle sans réagir, elle précisa en riant :

— N'aie pas peur, je ne m'y risquerai pas ! Oh ! Zane, j'aimerais tellement que tu puisses voir les choses autrement. Tu m'accuses toujours de ne voir que les bons côtés de Chase, mais je te jure que toi, tu ne vois que les mauvais.

— Ce n'est pas vrai. Je vois *tous* ses côtés.

Il hésita, se souvint de sa discussion avec Gladys et ajouta :

— Je tiens beaucoup à lui.

« Tenir », c'était le mieux qu'il puisse dire. « Aimer » aurait été préférable, mais le mot n'avait encore jamais franchi ses lèvres. De son côté, il ne l'avait entendu qu'une seule fois de toute sa vie, dans la bouche de Sally. Le jour où elle avait compris pourquoi il l'avait réellement épousée, elle le lui avait hurlé au visage. « Espèce de fumier, je t'aimais ! Ça ne comptait pas pour toi ? »

Il avait été trop choqué pour savoir quoi lui répondre. Le temps qu'il comprenne que oui, cela comptait, elle était partie depuis longtemps. Puis l'hiver était arrivé, et s'il avait envisagé d'aller la voir, lui proposer de revenir, l'impulsion s'était effacée — au fond, elle n'avait jamais été très forte.

— Je ne veux pas que Chase soit obligé de vivre dans le regret, reprit-il.

Dit comme cela, cela n'expliquait rien, mais Maya sembla comprendre la formule.

— Et toi, quels sont tes regrets ? demanda-t-elle.

Puis, comme il se taisait, elle insista :

— Zane ? Dis-moi.

— Non.

Elle gronda littéralement d'irritation.

— Buté, le mot n'est pas encore assez fort ! s'exclama-t-elle. Il s'agit de quoi ? C'est le grand mystère dont j'ai entendu parler de loin en loin, à mots couverts ? C'est ça, ton grand regret ?

Le regard braqué droit devant lui, il ne réagit pas. Ce sujet, il n'était pas question de l'aborder avec elle.

— Tu as tué un homme ? lança-t-elle soudain.

— Non.

— Alors quoi ?

Au bout de quelques minutes, elle renonça, mais n'abandonna pas le sujet de la famille pour autant.

— Zane, tu dois donner à Chase la possibilité de réussir. Pour l'instant, le seul espace dont il dispose, c'est celui de se planter.

— Je m'y efforce, mais jusqu'ici il se concentre sur les conneries. Et je trouve que tu juges un peu vite, pour quelqu'un qui vient ici deux week-ends par an.

— Tu devrais être content que je ne vienne pas plus souvent, répliqua-t-elle vivement. Tu n'as jamais tenu à ma présence.

— Ce n'est pas vrai. J'étais content que tu sois là, et quand tu es partie tu m'as manqué.

— Ben voyons ! Comme l'urticaire vous manque quand on guérit enfin.

Il immobilisa Tango et se tourna vers elle.

— Non, Maya, pas du tout. Tu m'as vraiment manqué. Le ranch était ton foyer, j'ai toujours voulu que tu t'y sentes la bienvenue.

Les yeux verts de sa demi-sœur s'arrondirent.

— Pour de vrai ?

Il hocha la tête. Elle lâcha un juron bien senti.

— Si toi, tu te mets à faire du sentiment, je vais sérieusement me mettre à flipper ! s'exclama-t-elle.

Elle réfléchit un instant et reprit :

— Bon, c'est vrai, c'était chez moi et je m'y plaisais bien. Pas juste pour être avec Chase, mais avec toi aussi. Je t'admirais et, si tu t'avises de le répéter à qui que ce soit, je te jure que je châtre ton bœuf de compétition.

Il laissa échapper un petit rire.

— Châtrer un bœuf, tu aurais du mal, mais je ne le répéterai pas. D'ailleurs, qui me croirait ?

— Tu n'as pas tort.

Elle lui jeta un coup d'œil en coin et lança brusquement :

— Tu as fait du bon boulot avec Chase. J'aimerais que tu t'autorises à le voir.

— Les autofélicitations ne font pas partie du cahier des charges.

— Elles devraient.

— Tu as peut-être raison.

Sous le choc, elle plaqua la main sur sa poitrine en clamant, théâtralement :

— Apaise-toi, mon cœur, et tiens-toi bien tranquille !

Phoebe se faisait l'effet d'un personnage de comédie musicale. Encore un peu et elle se mettrait à chanter en dansant comme une folle. Elle plaisait à Zane ! Ou du moins Chase en était convaincu, et elle était suffisamment atteinte pour croire un jeune de dix-sept ans sur parole. Portée par son optimisme, quand elle vit Zane assis tout seul en bordure du campement avant le dîner, elle trouva le courage d'aller s'asseoir à côté de lui.

— Bonsoir !

Il la salua d'un simple signe de tête. Un peu refroidie par cet accueil, elle s'interdit de repartir. Ce n'était pas parce qu'elle savait qu'elle lui plaisait qu'il était au courant qu'elle était au courant. Un peu confus comme raisonnement, mais elle voyait ce qu'elle voulait dire.

— Tout s'est bien passé, aujourd'hui, lança-t-elle avec un large sourire.

— Oui.

Bon, réflexion faite, Chase n'avait peut-être pas tort : Zane n'était pas très doué avec les femmes. A moins qu'il ne soit juste timide ? Non. « Timide » et « Zane », elle n'arrivait pas à concilier les deux concepts. Il n'y avait rien de timide dans l'intensité de la passion qu'elle avait sentie en lui pendant leurs baisers. Mais, s'il n'était pas timide, Chase se trompait peut-être ? Ce raisonnement la dérangea tant qu'elle le balaya sans l'examiner et fit un signe de tête vers le petit groupe rassemblé près du feu.

— Je vois que C.J. passe plus de temps avec Lucy et Tommy, fit-elle remarquer. Au début, j'ai vraiment cru qu'elle n'aimait pas les enfants. Je trouvais cela un peu bizarre de la part d'un parent d'accueil, mais bon, on a vu plus étrange. En tout cas, cela se passe mieux entre eux, non ?

Zane retira son chapeau, plongea les doigts dans ses épais cheveux noirs, la dévisagea longuement et se décida à faire une phrase complète.

— C.J. a tressé les cheveux de Lucy ce matin.

Rayonnante, elle renchérit :

— J'avais remarqué aussi ! J'en étais toute retournée.

Distraitement, elle tâta ses propres cheveux en ajoutant :

— Quand j'étais petite, j'aurais donné n'importe quoi pour que quelqu'un prenne le temps de me faire une jolie tresse. Avec un ruban au bout.

Elle réfléchit quelques instants, le regard au loin, et précisa :

— Un ruban vert.

Mais les rubans verts et les tresses n'avaient joué aucun rôle dans son enfance, et maintenant qu'elle pouvait les faire elle-même elle n'y tenait plus particulièrement. Elle aurait juste aimé pouvoir chérir un souvenir aussi agréable.

Elle se pencha un peu vers Zane pour lui confier :

— Martin a mangé du poulet à midi. Quand Andrea s'est éloignée pour faire son invocation aux arbres ou je ne sais quoi, il a pris un morceau de poulet frit. J'étais fière de lui.

— Andrea n'est sûrement pas facile à vivre.

Un peu gênée de parler d'elle derrière son dos, Phoebe la chercha des yeux et la trouva en train de discuter avec Cookie. Aïe, encore des troubles en perspective ? Zane suivit son regard et soupira.

— Je ferais bien de m'en mêler avant que le vieux n'ait des pulsions de violence, marmonna-t-il.

Phoebe le suivit des yeux tandis qu'il s'éloignait en admirant la forme de ses fesses, la souplesse de sa démarche… Quand elle parvint à assembler une pensée cohérente, elle se tassa sur elle-même, un peu lasse.

Ils avaient parlé. Enfin, plus ou moins. Zane se serait même montré presque bavard pour un cow-boy taciturne, mais elle ne parvenait toujours pas à décrypter le fond de sa pensée. Comment la voyait-il ? Lui plaisait-elle vraiment, ou Chase disait-il simplement ce qu'elle avait envie d'entendre ? Si seulement elle pouvait avoir un autre son de cloche… Maya ? Non, surtout pas ! Son amie se doutait déjà de quelque chose, alors si elle confirmait ses soupçons elle serait taquinée sans merci pendant tout le reste du trajet. Elle aimait Maya de tout son cœur, ses piques ne la dérangeaient jamais, mais ce qu'elle ressentait en ce moment… c'était trop fragile, et elle ne supporterait pas d'entendre la moindre blague sur la situation. Non, elle ne voyait qu'une seule source fiable.

Le bétail était installé pour la nuit dans une prairie en pente douce. Elle repéra Manny et se hâta de le rejoindre. Il la salua d'un petit coup de tête amical qui l'envoya tituber à un mètre. Sans se formaliser, elle lui gratta les oreilles et confia, tout bas car les sons portaient dans le soir tombant :

— C'est au sujet de Zane. Chase croit que je lui plais, mais je n'en suis pas si sûre. Qu'en penses-tu, toi ?

Manny leva la tête et posa sur elle son regard tendre. Troublée, elle se mordit la lèvre.

— Attends, c'était un oui ou un non ?

Elle patienta un instant, puis soupira.

— Non, stop, ne me dis rien. Je préfère ne pas me faire de faux espoirs. C'est juste que…

Elle s'interrompit un instant. Elle peinait déjà à formuler ce qu'elle ressentait pour elle-même, alors pour un bœuf…

— Il se passe quelque chose quand nous sommes ensemble. J'aime ce que j'éprouve près de lui. A le voir, on dirait qu'il n'a aucune faille, et pourtant il me semble que quelque chose en lui nous rapproche. Une connexion. Tu vas me dire que c'est absurde…

Elle sourit en pensant à Maya qui lui ferait forcément remarquer que, le plus absurde, c'était encore de se confier à un bœuf.

— Le problème, c'est que tout le monde a quelqu'un sauf moi. Martin et Andrea, C.J. et Thad. Les gosses sont deux, Maya a Chase, Eddie et Gladys sont inséparables.

Elle jeta un regard à la ronde et ajouta :

— Et toi, tu as tes collègues. Moi, je n'ai personne. Et c'est là que tu vas me dire que je suis folle, parce que je sens la même chose chez Zane. Lui, il a le ranch, il est même le patron, mais ça ne suffit pas forcément. Voilà, je crois qu'il a un endroit vide à l'intérieur, et quand je suis près de lui il se remplit.

Elle s'adossa contre Manny en appuyant sa tête sur son dos. C'était confortable, tiède, bien qu'un peu poussiéreux. Elle percevait le battement étouffé de son cœur.

— Tu es très doué pour écouter, murmura-t-elle.

Manny ruminait, serein. De son côté, elle réfléchissait à l'étape suivante. Distraitement, elle lança :

— Tu réagirais comment si je cherchais à monter sur ton dos ?

— A ta place, je ne m'y risquerais pas.

Elle sursauta en laissant échapper un cri. Quand elle se retourna, Zane se tenait juste derrière elle.

— Je ne t'avais pas entendu !

— Je ne voulais pas interrompre votre échange fraternel.

Elle le regarda en plissant les yeux, soupçonneuse. Qu'avait-il entendu ? Se moquait-il d'elle ?

— Manny et moi, nous passons de bons moments ensemble, lâcha-t-elle d'un air de défi, en glissant les mains dans les poches arrière de son jean. Je me demandais, tu dis que chaque membre du troupeau a sa place, et que si l'un d'entre eux tombe malade il se rabat à l'arrière du troupeau.

Zane la toisait de l'air méfiant d'un homme qui cherche où on veut en venir.

— Oui.

— Et si Manny tombe malade, qui prend sa place ? Tu as formé un autre meneur ?

— S'il tombait malade, il faudrait nous débrouiller jusqu'à ce qu'il retrouve la forme. S'il n'était plus là, un autre bœuf prendrait sa place.

Elle réfléchit un instant. « S'il n'était plus là », la formule avait un petit air désagréable. Elle ne tenait pas du tout à discuter de la mort de Manny — surtout devant l'intéressé !

— Le dîner est presque prêt, dit Zane.

— Subtil, comme transition. A demain, Manny.

Elle donna une dernière petite tape au grand animal paisible avant de retourner vers le campement en compagnie de Zane. Au bout de quelques mètres, il lui jeta un rapide regard.

— Phoebe, tu te rends bien compte qu'en fait Manny ne comprend pas ce que tu lui dis ?

Elle leva la tête, un sourire amusé aux lèvres.

— J'ai beaucoup d'imagination, mais je ne suis pas stupide. Je le sais, oui.

Il sembla soulagé.

— Je suis sûr qu'il t'apprécie.

Sa voix s'éteignit, comme s'il venait de se rendre compte de ce qu'il venait d'admettre.

— Moi aussi, je l'apprécie, dit-elle avec beaucoup de sérieux. Nous sommes amis.

Zane marmonna quelque chose à mi-voix, cessa de marcher et se planta devant elle.

— Je n'arrive pas à te situer. Tu n'es pas folle, mais par moments tu es vraiment bizarre. Je ne comprends pas. Je ne te comprends pas, toi.

— Quand les gens m'intéressent, je leur parle, alors pourquoi pas les animaux ? Quelquefois, ils me répondent.

— Les gens, donc ?

— Jusqu'ici, oui. Je ne renonce pas, pour les animaux.

Le coin de la bouche de Zane se retroussa, puis il sourit franchement. Quand il avait cette expression, son corps entier devenait tout léger. Léger à flotter comme un petit nuage.

— Je n'ai jamais rencontré quelqu'un comme toi, déclara-t-il.

— C'est une bonne chose ?

Son regard bleu roi se braqua sur sa bouche.

— Oui. Absolument.

Elle sentit sa gorge se serrer, des picotements délicieux parcourir sa peau…

— Même si tu penses que je ferais ami-ami avec une pierre ? demanda-t-elle.

— Je suppose que les pierres aussi ont besoin de copains. Tu as le plus grand cœur que j'aie jamais rencontré.

Là, c'était forcément un compliment. Un grand cœur, cela plaisait à tout le monde. Chase avait peut-être raison, elle allait finir par y croire. Ce serait si fabuleux ! Parce que Zane aussi lui plaisait, à un point… ! Et pas seulement pour les picotements.

D'instinct, elle fit un pas vers lui mais, au même instant, elle entendit un bruit dans les buissons tout proches. En voulant se retourner, elle se prit les pieds dans une branche enfouie dans les hautes herbes, perdit l'équilibre et bascula. Elle tomba sur le dos, et le choc fut si brutal qu'il lui coupa le souffle. Incapable d'inspirer, incapable de parler, elle resta étendue là en hoquetant. Zane se penchait sur elle quand Chase jaillit des buissons et se rua sur son frère.

— Qu'est-ce que tu lui as fait ! cria-t-il en l'empoignant par la chemise. C'est quoi, ton problème !

# 16

C'était comme si Manny s'était assis sur sa poitrine. Impossible d'inspirer. Au bout de plusieurs secondes, Phoebe réussit enfin à avaler un filet d'air… et réalisa par la même occasion que Zane et Chase étaient en train de se bagarrer.

Maya surgit, Thad sur ses talons. Cookie les suivait au grand galop. Un instant plus tard, Zane réussit à immobiliser Chase. Les deux frères haletaient comme des soufflets de forge en se lançant des regards furieux.

— Vous avez perdu la tête ? hurla Maya.

Près d'elle, Cookie brandissait une poêle à frire en menaçant les deux frères de les assommer s'ils n'arrêtaient pas tout de suite. Mais sa menace n'eut aucun effet. Couché de tout son long, maintenu au sol par le genou de Zane, Chase criait :

— Vas-y ! Vas-y, frappe-moi ! Je sais que tu en as envie !

Zane le regardait, le visage indéchiffrable.

— Vas-y, espèce de salopard !

Zane le lâcha, se releva et, sans un mot, s'éloigna.

Maya se laissa tomber à genoux près de Chase qui se redressa à moitié.

— Il se passe quoi, là ? Qu'est-ce qui vous a pris ?

— Demande-lui à elle, répliqua Chase en montrant Phoebe.

Avec un ensemble parfait, tout le monde se retourna vers elle. Interloquée, elle se releva et s'épousseta en protestant :

— Moi ? Mais je n'ai rien fait ! Je me suis juste pris les pieds dans la branche, je suis tombée, j'étais un peu sonnée sur le moment, mais quel rapport ?

Chase la dévisagea, perplexe.

— Tu t'es pris les pieds dans une branche ?

— D'accord, je ne suis pas la grâce incarnée, ou particulièrement dégourdie dans la nature. C'est une telle affaire ?

Maya toisa Chase, les mains sur les hanches.

— Toi, tu viens de faire une énorme connerie.

Avec une plainte déchirante, Chase se laissa retomber au sol.

— Mais ! Mais non, j'ai cru… Elle était à terre, elle avait l'air mal, il se penchait vers elle…

Thad et Cookie reculèrent, puis s'éloignèrent en silence.

Phoebe les regarda partir, regarda Chase… et comprit enfin où il venait en venir.

— Tu as cru qu'il m'avait fait du mal ? s'exclama-t-elle. Zane ? Ton frère ? Est-ce qu'une fois dans sa vie il a touché une femme ?

Maya secoua la tête.

— Pas de la façon que tu veux dire, répondit-elle. A entendre Sally, il était plutôt doué au…

Phoebe leva la main d'un geste impératif. Elle refusait catégoriquement d'entendre l'opinion de Sally sur les qualités de Zane au lit. Outrée, elle se retourna vers Chase.

— Tu te plains toujours que Zane ne voit que tes mauvais côtés, mais tu ne vaux pas mieux, laissa-t-elle sèchement tomber. Comment as-tu pu sauter à une conclusion pareille ? Il est ton frère ! Tu devrais savoir qu'il ne ferait jamais de mal à une femme.

Chase s'assit et baissa la tête, honteux.

— Je le sais, oui, marmonna-t-il. C'est juste… Je ne peux pas t'expliquer. Tu étais par terre, et Zane avait l'air… je ne sais pas, furieux. Pas comme d'habitude. Je ne le reconnaissais pas.

— Furieux, il n'est pas le seul, rétorqua Phoebe en lui tournant le dos. Tu lui dois de sérieuses excuses.

Elle se précipita droit dans la direction qu'avait prise Zane en espérant qu'elle le rejoindrait rapidement car, si elle ne le trouvait pas très vite, elle allait sûrement se perdre. Côté positif, elle croiserait peut-être les ratons laveurs. Ce serait l'occasion de négocier la libération de son stylo.

*
* *

Bien avant que la personne qui le suivait ne débouche dans la clairière, Zane suivait sa progression aux grands froissements de son passage dans les sous-bois. Il comprit très vite de qui il s'agissait en entendant de petits commentaires à mi-voix : Phoebe s'excusant auprès des buissons pour les branches qu'elle brisait. Il décida de lui simplifier la vie, et de se la simplifier aussi ; pour une fois dans sa vie, il n'avait aucune envie de rester seul.

— Par ici ! indiqua-t-il.

Il ne se remettait pas de la façon dont Chase lui avait sauté à la gorge. Il avait tout de suite compris ce qu'il pensait et cette idée le choquait profondément. Chase le prenait pour un monstre.

Phoebe émergea des sous-bois, essoufflée, des brindilles dans les cheveux. En le voyant, elle s'immobilisa et se mit à s'épousseter négligemment.

— Je voulais juste m'assurer que tu allais bien, déclara-t-elle.

Il lui lança un sourire amusé.

— Il n'a pas franchi ma garde.

Il s'était assis sur un arbre mort. Elle s'approcha, s'installa un peu timidement près de lui.

— Je m'inquiète davantage de ton bien-être émotionnel que de savoir si tu t'es pris un coup, lui fit-elle remarquer.

Il scruta son visage. Ces grands yeux, ces lèvres pleines, ce regard inquiet... Dans le milieu des éleveurs, une femme comme Phoebe serait considérée comme décorative mais, pour dire les choses crûment, inutile. Selon les critères de son univers à elle, son parcours semblait médiocre ; autant qu'il puisse en juger, elle n'avait pas fait fortune dans sa carrière, et d'après Maya sa vie amoureuse était une catastrophe. Pourtant, à ses yeux, elle était l'être le plus accompli qu'il ait jamais connu. Elle faisait son petit bonhomme de chemin avec son cœur. A chaque claque de la vie, elle se relevait et repartait à l'attaque. Elle restait positive, optimiste et ne renonçait jamais. Cette réserve inépuisable de courage l'impressionnait.

— Personne ne se fait de souci pour moi, dit-il.

— Moi, si.

Elle prit sa main entre les siennes. Abasourdi, il se laissa faire.

— Jamais tu ne me ferais du mal, Zane. Ni à moi, ni à aucune femme. Je ne comprends pas comment Chase a pu croire une chose pareille.

Il ne répondit pas tout de suite, trop occupé à savourer la chaleur subite qui se déversait en lui. Le seul contact des doigts fins de Phoebe avait suffi à le mettre dans un état de désir absolu. Il allait devoir apprendre à contrôler ses réactions ! Il fit un effort pour se concentrer sur la conversation.

— Tu étais à terre, dit-il. Moi à côté à te regarder. Les apparences étaient contre moi.

Elle écarta cette version d'un geste.

— Je me fiche des apparences !

— Merci.

Il pressa sa main et se hâta de se dégager. Autrement, il se sentait capable de lui arracher ses vêtements pour lui faire l'amour à même le sol.

— Oh ! Zane…

La façon dont elle soupira son nom lui donna une énorme envie de lui confier tous ses secrets, même les plus sombres. Hors de question, bien sûr, mais il se risqua tout de même à exposer une vérité au grand jour.

— Si cela avait été quelqu'un d'autre, je lui faisais une tête au carré.

Elle leva les yeux vers lui, surprise.

— Tu te serais vraiment battu ?

— Oui. En ce moment, j'aurais bien besoin d'une vraie bagarre.

Il s'attendait à ce qu'elle retourne vers le campement, choquée, ou qu'elle prenne au minimum un air désapprobateur. Mais elle s'appuya contre lui, la joue contre son épaule.

— C'est le stress, non ? demanda-t-elle d'une voix douce. Nous sommes tous là à dépendre de toi, tu te fais un sang d'encre. Je vois bien la leçon que tu cherches à donner à Chase, mais quand tu as vu débarquer le groupe, quand tu as réalisé tout ce qui pouvait mal tourner, tu as dû te dire que tu aurais mieux fait de l'enfermer dans sa chambre pendant les dix années à venir.

Comment faisait-elle pour le comprendre aussi bien ? Il hocha la tête, le visage tendu.

— Je ne veux pas d'accidents, murmura-t-il. Vous êtes sous ma responsabilité.

Elle leva la tête pour lui sourire.

— Nous nous en sortons plutôt bien, non ? lança-t-elle avec fierté. Je ne sais pas si cela te consolera, mais je crois bien que tout le monde passe un excellent moment.

— Je m'inquiète aussi pour Chase.

Bon sang ! Avait-il vraiment dit cela ? Que lui arrivait-il ? La présence de Phoebe avait un effet curieux sur lui. Elle… l'apaisait.

— Je sais bien qu'il fait des bêtises, mais au fond il est adorable, dit-elle. Fais-lui un peu confiance, et fais-toi confiance aussi.

Il la regarda, touché par sa sincérité, amusé aussi.

— C'est toi qui ne devrais pas me faire confiance, chuchota-t-il.

Et, la serrant contre lui avec emportement, il l'embrassa.

Son corps mince et souple dans ses bras se tendit vers lui, les lèvres pressées aux siennes s'écartèrent. Quand il les franchit, il trouva à qui parler ! Cette passion qu'elle cachait sous son apparence douce, un peu écervelée ! A l'instant où sa langue effleura la sienne, elle laissa échapper un gémissement sourd, ses petites mains se crispèrent sur ses épaules, et il perçut le frisson brutal qui parcourait son corps. De son côté, c'était tout simple : il était à deux doigts de jouir.

Leur position, assis côte à côte sur un tronc d'arbre, ne lui laissait pas suffisamment d'espace pour s'exprimer. Il arracha sa bouche de la sienne, lui prit les mains pour la faire lever. Elle obéit, docile, un peu vacillante. Quand il en profita pour presser sa bouche dans son cou, elle gémit de nouveau en rejetant la tête en arrière. Dans le mouvement, leurs ventres se rencontrèrent… et il laissa échapper un véritable grondement.

Il chercha son sein à tâtons, le prit délicatement en coupe. Même sous la double épaisseur du T-shirt et du soutien-gorge, il perçut le relief du mamelon durci. Il le balaya du pouce, sentit Phoebe inspirer brusquement. Sans ouvrir les yeux, elle saisit sa tête et attira sa bouche vers la sienne. Quand, docile, il l'embrassa, elle lui répondit avec une fougue encore plus stupéfiante. Du coup, il perdit toute retenue, laissa retomber sa main libre sur ses reins et la pressa contre lui.

Son self-control légendaire s'effilochait, ses hanches ondulaient malgré lui. Quand elle passa les bras autour de son cou, il trouva tout naturel de la soulever par la taille. Elle noua ses jambes autour de lui, leurs sexes se rencontrèrent sous leurs vêtements... Le paradis, ou la torture la plus atroce. Il jura tout bas.

— Donc, tu me trouves agaçante, mais tu as tout de même envie de moi, lui fit-elle remarquer, moqueuse.

— Je ne te trouve pas agaçante, répliqua-t-il en se cambrant contre elle.

— Moi non plus, je ne te trouve pas agaçant.

Son regard était flou de passion, elle était prête à faire tout ce qu'il lui demanderait. Il jeta un regard rapide à la ronde à la recherche d'un coin retiré, plus ou moins douillet... Puis il se ressaisit. Non. Pas ici, pas comme ça. N'importe qui pourrait les surprendre. Ce serait stupide, potentiellement humiliant, et il n'avait même pas de préservatif sur lui. Phoebe méritait mieux !

— J'ai envie de toi, dit-il.

Elle resserra ses jambes autour de lui, les paupières mi-closes.

— Moi aussi... Et je... je ne l'avais encore jamais dit à un homme, précisa-t-elle en rougissant.

Troublé, il réalisa que lui non plus il ne l'avait jamais dit avec une telle franchise. A ce jour, il avait montré son désir sans jamais prononcer les mots. Il n'y avait pas vraiment fait attention jusqu'ici, mais Phoebe faisait de lui un autre homme. Et... il la désirait avec une intensité extraordinaire. Et pourtant...

— Arrêtons là, lui dit-il avec douceur, en ignorant résolument sa frustration. Nous pouvons faire mieux qu'une séance rapide adossés à un arbre.

Ce soupir de déception ! Face à n'importe quelle autre femme, il aurait renoncé à être un gentleman et pris ce qu'elle lui offrait, mais c'était Phoebe qu'il serrait dans ses bras. Il hésitait encore quand une cacophonie subite les fit sursauter. Un concert de klaxons venait d'éclater dans le silence. Quelque part à l'orée des arbres, deux véhicules tout-terrain au moins vrombissaient, des rires, des exclamations retentissaient.

— Nous avons de la visite, dit-il. Nous longeons les terres des Stryker aujourd'hui, je suppose qu'ils ont eu envie de passer nous voir. Vas-y, toi. Il va me falloir quelques minutes…

Comme elle levait les yeux vers lui sans comprendre, il lui montra le devant de son jean. Confuse, elle rougit et bredouilla :

— Oh… ! Oui, je vois ton problème. Tu pourrais marcher juste derrière moi, personne ne se douterait de rien.

— Je préfère attendre, c'est plus sûr, répondit-il en lui souriant. Va, j'arrive tout de suite.

— D'accord.

Il la regarda s'éloigner en savourant le balancement de ses hanches, et le petit signe de la main qu'elle lui adressa juste avant de disparaître entre les arbres. Puis la réalisation de ce qu'il avait failli faire s'abattit sur lui et il se rassit sur son tronc, le visage fermé.

Faire l'amour avec Phoebe, ce serait stupide. Elle sauterait à toutes sortes de conclusions. Elle ne pratiquait sûrement pas la même approche de sexe que lui, à court terme, sans engagement. D'un autre côté, face à ces grands yeux, cette bouche tendre, comment était-il censé résister ? Chaque fois qu'il la touchait, il avait envie d'elle, envie comme jamais. A force de remplir ses obligations, il avait déjà renoncé à tant de choses ! Il n'était pas du tout sûr de pouvoir renoncer à elle.

Quand Phoebe arriva en vue du campement, une petite foule de visiteurs bondissait de quatre jeeps. Vingt personnes au moins, de tous les âges ! Un peu désorientée, elle s'avança timidement. Après ces quelques jours passés entre eux, dans la paix de la montagne, le niveau sonore était assez dérangeant. Tous ces gens qui s'interpellaient en riant, installaient deux tables pliantes, les couvraient de nourriture… La civilisation venait les relancer jusqu'ici. L'ambiance était joyeuse, mais elle éprouvait tout de même un pincement de nostalgie pour la quiétude des soirées précédentes, la lumière douce du soir, le calme des grands espaces sous un couchant spectaculaire…

— Reese ! s'exclama Chase en s'élançant vers l'un des arrivants.

Un adolescent monté en graine se précipita vers lui, ils échangèrent une poignée de main compliquée qui dégénéra en bagarre pour rire.

— Phoebe, par ici ! lança Maya. Je veux te présenter ma meilleure amie du lycée. Dellina Hopkins !

— Dellina Ridge, maintenant, corrigea l'intéressée en riant.

Maya lui saisit la main gauche et poussa un sifflement admiratif en découvrant l'alliance et la bague de fiançailles qui brillaient à son annulaire.

— Mon mari est là-bas, précisa Dellina.

Elle montrait une jeep noire customisée avec un motif de flammes rouges et les deux hommes qui en sortaient une énorme glacière.

— Je reconnais Ford Hendrix, dit Maya, alors tu dois avoir épousé l'autre. Attends une minute, ce n'est pas… Tu es mariée avec Sam Ridge ? Le footballeur ? J'ai fait deux émissions sur lui et le livre incroyablement indiscret qu'a écrit son ex-femme.

— Alors là, c'est LE sujet à ne pas aborder ! s'écria Dellina.

— Et là ! C'est notre maire à tous ?

Maya saisit la main de Phoebe et l'entraîna vers une dame aux cheveux argentés qui parlait avec Andrea. Charmante, vêtue avec une élégance discrète, un collier de perles au cou, elle réussissait le tour de force d'avoir l'air parfaitement à sa place et à son aise dans un campement de cow-boys. Il faudrait peut-être la mettre en garde contre les ratons laveurs ?

— J'ai apporté un risotto de courges, expliquait-elle à Andrea. La recette est dans *La Cuisine de Fool's Gold*, un livre édité par la commune. J'ai pensé qu'il vous plairait puisqu'il ne contient pas de viande.

— Mais… comment saviez-vous ? demanda Andrea, qui semblait un peu dépassée par les événements.

Mme la maire ne sembla pas entendre sa question. Elle se tourna vers les nouvelles venues et prit Maya dans ses bras dans une étreinte chaleureuse.

— Quel plaisir de te revoir, ma grande. Et vous devez être Phoebe ! Bienvenue à Fool's Gold.

— Aucune commune de Californie n'a de maire ayant servi aussi longtemps que la nôtre ! lança fièrement Maya.

*Quel enthousiasme de la part de cette cynique confirmée !* songea Phoebe, amusée. La vie d'une petite ville devait vraiment être quelque chose de très spécial si Maya-la-blasée prenait ce visage épanoui pour en faire la publicité. A Los Angeles, on ne croisait jamais ses amis par hasard. La ville était si grande et son maillage si lâche qu'il fallait prendre rendez-vous pour se voir, en tenant compte des moments où la circulation était à peu près gérable… La vie semblait beaucoup plus simple ici !

— Maya, j'aimerais te parler de quelque chose, murmura Mme la maire. Passe à mon bureau quand tu auras terminé la transhumance.

— D'accord. Phoebe, tu fais une drôle de tête, ça va ?

— Bien sûr ! Ça va même très bien. C'est juste un peu bizarre de voir tout ce monde, mais c'est amusant.

— C'est Fool's Gold. On ne peut que suivre le mouvement.

— Ce que beaucoup de gens ne savent pas, c'est que Cendrillon avait un frère, expliqua Thad.

L'information sembla surprendre Tommy, mais Lucy était autrement coriace. Elle renifla d'un air dédaigneux.

— Mais non ! Elle avait juste ses méchantes sœurs, il n'y avait pas de garçons.

— Son frère avait été renvoyé par la marâtre, lui révéla Thad avec un sourire de conspirateur. Il travaillait au château du roi, dans les écuries, et c'est là qu'il a entendu parler d'un tournoi. On l'avait organisé le même jour que le bal.

C.J. écoutait l'histoire, elle aussi, en brossant d'un mouvement régulier les longs cheveux de Lucy. Les deux enfants avaient passé la soirée à jouer avec les enfants de Fool's Gold venus avec les visiteurs. Ceux-ci étaient repartis un quart d'heure plus tôt, et maintenant, fatigués, Tommy et Lucy ne demandaient pas mieux que de rester près du feu de camp.

— C'est vrai, affirma-t-elle. Il voulait gagner pour la gloire, mais aussi parce que le vainqueur devait recevoir une grosse somme d'argent qui lui permettrait enfin de partir s'installer quelque part, rien que tous les deux, avec sa sœur.

Tommy hocha la tête comme s'il trouvait l'idée logique, mais Lucy était toujours aussi sceptique.

— Ce n'est pas la vraie histoire, protesta-t-elle. Il faut parler de la marraine la fée et du soulier de vair et tout le reste.

— Je vais y venir, promit Thad.

C.J. leva les yeux vers son mari. Il s'était installé à côté du feu, Tommy appuyé contre lui. Lucy et elle étaient assises tout près, sur la même couverture. Elle avait défait la tresse de la fillette, et le feu allumait de beaux reflets dans l'épaisseur de ses cheveux.

— Je parie que les cheveux de Cendrillon n'étaient pas aussi beaux que les tiens, murmura-t-elle.

Surprise, Lucy tourna la tête vers elle, entrouvrit la bouche… mais ne sut que dire. Le cœur serré, C.J. vit que ce compliment tout simple était si inattendu qu'elle ne savait même pas comment réagir. Désolant ! Pour la première fois, elle se demanda concrètement d'où venaient Lucy et Tommy. Quelle était leur histoire ? Qui étaient leurs parents biologiques ? Etaient-ils morts ? Avaient-ils abandonné leurs enfants ? Elle contempla ces deux gosses si menus, fragiles et sans défense dans l'immensité de la nuit ; et si fascinés par la version insolite de Cendrillon que leur proposait Thad.

Une tristesse épouvantable s'abattit sur elle. Le chagrin familier se réveillait avec une puissance redoutable, le désir d'un enfant à elle à aimer, à regarder grandir. Elle pensa à l'odeur émouvante d'une peau de bébé, son souffle ténu, la joie du premier sourire, du premier mot, du premier pas… Bouleversée, elle posa sa brosse et contempla le feu en luttant pour maîtriser son émotion. Cela faisait si mal de savoir qu'elle ne connaîtrait jamais ces joies ! Pour des raisons qui lui échappaient, des circonstances qui n'étaient la faute de personne, elle ne serrerait jamais son bébé dans ses bras. Un grand tourbillon de glace la broya. Pas d'enfant, pas de famille. Pas de souvenirs, pas d'espoir, pas de rêve. Thad et elle ne méritaient pas ça.

Un son très doux l'arracha à sa détresse. Surprise, elle tourna la tête. Thad venait de dire quelque chose, et Lucy riait. Interdite, elle étudia le joli profil de la petite fille, la faim perpétuelle qui brillait dans ses yeux. Et Lucy, que voulait-elle ? A quoi rêvait-elle quand elle était seule le soir ? Sûrement à une famille, un foyer où elle se sentirait protégée et aimée. Son rêve avait-il une chance de se réaliser ? Sans doute pas, décida-t-elle avec un soupir. Leur âge comme leur métissage jouaient contre eux. Lucy et elle avaient donc cela en commun : elles vivaient dans l'attente d'une joie que la vie leur refusait.

Il y avait tout de même un énorme contraste dans leurs situations : si elle n'était pas satisfaite de son sort, elle ne courait aucun risque particulier, mais Lucy et Tommy ? Comment s'en sortiraient-ils, alors que chacun ne pouvait compter que sur l'autre ? Seuls, privés d'amour dans un monde qui broyait si facilement les faibles et les solitaires ?

Leurs problèmes pourraient s'annuler mutuellement… Elle reconnut l'évidence et rejeta cette solution au même instant. Elle voulait bien admettre, enfin, qu'elle devait renoncer à son rêve, mais de là à accepter un lot de consolation… Non, elle n'était pas prête à franchir le pas. Pas encore. Peut-être jamais.

Chase patienta jusqu'à ce que Thad et C.J. aient couché les enfants, puis jusqu'à la dernière excursion d'Eddie et Gladys dans les buissons, en bavardant comme des pies à l'aller comme au retour, puis il s'approcha du feu. Zane s'y attardait encore, les yeux fixés sur les braises, comme toujours le dernier couché et le premier levé. Pour la première fois, il se demanda si son grand frère en avait quelquefois sa claque d'être celui qui, en toutes circonstances, faisait le choix le plus responsable.

Zane ne leva pas les yeux quand il s'arrêta devant lui, mais il ne partit pas en le plantant là sans un mot. C'était déjà beaucoup. Debout devant lui, Chase se balança d'un pied sur l'autre et finit par s'éclaircir la gorge.

— Je regrette, pour tout à l'heure, dit-il enfin d'une voix que la gêne rendait bourrue. J'ai mal interprété. Je ne sais pas ce qui m'a pris. Je sais bien que tu ne ferais pas de mal à Phoebe. J'ai juste… je l'ai vue allongée là et j'ai réagi.

Il hésita, haussa les épaules et répéta :

— Je regrette.

Zane ne dirait rien, c'était couru d'avance. Quand on

s'excusait, cela ne changeait jamais rien. Il allait continuer à le dévisager, le visage impassible et, quand il le sentirait bien humilié, il s'en irait sans un mot. Et voilà, il jetait le fond de son quart de café au feu, se levait…

— Je sais bien qu'il m'arrive d'être un vrai fumier, dit-il. Et je sais aussi pourquoi tu as cru qu'il était arrivé quelque chose à Phoebe. C'est oublié.

Médusé, Chase battit des paupières.

— Tu veux dire que… que tu n'es pas en colère ?

— Tu t'es trompé, voilà tout. Une erreur qui aurait pu te coûter ta belle petite gueule, mais ça, c'est une autre histoire.

Pris d'une soudaine allégresse, Chase se mit à rire.

— Parce que tu crois que tu aurais eu le dessus ? lança-t-il.

— En cinq secondes chrono.

Il était grand, mais sa carrure laissait encore à désirer, et surtout, Zane avait cinq bons centimètres et vingt kilos de muscles de plus, mais ce fut plus fort que lui, il prit une pose de boxeur.

— C'est quand tu veux, grand frère !

Zane éclata de rire.

— Va dormir, Chase.

Il hocha la tête en laissant retomber ses poings.

— Bonne nuit.

Et il se dirigea vers sa tente, la tête haute et le cœur léger.

Le lendemain matin, Phoebe tenta encore une fois d'expliquer son dilemme à Rocky.

— Je ne sais même pas à quel point Zane m'apprécie ! En fait, je ne suis sûre que d'une chose : il a envie de moi. C'est bien, non ? L'attirance sexuelle, c'est excitant aussi. Et c'est toujours ça.

Elle réalisa tout à coup que le cheval, un hongre, était mal placé pour l'éclairer sur cette question. Inquiète, elle demanda :

— Je te mets mal à l'aise en abordant le sujet ?

Rocky souleva un sabot et le laissa retomber. Rassurée, elle resserra sa sous-ventrière et vérifia ses étriers.

— Alors je me demandais si je devrais, par exemple, me

mettre près de lui ce matin. A ton avis ? Je m'avancerais trop ? Je ne veux pas qu'il me prenne pour une fille facile.

Dans un sens, elle s'était déjà beaucoup avancée. La veille, par exemple, quand elle s'était pratiquement frottée contre lui comme une chienne en chaleur…

— Bon, marmonna-t-elle. C'est peut-être un peu tard pour ça.

Rocky secoua la tête, geste qu'elle choisit d'interpréter comme un encouragement.

— Enfin, si tu crois vraiment…

Elle entraîna le cheval vers une souche, qu'elle escalada, et de là elle parvint à se mettre en selle avec plus ou moins d'adresse. Une fois bien calée, elle poussa sa monture vers le troupeau qui piétinait en attendant le départ. Quelques instants plus tard, l'appel de Zane « Marchez ! » retentit. Elle frémit, comme elle frémissait chaque fois qu'elle entendait le cri traditionnel.

Manny s'ébranla de son pas tranquille. Graduellement, les autres bœufs prirent leur place, elle, la sienne. Quand toute la procession fut en mouvement, elle jeta un regard désinvolte à la ronde, s'assura que personne ne s'intéressait à elle et pressa légèrement les flancs de Rocky des talons. Celui-ci accéléra. Au bout de trois minutes d'un trot cahoteux, elle se retrouva au niveau de Zane. Avec soulagement, elle reprit une allure plus confortable, mais bien entendu, maintenant qu'elle était là, elle ne trouvait rien à dire. Elle opta donc pour un simple « Bonjour ! ».

Il répondit de l'un de ses grognements habituels. Vite, elle se remémora leur échange de la veille au soir, sa voix lui disant qu'il avait envie d'elle, sa main sur son sein, son désir évident. Son courage revenu, elle inspira à fond et osa demander :

— Je peux rester à l'avant avec toi un moment ?

— Avec plaisir.

Une réponse inespérée ! Rayonnante, elle enchaîna :

— Tu as bien dormi ?

— Pas du tout. Toi ?

Elle pensa aux rêves érotiques qui s'étaient succédé tout au long de sa nuit…

— Je me suis un peu retournée…

— Parfait !

Elle leva les yeux vers lui, encaissa le sourire éclatant qu'il lui lançait et, toute heureuse, se détendit enfin.

— Alors raconte, c'était comment, de grandir ici ? demanda-t-elle. Le ranch est tout de même assez loin de la ville. C'était long, pour aller à l'école ?

— Trois quarts d'heure de bus avec tous les arrêts. Quelquefois, après une tempête, la route était impraticable. Ou, si le temps se dégradait trop pendant la journée, il m'arrivait de passer la nuit chez un copain en ville.

— Pour moi, c'est comme une autre planète !

Le pire qu'elle ait jamais affronté, c'était un trajet à pied de vingt minutes, ou une journée sans école après un tremblement de terre.

— Tu avais beaucoup d'amis dans le bus ?

— Bien sûr. On embêtait les filles, et les petits.

— Tu veux dire que vous les torturiez.

Elle revit son beau sourire.

— Aussi.

— Donc, Chase est ton demi-frère. Tes parents n'ont pas eu d'autres enfants ensemble ?

Stop ! C'était tout elle, ça : dès qu'elle se sentait en confiance, elle allait tout de suite trop loin. Gênée, elle se mordit la lèvre et se hâta d'ajouter :

— C'est peut-être une question trop personnelle ? Je veux dire, ta mère est morte quand tu étais encore petit ?

— J'avais douze ans. Les gens d'ici nous ont beaucoup aidés, mon père et moi. Des dames à vingt kilomètres à la ronde sont venues faire un peu de ménage ou nous apporter des petits plats. Les familles de mes copains m'invitaient pour que je puisse échapper à l'ambiance du ranch.

— Je regrette que tu aies eu à endurer ça, mais je suis contente que l'on t'ait soutenu.

— Moi aussi, je suis content.

Il lui jeta un regard rapide, puis détourna les yeux.

— Pour te dire pourquoi mes parents n'ont pas eu d'autres enfants avant la mort de maman… je dirais qu'ils auraient gêné.

— Gêné comment ? C'est un ranch, il y a énormément de place.

Le regard braqué droit devant lui, il répondit :

— Mes parents s'aimaient d'une façon assez… exclusive. Rien ni personne d'autre ne comptait vraiment pour eux. Le reste du monde les dérangeait plutôt.

Oh. Elle commençait à comprendre… Et, pour elle, c'était tout simplement inimaginable.

— Mais tu étais leur fils !

— Je sais. Ma mère était plus présente que mon père, elle s'occupait de moi, nous étions proches, tous les deux, à notre façon. Mais voilà, quand elle est morte, mon père n'a pas su comment assumer. Il ne s'en sortait tout simplement pas sans elle. Il ne savait plus comment vivre.

Elle comprenait que le ranch puisse sembler très solitaire à un homme en deuil, mais…

— Mais il t'avait, toi…, murmura-t-elle

— On aurait pu le croire.

Une formule ambiguë qu'elle ne sut interpréter.

— Et ensuite il a rencontré et épousé la mère de Chase, c'est cela ? enchaîna-t-elle.

— Oui. Elle a tenu quelques années. Ensuite, il y a eu la mère de Maya, et encore deux autres après elle. Il a fini par renoncer à remplacer ma mère. Il a juste attendu de mourir pour la retrouver.

— Je suppose qu'il l'aimait vraiment très fort…

Mais même à ses propres oreilles sa voix était sceptique. Elle frissonna et reprit avec plus de conviction :

— Enfin, c'est une façon d'aimer assez flippante. Je préfère de loin le couple de Thad et C.J., par exemple. Ils s'adorent, c'est évident, mais ils s'intéressent aussi au reste du genre humain.

— Je suis d'accord avec toi. Le style de mes parents, c'était…

Il hésita, secoua la tête et déclara :

— Je ne voudrais pas vivre comme ça.

— Que voudrais-tu, toi ? lança-t-elle étourdiment. Comment aimerais-tu aimer une femme ?

— Je n'y ai pas vraiment réfléchi.

Encouragée par la facilité avec laquelle il répondait à ses questions, elle osa demander :

— Tu as déjà été amoureux ?

De nouveau, elle eut droit à l'un de ses regards rapides du coin de l'œil.

— Non. Toi ?

— Non, avoua-t-elle. Il y a eu une ou deux fois où j'ai cru… Je n'en étais peut-être pas très loin, mais cela ne s'est pas fait. Il y a des jours où je voudrais être amoureuse, et d'autres où je trouve l'idée absolument terrifiante. Je ne veux pas être vulnérable à ce point.

Halte-là ! Elle s'exposait vraiment beaucoup. Elle se raidit en redoutant le commentaire qui tue, mais il se contenta de lâcher :

— Logique.

Ils chevauchèrent côte à côte en silence pendant de longues minutes, puis Zane reprit :

— Que feras-tu si tu perds ta licence d'agent immobilier ?

— J'ai essayé de réfléchir à d'autres solutions. Il me faudrait un projet, mais jusqu'ici je ne trouve rien. J'en discutais justement avec Manny et…

Elle s'interrompit et ajouta vivement :

— Pour que tout soit bien clair, je précise que Manny ne me répond pas quand je lui parle.

— Heureusement ! Autrement, je me ferais du souci pour vous deux.

— Bref, je ne sais pas. Je n'avais jamais envisagé de quitter Los Angeles, mais maintenant que je suis venue ici… je me demande si je n'aimerais pas tenter quelque chose de tout à fait nouveau. Fool's Gold a l'air assez génial. Tu crois que je pourrais décrocher un emploi d'intervenante auprès du bétail ? Histoire de relayer leurs besoins, leurs revendications ?

— Les éleveurs du coin risquent de mal le prendre.

— Ah. Oui. Tu n'as pas tort.

Elle tira son chapeau en avant pour s'abriter les yeux et poursuivit :

— Chase partira l'an prochain pour l'université, non ? Et toi, que feras-tu ?

— Ce que j'ai toujours fait.

Elle voyait le tableau d'ici. Il resterait stoïque, gérerait le ranch, élèverait le bétail et les chèvres. Un cow-boy solitaire. Quel gâchis !

— Tu ne te sentiras pas trop seul ?

Un regard en coin.

— Si, probablement.

Cette brève réponse lui serra le cœur comme aucune déclaration d'amour n'aurait pu le faire. Elle aurait voulu… prendre Tango d'assaut pour bercer Zane dans ses bras, lui promettre d'être là pour lui, s'il le voulait. Elle aurait voulu oser tant de choses !

— C'est tout ce que je connais, ajouta-t-il.

— Et c'est ce que tu aimes. Ce n'est pas comme si tu te sentais piégé par ton destin.

Comme il ne répondait pas, elle le regarda, interdite.

— Tu te sens piégé ? demanda-t-elle.

— Pas de la façon que tu veux dire. Il y a tout de même des moments…

Sa bouche se tordit. Là, ce n'était pas un sourire.

— Quand j'avais à peu près l'âge de Chase, pour améliorer la lignée de nos cheveux, mon père a acheté un étalon qui coûtait une fortune. Le ranch était en difficulté, il ne pouvait pas se le permettre, mais une fois qu'il avait décidé quelque chose…

Surprise, elle fronça les sourcils. Elle pouvait se tromper, mais Zane allait lui confier quelque chose d'important.

— Une merveille, enchaîna-t-il. L'étalon, je veux dire. Du tempérament, de la force, un fichu caractère. Personne ne devait le monter, mon père l'avait décrété dès le premier jour.

Elle devina aussitôt la suite.

— Tu l'as monté, c'est ça ?

— Bien sûr. J'étais un ado impulsif, et puis cela me mettait hors de moi que mon père ne me fasse pas confiance. Je l'ai sorti le premier après-midi. Il courait comme le vent, il sautait les clôtures, les ruisseaux. Jamais je n'avais monté un cheval aussi rapide, aussi passionné. Je n'ai jamais oublié la sensation. Seulement voilà, il y avait eu de grosses pluies, il a glissé sur une plaque de boue, il est tombé. J'ai fait un vol plané, je me suis cassé le bras… et lui deux jambes.

Elle eut une grimace douloureuse.

— Ça a dû faire mal !

— Oh moi, mon bras s'est raccommodé sans problème,

mais il a fallu abattre l'étalon. Mon père est entré dans une fureur noire. Il n'avait pas encore appelé l'assureur, il n'était pas couvert. Il avait fait un emprunt pour acheter le cheval, il prévoyait de payer les traites en louant ses services pour couvrir les juments, mais son investissement était fichu. Il a dû vendre des hectares de terre pour couvrir la dette.

Elle frissonna. Inutile de demander la suite, elle avait déjà compris. Le père de Zane n'avait jamais pardonné.

— Il n'a jamais dit un mot, reprit Zane à mi-voix. C'était ça, le pire. Il ne m'a jamais laissé la possibilité de lui faire des excuses ou de me racheter. Pour lui, je n'existais plus.

— Mais tu étais son fils !

Il lui jeta un bref regard.

— Cela ne comptait pas pour lui. Par la suite, je me suis mis en quatre pour ne plus jamais le décevoir, mais le mal était fait. Et, chaque jour, j'ai suivi la nouvelle clôture pour regarder la terre que nous avions perdue en me jurant de la récupérer.

Phoebe ouvrit la bouche… et hésita, le temps de choisir parmi toutes les questions qui se bousculaient dans sa tête.

— Le ranch se porte bien, maintenant, non ?

— Si. Il m'a fallu des années, mais nous faisons un profit.

— Et c'est pour cela que tu es si dur avec Chase. Tu ne veux pas qu'il se retrouve dans la même situation que toi.

— Oui. J'ai essayé de tout mettre au clair avec mon père quand il était mourant, mais il n'a pas voulu m'écouter. Il répétait que cela n'avait pas d'importance, mais je savais bien que si.

Après toutes ces années, la plaie restait à vif, elle l'entendait dans sa voix. Si seulement elle avait pu remonter le temps, réconforter l'adolescent qu'il avait été ! Arrêter l'engrenage dès les premiers jours, lui faire voir qu'il avait fait une bêtise, rien de plus. Rien qui mérite une punition aussi disproportionnée !

— Ton père s'est trompé, dit-elle avec fermeté. Tu comptes davantage que n'importe quel cheval ou n'importe quelle terre.

— Merci, mais je n'en suis pas aussi sûr que toi. Peut-être, si j'avais pu récupérer nos hectares…

— Et tu ne peux pas ?

La voix de Zane se durcit.

— Celui qui a acheté cette terre, Reilly Konopka, refuse

de me la vendre. J'ai mis des années à rassembler la somme nécessaire, mais quand je suis allé négocier il a tout simplement refusé de m'écouter. Il veut me la donner.

Phoebe battit des paupières, décontenancée.

— Comment, en cadeau ?

— Je ne peux pas accepter. Le vieux fumier refuse de revenir sur ses positions. Résultat, il a toujours la terre, et moi, je me bats toujours contre les fantômes.

Que répondre à cela ? Connaissant Zane, elle situait parfaitement le problème : il ne pouvait accepter que ce qu'il payait. Pour lui, il n'y avait qu'une seule façon de faire la paix avec son passé. Elle en eut mal pour lui. Il ne voyait donc pas qu'il n'obtiendrait jamais le pardon de son père ? Qu'il ne lui restait plus qu'à se pardonner à lui-même ? La vraie question, ce n'était pas la terre, mais le pardon et l'amour !

— Je retourne le voir tous les deux ans à peu près, et chaque fois il refuse mon argent, précisa-t-il.

Elle pensa, sans oser le dire, qu'une partie du problème était là : ce voisin se comportait davantage comme un père que ne l'avait jamais fait le père de Zane.

— Je l'aurai à l'usure, décréta-t-il, le regard au loin. Un jour ou l'autre, je lui ferai entendre raison.

Cela, elle en doutait fort. Pour remporter cette bataille, il faudrait que l'adversaire accepte de participer au combat.

# 17

Le feu dansait et crépitait en jetant des ombres mouvantes à la ronde. Adossé à un tronc d'arbre, Zane sirotait son café. La soirée était assez fraîche ; le ciel s'était couvert, mais la pluie annoncée ne tombait toujours pas. Il commençait à croire qu'ils boucleraient leur circuit sans difficulté majeure.

Il tapota le tronc pour conjurer le sort. Toucher du bois, ne pas tenter le destin, pas alors qu'il leur restait encore deux jours et de longs kilomètres à parcourir avant de retrouver la sécurité du ranch.

Il jeta un regard à la ronde. Tout le groupe s'était rassemblé autour du feu ce soir, même Cookie, qui semblait méditer, perché sur une vieille souche. Maya discutait à mi-voix avec Phoebe et Chase. Il ne s'attarda pas sur leur groupe parce qu'il savait trop bien ce qui se passerait : son regard se fixerait sur Phoebe… et y resterait. Ce qui ne serait pas une bonne idée. Pas alors que les flammes faisaient briller ses yeux et posaient une si belle lumière sur sa peau. Pas alors que le son de sa voix se glissait en lui et le retournait comme un gant.

C'était bizarre. En lui révélant son tourment secret, il avait cru changer la donne. Lui qui détestait se confier, il allait forcément lui en vouloir de savoir, il allait reprendre ses distances. Mais non. Il était surpris de découvrir que cela ne le dérangeait pas le moins du monde. En apprenant ce qu'il avait fait, elle ne l'avait pas jugé ; sa réaction avait été du pur Phoebe, tout en acceptation et en générosité. Comment faisait-elle pour avoir autant de compassion pour les autres ?

Maya leva les yeux, surprit son regard et enfonça son coude dans les côtes de Phoebe. Il l'entendit dire :

— Zane a toutes les lignées du bétail sur son ordinateur.

Phoebe se tourna vers lui.

— C'est sûrement très compliqué, non ? Comment fonctionne le logiciel ?

— Aucune idée, répondit-il, en essayant de ne pas basculer dans les profondeurs de ses yeux magnifiques. C'est Chase qui l'a conçu.

Stupéfaite, elle se tourna vers ce dernier.

— C'est vrai ? Tu as conçu un logiciel ?

— Bien sûr. Ce n'était pas sorcier.

— Moi, je trouve ça assez stupéfiant.

Chase haussa les épaules, désinvolte, mais Zane vit le plaisir que lui faisait le compliment.

— Zane n'est pas très branché informatique, alors j'ai intégré une interface très commode, expliqua Chase. Il n'a qu'à entrer le numéro de l'animal, et le logiciel le guide en lui proposant des menus déroulants.

— C'est génial ! s'exclama Phoebe avec enthousiasme. Je pourrai voir fonctionner le programme, quand nous serons de retour au ranch ?

Comme Chase le consultait du regard, Zane hocha la tête en lâchant :

— Bien sûr.

— La technologie nous facilite la vie pour beaucoup de choses, intervint Maya en étirant ses longues jambes. Mais elle peut aussi nous créer de sacrés ennuis. Un de mes collègues a oublié son portable chez sa copine. Elle a ouvert son agenda et découvert toutes les autres filles avec qui il sortait.

— Ce n'est pas le portable qui est en faute, fit remarquer Phoebe avec une grimace. Ton collègue aurait dû être plus clair dans sa relation. Sauf que, bien sûr, sa copine n'aurait pas dû fouiller dans ses affaires.

— Il n'avait qu'à ne pas l'oublier, décréta Maya. Il ne se serait rien passé.

Phoebe ouvrit des yeux ronds.

— Cela ne te pose pas problème qu'un homme sorte avec plusieurs femmes en même temps ?

— Si c'est juste en passant, s'ils ne se sont pas juré fidélité, pourquoi pas ? Elle peut en faire autant.

— Oui, mais c'est tellement…

— Sophistiqué ? glissa Maya avec un sourire.

— Répugnant, corrigea Phoebe.

Zane sourit. Au fond, et même si elle vivait dans une ville dont l'amoralité était notoire, Phoebe était une fille toute simple. Elle ne concevait que les rapports francs et sincères, un homme et une femme, pas de complications. De plus, elle ne rejetait personne, était prête à discuter avec toute la création. Il ne s'étonnait plus qu'elle ait si souvent rencontré des problèmes : la vie ne récompense guère ceux qui donnent sans réfléchir. En somme, elle n'aurait pas pu être plus différente de lui. Dans son monde, les émotions, les sentiments ne comptaient pour rien.

Tommy se glissa plus près de Chase pour lui demander :

— Tu as inventé d'autres logiciels ?

— Bien sûr, répondit Chase en lui ébouriffant amicalement les cheveux. Les logiciels, c'est facile. J'essaie de faire beaucoup plus compliqué, maintenant : avec un copain, on essaie de concevoir un chat robot.

— Un vrai robot ? s'exclama le petit garçon, ouvrant des yeux comme des soucoupes.

— Tu vois les chiens robots qu'on peut acheter ? Et on peut leur apprendre des tours ?

Tommy fit oui de la tête.

— Eh bien, nous, on fait un chat, mais en beaucoup plus élaboré. Pour l'instant, nous butons sur des bogues. Je veux que le chat chasse les souris.

— Des *vraies* souris ? demanda Tommy, un peu perdu.

— Des vraies, oui ! Nous avons essayé avec des petites souris en peluche montées sur piles, mais jusqu'ici le chat ne s'y intéresse pas.

Lucy vint se blottir près de son frère.

— Il ne fera pas de mal aux souris, dis ? s'enquit-elle d'une petite voix.

— Non, assura Chase. Je voudrais juste qu'il essaie de les attraper.

Puis, les yeux brillants, il se lança dans un long monologue en expliquant les différents logiciels, la difficulté de créer les pièces dont ils avaient besoin à partir de rien. Les adultes ne l'écoutaient guère, mais Tommy et Lucy semblaient absolument fascinés.

Tout cela, Zane l'avait déjà entendu. Son frère était capable de parler de son obsession pendant tout un dîner, en faisant de grands gestes et des croquis sur la nappe, en dissertant sur des détails techniques jusqu'à ce que son assiette ait complètement refroidi. Ces soirs-là, il l'écoutait sans rien dire, et sans comprendre l'intérêt que son petit frère trouvait à ces projets. Pour lui, ce n'était que de la mécanique. Lui, il s'intéressait aux services qu'un appareil pouvait rendre, mais il ne voyait pas en quoi ce serait passionnant de le configurer. Seulement voilà, il n'était pas Chase, et Chase n'était pas lui.

— Quand est-ce que tu crois que tu réussiras à le faire marcher ? demanda Tommy avec passion.

La lumière des yeux de Chase s'éteignit comme si on venait de faire basculer un interrupteur.

— Je ne sais pas, répondit-il, le visage fermé. Nous avons eu une grosse panne la semaine dernière, de gros dégâts. Je voulais tout réparer cet été mais…

Distraitement, il saisit une brindille, dessina un vague cercle sur la terre battue devant lui et conclut d'une voix distante :

— Mais j'ai beaucoup de travail au ranch.

— C'est dommage, murmura Tommy, compatissant.

Saisi, Zane scruta le visage de son petit frère. Chase assurait sa part quotidienne des travaux du ranch, et il lui versait un petit salaire. S'il faisait des heures supplémentaires cet été, c'était pour rembourser le coût du matériel qu'ils avaient dû acheter pour la transhumance. La punition était justifiée et la leçon importante, Chase devait apprendre à se montrer responsable. Mais, pour la première fois, Zane commençait à réaliser que les inventions de son frère n'étaient pas seulement une lubie d'adolescent. Chase n'était pas comme ces gamins qui s'entichent de jeux vidéo jusqu'au jour où ils découvrent l'existence des filles. C'était vraiment ce qu'il voulait faire de sa vie.

A moins qu'il ne l'ait toujours su ? Et refusé de regarder la réalité en face, dans l'espoir de garder son frère encore quelque temps au ranch ? Soudain il comprit que cela n'arriverait pas, que Chase ne serait jamais heureux dans une petite université rurale et qu'il ne pourrait pas y développer ses talents. Il voulait partir sur la côte Est, entrer à MIT. Avec son intelligence et son amour de l'informatique, toute autre solution serait du simple gâchis.

Thad jeta un coup d'œil à sa montre et se leva.

— Les enfants ! C'est l'heure de se coucher.

Tommy leva les yeux vers lui en suppliant :

— Oh ! Thad, juste une minute ! Je veux que Chase explique encore son chat robot.

— Il t'expliquera demain matin.

— Thad a raison, c'est l'heure, intervint C.J.

Tommy la regarda, hésita et se leva avec un sourire.

— D'accord.

Sans protester, Lucy embrassa C.J. et suivit son frère vers leur tente.

Zane avait observé de loin l'évolution des rapports du couple avec les enfants, sans réaliser qu'ils étaient devenus aussi proches. Une évolution positive, mille fois préférable à l'hostilité palpable qui régnait entre eux en début de semaine ! Le départ des enfants sembla signaler la fin de la veillée. Andrea et Martin souhaitèrent une bonne nuit à la ronde, imités par Eddie et Gladys. Maya s'arrêta près de Cookie pour échanger quelques mots avec lui tandis que Phoebe se levait en s'étirant.

— Bonne nuit, dit-elle sans s'adresser à personne en particulier.

Zane, qui la couvait des yeux, la vit esquisser un mouvement pour se replier vers sa tente, puis se retourner pour le regarder bien en face. Sa bouche esquissa un sourire qui déclencha en lui un séisme discret.

— Bonne nuit, Zane, murmura-t-elle.

Il lui lança un clin d'œil. Le geste les surprit tous deux, mais ce fut elle qui trébucha à moitié, reprit son souffle et leva la main dans un vague salut avant de disparaître dans la nuit.

Il serra les dents. Pourquoi n'avait-il pas cédé à son instinct ? Pourquoi ne l'avait-il pas déshabillée quand il en avait l'occasion ? Elle était prête, elle en mourait d'envie…

— Fichus principes, marmonna-t-il tout bas.

Comme Chase passait devant lui, il sauta sur ses pieds en demandant :

— Tu as une seconde ?

Son frère le regarda d'un air un peu méfiant et hocha la tête.

— Bien sûr.

— Je me disais…

Les autres s'étaient éloignés, on entendait un murmure de voix du côté des tentes. Il pouvait parler librement. Il fit un effort sur lui et commença :

— En fin de compte, nous ne ferons aucune perte sur la transhumance, alors il n'y a pas de raison que tu fasses des heures supplémentaire. Disons qu'au retour au ranch tu feras ton travail habituel, mais rien de plus. Tu pourras passer le reste de ton temps sur tes ordinateurs et ton chat bionique.

Médusé, Chase scruta son visage un instant.

— Depuis quand… ? Il se passe quoi, là ?

— Tu as un peu de mal à suivre ? Je croyais que c'était toi, le génie de la famille. J'ai dû me tromper. Tu veux que je répète plus lentement ?

Chase battit des paupières et il comprit enfin.

— Sérieux, Zane ? Tu ne vas pas m'obliger à travailler soixante heures par semaine avec le bétail ?

Zane alla poser son quart vide sur la table installée au flanc du chariot de Cookie.

— Quand est-ce que j'ai fait ça ?

— Tu sais ce que je veux dire ! répliqua Chase en riant.

— Je sais, oui. Ecoute, voilà ce que je te propose. Fais ton travail habituel, je m'occuperai du reste. Et au retour donne-moi la liste de tout ce qu'il te faut pour faire fonctionner ton Super Matou, avec les prix. Payer les frais me reviendra moins cher, au final, que les solutions débiles que tu pourras inventer pour trouver l'argent.

Chase poussa un véritable cri de guerre.

— Génial ! Tu es le meilleur !

Il appliqua une grande claque dans le dos de son frère et cria, euphorique :

— J'ai hâte de rentrer ! Tu vas voir comme je vais te le boucler, le chat ! Merci, Zane !

Il partit en bondissant comme un chiot et en riant tout haut. Arrivé à sa tente, il se retourna pour lui faire un signe joyeux avant de disparaître à l'intérieur.

Zane sourit en secouant la tête. Chase était encore un grand gosse mais, comme Maya le lui répétait depuis des années, un brave gosse. C'était tout de même drôle qu'il ait mis si longtemps à s'en apercevoir ! A force de se concentrer sur son idée fixe, lui éviter le poids des regrets, il avait oublié de le laisser vivre. Jusqu'à ce que Phoebe ne vienne lui rappeler ce qui comptait vraiment dans une existence.

Phoebe eut beaucoup de mal à s'endormir. Mais cela, c'était tous les soirs, en ce moment. La présence de Zane déclenchait dans son corps une vibration obsédante, et elle ne parvenait plus à déconnecter et à s'abandonner au sommeil. Déchirée entre le désir sexuel et l'émotion, elle se repassait en boucle les moments qu'ils passaient ensemble, et surtout les révélations qu'il lui avait faites sur son passé. Elle comprenait mieux, maintenant, pourquoi il tenait tant à ce que Chase suive la voie étroite du devoir ! Une erreur unique avait suffi à lui imposer un fardeau qui l'écrasait depuis des années.

Son père avait eu tort d'agir comme il l'avait fait ! Cet homme stupide, elle aurait voulu le tenir devant elle pour pouvoir lui dire ce qu'elle pensait de lui ! Si seulement Zane comprenait qu'il n'avait plus rien à prouver, qu'il pouvait s'affranchir du passé…

Allongée dans sa petite tente, elle serrait les poings comme si elle pouvait lui insuffler sa conviction…

Envie de le libérer. Envie de lui, tout simplement. Des envies et des désirs déplacés, et pourtant, chaque fois qu'il l'embrassait, la passion sonnait si juste ! Elle pouvait apprécier son point de vue sur la question de ne pas faire l'amour là où tout le monde pouvait les voir, mais elle se demandait sérieusement si cela l'aurait dérangée. Elle avait… besoin de lui. Humiliant mais vrai. Et ce n'était pas pour des discussions enrichissantes ou un peu de chaleur humaine ! Pour dire les choses crûment, elle avait besoin qu'il la fasse grimper aux rideaux. Chaque partie de son corps criait son envie d'être caressée. A ce stade, même un massage des pieds serait indiciblement érotique ! Il était peu probable que Zane vienne la rejoindre sous sa tente, et c'était bien dommage car de son côté elle n'oserait jamais prendre l'initiative. Aller le voir pour lui demander de la prendre dans ses bras, elle ? Non seulement cela n'entrait pas dans les paramètres de sa personnalité, mais la nuit était si silencieuse ! Tout le monde dans un rayon de quatre kilomètres saurait exactement ce qui se passait.

Elle se retourna brusquement dans son sac de couchage. Au moins, ce soir, elle n'était pas couchée sur des cailloux. Elle avait trouvé un endroit moussu, bien moelleux, et elle était restée ferme face aux objections de Zane qui tentait de la dissuader d'y planter sa tente. Elle en avait sa claque de sentir un angle aigu s'enfoncer dans sa hanche ou son épaule chaque fois qu'elle commençait à s'endormir ! Cela l'arrangeait aussi de dormir un peu à l'écart du campement. C'était plus privé.

Privé, oui, reposant, non. Elle se retourna de nouveau en poussant un gros soupir. Il lui fallait un homme ! Et pas n'importe quel homme. Zane. Décidément, elle était partie pour une nouvelle nuit blanche. Et si elle méditait ? Méthodiquement, elle se détendit, contrôla son souffle, visualisa un merveilleux pré fleuri dans la montagne. Un tableau idyllique, elle entendait les oiseaux, sentait la tiédeur du soleil sur ses bras, le parfum des fleurs. Une perfection… jusqu'à ce qu'un pic-vert commence son tapage !

Un pic-vert ? Elle ouvrit brusquement les yeux. Non, pas un pic-vert. La pluie ! Des gouttes légères tapotaient sa toile de tente. Inquiète, elle passa la main le long des coutures. Non, rien ne fuyait, elle était à l'abri. Elle referma les yeux. C'était agréable, la pluie. Apaisant. Le rythme parfait pour bercer, endormir… Un moment plus tard, elle fut réveillée en sursaut quand un véritable torrent se déversa dans son lit !

Elle se redressa d'une détente avec un cri étouffé. Elle se

noyait ! Elle gelait ! L'eau était partout, elle ne voyait plus rien, ne savait plus où elle était… Puis la mémoire lui revint, et elle comprit qu'une eau glacée inondait sa tente. Elle était à demi immergée. Zane… Zane l'avait prévenue que ce repli de terrain moussu devenait un cours d'eau, par temps de pluie — il aurait dû dire une rivière ! Froid, froid… Elle ne réussirait jamais plus à se réchauffer. Allez, au lieu de philosopher, il fallait sortir de là ! Vite, au cas où l'eau monterait encore, l'emporterait…

C'était plus facile à dire qu'à faire ! Son sac de couchage était un modèle en tube, il fallait déjà se tortiller pour y entrer. En ressortir alors qu'il était à tordre, cela devenait presque impossible. Elle se débattit, jura, rua, et commençait à paniquer quand elle parvint enfin à se libérer. En T-shirt, culotte et chaussettes, elle ouvrit sa tente à tâtons et sortit dans un univers de ténèbres, de vent et de pluie.

Grelottante, de l'eau jusqu'aux chevilles et les cheveux plaqués sur sa tête, elle empoigna sa tente, la tira dans un sens, dans l'autre, mais, solidement arrimée, elle ne céda pas. A bout, elle décida de tout emporter en vrac, replongea à l'intérieur, traîna en pataugeant ses sacoches et son sac de marin à l'extérieur et, son jean et ses bottes serrés sur son cœur, elle trébucha dans les ténèbres et la boue jusqu'à la tente la plus proche.

— Z-Zane, bredouilla-t-elle en claquant des dents. Zane, ma tente est inondée.

Elle entendit un gros soupir, puis sa voix :

— Et tu es trempée, c'est ça ?

Elle fit oui de la tête, réalisa qu'il ne pouvait pas la voir et précisa :

— Il y a une rivière dans ma tente.

Une lampe de poche s'alluma, le rabat de la tente s'ouvrit.

— Laisse tes affaires dehors et entre.

Elle hésita. Cela l'ennuyait d'abandonner ses affaires, mais Zane lui tendait une grande serviette bien sèche. La tentation fut trop forte, elle laissa tomber ses bagages et se glissa à l'intérieur.

La tente était un peu plus spacieuse que la sienne, mais tout de même très étroite pour deux — surtout si l'une des deux, agenouillée, s'efforçait de se sécher sans tout mouiller autour d'elle.

— Ta tente est toujours debout ? demanda Zane.

Elle hocha la tête en claquant des dents. En même temps, la vue du torse nu de Zane faisait déjà beaucoup pour la réchauffer… Son poitrail n'était pas très velu, mais le duvet sombre qui barrait ses pectoraux descendait en V sur son ventre plat et disparaissait dans le sac de couchage dans lequel il était enfoncé jusqu'à la taille. Il la parcourut d'un regard rapide.

— Tu es trempée jusqu'aux os ?

Comme elle hochait de nouveau la tête sans répondre, il marmonna quelque chose qu'elle n'entendit pas, « Logique », ou peut-être « Fichue bonne femme ». Il tendit la main, tâta son T-shirt détrempé et soupira.

— Déshabille-toi, frictionne-toi bien et entre dans mon sac de couchage pour te réchauffer. Je file mettre tes affaires à l'abri dans le chariot de Cookie, je démonte ta tente et je reviens.

Il enfila sa chemise, son jean, mit son chapeau. Il était presque sorti quand il s'arrêta pour lui jeter un regard par-dessus son épaule.

— Tu arriveras à ne pas te mettre en difficulté d'ici mon retour ?

— D'ac-accord, bafouilla-t-elle, les lèvres engourdies par le froid. Dès qu'il fut parti, elle suivit ses instructions, arracha ses chaussettes mouillées qu'elle étendit près de la porte, son T-shirt qui lui collait à la peau… C'était très bizarre de se retrouver presque nue dans la tente de Zane. Sa culotte était à peine humide, une chance car elle trouvait tout de même un peu excessif de tout retirer. Elle la garda donc, se frictionna soigneusement, enroula la serviette autour de ses cheveux mouillés et se glissa dans le sac de couchage.

Aussitôt, une fabuleuse chaleur l'envahit. Le sac était douillet, tiède à souhait et, cerise sur le gâteau, il gardait l'odeur du corps de Zane… C'était presque comme se retrouver dans ses bras ! Roulée en boule, elle s'ordonna de cesser de grelotter. La serviette nouée autour de sa tête se détacha, mais, blottie en position fœtale, elle n'eut pas l'énergie de se déplier pour la remettre en place. Autant la laisser où elle était, elle protégerait l'oreiller de Zane.

Quelques bruits lui parvenaient de l'extérieur, à travers le crépitement de la pluie. Zane devait défaire sa tente du lit du torrent. C'était affreux de l'avoir réveillé et obligé à sortir par une nuit pareille ! Et stupide de ne pas l'avoir écouté quand il lui avait dit de ne pas monter sa tente à cet endroit ! Elle se flagellait avec la dernière énergie quand il revint. L'entrée de la tente s'écarta, et son grand corps ruisselant se glissa près d'elle. Il posa sa lampe de poche, lui effleura la joue et demanda à mi-voix :

— Ça va ? Tu te réchauffes ?

Elle fit oui de la tête et renifla, piteuse.

— Je suis désolée…

Les yeux de Zane se plissèrent dans un sourire.

— Cela valait la peine.

— Je… Pourquoi ?

— Parce que maintenant j'ai le droit de dire : « Je te l'avais bien dit ! »

Elle renifla de nouveau.

— Tu ne m'en veux pas ? mumura-t-elle.

— Parce que j'ai dû sortir sous la pluie au milieu de la nuit, arracher les piquets de ta tente avec de l'eau jusqu'aux genoux, la traîner en haut d'un talus et la remonter pour qu'elle sèche, puis porter tes bagages jusqu'au chariot de Cookie ? Et bien entendu, comme je l'ai réveillé, il a aussi fallu l'écouter se plaindre.

— Toutes ces raisons, oui, reconnut-elle avec une grimace douloureuse.

— Je ne t'en veux pas.

— Mais… j'ai été stupide, protesta-t-elle, incrédule.

— Tu n'es pas d'ici. Tu ne savais pas.

— Tu as essayé de me dire. J'aurais dû t'écouter.

Il lui sourit de nouveau.

— Ça t'apprendra. L'homme a toujours raison.

— N'importe quoi !

— C'était vrai cette fois. Tu es toute nue ?

Saisie, elle se tortilla discrètement pour s'enfoncer un peu plus profondément dans le sac de couchage.

— Je… Enfin, j'ai gardé ma culotte, avoua-t-elle.

Il jura tout bas.

— Bien fait pour moi. Je n'aurais pas dû poser la question.

— Pourquoi ?

— Tu ne veux pas le savoir.

Mais si ! Elle y tenait beaucoup, au contraire, mais elle ne savait pas comment insister. Elle opta donc pour une autre approche.

— Nous allons partager ton sac de couchage ?

— Je comptais demander l'hospitalité à Cookie.

— Ah.

Quelle déception !

— Phoebe, nous en avons parlé, dit-il, exaspéré. Tu mérites mieux qu'une séance sommaire en plein air.

— Nous ne sommes pas en plein air. Rien ne nous oblige à être sommaires.

Quoi ? Que venait-elle de dire ? Elle aurait voulu rentrer sous terre, ou au moins tirer le sac de couchage sur sa tête. Atterrée, elle ferma les yeux, sûre que Zane allait la planter là, dégoûté par son effronterie.

Comme il ne faisait pas un geste, elle finit par ouvrir un œil, puis l'autre... Il la contemplait avec l'expression d'un affamé à qui on offre un banquet. La flamme de ses iris bleus la réchauffa mieux que le sac de couchage. Il la désirait ! Elle ne savait ni pourquoi ni combien de temps cela durerait mais, après tout, quelle importance ?

L'envie qu'il avait d'elle luttait encore contre son besoin de se comporter en gentleman. Muette, elle assista à son combat intérieur. Comment influencer l'issue ? Cette fois, elle était déterminée à avoir ce qu'elle voulait. Elle passa en revue plusieurs possibilités et opta pour l'approche la plus simple : elle défit la fermeture Eclair du sac de couchage et se redressa.

Le rayon de la lampe ne flattait sûrement pas son teint, elle ne voulait même pas penser à ses cheveux, mais Zane ne sembla rien remarquer. Son regard se braqua sur ses seins nus et ne les quitta plus. Il soupira brusquement, il y eut un déclic, et les ténèbres envahirent la tente. Il venait d'éteindre la lampe. Surprise, elle écarquilla les yeux.

— Zane ?

— Il va falloir nous débrouiller au contact, dit sa voix toute proche. Parce que autrement nous allons offrir un sacré spectacle.

Un… ? Mais oui, bien sûr ! Une lampe à l'intérieur d'une tente, cela créait des silhouettes extrêmement détaillées ! Elle rougit à la seule idée de ce qu'auraient pu voir les autres, si jamais l'un d'entre eux avait eu l'idée saugrenue de mettre le nez dehors sous ce déluge. Un mouvement… Instinctivement, elle remonta le sac de couchage sur sa poitrine.

— Qu'est-ce que tu fais ?

— Je retire ma veste. Elle est trempée.

— Ah.

Il y eut encore quelques froissements, puis une main ferme et tiède se posa sur son épaule.

— Tu es bien ?

— Oui…

Elle était *presque* sincère. Elle voulait être avec lui de la façon la plus intime, mais le vouloir et en parler, c'était deux choses très différentes ! Il laissa échapper un petit rire.

— Tu es en train de changer d'avis ? demanda-t-il.

— Pas vraiment, non.

— Alors quoi, vraiment ?

Elle n'eut pas l'occasion de formuler sa pensée. Il avait dû se rapprocher tout en parlant car, au moment où elle ouvrait la bouche pour lui répondre, ses lèvres se pressèrent contre les siennes. Cet homme savait viser ! songea-t-elle en les accueillant. Son corps fondait déjà, se détendait, s'ouvrait. Langoureuse, elle se colla à lui.

Ses bras solides se refermèrent sur elle. Elle eut vaguement conscience de la douceur du coton usé de son T-shirt et de la puissance de ses muscles. Elle s'était toujours sentie à l'aise dans ses bras, alors elle trouva tout naturel de lâcher le sac de couchage, qu'elle serrait des deux mains, pour nouer les bras autour de son cou. Résultat, ses seins nus se retrouvèrent pressés sur son torse encore vêtu. Mais tant qu'il l'embrassait, tant qu'il léchait sa lèvre inférieure, ce décalage ne la dérangeait pas.

Elle passait toujours d'excellents moments dans ses bras, pensa-t-elle en s'abandonnant. Il embrassait comme s'il était l'inventeur de cette pratique ! Le jour où le baiser ferait partie des sports olympiques, il remporterait la médaille d'or. Il mordilla sa lèvre inférieure, balaya sa langue de la sienne. Elle laissa échapper un soupir de pur plaisir.

Avait-elle vraiment eu froid ? Elle brûlait sous les mains de Zane. Elle s'enhardit à son tour, plongea les doigts dans ses cheveux, pétrit son dos, ses épaules. En elle, le désir enflait, de plus en plus incontrôlable. Il écarta ses lèvres des siennes, elle sentit son souffle tiède sur sa joue, et ce fut le seul avertissement avant qu'il ne presse ses lèvres dans son cou. Frémissante, elle se serra contre lui, la tête rejetée en arrière. Il aligna les baisers et les morsures jusqu'à son oreille et, délicatement, la coucha sur le dos. De très loin, elle perçut d'autres mouvements, sans savoir ce qu'il faisait car il l'embrassait — l'enflammait ? — toujours.

Son grand corps se déploya, s'allongea contre elle… et elle dut empêcher ses cuisses de s'ouvrir instinctivement, prêtes à l'accueillir. Elle n'avait plus que sa culotte, lui était encore entièrement habillé, mais quelle importance ? Elle le voulait tout entier, sur elle, en elle, les précipitant tous deux dans le plaisir.

Ses pensées s'effilochaient, elle ne pouvait plus s'inquiéter de ce qu'ils feraient bientôt… Ses baisers descendaient, s'approchaient de ses seins. Quand ses lèvres se refermèrent sur son mamelon durci, une plainte inarticulée lui échappa. Elle haletait, se noyait dans les sensations. *Quelle nuit mouvementée*, se dit-elle en maintenant à deux mains la tête de Zane contre elle. C'était si bon… Trop bon…

— Encore, gémit-elle.

Il suça, lécha, taquina son mamelon, puis il passa à l'autre sein pour lui infliger la même torture érotique. Entre ses cuisses, un besoin terrible se dilatait, sa culotte la ligotait, le sac de couchage était une camisole de force. Fébrile, elle chercha la fermeture, s'en débarrassa d'une ruade et s'attaqua aux boutons de la chemise de Zane qui se concentrait toujours sur ses seins. Après quelques tentatives maladroites, elle ne put qu'abandonner en savourant ce qu'il lui faisait.

— Ce n'est sûrement pas légal, chuchota-t-elle.

Surpris, il releva la tête.

— Pourquoi ?

— C'est trop bon…

Elle sentit le souffle tiède de son rire sur ses seins humides. Les ténèbres régnaient dans la petite tente, ce qui rendait l'ambiance étrange mais très agréable. Dans le noir, elle se sentait un courage de lion.

— Déshabille-toi, ordonna-t-elle, en sachant qu'elle n'aurait jamais osé le dire en pleine lumière.

— Oui, madame.

Des froissements, puis un bref silence et le bruit reconnaissable entre tous d'une fermeture Eclair que l'on abaisse. Elle sentit son cœur battre plus fort dans sa poitrine, comme un roulement continu de tonnerre... Elle s'efforça d'imaginer Zane nu, se le représenta debout devant elle, en érection, puis la pénétrant, la remplissant, la faisant...

— Préservatif, ordonna-t-elle encore.

Le mouvement près d'elle s'interrompit.

— Comment ?

Elle crut sentir la terre s'ouvrir pour l'avaler. Pourquoi, pourquoi n'avait-elle pas abordé la question *plus tôt* ?

— Je ne prends pas la pilule, chuchota-t-elle, piteuse.

Dans les jurons que Zane scanda dans les ténèbres, le mot *fuck* revint plusieurs fois. Affreusement déçue, elle parvint tout de même à plaisanter :

— C'était bien ce que je voulais...

Un instant plus tard, elle entendit le petit rire qu'elle aimait tant.

— Je ne sais jamais ce que tu vas dire, tu me surprends toujours. Bon, croise les doigts.

— Pourquoi ?

— J'ai peut-être un préservatif dans ma trousse de toilette.

Encore des mouvements, des froissements, une nouvelle fermeture Eclair...

— Je vais devoir allumer, murmura-t-il.

Elle envisagea bien un instant de fermer poliment les yeux, mais qui cherchait-elle à tromper ? Elle voulait le voir ! Pour ne rien rater du spectacle, elle se souleva même sur un coude en ouvrant grands les yeux. Quand la lampe de poche se ralluma, elle vit tout ce qu'elle espérait, et même plus encore.

Zane était à genoux au pied du sac de couchage. Nu, elle

le trouva physiquement plus parfait qu'aucun homme n'était en droit de l'être. Le contour de ses épaules et de ses bras, la largeur de son torse, son ventre plat... Elle baissa les yeux vers son pénis tendu, et devant cette preuve physique de son désir pour elle, elle se sentit fondre de tendresse. Elle faillit écarter les jambes en exigeant qu'il la prenne tout de suite, et au diable la contraception ! Mais cela, c'était du domaine du fantasme. Elle se contenta donc de tendre la main et d'effleurer la pointe de son érection.

Il se raidit, se tourna à demi pour la regarder. Si elle avait encore eu le moindre doute sur son envie de lui faire l'amour, le feu de ses yeux, la tension de son visage l'auraient vite rassurée. Sexuellement parlant, il était au bord du gouffre.

Il secoua brusquement la tête, se pencha de nouveau sur sa trousse de toilette, en sortit méthodiquement un flacon, un autre... Puis, excédé, il retourna la trousse et déversa son contenu sur le tapis de sol.

— Allez, allez, allez, marmonna-t-il, les dents serrées, en fouillant des deux mains.

Puis il s'empara d'un petit emballage carré et le brandit, triomphant.

— J'en ai un !

— Un seul ? demanda-t-elle avec un sourire.

— Ensuite, il faudra juste se montrer un peu créatifs.

Il lui tendit le préservatif et éteignit la lumière.

— J'en étais où ? susurra-t-il.

— Où tu voudras, répondit-elle avec conviction.

— Parfait. Alors je choisis... ici.

D'un geste plein d'aisance — cet homme voyait-il dans le noir ? —, il lui retira sa culotte. Puis... il ne se passa plus rien. Tendue, aux aguets, elle entendit son souffle, perçut un mouvement, et l'instant suivant il embrassait le creux de sa cheville. Elle sursauta et, presque malgré elle, ouvrit les cuisses.

— Qu'est-ce que tu fais ?

— Tu es une femme intelligente. A toi de me le dire.

Un baiser après l'autre, il remonta jusqu'à son genou, se posta entre ses jambes et se mit à grignoter, lécher, embrasser de plus en plus haut… jusqu'au moment où il posa un baiser lèvres ouvertes au creux de sa hanche.

— Oh. J'ai perdu mon chemin, murmura-t-il en riant. Je cherchais autre chose.

En elle, le désir était si intense qu'elle ne pouvait plus aligner trois mots cohérents. Même pour dire ce qu'elle voulait qu'il lui fasse ! De toutes ses forces, elle lui envoya un message télépathique pour lui indiquer où glisser cette langue diabolique qui la rendait folle. Par chance, il semblait assez doué pour lire ses pensées, et il descendit jusqu'à la terre promise en trois petites secondes.

Elle souleva les hanches dans une invitation muette. Il l'explora lentement, attentivement, découvrant, goûtant, chuchotant combien c'était bon pour lui. Elle aurait aimé répondre que de son point de vue à elle c'était pas mal non plus, mais les paroles ne venaient pas. Elle ne parvenait plus à penser, ne pouvait que sentir une chaleur liquide se déverser en elle, former lentement la spirale en expansion qui allait tout balayer sur son passage. Ses muscles se tendaient, elle se soulevait du matelas, cambrée…

Zane avait cerné le territoire et se concentrait maintenant sur le point précis qui l'enverrait tout droit au paradis, pressant le mouvement, le ralentissant, glissant un doigt en elle. Elle haleta, gémit, ondula, les yeux grands. La jouissance arrivait avec une rapidité qui lui coupa le souffle. Cela ne lui était jamais arrivé de basculer aussi vite, elle l'aurait presque supplié de ralentir le mouvement.

— Zane, souffla-t-elle. Je…

Il ne répondit pas, et ce fut sans doute une très bonne chose car elle fut emportée par une explosion de plaisir d'une puissance stupéfiante. Chaque cellule de son corps sembla éclater, le plaisir la souleva, dura, dura… Zane l'accompagna jusqu'au bout en atténuant progressivement ses caresses, en la pressant tout bas de lui donner tout ce qu'elle avait…

— Ohhh…

— Je trouve aussi, fit-il en embrassant le haut de sa cuisse.

Elle pouvait respirer, penser, bouger de nouveau. Elle poussa un long soupir, sentit Zane se redresser, voulut lui donner le préservatif… mais elle s'arrêta net. Elle sentit le doigt de Zane se faufiler en elle. Juste un doigt, cela n'aurait pas dû être aussi excitant, mais il avait une façon de la toucher à nulle autre pareille. Elle venait de vivre un orgasme ahurissant et pourtant elle ne put s'empêcher de se refermer sur lui en l'attirant plus profondément en elle.

— C'est bon ? demanda-t-il à mi-voix.

— Oui… Continue, surtout…

Sans réfléchir, elle saisit son poignet, projeta ses hanches en avant, encore et encore, en trouvant son rythme idéal. Très vite, la lourde tension s'installa de nouveau, et bientôt les contractions du plaisir repartirent de plus belle. Il jura tout bas.

— Tu peux faire ça quand je serai en toi ?

— Bien sûr.

Elle pressa le préservatif dans sa paume en ajoutant :

— Et toi, tu peux l'enfiler dans le noir ?

— Si c'est pour te faire l'amour, je le ferais même si j'étais mort.

Quelques instants plus tard, son sexe doux et chaud se pressait contre elle. Elle glissa la main entre leurs corps pour le guider vers l'entrée du fourreau tendre entre ses cuisses, fourreau qui céda puis se contracta sur lui au fur et à mesure qu'il la pénétrait. Il la remplit lentement, la dilata délicieusement. A chaque poussée, elle eut l'impression de s'envoler un peu plus loin, un peu plus haut.

Il changea de position pour pouvoir empoigner ses hanches.

— Tu me tues, susurra-t-il à son oreille. Je ne vais pas pouvoir me retenir longtemps.

— Lâche-toi…

Il la prit au mot et s'engouffra en elle, la martela de plus en plus vite, de plus en plus intensément. Se retira entièrement pour revenir aussitôt. Elle se perdit dans le mouvement, dans la sensation. Le plaisir était plus grand que tout ce qu'elle avait jamais ressenti. Un hasard ? Le fait de se trouver en plein air ? La position de la lune ? L'effet Zane ? Peu importait ! Elle n'était plus en état de s'interroger.

Zane se cambrait, la tête rejetée en arrière, le plaisir allait fondre sur lui, elle le sentait… Elle l'étreignit de toutes ses forces en nouant les jambes autour de ses hanches. Un tremblement secoua son long corps puissant, puis elle reçut avec bonheur son poids subit quand il se cramponna à elle en lui offrant son plaisir dans un long grondement.

# 18

Phoebe avait toujours redouté les moments si gênants juste après l'amour. Non qu'elle en ait une grande expérience — elle n'avait pas eu des hordes d'amoureux —, mais pour elle ces moments avaient souvent été assez périlleux.

Déjà, la question des câlins. On se blottit dans les bras l'un de l'autre, ou pas ? Et la conversation ! La première question était souvent : « C'était bon, pour toi ? » et… ce n'était pas toujours le cas. Pas du tout ! Le plus souvent, elle tournait autour du pot, pour ne pas faire de peine. Elle finissait par trouver que l'idéal serait d'éviter tout échange post-coït. Cette nuit, pour la toute première fois de sa vie, elle se retrouvait allongée contre un homme, le corps incroyablement détendu, repue de plaisir, mais en proie à une intense humiliation. Son corps n'arrêtait pas d'aligner les orgasmes !

— Je regrette, chuchota-t-elle.

Surpris, Zane roula sur le flanc.

— Comment ?

— Je n'aurais pas dû faire ça.

— Faire quoi ?

Cette note prudente, un peu méfiante dans sa voix. Elle rassembla son courage et murmura :

— J'étais trop… enfin, tu vois ce que je veux dire.

— Je ne vois pas, non. Trop quoi ?

— Dévergondée.

Silence. Un silence absolu, puis un rire. Le genre de rire qui vous laisse pantelant, sans souffle.

Vexée, elle lui secoua le bras.

— Zane ?

Il riait toujours. Tout le monde devait l'entendre !

— Arrête ! Tu vas réveiller les autres.

Cet argument eut l'effet recherché. Elle sentit l'effort qu'il faisait pour se contrôler, et il se tut enfin. Mais des soubresauts de rire contenu le secouaient toujours.

— Ce n'est pas drôle ! marmonna-t-elle.

Il se pencha vers elle. Elle ne le voyait toujours pas, mais elle sentait sa chaleur et son souffle.

— Phoebe, dit-il à son oreille, tu es l'amante la plus extraordinaire que j'aie jamais connue. Tu es sexy, réactive comme une arme fatale, adorable, drôle et tendre. Si j'avais une boîte entière de préservatifs, je les utiliserais tous avant le lever du jour. Mais tu n'es pas *dévergondée* !

Elle se sentit un peu mieux. Mais seulement un peu.

— Tu sais, d'habitude, je ne... enfin, je ne jouis pas à ce point, avoua-t-elle. Ou même pas du tout.

— Tu l'as fait avec moi.

— J'ai remarqué.

— Je voulais te faire plaisir.

— Je l'ai bien senti, fit-elle avec un sourire.

— Alors où est le problème ?

— Je ne voudrais pas que tu aies une mauvaise opinion de moi.

Il effleura ses lèvres du bout des doigts, dessina le contour de sa bouche.

— J'ai une très haute opinion de toi, assura-t-il.

L'inquiétude de Phoebe fondit comme neige au soleil.

— C'est vrai ?

— Absolument, répliqua-t-il en l'embrassant.

Il aurait dû savoir qu'elle ne serait pas comme les autres femmes, pensa-t-il en se rallongeant près d'elle. Elle était aussi originale au lit qu'en dehors. Il la serra dans ses bras et murmura, déjà sûr que ce serait le cas :

— Il y a autre chose dont tu t'inquiètes ?

*
* *

— Eh bien…

Elle laissa échapper un petit soupir et reprit :

— Je sais bien que les hommes n'apprécient guère de passer la nuit après… Je vais aller m'installer chez Maya.

Ils étaient étendus nus sur son sac de couchage, jambes mêlées. Il sentait le parfum de sa peau et aussi celui de leur séance amoureuse. Après le sexe, la plupart des femmes se mettaient à parler. D'un instant à l'autre, elle se lancerait dans une analyse exhaustive de leurs émotions, surtout celles qu'il éprouvait, lui. En temps normal, la perspective l'aurait fait fuir comme la peste. Il aimait que tout reste simple, avec des règles bien définies, pas d'attachement, pas d'engagement, et bien sûr pas de nuits dans les bras l'un de l'autre. Ce fut donc tout à fait insensé de sa part de répondre :

— Tu peux rester ici si ça ne t'ennuie pas d'être un peu à l'étroit.

Elle changea de position dans ses bras. Il devina qu'elle cherchait à voir son visage dans le noir.

— Sérieux ?

— Bien sûr.

— D'accord. Je préfère rester. Il faudra juste se lever tôt pour que personne ne sache que j'ai passé la nuit ici.

— Cookie va comprendre, vu que je n'irai pas partager son chariot, mais ne t'inquiète pas il ne dira rien.

— Alors c'est bien.

Ils se glissèrent dans le sac de couchage. C'était très exigu, et Phoebe… était toujours nue. En trois secondes, il se retrouva aussi dur qu'en début de séance. Elle glissa la main entre eux en chuchotant :

— Tu es sûr que tu n'as pas d'autres préservatifs ?

Il se cambra et laissa échapper une plainte étouffée. La nuit allait être longue !

— Certain, répondit-il en serrant les dents.

Que faire ? Lui demander d'arrêter ? La supplier de continuer ? L'issue de la seconde option était inévitable, et les effets plutôt désagréables dans un sac de couchage exigu. *Juste quelques secondes de plus*, se dit-il en fermant les yeux et en s'abandonnant au rythme régulier de sa main. Il l'arrêterait avant que les choses n'aillent trop loin.

Seulement, Phoebe étant Phoebe, et vu l'attirance qu'il éprouvait pour elle, le point de non-retour arriva plus vite qu'il ne s'y attendait. Ecartelé, au bord de l'implosion, il saisit son poignet.

— Stop. Je vais…

— C'était l'idée.

Puis elle se glissa vers le bas, entre ses jambes. Ses doigts jouèrent avec ses testicules, sa bouche se posa sur son érection, et à partir de là ce fut un voyage de vingt secondes à peine jusqu'au paradis.

Plus tard, une fois qu'il lui eut renvoyé l'ascenseur, ils se blottirent ensemble dans le sac de couchage, et il se demanda ce que serait une vie auprès de Phoebe. Saurait-elle apprécier son univers, ou trouverait-elle la nature et les grands espaces hostiles ? Il la voyait d'ici faire des cours de généalogie aux chèvres, organiser des séminaires de développement personnel pour le bétail. Elle le rendrait fou, elle le ferait rire. Elle l'aimerait. Car elle était femme à se donner tout entière. Elle aimerait de tout son être et pour toujours — à moins que l'homme ne soit assez crétin pour lui briser le cœur. Elle était faite pour l'amour.

Autrement dit, elle n'était pas pour lui.

Car lui, il ne voulait pas aimer. Personne. Jamais. Aimer, c'était s'isoler, se couper du monde, se faire mal — et faire du mal aux autres.

Il réprima un soupir en pensant qu'il aurait dû la laisser rejoindre Maya. C'était l'option la plus sage, pour lui comme pour elle. Et pourtant il attira son corps endormi un peu plus près en posant un baiser léger sur ses cheveux.

Demain, se promit-il. Demain, il mettrait fin à ce qui se nouait entre eux. D'ici là, il pouvait bien s'autoriser cette nuit unique. Cela lui ferait un beau souvenir.

Zane les réveilla tous deux très tôt. Le temps que Chase émerge en clignant des yeux, il avait démonté leurs deux tentes et sirotait son troisième quart de café. Phoebe avait assuré qu'elle saurait se comporter tout à fait normalement, mais en la regardant, de l'autre côté du feu, il n'en fut pas si sûr. En voyant son expression rêveuse, n'importe qui comprendrait que quelque chose avait changé en elle.

Elle surprit son regard sur elle, rabattit d'un geste nerveux une mèche derrière son oreille et protesta :

— Quoi ? Tu n'arrêtes pas de me regarder. Mon mascara ne peut pas avoir coulé, je n'en ai pas.

Pas de mascara, et alors ? Elle était très belle.

— Tu es différente, lui dit-il. Tu as l'air… satisfaite.

Il sourit de voir rosir ses joues.

— Tu dis ça parce que tu sais ce qu'on a fait, marmonna-t-elle.

Elle avait peut-être raison. Le moment le plus délicat serait quand ils devraient affronter le regard des autres. Le mauvais temps créerait-il une diversion suffisante pour détourner d'eux l'attention du groupe ? Ce matin, il tombait un véritable déluge.

— Il va pleuvoir longtemps ? demanda-t-elle en testant la solidité du mât de l'auvent qui préservait un emplacement à peu près sec autour du foyer pour le petit déjeuner du groupe.

— Impossible à dire. La météo annonce plusieurs jours de gros mauvais temps mais, dans les montagnes, on ne peut pas prédire grand-chose. Cela pourrait aussi bien se lever.

Et il l'espérait de tout son cœur. Chevaucher par ce temps, ce serait dur pour des débutants comme eux. Comme par un fait exprès, ils se trouvaient au point le plus éloigné du ranch, ils en auraient pour deux bonnes journées pour rentrer, même en poussant un peu le bétail.

Phoebe termina son café et se leva en murmurant :

— Je vais voir si mes affaires ont séché.

Il hocha la tête sans répondre et la suivit des yeux tandis qu'elle s'éloignait. Cookie avait fait un second feu derrière son chariot, devant lequel les vêtements et le sac de couchage de Phoebe recevaient leur dose d'air tiède et enfumé. Zane était certain d'une chose : le vieux cuisinier ne la taquinerait pas ; il garderait ses commentaires pour lui.

— Salut ! lança Chase en venant s'asseoir près de lui. Quelle plaie, cette pluie !

— Je confirme.

— Je suis allé voir le bétail, tout va bien. A voir les nuages, il n'y aura pas de vrai orage, ni éclairs ni foudre. Ils ne paniqueront pas, mais ils sont quand même très mouillés.

Zane hocha la tête, fataliste.

— La pluie est censée continuer deux jours. J'espérais qu'elle attendrait samedi.

Chase savoura sa première gorgée de café et demanda :

— Tout le monde va bien ?

La question semblant contenir un sous-entendu, Zane le dévisagea, prudent.

— Je suppose, oui, pourquoi ?

— Rien. Je demandais juste, rétorqua Chase en lui jetant un regard… narquois ?

Bon sang ! Son frère avait-il pu entendre quelque chose cette nuit ? Machinalement, il secoua la tête. Impossible, il avait placé sa tente à l'écart des autres, et la pluie étouffait tous les bruits. Où Chase voulait-il en venir, avec cette expression énigmatique ?

— On prend le chemin du retour aujourd'hui, c'est ça ?

— Oui, répondit Zane. J'aimerais juste qu'on soit plus près de la maison.

— Il y aurait bien…

Chase se tut et contempla la surface irisée de son café.

Zane savait très bien ce qu'il avait failli dire. « Il y aurait bien chez Reilly. » Ils n'étaient qu'à une heure du ranch du vieux Konopka, ils pourraient s'y abriter jusqu'à ce que la pluie cesse. Reilly enverrait même deux de ses gars surveiller le bétail au besoin et il accueillerait le groupe sans hésiter. Mais Zane ne voulait pas lui demander ce service. Ni aujourd'hui ni jamais.

Troublé, il leva les yeux vers le ciel en se demandant si le temps lui accorderait le luxe de camper sur ses positions. Quels que soient ses problèmes avec le vieux Reilly, la sécurité du groupe devait passer en premier. Contrarié, il se leva, jeta le fond de son café dans le feu et soupira.

— Je ferais bien d'aller voir comment ils vont, marmonna-t-il.

— Avant de partir, tiens, lui dit Chase en lui tendant sa main ouverte. Je ne savais pas si tu en avais assez avec toi.

Zane contempla les trois préservatifs posés sur la paume de son frère, leva les yeux, et encaissa son large sourire.

— Joli coup, grand frère !

Ne sachant que répondre, il partit à grands pas. Sans oublier de prendre les préservatifs. Il était peut-être buté, mais pas idiot.

Pour la première fois depuis leur départ du ranch, Phoebe ne s'amusait plus du tout. Il pleuvait des cordes, il faisait froid, et le temps ne paraissait pas près de se lever. Lucy, qui chevauchait près d'elle, ressemblait à un chaton mouillé. La fillette ne semblait pas du tout assez couverte ! Elle grelottait.

— Ça va ? lui demanda Phoebe avec inquiétude.

Lucy fit oui de la tête, mais Phoebe vit bien qu'elle claquait des dents. Cette fois, rien n'allait plus ! Pour sa part, elle se sentait si heureuse qu'elle aurait tenu une semaine en plein blizzard, en se réchauffant au délicieux foyer qui couvait en elle depuis cette nuit… Mais elle n'était pas seule dans cette galère !

C.J. poussa sa monture vers elles, le visage inquiet.

— Lucy, ma grande, ton blouson est trempé. Tu n'avais pas de coupe-vent étanche ?

— Ça v-v-va, marmonna la petite fille. Je m'amuse.

C.J. échangea un regard soucieux avec Phoebe.

— On ne peut pas continuer comme ça, dit-elle. Les gosses vont tomber malades.

Phoebe était tout à fait d'accord avec elle. Elle ouvrait la bouche pour dire : « Il faut parler à Zane », quand Rocky glissa dans la boue épaisse du sentier, fit un écart et faillit tomber. Effrayée, elle laissa échapper un cri aigu en se cramponnant à sa selle. Un instant plus tard, Rocky s'était rétabli. Elle reprit son souffle, décrispa ses mains du pommeau et vit Zane leur faire de grands signes derrière le rideau de pluie.

— Tout le monde par ici ! cria-t-il. Chase, va chercher Martin et Thad.

La pluie glissait sur sa veste épaisse sans y pénétrer. Son Stetson protégeait son visage, ses gants de cuir ses mains. Le look Far West n'était donc pas seulement tendance, il vous permettait de faire un rude métier par tous les temps, songea soudain Phoebe. Et, après la nuit dernière, elle voyait même l'intérêt des chemises fermées avec des pressions. Que de temps gagné au moment du déshabillage !

Maya la rejoignit.

— Ce temps est minable, grogna-t-elle. Je déteste me mouiller.

— C'est dur, admit Phoebe en regardant les enfants.

— Et cela ne va pas s'arranger. Je ne vois pas du tout où nous sommes. Sûrement assez loin du ranch.

Les derniers membres du groupe arrivèrent, voûtés sous la pluie. Ils se rassemblèrent autour de Zane, qui éleva la voix pour se faire entendre.

— Le temps se gâte trop, il faut nous mettre à l'abri. Le ranch est à deux bonnes journées à cheval d'ici.

La nouvelle ne sembla pas surprendre Maya, mais Andrea et C.J. poussèrent des exclamations horrifiées.

— Gladys et moi, nous sommes partantes, dit résolument Eddie, alors vous devez l'être aussi.

Zane leva sa main.

— Non. Je ne vais pas vous imposer deux jours à cheval dans ces conditions. Il y a un autre ranch à une heure d'ici environ. Nous allons laisser Chase et Cookie avec le bétail et y aller. Nous devrions y arriver pour le déjeuner.

— Chez Reilly ? demanda Phoebe, abasourdie.

Maya la dévisagea, tout aussi stupéfaite qu'elle.

— Comment connais-tu Reilly ?

— Zane m'a dit ce qui s'était passé et pourquoi ils ne s'entendent pas.

Les yeux de Maya s'arrondirent. Tout bas, elle souffla :

— Attends… Il t'a dit ? Même Chase ne sait pas ce qui s'est passé. Moi non plus, d'ailleurs. Enfin, pas dans les détails. Raconte !

Phoebe, qui n'avait aucune intention de trahir la confiance de Zane, cherchait un moyen de se défiler quand ce dernier reprit la parole :

— Thad va prendre un des gosses devant lui, je prendrai l'autre. Nous attacherons leurs montures derrière le chariot de Cookie.

— Hein ? Pourquoi ? s'enquit C.J.

— L'hypothermie. Ils sont trop petits pour supporter la pluie et le froid, ils ont besoin de notre chaleur.

Toute pâle, C.J. contempla les deux enfants.

— Je ne savais pas… Cela va aller, pour eux ? Je ne veux pas qu'ils…

Son angoisse réchauffa le cœur de Phoebe. C.J. avait parcouru beaucoup de chemin, en quelques jours !

— Ils vont très bien s'en sortir, déclara Zane.

Thad mit pied à terre et s'avança vers Tommy.

— Allez, mon grand ! Tu viens avec moi.

Le garçon grelottait trop pour répondre, mais il hocha la tête avec énergie. Pendant que Thad venait le cueillir sur sa selle et l'emportait vers sa propre monture, Zane prit Lucy et la posa devant lui. Il déboutonna sa grosse veste et la referma sur elle. En quelques instants, le petit visage fin de Lucy qui pointait entre ses revers commença à se détendre.

— J'aimerais bien être à sa place…, murmura Maya en frissonnant.

Puis, avec un regard appuyé, elle ajouta :

— Mais, si tu crois que j'ai oublié de quoi nous parlions, tu te trompes. Je veux savoir le secret de Zane.

— Nous parlerons plus tard, affirma Phoebe en sachant qu'elle ne faisait que repousser l'inévitable confrontation avec son amie.

Maya n'insista pas. Mais plus tard, quand elles seraient seules… Comment lui expliquer que, si elle n'avait pas exactement promis de ne pas parler de la blessure cachée de Zane, elle se sentait tenue de les protéger, lui et son passé ?

A son tour, Thad enveloppa Tommy dans son blouson. C.J. se pencha vers lui en écartant gentiment ses cheveux mouillés de son front.

— Tu vas avoir plus chaud, maintenant, assura-t-elle.

Phoebe s'approcha de Zane, lança un sourire rassurant à Lucy et demanda à mi-voix :

— Reilly voudra bien nous accueillir, c'est sûr ?

— Nous sommes à Fool's Gold. Les gens prennent soin les uns des autres.

Avec un sourire assez amer, il ajouta :

— Il m'enverra peut-être dormir dans la grange, mais vous serez tous traités comme des hôtes de marque.

Chase s'approcha au grand trot en criant :

— Tout le monde est prêt ?

— Prêts. Tu peux prendre les chevaux des gosses. Je reviens demain matin. D'ici là, ouvre l'œil.

— Pour quoi faire ? On n'y voit rien. Cookie et moi, on va rester bien au chaud dans son chariot à jouer aux cartes.

— Pas pour de l'argent.

— Tu plaisantes ? Je n'ai pas envie de m'endetter davantage !

Cookie sortit la tête de sous la bâche de son chariot et intervint de sa voix éraillée :

— Ne t'inquiète pas, je prendrai soin du gamin. Et, pour le bétail, il y a du pâturage à revendre, et ils ne remarquent même pas la pluie. Contente-toi de revenir demain pour qu'on puisse rentrer à la maison.

— J'y serai, promit Zane.

Puis il se retourna vers le groupe en ordonnant :

— Allons-y !

Avec un signe d'adieu pour Manny, Phoebe poussa Rocky dans la direction indiquée.

Zane les fit avancer au pas jusqu'à ce qu'ils aient laissé le troupeau derrière eux, puis il lança sa monture au trot. Phoebe fit la grimace ; son derrière tapait durement contre la selle.

— D-désolée, mon vieux, dit-elle à Rocky. Ce n-n'est sûrement p-pas agréable pour toi, mais je peux t-te d-dire que pour moi non p-plus.

Elle serra les dents et s'accrocha de son mieux. Quand ils émergèrent des arbres, elle sentit Rocky accélérer et subitement, son mouvement se fit souple, confortable, facile à accompagner. Et elle avait la sensation d'aller très vite !

— On galope ? cria-t-elle à Maya, euphorique.

Son amie se mit à rire.

— C'est un petit galop bien tranquille !

— Ça me plaît !

— Oui ! Beaucoup moins de bleus aux fesses !

Le trajet, sous des trombes d'eau, sembla beaucoup plus long que l'heure annoncée, mais le fait de savoir qu'ils seraient bientôt à l'abri aida Phoebe à faire abstraction du froid. Chaque fois qu'elle frissonnait en essuyant son visage mouillé, elle pensait à la nuit précédente, quand elle s'était perdue dans les bras de Zane. Il y avait eu, bien sûr, le plaisir qu'il lui avait donné, mais pas seulement… Elle s'était sentie tellement bien près de lui. Comme si elle pouvait dire ce qu'elle voulait, être qui elle était…

Quand les souvenirs sensuels se faisaient trop intenses, pour se changer les idées, elle se demandait quel effet cela ferait à Zane de frapper à la porte de son vieil ennemi. Le fameux Reilly aurait-il l'élégance de l'accueillir sans commentaires, ou profiterait-il de la situation pour le tourmenter ? Si jamais il choisissait la deuxième option, elle se sentait des pulsions de louve qui protège sa portée.

Enfin, du sommet d'une petite crête, ils découvrirent le ranch. Un tableau à vous réchauffer le cœur ! La maison, les granges, les enclos s'étendaient à leurs pieds comme une mosaïque harmonieuse. Ils se lancèrent dans la descente et dix minutes plus tard, courbés sous les bourrasques, ils mirent péniblement pied à terre devant le perron du bâtiment principal.

Zane prit les devants, gravit les marches, et la porte d'entrée, fraîchement repeinte en rouge, s'ouvrit avant qu'il ne puisse frapper.

Le vieil homme qui les accueillit était mince et très voûté, avec d'épais cheveux gris et des yeux sombres et perçants. Zane et lui se dévisagèrent quelques instants.

— Tiens, tiens, qui voilà. Je ne m'attendais pas à te voir à ma porte, Zane. Que puis-je faire pour toi ?

Les paroles étaient cordiales, le sourire aussi. Phoebe se détendit un peu, mais les épaules de Zane restèrent crispées, sa voix froide.

— J'ai besoin de votre aide, répondit-il.

En quelques mots, il expliqua leur situation.

— Des touristes en transhumance, murmura le vieux Reilly en secouant la tête. Si j'avais cru voir ça un jour…

Il s'avança un peu en faisant un grand signe au groupe.

— Ne restez pas là à vous geler, entrez ! Je vais prévenir Matilda que nous avons de la visite. Elle sera contente, elle s'ennuie à faire la cuisine pour un vieux qui n'a plus guère d'appétit.

Tout heureux, le groupe se pressa vers la porte. Une fois dans le hall, la porte refermée, chacun se présenta en serrant la main de leur hôte. Quand le tour de Phoebe arriva, Reilly lui offrit un sourire chaleureux.

— Bienvenue, ma petite demoiselle.

— Merci. C'est gentil à vous de nous offrir un abri.

Il écarta ses paroles d'un geste.

— Mais non, c'est moi qui suis content d'avoir de la compagnie…

En accueillant Maya, il fronça les sourcils, l'air de chercher dans ses souvenirs.

— Vous, je vous ai déjà vue.

— La demi-sœur de Zane. Enfin, avant.

— Mais oui ! s'exclama le vieux Reilly avec un large sourire. Votre maman, c'était la danseuse, c'est bien ça ? Dites, les jambes qu'elle avait !

— Oui, fantastiques, marmonna Maya.

Elle laissa la place à Eddie qui lança, d'un air de reproche :

— Je ne vous ai pas vu en ville depuis longtemps.

— J'en ai eu ma claque de ces festivals qu'ils organisent tous les quatre matins, répliqua-t-il. Avec tous ces touristes, il y a trop de circulation.

Phoebe réprima un sourire. S'il trouvait la circulation pénible à Fool's Gold, que dirait-il de l'heure de pointe à Los Angeles ?

Puis leur hôte les entraîna dans une salle immense, où un beau feu crépitait dans une immense cheminée. Tout le groupe se pressa vers la chaleur avec des exclamations de soulagement. Accroupie devant les flammes, C.J. se mit à frotter le dos et les mains des enfants pour les réchauffer. La tête inclinée sur le côté, leur hôte les comptait.

— Hmm, certains d'entre vous vont devoir partager leur chambre, prévint-il. C'est grand, chez moi, mais je n'aurai pas assez de chambres.

— Nous apprécions votre hospitalité, dit Zane avec juste ce qu'il fallait de politesse.

Instinctivement, Phoebe se rapprocha de lui. Elle aurait aimé lui prendre la main, mais elle devinait qu'il n'accepterait pas ce geste. Elle se contenta donc de se tenir tout près, lui offrant son soutien muet.

— Je suis heureux de voir du monde, fils, rétorqua le vieux Reilly avec lassitude. Bon, qui est marié à qui ? Il s'agit de ne pas me tromper, pour les chambres.

Tandis qu'il s'occupait d'organiser le couchage, Phoebe prit subitement conscience de la beauté du lieu. Ces plafonds très hauts, ces fenêtres immenses… Même par cette journée de tempête, la lumière entrait. Et ces poutres apparentes, ces vieux planchers ! Ces derniers surtout étaient assez beaux pour qu'on les expose dans un musée. Et quel somptueux mobilier ancien ! Emerveillée, elle fit quelques pas, découvrit d'autres pièces en enfilade, d'un côté une salle à manger, de l'autre une bibliothèque aux dimensions tout aussi impressionnantes. Une maison comme celle-ci coûterait quinze millions de dollars, à Beverly Hills ! Ici, à l'écart du monde, elle devait encore valoir une somme assez vertigineuse.

— C'est fabuleux, non ? lui glissa Maya en s'approchant d'elle. J'ai toujours entendu dire que le vieux Reilly était plein aux as. Je crois bien que son grand-père a fait fortune dans la ruée vers l'or. Reilly s'est fait éleveur pour le plaisir, mais il aurait très bien pu ne pas travailler un seul jour de sa vie. Au fait, nous serons dans la même chambre, nous aurons un vrai lit chacune. Le paradis, non ?

Phoebe hocha la tête avec enthousiasme, mais elle pensait qu'elle aurait préféré partager la chambre de Zane. Discrètement, elle revint vers lui pour lui demander à voix basse :

— Ça va ?

— Très bien, oui.

Impossible de savoir ce qu'il éprouvait vraiment, il avait son visage le plus énigmatique. Ce n'était ni le moment ni le lieu de lui faire remarquer que Reilly, sa bête noire, les accueillait avec une gentillesse exceptionnelle malgré leur différend.

— Bon, vous avez sûrement envie d'aller vous changer, lança leur hôte à la cantonade. Je vais vous montrer vos chambres. Danny rentrera vos bagages quand il aura mis vos chevaux à l'écurie.

— Je peux le faire, intervint Zane.

Reilly lui appliqua une claque dans le dos.

— Tu es mon invité, fils. Je m'en occupe.

Zane le remercia d'une voix bourrue et le suivit quand il les entraîna vers l'escalier. La chambre qu'il destinait aux enfants se trouvait juste en haut des marches, celle de C.J. et Thad en face, de l'autre côté du couloir. La chambre voisine fut attribuée à Eddie et Gladys, la suivante à Phoebe et Maya.

— Ce sont les anciennes chambres de mes enfants, leur expliqua Reilly. Je n'ai eu qu'un petit-fils, finalement. Ryder est photographe pour le *National Geographic*, il est au Kenya en ce moment. A tout hasard, mesdemoiselles, je vous signale qu'il n'est pas marié. C'est un garçon en or, je n'arrête pas de lui dire de se trouver une femme.

Il leur lança un clin d'œil amical et conclut :

— Bref, si vous avez besoin de quoi que ce soit, dites-le-moi.

— Il est absolument charmant ! s'écria Maya dès qu'elles se retrouvèrent seules. Comment ont-ils fait pour se fâcher, Zane et lui ?

Elle se mit à arracher ses vêtements mouillés avec entrain en lançant à Phoebe un regard plein de sous-entendus.

— Cela aussi, tu dois bien le savoir. Alors ? J'écoute.

Phoebe la contempla, les bras ballants et le ventre crispé.

— Je ne peux pas, dit-elle, piteuse. Zane m'a parlé en confidence.

Maya la toisa en haussant les sourcils.

— Je suis ta meilleure amie, non ?

Phoebe fit la grimace et s'écria avec énergie :

— Nous savons toutes deux que tu réussiras probablement à me faire parler si tu me culpabilises, mais j'aimerais mieux me taire. Ce ne serait pas correct envers Zane.

Maya la dévisagea encore un instant, puis lâcha :

— Je vois que les choses sont allées plus loin que je ne le pensais.

— Je… Nous…

Elle se laissa tomber sur l'autre lit et couvrit son visage de ses mains.

— Au secours…

Maya éclata de rire.

— D'accord, ma belle. Je te laisse tranquille, parce que nous sommes vraiment meilleures amies. Je ne veux pas te forcer à choisir entre moi et tes principes… mais tu me revaudras ça !

— Au centuple ! assura Phoebe avec reconnaissance.

Pendant que Maya se séchait les cheveux, elle se débarrassa à son tour de ses vêtements mouillés et prit quelques instants pour explorer la chambre. Des photos spectaculaires couvraient les murs, dans des cadres faits à la main. Elle imagina le vieux Reilly penché sur son établi pour en créer un nouveau chaque fois que son petit-fils lui envoyait une photo…

Il y avait un gros plan d'un ours polaire, corps massif dressé, chaque touffe de son pelage découpée en haute définition sur le bleu intense du ciel. A côté, un bébé singe s'accrochait à sa mère, image saisie au vol au moment où elle bondissait d'un arbre à l'autre. Au-dessus de la commode, un cascadeur en combinaison moulante était juché sur une planche de surf en plein ciel — ce cliché en particulier était à couper le souffle. Sur la table de nuit, un Reilly un peu plus jeune souriait en compagnie d'un grand garçon qui était probablement Ryder. Sur le cliché, le jeune homme n'avait qu'une vingtaine d'années. Depuis, il semblait avoir réussi un parcours professionnel assez spectaculaire.

Une salle de bains donnait sur la chambre. Maya et elle partagèrent un soupir d'extase en admirant les sanitaires, et décidèrent des tours pour la douche et le jacuzzi. Un coup léger à la porte signala que leurs bagages étaient arrivés. Elles allèrent les récupérer dans le couloir, enfilèrent des vêtements secs et descendirent déjeuner.

Très droit sur une chaise de bois sculpté, Zane patientait seul devant la grande table. Phoebe s'installa en face de lui en lançant avec un large sourire :

— Quel accueil fabuleux !

Pour toute réponse, elle eut droit à un grognement. Ce visage tendu, la méfiance dans ses yeux… Elle comprit qu'en assurant que tout allait bien il écornait sérieusement la vérité mais, trop consciente du regard ironique de Maya, elle n'osa rien ajouter. Le reste du groupe arrivait, s'installait autour d'eux. Bientôt, Reilly les rejoignait en leur souhaitant cordialement un bon appétit.

Avec seulement quarante-cinq minutes de préavis, Matilda avait réussi à composer un festin pour douze personnes à rivaliser avec les meilleurs efforts de Cookie ! Il y avait un ragoût de viande délicieux, une salade, des fruits et un gâteau au chocolat pour le dessert. Le repas fut très animé. Reilly leur raconta des anecdotes des voyages de Ryder, son petit-fils que manifestement il adorait. Il s'intéressa à chacun de ses hôtes, les fit parler un peu et finit par se tourner vers Zane.

— Je ne savais pas que tu t'étais mis à accueillir des groupes.

La question recueillit un nouveau grognement. Cette fois, Phoebe comprenait très bien la réaction de Zane : il ne tenait pas à ce que le groupe sache pourquoi et dans quelles circonstances il avait décidé de les accueillir ! Comme Reilly semblait vouloir insister, elle prit sur elle de changer le sujet.

— Votre maison est incroyable ! s'écria-t-elle. La qualité de la construction est remarquable, et il y a des éléments très originaux, dans l'architecture.

— Merci, Phoebe. C'est l'œuvre de ma mère. Elle a énormément participé à la conception de la maison. Elle avait un don, elle aurait fait un sacré architecte ! Oui, elle savait tout voir, l'ensemble comme les petits points de détail.

Son enthousiasme retomba, et il soupira avec lassitude avant de reprendre :

— C'est ma maison d'enfance, mais tout le monde est parti, maintenant. Les souvenirs ne font pas tout. Aujourd'hui, c'est surtout une grande baraque vide. Ryder me répète qu'il ne voudra jamais se poser où que ce soit. Ce garçon est né nomade, il n'y a rien à y faire. En fait, je me demande si je ne vais pas finir par vendre.

L'air désabusé, il haussa les épaules et conclut :

— Seulement, il faudrait s'en occuper. M'empoisonner l'existence à passer des annonces, accueillir les visiteurs, ça me fatigue d'avance. Mais, si une offre correcte me tombait du ciel, je pense que je sauterais sur l'occasion.

En face d'elle, Zane s'était raidi, mais Phoebe remarqua à peine sa réaction. Elle revoyait un visage animé, entendait un homme lui décrire avec passion la maison de ses rêves. Loin de tout, beaucoup de terrain, une maison unique… Elle leva les yeux vers les corniches sculptées de la salle à manger, les abaissa vers le parquet marqueté. Et si cette maison était celle que cherchait Jonny Blaze ?

Zane arpentait la maison, incapable de se détendre. Il détestait être ici, détestait avoir dû faire appel à Reilly. Le vieux fumier devait jubiler d'avoir eu le dessus, une fois de plus.

Excédé, il s'arrêta devant une fenêtre. La tempête faisait toujours rage et semblait même empirer. Le ciel tourmenté n'annonçait aucune éclaircie. Il ne se faisait aucun souci pour Chase ; son frère serait bien à l'abri dans le chariot de Cookie. Le bétail non plus ne risquait rien ; sous une pluie pareille, les bêtes ne chercheraient pas à bouger, elles se tasseraient les unes contre les autres en attendant la fin du mauvais temps. Il n'y avait donc aucun problème immédiat, et pourtant il ne tenait pas en place. La gorge serrée d'angoisse, il ressassait ses souvenirs. Le passé était toujours très présent pour lui, et ici, dans cette maison, il menaçait de l'engloutir.

Déterminé à ne pas se laisser déborder, il partit à la recherche de Phoebe et la trouva dans un petit bureau à l'arrière de la maison, installée devant un ordinateur.

— Salut, dit-il en entrant.

Elle leva les yeux vers lui, rayonnante.

— Oh ! Zane, cette maison est stupéfiante, non ? Et tu sais quoi ? J'ai déjà expédié des photos de l'intérieur. Je ne voulais pas prendre l'extérieur aujourd'hui, par ce temps, mais Reilly avait plusieurs images prises par Ryder. Je les ai scannées, et Jonny Blaze était chez lui, il est emballé par ce qu'il a vu jusqu'ici ! Il parle de faire une offre avant même de visiter les lieux. C'est trop beau ! Bien sûr, si la vente se fait, je devrai boucler le dossier avant de me faire retirer ma licence, mais cela devrait être jouable. Reilly aurait ce qu'il veut, Jonny Blaze aussi et, moi, je décrocherais une commission !

Elle reprit son souffle dans un petit soupir ravi et conclut :

— Je n'arrive même pas à faire le calcul dans ma tête, mais ce serait beaucoup !

Il la dévisagea, incrédule.

— Jonny Blaze ?

— Tu te souviens bien de…

— Bien sûr que je me souviens ! Phoebe, tu ne peux pas vendre cette maison à une star de cinéma !

C'était presque un rugissement.

Interdite, elle se leva lentement de son siège.

— Qu'est-ce que… ? Zane ? Tu as peur qu'il se croie à Hollywood ? Qu'il donne des grandes fêtes ou qu'il construise un parc à thème comme Michael Jackson ? Non, attends, ce ne sera pas comme ça ! Jonny respecte vraiment l'environnement. Il veut de l'espace autour de lui pour être tranquille, que l'on ne vienne pas le relancer. En fait, il serait probablement enchanté de te vendre le bétail et de le laisser courir sur ses terres. Enfin, je ne sais pas s'il court, on doit sûrement dire autrement…

Elle s'interrompit, secoua la tête et précisa avec une expression très douce :

— Ne te fais aucun souci, Zane, j'ai déjà dit à Jonny qu'une partie des terres était exclue de la vente. Si la transaction se fait, tu vas la récupérer.

— Parce qu'en plus on va me faire l'aumône ?

— Non ! Bien sûr que non ! Cette terre est à toi, elle a toujours été à toi. Je pensais…

— Ne pense pas, gronda-t-il en la foudroyant du regard. Contente-toi de laisser tomber. Tu ne peux pas faire ça.

— Mais pourquoi pas ?

Une voix s'éleva derrière eux.

— Tu comptes lui dire, petit, ou tu préfères que je le fasse ?

# 19

Zane se retourna vivement. Reilly se tenait sur le seuil. Pourquoi fallait-il que ce fichu bonhomme arrive juste au mauvais moment !

— Elle est déjà au courant, répliqua-t-il sèchement.

Reilly haussa les épaules.

— Alors où est le problème ? De cette façon, nous obtenons tous ce que nous voulons.

Mais non, pas du tout ! Mais comment leur expliquer, à tous deux, que cette terre, il devait la *gagner* ? Il ne pourrait se racheter que s'il payait, s'il posait sur la table les dollars versés autrefois par son père pour l'étalon mort. Et, même alors, qui sait si les fantômes seraient enfin satisfaits ? C'était peut-être absurde après tout ce temps mais, tant pis, il se libérerait à sa façon. Il s'était juré de le faire et il ne renoncerait pas.

Et voilà qu'une nouvelle menace se dressait sur sa route Si son voisin vendait son ranch à une star de cinéma, il ne pourrait jamais tirer un trait sur le passé. Phoebe s'arrangerait pour qu'il récupère ses hectares perdus, mais cela ne changerait rien. Il n'aurait pas racheté son erreur de jeunesse.

— Je crois bien que je suis dingue, marmonna-t-il en contemplant la fenêtre zébrée de pluie.

Son père était mort depuis des années. Que voulait-il encore prouver ? Ses fantômes, il se les créait tout seul. Que signifiait encore cette bande de terre, après tout ce temps ? Il s'était débrouillé sans elle jusqu'ici. Mieux que ça, il avait réussi ce que son père n'avait jamais été fichu de faire : rendre le ranch rentable, engranger des bénéfices.

Il avait hérité d'un domaine immense et aussi de dettes qui ne l'étaient pas moins. Le ranch périclitait. En toute logique, il aurait dû couler, mais il avait réussi l'impossible : redresser la situation, rembourser les crédits, et même mettre suffisamment d'argent à la banque pour assurer l'avenir de plusieurs générations. Pourquoi cela ne lui suffisait-il pas ? Pourquoi sentait-il encore la déception de son père comme un souffle froid sur sa nuque ?

Phoebe s'approcha sans un mot et noua les bras autour de sa taille. Il accepta son étreinte un instant avant de reculer. Il vit s'élargir ses yeux sombres et sut qu'il l'avait blessée.

— J'ai besoin de réfléchir, lâcha-t-il d'une voix contenue. D'y voir clair. Tout seul.

Il lui avait fait mal. Il aurait aimé la réconforter, mais comment ? La vie lui avait enseigné, durement, que l'on ne pouvait jamais revenir sur ce qui était fait. Le pardon était un cadeau qui se refusait toujours.

Elle lui sourit.

— Si tu changes d'avis, si tu veux me parler, tu sais où me trouver, dit-elle simplement.

Sa générosité l'impressionna… et l'agaça aussi.

— Tu n'arrêtes jamais de donner ? lança-t-il un peu plus brusquement qu'il ne l'aurait voulu.

Elle prit quelques instants avant de répondre, très calme :

— Je ne crois pas, non. Je ne sais pas faire autrement. C'est ce que je suis.

Bien sûr ! C'était la première fois qu'il le voyait aussi clairement : elle était du côté de la lumière. Elle était la chaleur incarnée, la tendresse et le don. Quelles que soient les circonstances de sa vie, elle pouvait être fière de ce qu'elle offrait au monde. Mais lui ? Quel homme était-il devenu ?

Après sa presque nuit blanche de la veille, Phoebe pensait s'endormir comme une masse. Dans le lit voisin, Maya s'était assoupie quinze secondes après qu'elles avaient éteint la lumière, mais elle, elle restait allongée sur le dos à contempler le plafond, incapable de se détendre. Elle pensait à Zane.

Bon, cela, ce n'était pas nouveau. D'abord simple fantasme ambulant, il en était venu en quelques brèves journées à occuper une position centrale dans son univers. Elle avait commencé à croire que l'attirance était mutuelle, puis ils avaient fait l'amour, et elle n'avait plus eu besoin de penser du tout — ou juste pour se dire qu'elle était heureuse. Et maintenant elle nageait de nouveau en pleine confusion.

Il souffrait, c'était évident. De ses hectares perdus comme du rejet de son père. Elle avait cherché à le réconforter, mais il n'était pas homme à accepter un geste aussi intime — surtout devant un ennemi ! —, et c'était bien dommage pour lui.

Avec un soupir, elle finit par se relever, enfiler un jean, remplacer le T-shirt qui lui servait de chemise de nuit par un autre à manches longues. Pieds nus, elle ouvrit sans bruit la porte de la chambre et sortit, l'un des livres achetés à Fool's Gold sous le bras. Puisqu'elle ne pouvait pas dormir, autant trouver un endroit tranquille pour lire.

Elle avait presque atteint l'escalier quand un léger grincement la fit se retourner. Une ombre se dressait derrière elle.

— Phoebe ?

Son cœur se gonfla en reconnaissant la voix.

— Zane ? Tu es encore debout ?

— Je n'arrive pas à dormir. Je rôdais devant ta chambre en cherchant comment je pourrais te parler sans réveiller Maya.

Il voulait lui parler ? Fabuleux ! Elle s'approcha vivement de lui en murmurant :

— Je suis là.

Fidèle à lui-même, il ne dit rien, la prit par la main et l'entraîna le long du couloir. Il poussa une porte, chercha un interrupteur, et une lampe de chevet s'alluma, illuminant une petite pièce meublée d'un lit double et d'une commode. Une porte entrouverte donnait sur une salle de bains. Elle se tourna vers lui pour lui demander ce qu'il voulait lui dire, mais il lui prit son livre, le jeta sur le lit et la happa dans une étreinte d'ours.

— Je suis désolé, chuchota-t-il en pressant sa joue dans ses cheveux. Je suis un crétin.

Elle caressa son dos d'un geste apaisant, heureuse et soulagée de ce dénouement. Il était là, solide et tiède dans ses bras, et rien d'autre n'avait d'importance.

— Crétin, c'est un peu excessif, murmura-t-elle.

— Un imbécile de première classe, alors ?

— Première classe ? Ma foi. Quitte à faire une chose, autant la faire à fond.

Il laissa échapper un petit rire.

— Merci !

— De rien.

Il la lâcha, reprit sa main et la fit asseoir sur le lit près de lui.

— Tu es une femme du tonnerre de Dieu, dit-il en écartant gentiment ses cheveux de son visage.

— Moi ? Je n'ai rien de particulier.

— Mais si. Tu n'as peur de rien.

— Toi non plus.

Il secoua la tête avec véhémence.

— Si tu savais ! Tout à l'heure, par exemple… Je suis désolé de t'avoir repoussée, je n'ai pas l'habitude de partager mes soucis. Quand j'étais gosse…

Il réfléchit un instant avant d'expliquer :

— Je faisais toutes les bêtises possibles. Exactement comme Chase, en fait. Mon père n'a jamais compris. Chaque fois qu'une de mes initiatives tournait mal, il me jetait un regard… Je crois bien que je le fais aussi, Chase l'appelle le Rayon de la Mort.

— C'est dur de décevoir un parent.

— C'est plus que dur.

Le regard de Zane se perdit dans le vide. Le cœur serré, elle saisit sa main entre les siennes et déclara avec véhémence :

— Ton père avait tout faux. C'était un homme désagréable et mesquin qui n'était même pas capable de voir qu'il démolissait son propre fils.

— Ce n'est pas de moi qu'il s'agit.

— Bien sûr que si ! Tout au fond de toi, il y a un endroit où tu as encore mal.

Elle prit son visage entre ses paumes et ajouta :

— Je donnerais n'importe quoi pour pouvoir remonter le

temps, prendre ce petit garçon dans mes bras et lui dire qu'il est quelqu'un de bien et que ses bêtises ne sont pas graves.

Il eut un mouvement de recul, mais elle tint bon. Il ne devait pas se replier sur lui-même, pas maintenant ! Pas alors qu'elle percevait sa douleur comme un brouillard autour de lui. Sa blessure le rongeait à l'intérieur ? Elle se glisserait en lui pour remplir cet espace de douceur.

— Tu ne renonces jamais ? demanda-t-il d'une voix rauque.

— Jamais. C'est mon plus grand défaut.

Il lui ouvrit les bras, l'attira contre lui, et ils se retrouvèrent allongés sur son lit, étroitement enlacés. Plus rien n'avait d'importance que le fait d'être ensemble. Elle lui offrit ses lèvres au moment précis où il inclinait la tête. Brûlure, besoin, désir explosèrent dans un feu d'artifice instantané, leurs mains se mirent à courir sur le corps de l'autre, seins, poitrine, dos, hanches, jambes. Leurs langues se cherchèrent dans une danse langoureuse. Les longs doigts de Zane pétrissaient ses seins ; sur ses mamelons déjà dressés, la caresse de ses pouces lui arracha une plainte très douce.

— Nus, souffla-t-elle contre sa bouche.

Lui, elle, les deux ! Il s'écarta un peu, juste assez pour lui arracher son T-shirt. Le regard braqué sur ses seins nus, il s'attaqua aux boutons de sa propre chemise, qu'il retira brutalement. Elle avait déjà défait son jean et, en quelques contorsions, elle le retira en même temps que sa culotte. Torse nu, il bondit du lit en débouclant sa ceinture et s'engouffra dans la salle de bains. Quelques secondes plus tard, il était de retour, parfaitement nu, la main crispée sur une poignée de préservatifs.

— Ne me demande même pas, dit-il en la voyant hausser les sourcils.

Elle décida qu'elle se fichait de savoir où et comment il avait obtenu ce trésor. Une seule chose comptait : qu'il en enfile un et s'engouffre en elle, tout de suite ! Elle glissa vers le milieu du lit, il se jeta près d'elle. Les petits paquets plats tombèrent en pluie. L'un d'eux atterrit sur son ventre ; elle s'en empara.

Relevé sur un coude, tendu au-dessus d'elle, Zane effleura sa bouche de la sienne, glissa dans son cou qu'il lécha, embrassa, mordilla. Tandis qu'il s'attardait sur le point si sensible sous son oreille, une de ses mains descendit le long de son corps dans une longue caresse qui s'acheva sur son ventre. Il n'avait pas encore atteint sa toison qu'elle écartait déjà les cuisses.

Les doigts de Zane trouvèrent le centre de son plaisir à l'instant précis où sa bouche se refermait sur son sein. Elle laissa échapper un gémissement de plaisir. Des doigts et de la langue, il dessina des cercles, taquina, caressa. A tâtons, elle chercha son érection… et poussa un nouveau gémissement. Il était déjà dur comme de la pierre. Quand sa main se referma sur lui, elle le sentit frémir. Ses caresses ralentirent, puis reprirent leur rythme. Il changea légèrement de position pour pouvoir glisser deux doigts en elle tout en déposant une traînée de baisers de sa poitrine à son cou, revenait à son oreille.

— Je veux que tu jouisses pour moi, chuchota-t-il. Tout de suite. Je veux sentir tes contractions. Je veux t'entendre crier.

La charge érotique de ses paroles la fit frissonner, ses muscles se tendirent. Elle ouvrit les yeux en réalisant tout à coup que cette nuit ils n'étaient plus sous une tente, dans le noir. Cette fois, elle pouvait le voir. Tout entier ! Et lui aussi… Ce regard posé sur elle !

Les yeux dans les yeux, haletants, ils se caressèrent avec une ardeur qui semblait décupler de seconde en seconde. Elle sentit le moment où elle ne contrôlait plus rien. Comme s'il l'avait perçu aussi, il l'embrassa en mimant de la langue ce qu'il faisait entre ses cuisses… Exactement ce qu'il fallait pour la faire exploser. Elle ferma les yeux, son corps se cambra, le plaisir s'engouffra en elle en vagues successives. Peut-être cria-t-elle ? Si elle le fit, son cri s'étouffa dans la bouche de Zane.

Il continua ses caresses, de plus en plus délicatement, de plus en plus lentement, jusqu'au dernier frémissement.

— Tu es si belle, murmura-t-il quand elle rouvrit les yeux et lui sourit. Belle partout…

Fabuleusement détendue, encore nimbée de plaisir, elle le parcourut du regard en prenant bien son temps. Son torse musclé, son ventre plat, son érection arrogante. Elle pensait au travail rude, très physique qui avait façonné ce corps superbe.

— Toi aussi…, répondit-elle

Tendrement, elle posa la main sur une cicatrice sur sa cuisse.

— Tu veux me dire comment tu as eu celle-ci ?

— Pas à cet instant précis, non.

Il s'agenouilla entre ses cuisses, elle lui tendit le préservatif. Tandis qu'il déchirait l'emballage, elle effleura la pointe de sa verge qui tressauta. Et déjà le désir renaissait, elle voulait l'avoir en elle, le sentir se perdre et se perdre encore une fois. Le toucher, être dans ses bras. L'aimer.

Les mots se massèrent dans sa gorge… puis il se pressa contre elle, l'emplit, et les mots n'eurent plus d'importance. Elle s'étira langoureusement pour l'accueillir, releva les jambes pour l'attirer plus profondément en elle. Elle voulait, elle voulait… Enserrée dans ses bras, elle s'accrocha à ses hanches, reprit sa bouche. Le rythme qu'il imprimait à leurs deux corps la soulevait comme une houle. La tension montait en spirale. Il s'engouffra en elle plus fort, plus vite. Eperdue, elle crispa les doigts dans sa chair. Le lit grinçait un peu. Dehors, le tonnerre grondait, la pluie fouettait les vitres, mais elle n'avait conscience que de l'homme qui lui faisait l'amour, du moment, des sensations qu'ils partageaient. Elle bascula dans le plaisir et ne put que s'accrocher à lui quand il cria son nom en sombrant dans sa propre jouissance.

Plus tard, lumière éteinte, blottie tout contre lui sous la couette, elle écouta son cœur battre, baignée dans un merveilleux contentement. Il dormait, le souffle lent et paisible, en faisant parfois un léger mouvement. Rêvait-il ? Sachant qu'il ne pourrait pas l'entendre, elle mêla ses doigts aux siens et prononça les mots qu'elle n'avait pas encore trouvé le courage de lui dire :

— Je t'aime.

Le bras autour de ses épaules se resserra, la jambe de Zane se replia contre la sienne. Il soupira.

— T'aime aussi, Phoebe.

Elle ouvrit grands les yeux, abasourdie. Avait-il vraiment dit les mots magiques, ou les avait-elle seulement imaginés ? Cette voix brouillée, presque inaudible… Avait-il pu les prononcer machinalement, dans une réponse automatique ? Les pensait-il vraiment ?

Ces questions la hantèrent pendant des heures. Enfin, peu

avant l'aube, l'épuisement la gagna. Elle se détendit enfin contre lui et s'endormit profondément.

Un martèlement sonore arracha Zane à un sommeil de plomb. En moins de deux secondes, il prit conscience du corps parfaitement nu de Phoebe blotti contre lui, et de la voix de son frère qui criait son nom derrière la porte.

— Attends une minute, lança-t-il.

Comme il roulait hors du lit, Phoebe remua à son tour.

— Qu'est-ce qui se passe ?

— Un problème.

Une urgence même. Chase n'aurait pas quitté le bétail pour rien. Il enfila son jean, ouvrit la porte et se glissa dans le couloir en s'assurant que Chase ne verrait pas Phoebe dans son lit. Les vêtements de son frère étaient trempés, son visage pâle et tendu.

— Inondation, fit-il très vite. L'eau descend de toute la montagne, la vallée se remplit. Cookie déplace le chariot. Il faut y retourner tout de suite avec des gars, Zane. Il nous reste une heure, deux au mieux.

Zane jura tout bas. Il avait bien eu conscience, cette nuit, de la pluie qui tombait sans relâche, mais il n'avait pas cru que les cours d'eau gonfleraient à ce point. D'autres portes s'ouvraient le long du couloir. Martin émergea de sa chambre, Thad de la sienne, puis Maya parut en trébuchant un peu, tout ensommeillée.

— Il se passe quelque chose ? demanda Thad.

— L'eau monte, lui dit Chase. Il faut déplacer le troupeau.

— Je vais parler à Reilly, prévint Zane. Lui demander des gars.

Ce dernier les rejoignait justement en refermant une robe de chambre sur son pyjama.

— Je t'ai entendu, annonça-t-il à Chase qui ouvrait la bouche pour lui expliquer la situation. Zane, je suis désolé, j'ai envoyé deux équipes réparer les clôtures et j'ai donné un long week-end aux autres. Il ne reste personne ici à part moi et le vieux Danny. Il ne peut plus monter, il est plié en deux avec son arthrite. Je viendrai, moi.

Zane réprima un juron. Trois hommes, ce n'était pas suffisant pour déplacer cinquante têtes de bétail rétif, mouillé et frigorifié, surtout s'ils devaient franchir une rivière. Il regarda son frère et lut la panique dans ses yeux.

— On ne sera pas assez, affirma Chase d'une voix blanche.

— J'appelle les Stryker ? proposa Eddie.

Elle avait déjà son portable à la main.

— Oui, répondit Zane. Le problème, c'est qu'on ne peut pas se permettre de les attendre, et rien ne dit qu'ils nous trouveront à temps. Cette fois, ils ne pourront pas venir en jeep, le temps est trop mauvais. Ils devront être à cheval comme nous, et nous sommes loin d'eux, maintenant.

— Je viens avec vous, déclara Thad.

Surpris, Zane se retourna vers lui.

— J'apprécie la proposition, mais là ce n'est plus du tout des vacances. Ce sera dur, dangereux, sous la pluie et dans le froid.

— Je veux vous donner un coup de main, insista Thad. En gros, il s'agit de monter à cheval et de pousser le bétail dans la bonne direction, non ?

— Moi aussi, je viens, dit Martin.

— Moi aussi.

La dernière voix s'élevait derrière lui. Zane pivota vivement. Adossée à la cloison, Phoebe suivait leur échange. Il ne l'avait pas entendue sortir de la chambre. Maya poussa une plainte lamentable.

— Phoebe, non ! Si tu y vas, je serais obligée de venir aussi. Tu as la moindre idée de ce que ce fichu temps va faire à mes cheveux ?

— Mets un chapeau, lui conseilla Phoebe en lui souriant.

— Mais oui ! Comme si ça allait changer quelque chose !

— Vous n'êtes pas obligés de venir, intervint Zane. Aucun d'entre vous.

— Nous avons bien compris, répliqua Thad, mais nous sommes tous ensemble dans cette galère. Allons sortir ce troupeau de ce trou.

Chase approuva de la tête.

— Ce sont des bleus, Zane, mais ils sont nombreux. Sans eux, on ne s'en sortira pas.

Son frère avait raison, il n'avait pas le choix. Pas s'il voulait sauver ses bêtes.

— Chase, file seller les chevaux avec Danny, ordonna-t-il. On te rejoint dans cinq minutes.

Il se tourna vers les autres et ajouta :

— Habillez-vous chaudement. Faites en sorte que la couche extérieure soit la plus étanche possible.

Puis, en s'adressant à Eddie et Gladys :

— Il nous faudrait quelque chose à manger, très vite.

Eddie hocha la tête, saisit d'un côté le bras d'Andrea, de l'autre celui de C.J., et les entraîna dans l'escalier. Zane se retourna vers Phoebe qui lui décocha un large sourire.

— Ils vont t'aider, dit-elle.

Perplexe, il fronça les sourcils.

— Oui, je sais.

— Ils t'aiment bien.

— Oh ! Mais ! Non…

Maya le fixait, les yeux ronds.

— Je viens seulement de comprendre ! s'écria-t-elle. Tu as couché avec Phoebe.

Elle se tourna vers son amie et ajouta :

— Tu as couché avec Zane. Je n'arrive pas à décider si c'est génial ou absolument répugnant.

Phoebe partit d'un grand rire.

Exaspéré, Zane s'engouffra dans sa chambre.

— Allez vous habiller, toutes les deux, d'accord ?

# 20

C'était forcément après l'aube, pensa Phoebe. Une sorte de halo laiteux, du côté le moins bouché de l'horizon, suggérait qu'une lumière cherchait à pointer derrière les épais nuages violacés. Jamais elle n'aurait imaginé que l'on puisse être aussi mouillé ou avoir aussi froid ! Ses vêtements étaient à tordre, sa température corporelle frisait le zéro, ses mains étaient si engourdies que les rênes lui échappaient, malgré les gants prêtés par Reilly. Elle était persuadée qu'elle ne reverrait jamais le soleil.

Un rideau constant de gouttelettes tombait du bord de son chapeau sur l'encolure de Rocky. Le pauvre animal était aussi malheureux qu'elle, mais elle ne cherchait même plus à s'excuser ; elle ne pouvait que suivre Martin, qui suivait Zane, en s'efforçant de rester positive. Surtout, penser à la nuit dernière plutôt qu'à l'instant présent. Se réchauffer à la passion partagée, revivre l'instant où Zane lui avait dit qu'il l'aimait. Même s'il ne le pensait pas vraiment, elle chérirait toujours ce souvenir.

Enfin, après un trajet qui sembla durer des heures, ils rejoignirent le troupeau. Elle fut horrifiée de les trouver serrés les uns contre les autres, de l'eau jusqu'aux genoux. Elle n'avait pas remarqué, la veille, qu'ils se trouvaient dans une vallée relativement encaissée. L'eau glissait sur l'herbe, le courant était perceptible, et le niveau montait. Pour la première fois, elle eut peur.

— Tout le monde avec moi ! hurla Zane, en leur faisant signe de se rassembler près de lui.

Quand tous les chevaux furent regroupés, il leur donna ses instructions.

— Le bétail est nerveux à cause de l'eau. Restez très vigilants ! Si c'est un choix entre perdre une bête et perdre l'un de vous, vous devez vous sauver.

— C'est bon à savoir, marmonna Maya. Et si c'est un choix entre moi et *deux* bœufs ?

Soit Zane ne l'entendit pas, soit il choisit d'ignorer la question.

— Nous devons traverser une partie de la vallée, puis le cours d'eau, reprit-il. A partir de là, nous remonterons, donc nous serons en sécurité. Mais pour y arriver il faut commencer par descendre.

Phoebe regarda l'eau tourbillonnante et avala péniblement sa salive. Descendre, ce n'était pas son option préférée.

— Nous allons travailler en groupes, poursuivit Zane. Reilly prendra Martin et Maya, Thad sera avec moi. Chase…

Il regarda son frère dans les yeux et lui dit :

— Tu as Phoebe.

Phoebe s'apprêtait à lui demander pourquoi elle avait droit à une escorte personnelle quand il fit pivoter Tango vers elle.

— Je te veux devant, avec Manny. Chase et toi, vous mènerez le troupeau. Manny vous connaît, toi et Rocky, il vous suivra. Il ne sera pas question de s'arrêter pour parler aux arbres, Phoebe, c'est dangereux, il faudra faire très attention.

Impressionnée, elle fit oui de la tête. Zane s'adressa de nouveau à son frère.

— Chase, tu sais à quoi t'attendre.

— Ouais.

— Je compte sur toi pour qu'il ne lui arrive rien.

Il avait fait un geste du menton vers elle ! Le cœur de Phoebe trébucha, une euphorie subite la souleva. Zane voulait la protéger, il la confiait à son frère… Un flot d'amour et de joie se déversa en elle, aussi impétueux que l'inondation.

Mais elle n'eut pas le temps de profiter de ces doux sentiments. Zane donnait le signal du départ, et brusquement Chase fut près d'elle, sa main tendue lui indiquant la direction à prendre.

Docile, elle fit pivoter Rocky. Aïe, maintenant, ils avaient la pluie en face. Des trombes d'eau glacée lui martelèrent le visage, et elle eut beau enfoncer son chapeau au maximum, il ne la protégeait plus. Ses pieds étaient deux blocs de glace. Ils allèrent se placer en tête du troupeau, puis Chase poussa son cheval entre les bêtes qui faisaient le gros dos, tête basse, trouva Manny et lui donna un léger coup de pied pour le faire avancer. Manny ne bougea pas d'un pouce. Chase jura, mais le bœuf de tête ne sembla pas impressionné ; il se contenta de détourner la tête, l'air buté, en lançant un meuglement pathétique.

Sans réfléchir, Phoebe glissa à bas de sa selle. Elle avait mal jugé la profondeur de l'eau… qui emplit aussitôt ses bottes, si glacée qu'elle lui coupa le souffle. Elle encaissa le choc et se força à patauger vers Manny en traînant Rocky derrière elle. Le courant l'aspirait à chaque pas. A un moment, elle faillit basculer et dut se cramponner à son cheval pour reprendre son équilibre. Enfin, elle rejoignit Manny et se mit nez à nez avec lui.

En la voyant, il se redressa brusquement, les naseaux dilatés, une expression vraiment menaçante dans ses yeux sombres. Un instant, elle paniqua, puis elle se souvint qu'elle portait un chapeau. Vivement, elle l'arracha, s'efforçant d'oublier la pluie froide sur sa tête, son visage ; une sensation horrible. Une rafale lui arracha le chapeau, qui disparut entre les sabots des bêtes, mais cette fois Manny la reconnut. Il renifla sa veste trempée, baissa la tête et la poussa doucement, manquant la faire tomber.

— Il faut partir d'ici ! lui cria-t-elle. Ce n'est pas une blague, si tu restes, tu vas te noyer.

Des gouttes plus tièdes que la pluie roulaient sur ses joues. Elle s'aperçut qu'elle pleurait.

— Il ne faut pas mourir. Tu m'entends, Manny ? On trace, et tout de suite ! Viens !

Elle saisit la sangle de sa cloche, tira de toutes ses forces. La panique avait beau décupler ses forces, si l'énorme bœuf ne se laissait pas faire, elle ne parviendrait jamais à l'entraîner… Mais il fit un pas, puis un autre. Bientôt, il avançait près d'elle, et tout le troupeau s'ébranlait lentement derrière lui.

Au bout de quelques minutes, quand le mouvement fut bien régulier, Chase s'approcha et mit pied à terre à son tour. Elle l'entendit jurer quand il s'enfonça dans l'eau.

— Foutu temps, grommela-t-il. Remonte en selle, Phoebe.

— Mais si Manny refuse de suivre Rocky ?

— Tu ne peux pas rester dans le courant. Tu risques ta peau.

Elle voulut répondre, mais ses dents claquaient trop violemment. Vaincue, elle posa le pied sur ses mains croisées. Rocky se remit en marche sans faire de difficultés. Elle se retourna à demi sur sa selle et poussa un gros soupir de soulagement en voyant que Manny la suivait toujours. Le troupeau avançait. Ils allaient le sauver.

Ce fut seulement alors qu'elle s'aperçut à quel point elle grelottait. C'était absolument épuisant, et aucun mot n'aurait pu décrire la sensation de froid qu'elle éprouvait. Comme si elle était broyée dans un bloc de glace. Devant elle, Chase lui indiqua un bosquet d'arbres.

— Là ! hurla-t-il. En passant sur la gauche !

Elle hocha la tête, incapable de répondre.

Ils avancèrent dans la tourmente, lentement, régulièrement. Elle avait l'impression de chevaucher depuis une éternité dans une pénombre perpétuelle quand, enfin, la pluie s'atténua. Une petite éternité plus tard, elle s'arrêta tout à fait. L'eau montait toujours. Dans un sens, c'était encore plus terrifiant parce qu'elle ne savait pas d'où venaient ces masses d'eau, ou quels volumes arriveraient encore.

Zane les rejoignit pour voir comment ils s'en sortaient et resta quelques minutes avec eux avant de les quitter pour reprendre sa place. Depuis combien d'heures avançaient-ils au pas, en retrouvant parfois la terre sèche quand le terrain montait, puis en pataugeant de nouveau dans les creux ? Le monde entier semblait noyé. Zane reparaissait maintenant à intervalles réguliers, il effectuait un circuit constant autour du troupeau, pour garder le groupe à l'œil autant que ses bêtes. A chaque passage, elle s'efforçait de sourire en assurant qu'elle allait bien, mais elle savait déjà qu'elle n'aurait plus jamais chaud de sa vie ! Une obsession toute simple la poussait en avant : mettre le troupeau en sécurité. Ils avançaient tous ensemble, soudés, et chaque fois que Chase la cherchait des yeux elle se retournait à son tour pour vérifier que Manny la suivait toujours.

Enfin, le soleil perça les nuages. La tiédeur, une sensation oubliée ! Elle offrit son visage à la lumière en poussant un soupir de soulagement. Puis son moral monta en flèche en réalisant… qu'ils grimpaient ! Ils avançaient sur terrain sec ! Ou presque.

— Nous y sommes ? demanda-t-elle à Chase. Nous avons réussi ?

— Pas encore. Nous arrivons au cours d'eau. Une fois de l'autre côté, il n'y aura plus qu'à monter tout droit, et nous serons tirés d'affaire. Il est tard, il faut traverser pendant qu'il fait encore jour. Nous n'avons pas le choix, tout ici sera sous l'eau demain matin.

Sous l'eau ? Mais c'était terrifiant ! Elle allait le dire quand elle tendit l'oreille. Un grondement bizarre leur parvenait, comme un courant violent. Un torrent ? Ils atteignirent le sommet d'un repli de terrain… et elle crut s'évanouir en découvrant la rivière enragée qui leur barrait la route. L'eau se précipitait en vagues grises, des branches et de petits arbres bondissaient sur le courant boueux.

— On ne peut pas traverser ça, affirma-t-elle d'une voix blanche.

— Bien sûr que si. Sans problème.

Chase disait les mots qu'il fallait, mais sa voix trahissait son inquiétude. Pire qu'une inquiétude, même : il avait peur.

Zane les rejoignit au trot.

— Comment est-ce que ça se présente ?

— C'est impossible ! s'écria Phoebe avec un grand geste vers la rivière furieuse.

Le regard de Zane passa d'elle à Chase.

— Je vais voir si on peut traverser, dit-il. Restez ici. S'il m'arrive quoi que ce soit…

Les yeux braqués sur le visage de son frère, il ordonna :

— … laissez le bétail. Filez vers le sud aussi vite que possible. Vous trouverez de meilleurs endroits pour traverser en aval.

Phoebe le dévisagea, horrifiée.

— Zane, non ! Ne fais pas ça. Allons en aval maintenant, tous ensemble.

— Nous n'avons pas assez de temps. Il faut essayer de faire passer le bétail.

Non, c'était fou, trop dangereux, elle ne voulait pas. Instinctivement, elle se retourna vers Manny… et sut qu'elle ne pouvait pas l'abandonner. Pas sans faire au moins un effort pour le sauver, lui et ses congénères.

Elle voulut dire à Zane qu'elle était prête, mais il n'était plus là et dévalait la pente. Elle retint son souffle en le voyant entrer dans le courant tourbillonnant. Elle aurait aimé lui crier de faire attention, lui répéter qu'elle l'aimait, mais il ne fallait surtout pas le déconcentrer. Elle le couva des yeux en serrant les poings, arc-boutée comme si elle le portait au-dessus des vagues. Elle ferait tout ce que l'on voudrait, si seulement il ressortait de là sain et sauf. Machinalement, elle entortilla les rênes autour de ses mains, retint son souffle…

Tango trébucha. De l'eau jusqu'au ventre, il se rétablit très vite, mais, dans la fraction de seconde pendant laquelle il sembla partir sur le flanc, elle crut mourir. Très droit sur sa selle, Zane le guida entre les remous. Quand le cheval se mit à nager, elle dut se retenir de hurler. Puis Zane gravit la rive opposée, retira son chapeau et l'agita au-dessus de sa tête en clamant :

— C'est facile !

— Quel menteur…

Tiens, Maya l'avait rejointe ? Elle ne l'avait même pas vue arriver.

Dix minutes plus tard, Zane était de retour. Ils explorèrent la berge et trouvèrent, tout près, un endroit où le talus s'effaçait des deux côtés. Ici, le bétail pourrait facilement entrer dans l'eau sans être trop effrayé.

— Voilà comment nous allons faire, dit Zane. Chase va passer le premier, puis toi, Phoebe. Manny vous suivra. Je veux qu'il soit à côté de toi, mais en aval. Pas question qu'il t'emporte si jamais il perd pied. Compris ?

— O-oui.

— Chase sera en aval. S'il t'arrive quoi que ce soit, contente-toi de te détendre et de te laisser flotter, il t'attrapera. Et fais confiance à Rocky, il a de longues jambes, il n'aura que deux mètres à nager, maximum.

Il hésita un instant et précisa :

— Tu n'aimeras pas la sensation quand il se mettra à nager, mais ne panique surtout pas. Accroche-toi à la selle et accompagne le mouvement. Il est très fort et il voudra atteindre l'autre berge autant que toi.

Son visage tendu s'adoucit un peu. Le regard plongé dans le sien, il ajouta :

— Tu peux le faire, Phoebe.

Elle regarda Manny et le troupeau inquiet qui piétinait derrière lui. Ils comptaient tous sur elle, elle ne pouvait pas les laisser tomber. Ce fut donc en affichant une assurance qu'elle était très loin de ressentir qu'elle répondit :

— Je m'en sortirai.

— Très bien.

Elle n'écouta qu'à moitié pendant qu'il expliquait le plan aux autres. Leur petit groupe encerclerait le troupeau, lui, Chase et Reilly en aval, Thad, Martin et Maya en amont. L'eau serait froide. Ils n'auraient qu'à serrer les dents, faire confiance à leur cheval et ne pas quitter des yeux la rive opposée. Puis ce fut le moment de passer à l'action.

Chase s'engagea le premier. Dès qu'il fut dans l'eau, il se mit à jurer. Ses formules étaient si hautes en couleur qu'elle se mit à rire… jusqu'au moment où l'eau glacée emplit une nouvelle fois ses propres bottes. C'était encore plus froid que l'inondation dans les prés ! Elle faillit renoncer en disant qu'elle ne voulait pas, ne pouvait pas, mais elle pensa à Zane, à Manny, aux autres. Il fallait être courageuse. Ce qu'elle faisait aujourd'hui comptait. Elle faisait partie d'un groupe. Elle avait un rôle à jouer. Elle n'était pas seule.

Rocky s'avança résolument dans le courant. Elle se retourna, vit Manny entrer dans l'eau… et s'arrêter net. Aussitôt, elle retint Rocky et lança :

— Manny, viens ! Allez ! Tu peux le faire !

Le bœuf frémit et se remit pesamment en marche.

— Oui ! hurla-t-elle. C'est ça, Manny ! Viens, mon grand ! Je te parie que j'arrive avant toi.

D'autres bœufs descendaient la berge à la suite de leur chef. Les yeux fixés sur elle, Manny avançait toujours. Concentrée sur lui, elle oublia de regarder où elle allait et, quand Rocky trébucha en faisant un écart, elle vida un étrier.

— Phoebe !

Elle entendit le cri de Zane. Impossible de lui répondre, elle glissait, aspirée par le courant violent, et cherchait désespérément à se raccrocher, au pommeau de la selle, aux rênes, à n'importe quoi ! Mais ses doigts engourdis répondaient mal.

— Chase ! hurla Zane.

— Je la vois ! Phoebe, accroche-toi !

Elle essayait ! De toutes ses forces même. Elle luttait pour ne pas quitter tout à fait la selle quand Rocky se mit à nager. Le mouvement acheva de la déloger. Elle flottait, l'eau passait entre elle et sa monture, elle ne tenait plus que d'une main, au rebord de la selle mouillée et glissante…

La panique fondit sur elle. Elle ne pouvait plus respirer, elle allait mourir, aspirée par le fond, noyée dans cette eau horrible… Tout à coup, une poussée violente, sur sa cuisse. Affolée, elle se sentit propulsée en avant et vers le haut. Ses mains battirent l'air, trouvèrent le pommeau de la selle. Elle se cramponna convulsivement, se hissa d'une détente… Voilà, elle avait retrouvé son assise, les étriers en moins. Accrochée de toutes ses forces, elle put enfin tourner la tête. Manny nageait juste derrière elle. Le vieux bœuf leva la tête vers elle. Il… souriait ?

A l'instant où Rocky et Manny émergeaient péniblement du courant et prenaient pied sur l'autre rive, un groupe de cavaliers dévala la pente en se dirigeant droit sur eux. Les Stryker à la rescousse ! Les nouveaux venus s'arrêtèrent au bord de l'eau en lançant des encouragements aux cavaliers trempés et épuisés qui achevaient de traverser, un à un, en encadrant le reste du troupeau.

Le frère aîné — Phoebe croyait se souvenir qu'il s'appelait Rafe — lui donna une grosse couverture en l'aidant gentiment à s'y enrouler. Puis il déboucha une bouteille Thermos et lui tendit un quart de café bouillant.

— M-merci, bredouilla-t-elle en grelottant.

— J'ai cru qu'il allait falloir appeler l'hélicoptère, pendant une seconde, dit-il avec un sourire.

— V-vous avez v-vu… ?

— Oui ! C'est bien la première fois que je vois un bœuf sauver quelqu'un.

Il lui tapota amicalement le dos et la quitta pour apporter

du café aux autres. Elle poussa un long soupir. Le liquide brûlant était réconfortant, il la réchauffait un peu de l'intérieur. L'extérieur, ce n'était pas encore gagné, à part au niveau des mains qui serraient son quart. Sa couverture était vieille, elle sentait le renfermé mais à ce stade, elle lui faisait l'effet d'un luxe inouï. Et tant pis si elle semblait avoir abrité une colonie de souris !

La tension retombait. Une fatigue infinie s'abattait sur elle. Vaguement, elle pensa que cela devait être agréable de vivre dans un lieu où l'on pouvait compter sur ses voisins pour voler à votre secours. A Fool's Gold, les gens étaient réellement, sincèrement solidaires. Chez Reilly, au moment du départ, personne ne s'était posé la question de savoir si les Stryker accepteraient de venir, mais uniquement s'ils pourraient les retrouver à temps. Elle regarda les dernières bêtes du troupeau sortir de l'eau et sut qu'elle n'oublierait jamais cette journée et la sensation d'avoir contribué au sauvetage. De s'être donnée à fond et d'avoir réussi, tous ensemble.

— Il ne pleut plus, annonça Lucy de sa place près de la fenêtre. Tu crois qu'ils vont revenir bientôt ?

Sans bouger du canapé, C.J. lui tendit la main pour l'inviter à la rejoindre.

— Thad a dit qu'il appellerait quand ils seraient sur le chemin du retour, répondit-elle, rassurante.

Lucy poussa un soupir et revint vers elle en traînant les pieds.

— Il ne leur est rien arrivé, dis ?

C.J. écarta sa propre angoisse et hocha la tête avec conviction.

— Bien sûr. Zane a été cow-boy toute sa vie, il sait ce qu'il doit faire. Il ne leur arrivera rien.

Les yeux couleur de miel de Lucy se remplirent de larmes.

— Tu promets ?

Sans réfléchir, C.J. lui ouvrit les bras. Lucy s'y précipita, et Tommy, qui s'était assis tout près, se blottit contre elle.

— Je ne veux pas que Thad se noie, chuchota-t-il.

— C'est juste une grosse pluie, lança C.J. avec assurance, en s'efforçant de repousser les images atroces de crues et d'inondations qui défilaient dans sa tête. Ils seront mouillés, ils auront froid, ils attraperont peut-être un bon rhume, mais ça s'arrêtera là. Tu verras ! Et à leur retour ils nous raconteront tout ce qu'ils ont fait.

Deux visages inquiets levés vers elle, deux regards anxieux qui sondaient le sien... De toute la force de sa volonté, elle chercha à garder un visage serein et positif, à rester calme alors qu'elle aurait voulu marcher fébrilement de long en large. Lucy se nicha contre elle en chuchotant :

— D'accord. Tu veux bien nous lire une histoire ?

— Je veux bien.

Tommy sauta sur ses pieds et fila dans la bibliothèque chercher un livre. Ils avaient repéré ce matin une étagère entière de livres pour enfants, probablement ceux de Ryder, le petit-fils chéri de Reilly. En attendant son retour, C.J. écarta les cheveux de Lucy de son front.

— Il faut avoir de bonnes pensées, dit-elle. Quelquefois, ça aide.

— Pas toujours, répliqua gravement la petite fille.

En scrutant son visage, C.J. comprit qu'elle avait vu des choses terribles, que son frère et elle avaient affronté des horreurs qu'aucun enfant ne devrait avoir à endurer. Si Thad et elle ne faisaient rien, ils retourneraient bientôt sous un toit où on les maltraitait.

— J'ai toujours voulu un bébé, lâcha-t-elle soudain.

Maintenant qu'elle avait commencé, elle sut que la suite viendrait sans effort.

— Pas parce que les bébés comptent plus que les grands, mais parce que j'ai toujours cru que je ne saurais pas m'y prendre avec des enfants plus âgés. Tu comprends ? Je ne sais jamais quoi dire ou quelle attitude avoir. Je pensais que si j'avais un bébé je l'élèverais à ma façon, et il saurait que je l'aime, même si je faisais des erreurs.

Lucy détourna les yeux en observant d'un ton neutre :

— Oui. Beaucoup de gens veulent des bébés.

— Mais quelquefois ce que l'on veut n'est pas forcément le bon choix. Il y avait un garçon qui me plaisait beaucoup au lycée, je mourais d'envie qu'il m'invite à sortir avec lui, et quand il ne l'a pas fait il m'a semblé que mon cœur se brisait en mille morceaux. Puis, un peu plus tard, j'ai rencontré Thad et je l'ai aimé beaucoup plus que l'autre garçon. Et il m'a aimée aussi, il a voulu m'épouser. Si j'étais sortie avec le premier garçon, je serais allée faire mes études ailleurs et je n'aurais jamais rencontré Thad. Alors, en fin de compte, ne pas avoir ce que je croyais vouloir, c'était une bonne chose. Tu vois ce que je veux dire ?

Lucy la dévisageait fixement.

— Je crois, oui, murmura-t-elle.

— Je croyais vouloir un bébé, poursuivit C.J. en lui caressant la joue, presque intimidée. Si j'en avais eu un, ou si nous en avions adopté un avec Thad, nous ne serions jamais venus à cette transhumance. Nous ne vous aurions pas rencontrés, toi et Tommy.

L'espoir brillait si intensément dans les yeux de Lucy que cela faisait mal à voir. A mi-voix, la fillette demanda :

— Et c'est une bonne chose ?

— Oui !

Dans un élan, C.J. la serra contre elle.

— Je veux que vous veniez vivre avec nous, Tommy et toi. Je ne ferai peut-être pas toujours ce qu'il faut, ou je ne trouverai pas les mots, parce que je n'ai encore jamais été une maman, mais ce ne sera pas parce que vous ne comptez pas pour moi. Tu t'en souviendras ?

Lucy hocha furieusement la tête en ravalant un gros sanglot.

Tommy, qui revenait les bras chargés de livres, s'arrêta net sur le seuil, le visage livide. D'une voix tendue, il lança :

— Quoi ? Il s'est passé quelque chose ?

Riant et pleurant à la fois, C.J. eut du mal à lui répondre.

— Non. Enfin oui ! Je viens juste de dire à Lucy que je veux que vous veniez vivre avec Thad et moi, tous les deux !

Elle n'avait jamais réalisé que Tommy avait un si beau sourire ! Avec un cri de guerre, il se jeta dans la mêlée, l'étreignit, étreignit sa sœur. A moitié étranglée par leurs petits bras maigres, leurs corps tièdes pressés contre elle, elle sut qu'elle vivait le plus beau jour de sa vie.

*
* *

Le bétail fut installé sur un alpage en hauteur avant le coucher du soleil. A bout de forces, les cavaliers prirent le chemin du retour dans le soir tombant. Il leur restait encore un long trajet à parcourir pour rentrer chez Reilly. Les Stryker étaient restés avec le troupeau, Zane avait accepté leur aide avec reconnaissance. Sa priorité maintenant était de ramener son équipe à bon port, les nourrir et les réchauffer.

Trois heures après que Phoebe avait manqué être emportée par la rivière en crue, il n'était toujours pas remis de sa frayeur. En la voyant glisser de sa selle, il avait su que s'il la perdait il n'y survivrait pas. Si elle avait été blessée, ou pire, tout aurait été sa faute. Il avait organisé ce séjour, s'était buté sur son idée de vouloir donner à son frère une leçon qu'il n'oublierait jamais. Le plus ironique, c'était que lui en avait appris plus que n'importe qui au cours de cette semaine.

Il vérifiait régulièrement son portable et, quand enfin il vit qu'il avait du réseau, il sut qu'ils étaient à portée d'une antenne-relais. Il passa l'appareil à Reilly qui appela chez lui pour annoncer leur retour.

Le ciel s'était nettoyé à une vitesse surprenante. La lune se leva dans un firmament limpide. Les chevaux, sentant l'écurie, avalèrent les derniers kilomètres au petit galop.

Ils firent une arrivée triomphale. Tous ceux qui étaient restés se précipitèrent pour les accueillir. Leur exploit, un peu oublié dans la fatigue du retour, reprit toute son importance. Zane vit les visages épuisés de ses cavaliers s'épanouir et sourit de les sentir si fiers de ce qu'ils avaient accompli. Il sauta à bas de Tango, aida Maya à mettre pied à terre, puis alla soulever Phoebe. Et toute sa satisfaction fut balayée d'un coup. Ses vêtements étaient glacés et imbibés d'eau.

— Faites couler un bain ! cria-t-il à Matilda. Phoebe, tu sens encore tes orteils ?

— Non, et je ne veux surtout pas les sentir. Je sais déjà qu'ils me feront mal.

Maya entoura les épaules de Phoebe de son bras.

— Ne t'inquiète pas, Zane, je m'occupe de la réchauffer.

Tu vois ce qui se passe quand on veut faire les choses selon la tradition ? Moi, si je devais déplacer du bétail, je décrocherais mon téléphone et je ferais venir un transporteur. Je peux déjà te dire que, quand je serai rentrée à Los Angeles, je ne quitterai plus ma maison pendant au moins *six* semaines. Je me ferai tout livrer et je ne lèverai plus le petit doigt. La vie rude et naturelle, tu peux te la garder ! Moi, je choisis la civilisation.

Elle entraîna fermement Phoebe vers la maison.

— Moi, j'ai bien aimé, bredouilla celle-ci en grelottant. C'était excitant. Bon, pas la rivière, mais tout le reste. Manny a été courageux, non ? Et il m'a sauvé la vie. Tu y crois, à ça ? Il faut absolument que je lui trouve un cadeau. Qu'est-ce qui lui ferait plaisir, à ton avis ?

— Qu'on lui rende sa virilité, lâcha Maya.

Zane riait encore en rejoignant Martin, Reilly et Thad, qu'il trouva dans le grand salon en train de faire aux femmes le récit de leurs aventures. En le voyant, ils s'interrompirent et l'entourèrent.

— C'était extraordinaire ! lança Martin. Une sacrée expérience !

— Je n'avais jamais rien vécu de pareil, renchérit Thad en essuyant la boue de son visage. Chérie, tu aurais dû y être. L'eau montait à vue d'œil, le bétail s'énervait… J'ai cru qu'on n'y arriverait jamais.

— Tu pourrais essayer d'avoir l'air moins heureux d'avoir risqué ta peau, le gronda-t-elle avec tendresse.

Il se mit à rire en la happant dans ses bras.

— Tu m'as manqué, toi et les enfants.

— Tu nous as manqué aussi !

— Zane ! s'écria Gladys. Tu t'es débrouillé comme un chef.

Cette affirmation lui fit l'effet d'une douche froide. Il sentit son sourire s'effacer.

— Non, répondit-il tout bas. Au contraire, j'ai fait bourde sur bourde. Vous tous, je n'aurais pas dû vous mettre dans cette situation. Je suis désolé.

La vieille dame balaya ses excuses d'un geste énergique.

— Tu n'es pas parfait ! Tu as tes ratés, comme tout le monde, mais au moins, avec toi, on ne s'ennuie jamais. Eddie et moi, nous n'oublierons jamais ces vacances. D'ailleurs, si tu décides de recommencer l'an prochain, nous en sommes.

— Nous aussi, déclara Martin. Mais sans la pluie.

Vaincu, Zane leva les mains comme un homme qui se rend.

— Je verrai ce que je peux faire ! s'exclama-t-il en riant.

Autour de lui, le groupe se remit à bavarder joyeusement. Discrètement, il recula, puis, voyant que l'on ne s'occupait plus de lui, il s'éclipsa pour aller donner un coup de main à l'écurie. Le travail serait plus vite terminé avec des bras supplémentaires. Au moment où il traversait le hall, la porte d'entrée s'ouvrit, et Chase entra en coup de vent.

— Les chevaux sont tous dessellés, indiqua-t-il en le voyant. Danny commence à les étriller à les nourrir. Je monte me changer et je retourne l'aider.

— Je viens avec toi.

Au pied de l'escalier, il s'arrêta et posa la main sur le bras de son frère.

— Tu as été très bien, aujourd'hui.

Chase secoua la tête, le visage crispé.

— Non ! J'ai fait une connerie énorme. Phoebe aurait pu se noyer. On aurait pu perdre les bêtes. Tout ça parce que j'ai voulu jouer les traders. Je suis désolé, Zane !

La gorge de Zane se noua. Il voulut parler mais, comme il ne trouvait pas sa voix, il happa son frère dans une étreinte d'ours.

— Tout va bien, dit-il enfin d'une voix rauque. Moi aussi, je fais des conneries. Tout le temps ! La seule différence, c'est que tu n'y vois que du feu.

— Sérieux ? murmura Chase en se cramponnant à lui.

Très vite, Zane raconta l'histoire de l'étalon, la réaction de leur père.

— Je voulais t'épargner ça, confia-il. Mais j'étais si occupé à vouloir te sauver que je t'ai fait une vie infernale.

Les yeux de Chase se remplirent de larmes.

— Merci…

— Tu es un gosse adorable, petit frère. Non, un *homme* adorable. Quelqu'un de bien. Je suis fier que tu sois mon frère et…

Il hésita, puis conclut fermement :

— Et je t'aime, Chase.

Chase se jeta de nouveau dans ses bras.

— Moi aussi, je t'aime !

# 21

Assise sur la plus haute marche de l'escalier, Phoebe contemplait le tableau, en bas. Quand Zane et Chase s'étreignirent, elle sentit son cœur déborder. Encore un peu et elle fondrait en larmes.

— Tu viens ? lança Maya de la porte de leur chambre. Ton bain est prêt. Tu es en hypothermie, là, il faut vite te réchauffer.

Le fait est qu'elle grelottait de nouveau. Elle avait mal partout et ne sentait ni ses mains ni ses pieds. Mais rien de tout cela n'avait d'importance.

— Ils vont s'en sortir, chuchota-t-elle, émue aux larmes.

L'homme qu'elle aimait était heureux. La seule pensée la transportait de joie.

— Bien sûr qu'ils s'en sortiront, répliqua Maya. Viens !

Phoebe se retourna à demi en levant la tête vers elle.

— Regarde ! Ils s'aiment. Zane et Chase. Ils s'embrassent.

Interdite, Maya vint se pencher par-dessus la rampe. Il y eut un silence, puis elle murmura :

— Ça, c'est du jamais vu. Je me demande ce qui s'est passé.

— Zane a pardonné à Chase. C'est tout ce qu'il leur fallait. Bon, Zane a toujours besoin qu'on lui pardonne ce qu'il a fait quand il était ado, mais là, je ne sais pas comment faire. Son père est mort, maintenant.

Maya se retourna vers elle, les sourcils froncés.

— Ce n'est pas très clair, ce que tu dis.

Fatiguée, Phoebe appuya son front contre un barreau de la rampe.

— Je me demande si je lui manquerai.
— A Zane ? Pourquoi, tu vas quelque part ?
— Bien sûr. Je retourne à ma vie normale.
Elle voulut se lever et découvrit qu'elle n'en avait pas la force. Maya dut l'aider puis la soutenir jusqu'à la salle de bains. La baignoire était presque pleine, la vapeur embuait les miroirs.
— Déshabille-toi, lui ordonna son amie. Entre dans l'eau. Tu auras probablement mal pour commencer, mais tiens bon et tu te réchaufferas. Je peux emprunter ta tablette pour voir si tout va bien au travail ?
— Tout ce que tu voudras.
Maya la laissa seule. Maladroite, elle entreprit de retirer, couche après couche, ses vêtements mouillés. Comme la vapeur la réchauffait un peu, elle se mit à trembler plus violemment que jamais. La sensation revint dans ses extrémités, ce dont elle se serait bien passée car cela brûlait comme des aiguilles chauffées à blanc ! Une fois nue, elle inspira à fond pour se donner du courage et enjamba le rebord de la baignoire. La première douleur faillit lui arracher un cri. Elle s'accorda quelques gémissements pitoyables et s'efforça de respirer lentement, régulièrement…
— Ça va passer, ça va passer vite, se répéta-t-elle comme un mantra.
Au bout de cinq longues minutes, elle découvrit qu'elle supportait de garder ses mains et ses pieds dans l'eau chaude. Dix minutes de plus et elle se retrouva mollement allongée, de l'eau jusqu'au cou, en ayant chaud partout. Ses idées s'étaient éclaircies. Malheureusement, cette clarté apportait des vérités pénibles.
Elle était amoureuse de Zane, probablement depuis leur première rencontre. Amoureuse de ses irrésistibles contradictions, son indépendance et sa solitude, sa force, son intelligence et son humour. La souffrance qu'elle percevait en lui éveillait ses instincts les plus profonds, elle voulait prendre soin de lui, elle voulait le guérir. Discrètement, parfois sans même s'en apercevoir, sans mots et sans grandes démonstrations, il prenait soin de tous ceux qui l'entouraient. Et elle, elle voulait de toute son âme être la femme qui prendrait soin de lui. Il

était un homme bien, un homme honorable, et combien en avait-elle croisés dans sa vie jusqu'ici ?

Pouvait-il y avoir un avenir pour elle au ranch ? Elle aimait la nature, le bétail. Elle était pratiquement sûre qu'elle réussirait à apprivoiser les chèvres ! La seule idée de longues nuits d'hiver auprès de Zane lui donnait le frisson. Trouverait-il un intérêt à sa présence ? Elle était la fille qui se faisait piquer ses affaires par les ratons laveurs, qui montait sa tente dans le lit d'un ruisseau. Qui parlait au bétail. Il devait la trouver frivole, incompétente. Il prenait plaisir à partager son lit avec elle, mais sa vie ? Il pouvait avoir dit qu'il l'aimait en dormant, mais une fois éveillé ?

Elle devait en avoir le cœur net. Elle lui parlerait, lui dirait ce qu'elle éprouvait. Et elle écouterait courageusement ce qu'il lui répondrait. Il comptait trop pour qu'elle puisse se contenter d'attendre passivement le dénouement.

— Phoebe, tu as terminé ? lança la voix de Maya derrière la porte. Il faut sortir, maintenant. Enfile quelque chose parce que Reilly est là, et je ne veux pas que tu lui donnes une crise cardiaque.

— Oui, je ne crois pas que je pourrais encaisser le choc, renchérit la voix joyeuse du vieil homme.

Il riait, mais Phoebe pensa tout de suite à Zane.

— Il y a un problème ? fit-t-elle, inquiète. Il s'est passé quelque chose ?

— Tu as reçu des mails. Il faut que tu les lises.

Phoebe s'arracha à la chaleur paradisiaque de l'eau, se sécha rapidement, enfila l'épais peignoir éponge accroché derrière la porte et passa dans la chambre.

— Qui m'envoie des mails ? demanda-t-elle.

Maya, assise sur son lit, lui tendit sa tablette. Reilly s'appuyait de l'épaule au chambranle de la porte.

— Lis celui-ci d'abord, ordonna Maya en lui indiquant un message.

Phoebe le lut en diagonale. Jonny Blaze faisait une offre. Le montant la fit écarquiller les yeux. Elle vit qu'il avait mis Reilly en copie et leva un regard interrogateur vers ce dernier.

— Vous pensez accepter ? s'enquit-elle.

— Peut-être bien. Je l'envisage sérieusement, même. Je vois que vous avez retiré une certaine parcelle de terre de l'offre. Je suppose que c'est pour votre amoureux ?

— Zane n'est pas mon amoureux mais, oui, je voudrais effectivement que cette parcelle lui revienne. Vous allez me faire des histoires sur ce point ?

— Je ne fais jamais d'histoires, répondit le vieil homme avec un sourire.

— Parfait !

Si elle ne pouvait pas changer le passé de Zane, elle pouvait au moins atténuer sa blessure. Le ranch Nicholson retrouverait la parcelle dont on l'avait amputé, l'épisode serait clos. Après tout ce qu'il avait enduré, Zane méritait bien cela. Elle parcourut le reste du courriel et reprit :

— Vous n'êtes pas obligé de répondre tout de suite. Jonny vous donne quelques jours pour réfléchir. A mon avis, c'est une offre honnête, mais je suis mal placée pour vous conseiller parce que je suis son agent pour cette transaction. Vous devriez en discuter avec quelqu'un d'autre, un avocat spécialisé dans l'immobilier, par exemple.

— Je vous fais confiance, Phoebe.

Ces paroles lui firent chaud au cœur, elle lui sourit… et entendit Maya glisser d'une voix rapide :

— Ça m'ennuie de gâcher ce beau moment de communion, mais tu dois aussi lire le mail suivant.

— Pourquoi ?

Un peu inquiète, elle l'ouvrit. La première phrase lui arrêta le cœur, la seconde la fit tomber assise sur le lit. L'audience pour décider si elle pourrait conserver sa licence avait été avancée… au lendemain, à midi.

— Je ne pourrai jamais y être, gémit-elle, les yeux pleins de larmes.

Et, si elle n'y était pas, le Conseil rendrait sa décision contre elle, du simple fait de son absence.

— Mais si, vous pouvez, répliqua Reilly avec énergie. Finn Andersson a une entreprise de charters, je l'appelle tout de suite. Faites vite vos bagages ! Je vous emmène à l'aérodrome, vous serez à Los Angeles à minuit.

— Tu pourras dormir un peu et tu auras tout ton temps pour arriver à l'audience, la rassura Maya. Tout va bien se passer.

Cela, elle en doutait ! Elle était trop fatiguée, l'inertie la gagnait, elle ne ressentait rien, ou juste du vide. C'était terrible de devoir se battre pour garder son gagne-pain alors qu'elle n'avait rien fait de mal. Surtout si le combat l'obligeait à quitter le ranch.

— Il faut y aller, Phoebe, lui dit Reilly d'une voix pressante. Une autre tempête se dirige vers nous, vous devez décoller dans moins d'une heure ou vous ne passerez plus. Nous avons une demi-heure de route jusqu'à l'aérodrome.

Elle le dévisagea, sans forces.

— Mais je dois dire au revoir à tout le monde…

— Pas le temps, décréta Maya. Je transmettrai tes bons baisers. Allez, Phoebe ! C'est ta vraie vie qui t'appelle. Habille-toi !

Les heures qui suivirent défilèrent dans une sorte de brouillard. Phoebe enfila des vêtements au hasard et sauta dans le 4x4 de Reilly. Pas le temps de trouver Zane ou de lui parler. D'ailleurs elle ne savait pas encore ce qu'elle voulait lui dire. Comment réagirait-il à une déclaration ? Trouverait-il sa tendresse… importante ? Gênante ? Etait-elle parvenue à le toucher, de quelque façon que ce soit, ou serait-il juste soulagé qu'elle s'en aille ?

Mais, ce problème, elle le réglerait une fois qu'elle aurait sauvé sa carrière, décida-t-elle.

Le petit avion piloté par Finn Andersson en personne la mena à bon port. Arrivée chez elle, elle dormit un peu, se réveilla trop tôt, se doucha et passa son plus beau tailleur. Comme il lui restait du temps avant de se rendre à l'audience, elle se mit à passer des coups de fil.

Jusqu'à son départ pour le ranch, elle avait tout accepté sans broncher. Accepté sans s'insurger et sans se plaindre d'être l'agneau du sacrifice. Plus maintenant. A un moment ou un autre du parcours, elle avait découvert qu'elle était forte, qu'elle avait son mot à dire, dans le déroulement des choses. Aujourd'hui, Jeff chercherait à la torpiller pour la faire couler.

Il y réussirait peut-être, mais elle ne se soumettrait pas sans se battre. Cette fois, il n'y aurait pas de bœuf au grand cœur pour la sauver. Elle devrait le faire elle-même.

Elle raccrocha à 11 heures, la toute dernière limite pour partir si elle voulait être à l'heure pour son audience. Par miracle, la circulation fut plutôt fluide. Elle arriva en avance aux locaux du Bureau de l'Immobilier et patienta dans le hall. Jusqu'ici, personne n'était encore arrivé, mais ils viendraient, elle voulait le croire. Ils avaient toujours cru en elle. A elle maintenant d'en faire autant.

Quelques minutes avant l'heure fatidique, elle entra d'un pas ferme dans la salle de conférences. Jeff était déjà là, et en voyant son expression elle comprit qu'elle ne pourrait rien dire, rien faire pour le ramener à de meilleures dispositions. Pour une raison incompréhensible, il était déterminé à lui faire le plus de mal possible. C'était lui le menteur et le tricheur, dans leur histoire, alors pourquoi tenait-il tant à la punir ?

La raison n'avait aucune importance. Elle venait de passer une semaine à cheval à mener du bétail, elle avait sauvé cinquante bœufs de la noyade, traversé une rivière en crue et survécu à ces expériences. A côté de tout cela, Jeff n'était qu'une anecdote. Si elle perdait sa licence, elle trouverait mieux à faire de sa vie. Une activité qui lui apporterait tout autant de joie. Elle savait, maintenant, qu'elle était capable de réussir tout ce qu'elle entreprendrait.

Le comité entra, prit place derrière la longue table. Le silence se fit, puis le porte-parole lui demanda de décliner ses noms et qualités. Elle se leva, ouvrit la bouche, et la porte au fond de la salle s'ouvrit à la volée sur une petite foule qui entra dans le plus grand désordre.

Ils étaient nombreux, et indignés.

Emue, Phoebe les regarda entrer en se bousculant. Tous ceux à qui elle avait téléphoné étaient prêts, et même déterminés, à lui exprimer leur soutien ! Les Majoy, trois enfants et des difficultés à boucler leurs fins de mois. Betty Files, mère célibataire et diabétique. Les Abbot, les Tennant. Jonny Blaze lui-même était là ! Il lui adressa un large sourire en levant les deux pouces. Elle vit deux membres du comité rester bouche bée en le reconnaissant. Les habitants de Los Angeles avaient l'habitude des visages célèbres, ils côtoyaient les personnalités sans s'émouvoir outre mesure, mais une star de la stature de Jonny Blaze leur faisait encore de l'effet !

Une secrétaire entra discrètement et lui remit une épaisse liasse de papiers, les courriels qu'elle avait demandés à ceux qui ne pourraient pas venir. Il y avait là plus d'une douzaine de témoignages élogieux. La dernière personne à paraître… fut April, sa chef.

Tête haute, Phoebe était prête à affronter le comité, sept personnes bien habillées, l'air prospère et influent. Elle se présenta et leur tendit une copie de sa licence. Jeff la laissa terminer et se leva à son tour.

— Mlle Kitzke n'est pas autorisée à amener des témoins à son audience.

Sans le regarder, Phoebe répliqua :

— Je comprends les règles, mais, puisque ma compétence est remise en question, je ne vois pas d'autre moyen de prouver mes capacités. J'ai donné entière satisfaction à ces clients ici présents, et ils souhaitent le dire. J'ai aussi des témoignages écrits, non seulement de la part de clients mais de chargés de prêts qui expliquent comment j'ai toujours fait le maximum pour obtenir le crédit le mieux adapté dans les meilleures conditions.

— C'est du grand n'importe quoi ! s'insurgea Jeff. Je…

— Non, le coupa-t-elle. C'est la vérité.

Derrière elle, April s'éclaircit la gorge. Comme le comité se tournait vers elle, elle lança :

— Je souhaite soumettre au comité une déclaration sous serment. Celle que tu m'as demandée, Phoebe, précisa-t-elle en se tournant vers elle.

Puis, en s'adressant de nouveau au comité, elle poursuivit d'une voix ferme :

— Je suis responsable de l'erreur qui est reprochée à Phoebe. Elle l'avait relevée dans le dossier, elle voulait la corriger, mais j'ai refusé de l'écouter. Par la suite, j'ai menti, de peur de perdre mon poste.

La présidente du comité, une femme d'une cinquantaine

d'années au visage sévère, laissa retomber ses lunettes sur la table devant elle en toisant Jeff.

— J'ai personnellement fait une enquête sur Phoebe Kitzke, dit-elle. Sa pratique professionnelle me semble exemplaire. Pourquoi, exactement, avez-vous engagé cette procédure pour lui faire retirer sa licence ?

Dans le silence qui s'abattit sur la salle, la porte du fond s'ouvrit une fois de plus. L'assistance entière se retourna comme un seul homme.

Médusée, Phoebe vit entrer Maya, vêtue du tailleur design si élégant acheté pour son entretien avec la chaîne nationale, une douzaine de personnes dans son sillage. C.J. et Thad avec les enfants, Eddie et Gladys, Andrea et Martin et également… Marsha, la maire de Fool's Gold ! Mais comment Maya avait-elle convaincu tous ces gens de venir à Los Angeles pour la soutenir ? Et comment étaient-ils arrivés aussi vite ? Son visage dut exprimer toutes ces questions et bien d'autres encore, mais Maya se contenta de hausser les épaules en lui souriant. Décontenancée, elle se concentra de nouveau sur les sept visages derrière la table.

Comme Jeff ne répondait pas à la question qui venait de lui être posée, elle le fit à sa place.

— Je ne sais pas pourquoi M. Edwards a fait cela. Nous avons eu une histoire, tous les deux, et elle a mal fini. C'est peut-être une question de rancune personnelle.

Elle s'interrompit un instant et reprit :

— En fait, ses raisons n'ont aucune importance. Tout ce que vous avez besoin de savoir sur mon compte, c'est que j'aime mon métier. Je me suis toujours donnée à 110 %, parce que c'est comme cela que je fonctionne. Mes clients ont toujours compté plus que tout. Je les ai toujours fait passer en premier, et même avant moi.

Elle se retourna à demi vers la petite foule rangée derrière elle, un peu confuse, en voulant s'assurer qu'ils ne verraient aucun reproche dans ses paroles.

— J'ai adoré le faire, bien sûr !

Puis, en s'adressant de nouveau au comité :

— Je suis ici parce que cette fois je refuse de me taire. Je fais du bon travail, j'apporte quelque chose à mes clients, j'ai leur intérêt à cœur et je suis honnête. C'est important.

Il y aurait encore eu beaucoup à dire, mais tout à coup elle ne voyait plus l'intérêt. Elle ajouta seulement :

— A vous de vous faire votre opinion.

Elle quitta sa place, alla rejoindre Maya et lui glissa :

— Ce tailleur est vraiment spectaculaire.

Sans relever, son amie scruta son visage.

— C'était un sacré discours. J'aime assez la Phoebe améliorée version v2.

— Une semaine à cheval, cela vous change une femme.

— Il paraît, oui.

Elles patientèrent en silence pendant que le comité délibérait.

Phoebe se sentait très calme, tout à fait sûre que leur décision, quelle qu'elle soit, ne pourrait pas l'atteindre. Si on lui permettait de garder sa licence, elle la ferait transférer à Fool's Gold. Dans le cas contraire, elle s'installerait tout de même là-bas et elle trouverait un autre moyen de gagner sa vie. Les habitants de la petite ville l'aideraient à prendre ses marques. Voilà peut-être pourquoi elle n'avait jamais acheté de maison… Parce que dans son cœur elle pressentait que Los Angeles ne serait pas toujours son foyer. Le point d'attache qu'elle cherchait, c'était une petite ville au cœur assez grand pour accueillir une orpheline.

Le comité mit moins de cinq minutes à faire tomber les accusations retenues contre elle. Elle fut soulagée, mais pas particulièrement euphorique, même quand la présidente invita sèchement Jeff à l'accompagner dans son bureau pour s'expliquer. Elle se contenta de saluer tous ses amis, de les remercier d'être venus et de promettre de les rejoindre pour un déjeuner tardif pour fêter sa réhabilitation.

Une fois ses clients partis, Eddie et Gladys se précipitèrent pour la féliciter, C.J. et Thad sur leurs talons.

— Je suis contente ! s'exclama C.J. Tu es quelqu'un de stupéfiant. Je voulais te remercier pour ce que tu m'as dit au tout début de la transhumance. Lucy et Tommy avaient effectivement besoin d'un foyer.

Avec un sourire rayonnant, elle précisa :

— Thad et moi, nous allons les adopter. C'est génial, non ?

— Tu seras une maman formidable ! s'écria Phoebe en la serrant brièvement dans ses bras.

C.J. secoua la tête, le visage grave.

— Je me tromperai souvent, mais les enfants ont promis d'être patients avec moi. Nous allons les prendre chez nous en tant que foyer d'accueil, le temps de monter le dossier d'adoption.

— Je connais des gens bien placés, intervint Thad avec un clin d'œil. Nous ferons jouer leur influence.

— Et vous aurez raison !

Ensemble, ils descendirent au parking souterrain, et chacun reprit sa voiture. Maya l'accompagna jusqu'à la sienne et lui glissa en souriant :

— Tu n'as pas encore dit un mot sur Zane. Vas-y, je sais que tu en meurs d'envie.

Phoebe secoua la tête. Si elle parlait de Zane, il commencerait à lui manquer, et s'il lui manquait trop elle n'était pas sûre de pouvoir aller jusqu'au bout de son projet.

— Pas encore, murmura-t-elle. Là, c'est un bon moment, et je ne veux surtout pas pleurer.

Le sourire de Maya s'effaça.

— Oh ! Phoebe… Je savais que tu étais mordue, mais à ce point ?

— Je l'aime, et je ne sais pas si c'est réciproque, avoua Phoebe très vite.

— Tu as besoin de boire un verre. Peut-être même plusieurs. Une fois que l'on aura déjeuné et fêté ça avec tout le monde, si on allait faire la tourner des pubs, toutes les deux ?

Faire la fête ? La tournée des pubs ? Elle n'en avait aucune envie. Mais le déjeuner au moins était incontournable. Elle tenait à montrer sa reconnaissance à ceux qui étaient venus la soutenir. Cette journée marquait un nouveau départ : non seulement elle garderait sa licence, mais elle savait maintenant qu'elle comptait aux yeux des autres. En aidant ses clients, elle avait vraiment changé leur vie. Pour l'instant, cela devrait lui suffire.

Et cela lui suffirait, décida-t-elle en roulant vers le restaurant. C'était juste qu'à ce moment précis, ce qu'elle voulait plus que tout, c'était Zane. Il allait peut-être lui téléphoner, pour savoir comment s'était passée l'audience ? Ils garderaient peut-être le contact ? Une fois qu'elle serait installée à Fool's Gold, ils pourraient peut-être sortir ensemble ? Cela comptait-il pour lui, les moments qu'ils avaient passés ensemble, tous les deux ? Au lit et en dehors ? A moins qu'elle n'en demande trop à la vie…

Elle se gara derrière Maya et, perdue dans ses pensées, attendit que le préposé lui donne son ticket. Mais, au lieu d'un préposé en blazer rouge, ce fut un beau et grand cow-boy qui lui ouvrit sa portière. Son cerveau se mit en pause, elle oublia comment s'y prendre pour respirer et ne put que le contempler, muette et incrédule.

Zane lui tendit la main. Elle la prit, descendit de voiture et finit par retrouver sa voix.

— Qu'est-ce que tu fais ici ? Tu détestes Los Angeles.

— Je suis ici parce que tu es ici.

Oh ! Pour l'amour du ciel, il était trop beau. Elle aurait voulu le contempler pendant des heures, caresser ses bras puissants, rire, pleurer, le supplier de rester auprès d'elle.

— J'ai su ce que tu avais fait, dit-il. Et aussi que tous ces gens étaient venus te soutenir. Cela ne me surprend pas du tout.

Elle lui sourit.

— J'avais le trac en passant le premier coup de fil mais, ensuite, c'était bien, avoua-t-elle.

— Tu fonces toujours avec ton cœur.

— Je ne sais pas faire autrement.

Il lui rendit son sourire, une lueur très douce au fond des yeux. Puis son visage reprit toute sa gravité.

— Je t'aime, Phoebe. Tu es folle à lier, très belle, et ce que tu me fais ressentir… je ne savais même pas que cela existait. Tu m'as fait voir toutes sortes de possibilités, et pour la première fois de ma vie j'en veux davantage. Je ne veux plus simplement m'en sortir, je veux vivre.

Avait-elle bien entendu ? Elle se sentit légère, légère à s'envoler !

— Moi aussi, chuchota-t-elle, perdue dans son regard bleu sombre. Tout ce que tu viens de dire. Et je t'aime aussi.

D'un geste tendre, il prit son visage entre ses paumes.

— Tu es l'être le plus sincèrement bon que j'aie jamais rencontré.

Il s'interrompit et, l'air de rassembler son courage, déclara :

— Je veux t'épouser. Je voudrais que tu viennes vivre au ranch avec moi, mais si tu tiens à rester en ville nous pourrons nous installer ici. Je mettrai Frank à la tête du ranch.

Pour toute réponse, elle se jeta dans ses bras. Comme il l'étreignait très fort, elle chuchota à son oreille :

— Je ne veux pas rester en ville. Je veux vivre au ranch et apprendre l'élevage des chevaux et des chèvres cachemire et avoir des enfants. Quand nous aurons envie d'une grande soirée sophistiquée, nous irons dîner à Fool's Gold. Ou nous inviterons des amis et nous chanterons autour d'un feu de camp. Ah ! Et je veux apprendre à faire le pain. Et peut-être redécorer la salle à manger. Mais c'est tout, je t'assure. Pas d'autres changements.

*Faux*, pensa Zane en jubilant. Elle allait mettre le ranch sens dessus dessous, et il avait déjà hâte de voir ce qu'elle pourrait inventer.

Il se pencha pour l'embrasser.

— Je suis content, tu sais, pour la terre…

Il l'embrassa de nouveau et ajouta très vite, avec une grimace un peu gênée :

— Reilly m'a montré le compromis de vente passé avec Jonny Blaze. Il m'a dit que je serais un beau crétin de ne pas prendre la parcelle en disant merci, tout simplement. Je crois bien qu'il a raison.

Elle plongea son regard dans le sien quelques instants.

— Tu vas pouvoir poser le fardeau ? demanda-t-elle. Faire la paix avec ton passé ?

Il hocha la tête avec conviction.

— Oui. Je veux oublier tout ça. Tu m'as montré ce que c'est vraiment que l'amour. Je ne peux pas changer l'homme qu'était mon père, mais je peux cesser d'être en colère et commencer à avoir pitié de lui. C'est lui qui a tout raté.

— Oh ! Zane…

Il l'embrassa encore et encore, en la berçant contre lui. De très loin, il prit conscience d'un brouhaha fait d'applaudissements, d'acclamations, d'exclamations ironiques. Chase avait dû les voir de l'intérieur du restaurant et rameuter tout le groupe pour qu'ils assistent au spectacle. Eh bien, ils en auraient pour leur argent !

Il s'écarta un peu en gardant la main de Phoebe dans la sienne, posa un genou en terre, retira son chapeau et dit :

— Phoebe, veux-tu m'épouser ?

Les yeux de Phoebe s'écarquillèrent, puis se remplirent de larmes.

— Oui, murmura-t-elle d'une voix tremblante. Je le veux.

Zane poussa un soupir de soulagement, ou de bonheur, il ne savait pas trop. Une immense satisfaction se gonfla en lui, mêlée à l'amour qui débordait de son cœur. Il sortit le petit écrin de la poche de son blouson. Tout à l'heure, pendant que Maya se rendait à l'audience, il était allé tout droit à Rodeo Drive, le quartier des boutiques de luxe. Le magasin Tiffany's proposait une très jolie collection de bagues de fiançailles, et il avait opté pour un très beau diamant rond monté sur un anneau de platine qui ressemblait à une corde tressée. Quand il le passa au doigt de Phoebe, elle ouvrit des yeux émerveillés.

— Elle est si belle !

— Je suis heureux qu'elle te plaise. Maintenant, si tu pouvais ne pas la laisser aux ratons laveurs…

— Je ne la retirerai jamais. Jamais ! s'exclama-t-elle en riant.

Puis, redevenue sérieuse, elle ajouta :

— Je t'aime de tout mon cœur, Zane.

Il ne doutait pas d'elle. Il savait déjà qu'il ne douterait jamais. Phoebe et lui, ils seraient ensemble tout le reste de leur vie. Le parcours serait plein de surprises, et il sentait déjà qu'il ne s'ennuierait pas un seul instant.

Si vous avez aimé ce roman,
découvrez sans attendre le précédent roman de la série
« Rencontres à Fool's Gold » :

1/ *La chaleur d'une étreinte*

Et ne manquez pas la suite dans votre collection :

*Le frisson de l'amou*r, à paraître en juin 2016

**La saison des mariages, de Linda Lael Miller - N°36**

LES MARIÉES DE BLISS COUNTY - TOME 3/3

Depuis la tragique disparition de Will, son fiancé, mort en Afghanistan quelques années plus tôt, Bex s'est fait une promesse : pour elle, l'amour, c'est terminé. De toute façon, entre son neveu, dont elle a la garde temporaire, et son travail, elle n'a pas le temps pour ça ! Alors ce n'est certainement pas l'arrivée dans sa vie de Tate Calder, jeune veuf et père de deux enfants, qui y changera quelque chose. Certes, les petits sont devenus amis et Tate et elle se fréquentent de plus en plus souvent. Mais ce n'est pas une raison pour qu'elle tombe sous son charme… Si ?

**Les chaînes du passé, de Nora Roberts - N°37**

LE DESTIN DES MACKADE - TOME 3/4

Cassie Connor se sent revivre. Maintenant qu'elle a eu le courage de porter plainte contre son mari – qui la battait depuis des années et qui croupit désormais en prison –, elle peut enfin savourer sa liberté toute neuve. Et même accepter d'être courtisée par Devin MacKade, l'un des célibataires les plus en vue de la région. Mais alors qu'elle croit le bonheur à portée de main, la nouvelle tombe que Joe s'est évadé, et qu'il est bien décidé à se venger de celle qui l'a envoyé derrière les barreaux…